U0165047

中国式现代化的
县域探索

张家港建县（市）六十年

中国社会科学院张家港课题组　　编

中国社会科学出版社

图书在版编目（CIP）数据

中国式现代化的县域探索：张家港建县（市）六十年/中国社会科学院张家港课题组编. —北京：中国社会科学出版社，2022.8
ISBN 978 - 7 - 5227 - 0599 - 6

Ⅰ.①中… Ⅱ.①中… Ⅲ.①区域经济发展—研究—张家港
Ⅳ.①F127.533

中国版本图书馆 CIP 数据核字（2022）第 133549 号

出 版 人　赵剑英
责任编辑　陈肖静
责任校对　刘　娟
责任印制　戴　宽

出　　　版　中国社会科学出版社
社　　　址　北京鼓楼西大街甲 158 号
邮　　　编　100720
网　　　址　http://www.csspw.cn
发 行 部　010 - 84083685
门 市 部　010 - 84029450
经　　　销　新华书店及其他书店

印刷装订　北京君升印刷有限公司
版　　　次　2022 年 8 月第 1 版
印　　　次　2022 年 8 月第 1 次印刷

开　　　本　710×1000　1/16
印　　　张　19.75
字　　　数　276 千字
定　　　价　100.00 元

编纂委员会

主　　任　韩　卫　蔡剑峰

副 主 任　陈卫兵

成员单位　市委办公室　市人大办公室　市政府办公室　市政协办公室　市纪委监委　市委组织部　市委宣传部　市委统一战线工作部　市委政法委员会　市委机构编制委员会办公室　市委老干部局　市委党校　市委党史办　市档案馆　市新时代文明实践工作指导中心　市文明办　市发展和改革委员会　市教育局　市科学技术局　市工业和信息化局　市民政局　市司法局　市人力资源和社会保障局　市自然资源和规划局　市住房和城乡建设局　市城市管理局　市交通运输局　市水务局　市农业农村局　市商务局　市文体广电和旅游局　市卫生健康委员会　市行政审批局　市统计局　市医疗保障局　市地方金融监督管理局　市新市民事务中心　市社会治理现代化指挥中心　苏州市张家港生态环境局　市工商联　市社科联　张家港保税区　张家港经济技术开发区　江苏张家港扬子江国际冶金工业园　江苏省张家港高新技术产业开发区

编纂人员名单

序

接好历史的"接力棒"　走好脚下的"长征路"

韩　卫

青史如镜，鉴照峥嵘岁月；初心如炬，辉映奋进征程。

今年是党的二十大召开之年，恰逢张家港建县（市）六十周年，由中国社会科学院精心编纂的《中国式现代化的县域探索——张家港建县（市）六十年》付梓问世，该书宏大而精致、厚重而提气，既饱含着"江山留胜迹，我辈复登临"的历史情怀，也流露出"蹄疾走日月，步稳度关山"的时代担当。

六十载光阴荏苒，六十载春华秋实。翻开历史的画卷，这部书以时间为轴，将纪实叙事与城市变迁相交融，展现了张家港建县（市）以来取得的辉煌成就，在回望历史中致敬历史；书写时代的华章，这部书以奋斗为墨，点染出港城崛起的沧桑巨变。

穿越时光隧道，她帮助我们重温筚路蓝缕的发展轨迹。通览全书，张家港六十年的发展脉络清晰呈现。从 1962 年建立沙洲县，到 1986 年撤县建市，再到改革开放以来的跨越式发展，一代代张家港人与祖国共命运、与时代同奋进，时不我待、只争朝夕，成功实现了从苏南"边角料"到全国"明星城"的精彩蝶变，综合实力连续二十多年位居全国百强县（市）前三甲，累计获得国家级荣誉 200 多项，创造出一个个令人惊叹的"张家港速度""张家港经验"和"张家港效应"。

穿越时光的隧道，她引领我们探寻拼搏争先的成功密码。全书开篇即提出"在伟大理论的实践中前进""一座有精神的城市"，点明张家港取得辉煌成就的动力源泉。探寻城市的记忆，无论身处大变革时期，抑或大发展时代，张家港人高举中国特色社会主义伟大旗帜的信仰始终不变，坚持"两个文明一起抓"的理念始终不变，在栉风沐雨、励精图治的奋进之路上，孕育出"团结拼搏、负重奋进、自加压力、敢于争先"的张家港精神，成为张家港的城市之魂、力量之源，激励港城人民"样样工作争第一"，拉开了"无名山丘崛起为峰"的光影大幕。

穿越时光的隧道，她激励我们坚定永争第一的前行方向。历史之光总会照亮奋进之路，本书从区域竞争、县域现代化等多个维度，为张家港未来发展精准画像，既契合宏观形势和我市市情，也为中国式县域发展提供了有益借鉴。百舸争流、千帆竞发，当下的张家港踏上了新的奋进征程。远眺未来、春山可望，更新、更高的目标在声声催促我们，要向前、向前、再向前。立足新的发展阶段，贯彻新的发展理念，全方位推动高质量发展，打造全面综合、优质均衡的现代化文明典范城市，正是对这个时代最有力的回响。

六十载风雷激荡一纸书，六十载不负光阴奋进路。衷心期望全市上下始终坚持以习近平新时代中国特色社会主义思想为指引，与时俱进大力弘扬张家港精神，接好历史的"接力棒"，走好脚下的"长征路"，干出一番无愧于时代、无愧于人民的崭新事业！也期望张家港经验可以为中国式现代化的县域发展之路提供更多有益借鉴！

港城潮起，如火如荼，方兴未艾。

是为序。

2022 年 7 月

前　言

用历史映照现实，远观未来

中国特色社会主义的现代化事业，或者说中国式现代化，是一个前无古人的伟大事业。2021年，在庆祝中国共产党成立100周年大会上，习近平总书记以九个"以史为鉴、开创未来"昭示我们，中国共产党领导的中国特色社会主义建设的历史经验是我们的宝贵财富。习近平总书记深刻指出，"要用历史映照现实、远观未来，从中国共产党的百年奋斗中看清楚过去我们为什么能够成功、弄明白未来我们怎样才能继续成功，从而在新的征程上更加坚定、更加自觉地牢记初心使命、开创美好未来。"

从1962年沙洲县建县，到1986年撤销沙洲县，建立张家港市，如今已有六十年。六十年，一个甲子，对于中国人有着特殊的意涵。甲子，万物破甲而出，得天地精华滋养，代表万物初始，循环更替，往复不止。张家港市（沙洲县）的六十年与中国社会主义建设风雨同程，一起摸着石头过河。我们站在张家港市（沙洲县）六十年发展的时间节点上，回望历史，映照现实，远观未来，有必要对其经济社会发展的成就与经验进行回顾总结。张家港人与时俱进，接续传承弘扬张家港精神，从解决温饱问题，到全面建成小康社会，再到走上中国式现代化新征程，张家港用自己的率先实践探索出了独特的经验和模式。

课题组认为：张家港是中国特色社会主义道路的见证者和践行者，

张家港的发展成就集中体现了中国共产党的领导和中国特色社会主义制度的优越性。张家港人团结拼搏、负重奋进、自加压力、敢于争先，在不同历史时期，始终走在中国县域发展前列。

本书遵循问题导向、战略导向和未来导向的基本思路，将张家港发展置于国家宏观战略和新时代发展脉络，乃至世界发展新格局的背景之下加以分析、总结和提炼。采用新型话语体系，从探索共同富裕、高质量发展、中国式现代化建设等方面展开叙述。具体来说，课题组秉持两条原则：以张家港为方法，为中国县域发展提供借鉴；以张家港为案例，讲好中国县域发展故事。

六十年来，中国县域经济社会发展取得了非凡的成就，但也出现不少问题，可以说，这六十年就是一个不断研究新情况，探索新路子，解决新问题的过程。比如农村工业化、新型城镇化、产业转型升级、经济社会高质量发展、物质文明精神文明"两手抓两手硬"等方面的问题交织成为县域社会发展进程中的焦点问题。身处百年未有之大变局，经济社会发展的广度和深度远远超出了马克思主义经典作家当时的想象，县域社会成为机遇与挑战共存的前沿阵地，因素叠加、多主体参与、多元诉求共存。进入新时代，在发展过程中，新的特点、新的斗争、新的问题还会出现，没有现成的、可照抄照搬的经验。中国式现代化的道路怎么走？只能靠我们自己继续去探索。

张家港是一个优秀的代表，在赶超发展过程中，形成了"团结拼搏、负重奋进、自加压力、敢于争先"的张家港精神，获得了 200 多项国家级荣誉，实现了跨越式发展，用全国万分之一的国土面积创造了千分之三（2021 年）的 GDP 占比，连续 27 年位列全国百强县（市）前三甲，成为百强"探花"，她不仅成功应对了发展中的风险挑战，而且积累了丰富的、可借鉴、可复制、可推广的发展经验，有力证明了"中国奇迹"来自于中国共产党的正确领导，充分彰显了中国特色社会主义制度的优越性。

1962 年，从常熟、江阴划出 23 个公社和 1 个国营农场"拼凑"

出了沙洲县,自诞生之日起,就被调侃为"苏南的边角料"。见证张家港发展的中国作协副主席何建明回忆:"沙洲县初设时,全年总产值只有 3000 万,全县只有一部柴油机发电,80% 的农民住在茅草房里。县委在报告中直言'我们一无所有'。"就是这样一个县,用了六十年的时间,2021 年,全市地方生产总值突破 3000 亿元大关,年均增长率达 18.7%。

从 1982 年张家港港口对外开放,到 1986 年撤县建市;从 1992 年翻开"三超一争"(工业超常熟、外贸超吴江、城市建设超昆山、样样工作争第一)的奋斗篇章,到 1995 年被《人民日报》誉为"伟大理论的成功实践",成为家喻户晓的明星城市;从多年稳居全国百强县(市)前三甲,到连续六届蝉联全国文明城市。凤凰涅槃般的蝶变、跨越式的发展,张家港是如何做到的?

不仅如此,课题组希望将张家港故事作为中国故事的样板和缩影。讲好张家港故事就是讲好中国故事,六十年来,张家港发展的故事,从一个侧面看就是中国发展的故事。

近年来,习近平总书记多次指出,"讲好中国故事,传播好中国声音,展示真实、立体、全面的中国,是加强我国国际传播能力建设的重要任务",尤其强调"要加快构建中国话语和中国叙事体系,用中国理论阐释中国实践,用中国实践升华中国理论,打造融通中外的新概念、新范畴、新表述,更加充分、更加鲜明地展现中国故事及其背后的思想力量和精神力量。"

中国故事、中国形象是由一个个独特而具体的地方故事构成的。因此,深入挖掘地方故事、展示好地方形象对讲好中国故事、展示好中国形象具有非常重要的推动作用。地方国际形象的树立根植于国际交往中的民心相通。民心相通的心理基础与人民群众日常生产生活息息相关。张家港六十年发展的故事,无论是经济发展、制度建设、精神文明,还是人民群众的获得感、幸福感、安全感,都具有世界意义。

在理论指导上,本书坚持以习近平新时代中国特色社会主义思想为理论指引，围绕习近平总书记在庆祝中国共产党成立100周年大会上的重要讲话精神和视察江苏重要讲话和指示精神，坚持"五位一体"总体布局和"四个全面"战略布局，积极践行新发展理念，在全力夺取高水平全面建成小康社会决定性胜利的基础上，系统而深入地开展中国式现代化的实践探索；切实增强政治意识、大局意识、核心意识、看齐意识，坚定中国特色社会主义道路自信、理论自信、制度自信、文化自信。

本书以张家港精神为统领，将张家港精神作为中国精神在县域落地的典型代表。张家港精神是张家港城市之魂、力量之源。植根于改革开放和社会主义现代化建设实践中的张家港精神，经过张家港一届又一届领导班子的薪火相传和全市人民的接续奋斗，不断得到发扬光大，获得新的发展和升华。

在组织结构上，本书围绕张家港六十年的发展历程、巨大变化，依据"是什么——为什么——怎么办"的逻辑展开，探讨张家港"走到了哪里——怎么走过来的——未来怎么走"，以总结张家港六十年来取得了哪些成就，如何取得了这些成就，又如何以此为基础，开创更加辉煌的未来。

"是什么"层面，总括概述张家港的发展成就，主要包括第1章，依照"五位一体"的思路综述张家港六十年发展成就；"为什么"层面，具体阐述发展经验，包括第2—9章，按照谱写"强富美高"新江苏张家港篇章为导向，以及"六个率先走在前列"的要求，回望张家港六十年取得辉煌成就的具体原因和举措，将纵向的历史脉络和横向的经济建设、政治建设、文化建设、社会建设、生态文明建设版块链接，每个章节从历史背景、重要政策、具体举措、典型案例、经验小结等来展开叙述；"怎么办"层面，包括第10—11章，对照"争当表率、争做示范、走在前列"的要求，在比较视野中分析张家港在新时代与新格局中的位置和优劣势，并总结张家港探索中国式现代化的可复制、可推广的经验启示。

本书回望过去,更面向未来。以率先实现现代化作为打造新时代标杆城市的努力方向,本书试图在探索社会主义现代化建设的主要内涵、体制机制改革的重要领域和关键环节,以及高质量发展的基本路径和引领性发展的特色创造上,总结提炼符合客观规律、具有县域特色、体现张家港特点的现代化之路。

回首过往的奋斗路,张家港的发展崛起被誉为"伟大理论的成功实践",这是对张家港过去发展成就的充分肯定,也是对张家港发展经验的高度概括。从坚持"两手抓、两手都要硬",生动展现"建设有中国特色社会主义理论的成功实践";到践行"三个代表"重要思想和科学发展观,开创勇立潮头的张家港辉煌;再到坚持以习近平新时代中国特色社会主义思想为指导,开辟高质量发展的张家港路径,正是一代代张家港人始终高举中国特色社会主义伟大旗帜,坚持用党的创新理论最新成果武装头脑、指导实践、推动工作,才引领张家港在决胜全面建成小康社会、实现第一个百年奋斗目标的征程中,实现了一次次重大跨越,胜利书写了无愧于时代、无愧于人民的"港城答卷"。

伟大的理论指导伟大的实践。眺望前方的奋进路,踏上向第二个百年奋斗目标进军的新征程,张家港正深入学习贯彻习近平新时代中国特色社会主义思想这个马克思主义中国化的最新理论成果,全面贯彻落实好习近平总书记对江苏的一系列重要讲话与指示精神,扎扎实实办好自己的事,全力以赴把习近平总书记擘画的"强富美高"新江苏宏伟蓝图,谱写在999平方千米的港城大地上、镌刻在张家港现代化建设的新征程中!努力为苏州打造向世界展示社会主义现代化的"最美窗口",扛起张家港担当!努力为"苏南地区打造可以代表国家水平、引领未来方向的现代化建设先行示范区",奉献张家港力量!努力为江苏在率先实现社会主义现代化上走在前列,切实履行"争当表率、争做示范、走在前列"的光荣使命,奋力谱写"强富美高"新江苏现代化建设的篇章,作出张家港贡献!

目　录

第一章　在伟大理论的实践中前进

1995 年 10 月 18 日，《人民日报》刊文《伟大理论的成功实践——学习张家港市坚持两手抓的经验》，高度评价张家港的发展是贯彻落实邓小平同志关于"两手抓，两手都要硬"要求的重要成果。文中，张家港经验被总结为："从社会全面发展的战略高度，把物质文明建设和精神文明建设统一于建设有中国特色社会主义的伟大实践之中，始终不渝地以经济建设为中心，坚持'两手抓''两手硬'"。"一把手抓两手，两手抓两手硬"的思路，一直为张家港所坚持，《人民日报》的总结是对这一工作思路的重要认可。此后，这座苏南小城，综合经济实力一直稳居全国十强县第一方阵，率先实现高水平全面建成小康社会的目标任务，在高质量发展的道路上一路前进。

把时间往前推，位于长江之畔的张家港，是一座根植于古老土地的年轻城市，其境内的东山村遗址将这座城市的文明发展史拉至 7000 年前，而作为行政区划，其发展不过六十年。1962 年，常熟划出 14 个公社和国营常阴沙农场，江阴划出 9 个公社，建立沙洲县。1986 年，沙洲县撤县建市，以境内天然良港——张家港命名，设立张家港市，隶属苏州市。张家港人在这块曾被称为苏南"边角料"的小城大展拳脚，提出了十六字的张家港精神："团结拼搏、负重奋进、自加压力、敢于争先"，带着张家港走上了现代化之路。

不尽狂澜走沧海，一拳天与压潮头。六十年来，这是一方与新中国共同成长的土地，张家港的建设、发展、转型，面临的机遇、挑战、风险，对应着新中国每个阶段的探索和成长。这里有社会主义建设初期的波澜，有改革开放大潮的璀璨，更有党的十八大之后习近平新时代中国特色社会主义思想指导下的乘风逐浪。这里不仅仅生动记录了"两手抓、两手硬"的伟大实践，更谱写了中国式现代化县域探索的壮丽篇章，承载了历史进程中的艰难与辉煌。

一 苏南"边角料"的腾飞

六十年前，没有人会想到，张家港所在的这块土地会发展为生产总值可达3030.21亿元（2021年）的经济强市，成为全国百强县前三。1962年，刚刚建立的沙洲县是一个典型的农业县，经济基础相当薄弱，全县生产总值仅为9466万元（按当年价），是很多人看不上的"边角料"。然而，六十年的时光，见证了这座苏南小城的蝶变，也佐证了中国式的发展速度。

（一）起步沙洲，奠定基础：1962—1978年

自1962年建县，至1978年党的十一届三中全会召开，是社会主义建设时期张家港市（沙洲县）的探索阶段。这一阶段，张家港市（沙洲县）在毛泽东思想的指导下，从"一无所有"起步，以解决人民温饱问题为核心，发展农业生产，开展工业建设，进行社会主义探索。虽然此时的张家港市（沙洲县）在苏州地区依旧较为落后，但沙洲人民秉持"穷则思变"的革新精神，在历届县委的带领下，治穷致富，沙洲逐渐崛起。

沿江地区沙洲众多，是张家港的重要地理特征之一，初建时，张家港市（沙洲县）也由此得名。所谓沙洲，就是长江、浅海中由于泥沙堆积而露出水面的沙滩。起于沙洲之地，张家港市（沙洲县）没有钱，没有人才，没有资源，但张家港人有干劲儿，有拼劲儿，有闯劲儿。从落实1961年中央提出的"调整、巩固、充实、提高"八字方

针开始，张家港市（沙洲县）把发展农业放在国民经济的首要地位，围绕"为农业服务"来发展工业，建设社队工业，为乡镇企业的发展奠定了基础。

一方面，张家港市（沙洲县）开展大规模的水土综合治理，大搞农田建设，全力发展农业。沙洲之地，如果不能系统治理，就会时常出现连年灾害，对人民的生产生活构成威胁，围垦、护堤、治坍，就成为必须面对的任务。在20世纪50年代加固江堤、疏通河道、改善排灌条件的基础上，60年代，张家港市（沙洲县）的水利建设由除害转为兴利，确定"外挡内分"的治水方略，对外培修江堤，开港建闸，阻挡长江洪水倒灌；对腹部地区按照地势高低实行分级控制、配套建闸。水利得到整治，农业生产也逐步稳产和高产，还涌现了塘桥公社等农业生产典型。

在全力发展农业生产的同时，张家港市（沙洲县）发展多种经营，1963年，首次制定《沙洲县1963—1972年发展农副业生产规划》，鼓励副业生产。至1971年，全县粮食总产量达28160万千克，比1961年增长了64.37%，连续几年列为全省粮食高产县，解决了人民吃饭问题。

另一方面，围绕"为农业服务"，张家港市（沙洲县）努力发展全民工业企业和县属集体企业，积极兴办社队工业，开启了乡镇企业建设的序章。1963年起，为了发展集体副业，解决集镇闲散劳力和一部分城市下放工人就业，增加集体经济收入，一些公社、大队开始兴办小土窑、小作坊和针织、五金等小工厂。同年，县人民委员会明确指出，集体可以办粉坊、磨坊、豆腐坊等农副产品加工业。1964年，县棉麻公司组织大量废花、废布，支持公社、大队发展土布、黄纱手套生产，兴办回纺布厂和手套厂。1971年，张家港市（沙洲县）提出"围绕农业办工业，办好工业促农业"的方针，以办好农机厂为主，发展社队企业。之后，县委提出"三就地、四服务、四不争"（就地取材、就地加工、就地销售；为农业生产服务、为人民生活服务、为市场服务、为大工业生产配套服务；不与农业争土地、争劳力、争资金，不与大工业争原料）的方针，采取"大厂带小厂、老厂带新厂、一厂办多厂、母厂生子厂"和"小土群、满天星"的方法，积极鼓励社队工业发展，以壮大集体经济。

1976 年，全县社队工业产值首次超过 1 亿元。1978 年，全县社队工业企业 1493 家，总产值 2.59 亿元，首次超过农副业产值和县属工业产值。改革开放之后，张家港市（沙洲县）的乡镇企业迅速发展，这一阶段的建设基础不容忽视。

对平等、公平的追求是社会主义建设时期的重要特点。彼时的中国，没有照搬苏联的发展模式，也没有选择西方道路，而是在毛泽东思想的指导下，探索着不同于资本主义的现代化方向，既致力于生产力的发展，也致力于消除工人和农民、城市和乡村、体力劳动与脑力劳动三大差别的平等目标。1964 年，全县农村普遍开办耕读小学，发展教育事业。1969 年，农村以大队为单位实行合作医疗制度，基金由集体和农民个人共同筹集，以集体为主，患者的医疗费由合作医疗承担 50% 至 100% 不等，每个大队均建有卫生室，配有 1 至 2 名赤脚医生。1970 年，合作医疗由大队办转为公社、大队联办。1972 年，为落实党的渔民政策，张家港市（沙洲县）拨出专款和物资为渔民建房，到 1978 年，先后建造住房 712 间，解决了 373 户、1300 多名渔民陆上定居的住房问题，结束了渔民祖祖辈辈在江河湖海漂泊的生活。1977 年，县民政局在杨舍镇建办沙洲县群益五金厂，成为全县第一家安置残疾人员的福利企业。

草蛇灰线，伏脉千里。今天张家港的许多荣耀，此时也早有伏笔。1968 年，张家港动工兴建，1970 年建成投产，成为张家港日后发展外向型经济的重要依托。1970 年春，张家港市（沙洲县）组织千余民工围垦 810 亩长江滩涂，被称为"七〇圩"，后组建南丰公社 23 大队，由此，"明星村"永联村开始了她的历史新纪元。1974 年，兆丰公社业余文艺宣传队办起了小五金厂，开始"以队办厂，以厂养队"的探索，形成了 80 年代享誉全国的"以工养文"模式。同一年，锦丰轧花剥绒厂贯彻县委"关于调整工业结构、发展基础工业"的决策精神，投资 45 万元筹建轧钢车间，次年 6 月定名为沙洲县轧钢厂，后发展成为今天的世界 500 强企业江苏沙钢集团。要致富，先修路。张家港对修路的重视早有传统，1975 年，妙桥公社为了发展乡镇工业，自筹资金，建成从金村至十苏王线太平桥的支线公路，开创民办公助建筑支线公路的历史。1976 年后，各公社加快支线公路的建设，至 1980 年，全县建成支线公路 14 条，总里程 108.36 千米，成为江苏省第一个实现社社通汽车的县。

1978 年，张家港市（沙洲县）全县地区生产总值 3.24 亿元。尽管依旧是苏州 8 个县倒数第一，但张家港市（沙洲县）各项人均指标已经与江苏全省平均水平差不多，完成了社会主义建设时期的探索，为后续发展打下了坚实的经济基础。这座小城，做好了迎接新的机遇的准备。

（二）争先进位，小城崛起：1978—2012 年

从 1978 年党的十一届三中全会，到 2012 年党的十八大召开，是张家港市（沙洲县）践行改革开放道路，开启中国特色社会主义现代化建设的发展阶段。在这一阶段，解决了温饱问题的张家港围绕率先建成小康社会的目标，开始了新的征程。期间，张家港市（沙洲县）不断解放和发展生产力，由一个农业县发展为工业城市，并率先进行城乡统筹协调发展，牢固确立了张家港市（沙洲县）在全国百强县中的第一梯队位置。这一阶段提出的张家港精神："团结拼搏、负重奋进、自加压力、敢于争先"，更成为重要的城市精神，带领张家港在改革开放的实践中不断前进。

党的十一届三中全会将党和国家的工作重心转移到经济建设上来，提出了改革开放的任务，由此进入一个新的历史时期。张家港市（沙洲县）抓住机遇，深入学习贯彻十一届三中全会精神，提出"聚精会神想富，理直气壮抓钱"的口号，解放干部思想，继续发展社队工

业，并在此基础上大力发展乡镇企业。各个社队以砖瓦厂、农机具厂为基础，积累资金，培养技术骨干，聘请"星期天工程师"，并利用靠近上海、无锡等大中城市和60年代下放工人、本地小手工业等条件，积极创办以小水泥、小农机、小纺织、小建材、小轻工等"五小"为主的社队工厂，被《人民日报》称赞为："小鸡吃米，粒粒下肚。"

1982年至1988年，张家港市（沙洲县）乡镇工业在较短的时间内形成纺织、轻工、冶金、建材、机械、电子、化工等七大工业产业，企业职工从11.36万人增至20.52万人，至1991年，乡镇工业产值占全市工业产值81.15%，成为全市经济发展的重要支柱。很快，全县涌现出一批千万元村，亿元乡镇。1985年，张家港市（沙洲县）地区生产总值达12.81亿元，总体发展水平位居全省64个县第五。

对外开放对张家港同样是一个有利机遇。1982年，张家港口岸成为长江流域第一批正式对外开放的国家一类口岸。1986年，撤县建市后的张家港提出"以港兴市，以市促港"的方针，作出"三上一高"（上产品质量、上科学技术、上管理水平，提高经济效益和促进社会发展）的决策，以建立新型的港口及工业城市为发展目标，实现港口、工业和城市"三位一体"的联动。至1991年，张家港实现地区生产总值32亿元，完成财政收入2.26亿元，在首届中国农村综合实力百强县（市）评比中排名第七。以港兴市的成效在90年代张家港保税区建成后更为凸显。

苏南曾经流传这样一段话，"70年代造田，80年代造厂，90年代造城"。张家港的发展，完美演绎了这一说法。20世纪90年代是很多张家港人心中难忘的激情岁月，正是这段岁月张家港人的敢拼敢抢，敢为天下先，创造了张家港经济的腾飞奇迹，为率先全面建成小康社会、迈向基本现代化打下了坚实的基础。1992年，邓小平同志发表南方谈话，重申了深化改革、加快发展的必要性和重要性，将建设有中国特色社会主义的理论与实践，大大向前推进了一步。张家港敏锐地捕捉到新的时代风向，时任市委书记秦振华提出"工业超常熟，外贸超吴江，城建超昆山，样样工作争第一"的奋斗目标，在全市上下迅速形成只争朝夕办大事、团结拼搏创大业的建设热情。"市场竞争不让人，不争不抢是庸人，错过时机是罪人""小发展大困难，大发展小困难，不发展才最困难"，这样的口号成了张家港的日常。

自此，张家港组建企业集团，建设张家港保税区和工业园区，发展外向型经济，改造老城建设新区，创建国家卫生城市，经济建设突飞猛进。160天建成当时长江流域最大的万吨化工码头，9个月基本建成保税区，当年实现封关运行，一年半建成33千米长的六车道张杨公路，成为至今张家港人津津乐道的辉煌往事。"团结拼搏、负重奋进、自加压力、敢于争先"，十六字张家港精神，也在这个阶段形成。这是张家港在实践中干出来的精神，成为张家港城市发展的动力之源。不负所望，1993年，苏州市评比时，张家港一举捧回了全部五座金杯：农业丰收杯、工业振兴杯、多种经营致富杯、外贸创汇杯和精神文明新风杯。1994年，张家港经济实力跃居全国百强县（市）第二。1995年，张家港实现地区生产总值191亿元，人均生产总值2.3万元，是全省平均水平的3倍，成为江苏和全国两个文明建设的先进典型。

进入21世纪，面对中国加入WTO的崭新机遇，张家港迎头赶上，将科学发展观融入城市建设，构建和谐社会。自1996年起，张家港就提出经济国际化、农业集约化、工业规模化、科技产业化、城乡一体化、社会文明化的基本现代化发展目标，在企业产权制度改革、转变经济增长方式、加快建设工业园区、创建全国文明城市等领域拼搏奋进。党的十六大正式提出"经济更加发展、民主更加健全、科教更加进步、文化更加繁荣、社会更加和谐、人民生活更加殷实"的全面建设小康社会的奋斗目标，中国经济社会进入全面转型期。张家港不甘人后，2003年，提出争当江苏省"两个率先"排头兵的目标，即在2005年全面建成高水平的小康社会，2009年基本实现现代化。为此，张家港实施"民营经济腾飞计划"、掀起沿江开发热潮、构建"一城

双核四片区"中等城市框架、构筑大交通网络、推进富民工程、深化
全国文明城市创建、率先建成全面小康社会等一系列重大决策，并提
出"城市现代化、乡村城市化"，推动城乡统筹协调发展。

2005 年，张家港市完成地区生产总值 705 亿元，全市经济和社会
发展水平达到省定全面小康社会指标要求，实现了"第一个率先"，
比全省提前 5 年左右跨入了全面小康社会。同一年，全国精神文明建
设工作表彰大会在北京召开，张家港市以总分第一的成绩被首批授予
全国文明城市称号，成为全国唯一获此殊荣的县级市。

张家港人的字典里从来没有"甘于现状、停滞不前"，实现"第
一个率先"后，2006 年，张家港开始迈向"第二个率先"——率先基
本实现现代化的新征程，次年，又提出全面建设"协调张家港"、争
创全省"第二个率先"示范区的新目标。2008 年，张家港制定全面建
设协调张家港的评价指标体系，为率先基本实现现代化制定了具体的
方案。2012 年，张家港市提出全力建设更具实力、富有个性、群众认
可、全面进步的现代化，对照省定地市版指标体系的 44 个量化指标，
张家港市有 27 个指标完成率达 100%，9 个已实现 80% 以上，率先基
本实现现代化的美好蓝图徐徐展开。

在这一改革开放和社会主义现代化建设时期，张家港一路敢拼敢
抢，由贫穷走向富裕，由落后走向先进，实现物质文明和精神文明的
协调发展，铸就了"张家港精神"，用实践回应了如何建设中国特色
社会主义现代化县域样本。

（三）转型升级，砥砺奋进：2012 年至今

2012 年的张家港，围绕"在全省率先建成基本实现现代化县市"
目标，进入向现代化迈进的新时代。党的十八大以来，张家港坚持以
习近平新时代中国特色社会主义思想为指导，认真践行新发展理念，
与时俱进大力弘扬张家港精神，坚持稳中求进、争先率先，扎实推进
港城高质量发展走在前列。张家港高水平全面建成小康社会取得决定
性成就，展现了"强富美高"新江苏建设的张家港形态，为率先开启

社会主义现代化建设新征程奠定了坚实基础。

这是一个世界百年未有之大变局的新时代，建设社会主义现代化强国、逐步实现全体人民的共同富裕、实现中华民族伟大复兴的中国梦，是每个中国人的梦想和追求。张家港再次走在前列，以不断创新、争当示范的标准规划自己的发展。经济实力已毋庸置疑，如何稳中求进，并将现代化建设成果惠及更广泛的市民，实现社会的全面发展，是张家港所致力的。

2012 年，围绕江苏省的《江苏基本实现现代化指标体系》，张家港市先后制定《张家港市基本实现现代化指标体系》《张家港市率先基本实现现代化推进工作方案》《张家港市率先基本实现现代化目标责任分解表》。2013 年 2 月 18 日，苏州市现代化建设暨转型升级推进会明确：张家港市走在率先基本实现现代化的前列，基本达到省和苏州市现代化指标体系的总体要求。之后的张家港给自己制定了新目标：《张家港市现代化示范区建设暨转型升级三年行动计划（2013 年—2015 年）》，抢抓全面深化改革的重大历史机遇。在这一方案中，张家港提出以实施"六大提升行动"（经济实力、创新能力、生态文明、城市功能、民生福祉、社会管理）和"810 工程"（十大制造业基地、十大制造业项目、十大科技载体、十大服务业项目、十大专业市场、十大生态工程、十大基础设施、十大民生工程）为重点，加快转型升级，建设现代化港城，争当苏南现代化示范区建设的排头兵。

2015 年之后，张家港以"强富美高"新江苏建设为总方向，主动适应经济发展新常态，提出"聚焦转型、创新驱动、绿色发展、文明引领"四大路径，推动政府、企业、社会各个层面同频共振，努力打造"港城发展升级版"，奋力推动张家港高质量发展走在前列。2018 年，改革开放四十周年之际，张家港入选"为江苏改革开放作出突出贡献的 20 个先进集体"，被中宣部确定为"庆祝改革开放 40 周年'百城百县百企'重大典型"。秦振华同志被党中央、国务院表彰为改革开放 40 周年 100 名"改革先锋"。

张家港的发展走到了"船到中流浪更急、人到半山路更陡"的吃劲关头，站到了愈进愈难、愈进愈险而又不进则退、非进不可的十字路口。2019 年，张家港聚焦"经济高质量标杆、城乡一体化标杆、新时代文明标杆，在全省率先基本实现现代化"的"三标杆一率先"发展目标，聚力奋进。同年，张家港荣获"中国率先全面建成小康社会范例城市""2019 中国县级市全面小康指数第一名"等一系列荣誉，带领张家港走进又一个激情燃烧的"火红年代"。

经济全球化和区域经济一体化仍是大势所趋，以中心城市引领城市群发展、城市群带动区域发展新模式，正成为实现区域协调发展的重要路径。2021 年，面对长三角一体化、长江经济带高质量发展、"三铁交汇"等重大历史机遇，张家港跳出"县级市思维"，借势"沪苏同城化"的"强劲东风"，出台高铁新城总体规划，致力沿江经济带转型发展。在重视经济总量增加的同时，张家港更强调方式的转变、结构的优化、动能的转换，从"招商突破"，到"项目提速"，再到"创新提质"，始终牢牢把握了高质量发展这个鲜明导向，提出全力打造"创新转型的实力之城、包容并蓄的活力之城、一体融合的协调之城、文明善治的典范之城、美丽和谐的宜居之城、共建共享的幸福之城"。

党的十八大以来，张家港市委市政府以转型升级高质量发展为主线，大力实施高质量发展跃升计划。2018 年，江苏省委省政府在全国率先开展高质量发展监测评价考核工作，张家港在省、苏州高质量发展绩效评价中交出了总分"双第一"的优异答卷。2021 年，张家港市连续第四年获评"江苏省推进高质量发展先进县（市、区）"荣誉称号、苏州综合考核第一等次。

用实力说话，是张家港一贯的作风。2021 年，在中国县域工业经济发展论坛揭晓的 2021 "中国创新百强县"榜单中，张家港位列第二；在首届《中国城市基本现代化监测报告》公布的 2021 年中国县级市基本现代化指数前 100 名中，张家港以 90.13 分位列全国县级市第二；在《2021 年中国中小城市高质量发展指数研究成果》中，张家港位列"2021 年度全国综合实力百强县市"和"2021 年度全国绿色发展百强县市"第三，并成功入选 2021 年度中国高质量发展十大示范县市。张家港，继续走在时代前列。

一个时代有一个时代的主题，一个阶段有一个阶段的目标。张家港的崛起与发展，紧抓时代机遇，完成了社会主义建设时期的探索，在坚持和发展中国特色社会主义的道路上不断实践，并以习近平新时代中国特色社会主义思想指引新的发展。从农转工到内转外，从散转聚到量转质，从"乡镇企业异军突起"的探索发展之路，到"两手抓两手硬"的协调发展之路，再到"勇当排头兵、敢为先行者"的高质量发展之路，一代代张家港人砥砺奋进，拼搏进取，带着这座城市实现了从苏南"边角料"到全国"明星城"的精彩蝶变。

二 六十年，成就县域样本

六十年来，新中国从社会主义建设初期的探索逐步走向社会主义现代化强国的建设，与时代同行的张家港，也书写着自己在各个领域争当典范的故事。每个走进张家港城展馆的人，都会忍不住惊叹这座苏南小城的荣誉之多，涉及领域之广，有数不清的"第一"，也有很多属于县级市或江苏省甚至中国的"唯一"，还有 200 余项国家级荣誉，既有经济实力的认可，更有政治、文化、社会、生态多领域的耀眼成绩。张家港，始终勇立时代潮头。

（一）发展才是硬道理

从 1962 年至今，张家港的经济建设成就是显而易见的。1962 年，张家港市（沙洲县）全县生产总值仅为 9466 万元（按当年价），1986 年，张家港撤县建市时，生产总值达 14.37 亿元，到 2021 年达 3030.21 亿元。1986 年，张家港的财政收入为 1.9 亿元，2021 年，一般公共预算收入达 264.13 亿元，以全国万分之一的土地面积，创造了近千分之三的 GDP 和千分之一的公共财政预算收入。自 1994 年至今，张家港综合实力稳居全国百强县（市）前三。

作为"边角料"诞生的张家港市（沙洲县），保持着一股逢山开路、遇水架桥的闯劲儿，从未放松对经济建设的重视。只要有机会，张家港人就敢试一试、拼一把。20 世纪七八十年代，张家港市（沙洲县）大力发展社队工业，建设乡镇企业，成为当时全国瞩目的"苏南模式"的创造者之一。撤县建市后的张家港，提出"以港兴市，以市促港"，发展外向型经济，率先成立全国第一家县级对外经济贸易委员会，江苏第一家享有进出口经营权的县（市）级对外贸易公司，又建成全国唯一的内河港型保税区，而当时，全国也不过只有 5 个保税区。在鼓励工业经济走规模化之路的 20 世纪 90 年代，江苏省第一家省级乡镇企业集团——江苏贝贝集团，同样来自张家港。

在集体经济、规模经济、外向型经济发展的基础上，张家港逐步建立起稳固的工业基础，并自新世纪之初，就展现了对创新驱动、转型升级的重视。一方面，张家港的工业实力主要体现在传统优势产业、规模企业。2021 年，张家港全市工业企业 17000 多家，其中规模以上工业企业 1384 家，实现规模以上工业总产值 5842.44 亿元，规上工业企业全员劳动生产率 56.37 万元/人，位居苏州第一。2021 年，全市五大支柱产业冶金、化工、机电、纺织和食品，合计规上总产值 5457.87 亿元，占规上工业总产值的比重达 93.4%。同年，张家港有 4 家企业入围"中国企业 500 强"，9 家企业入围中国民营企业 500 强，入围企业数连续多年位居苏州各板块第一，沙钢集团连续 13 年入围世界 500 强。

另一方面，张家港坚持创新驱动战略，推动产业升级，打造"港城发展升级版"，持续培育工业经济增长新动能。张家港在全国率先发布创新驱动发展（张家港）指数，全面铺开"创新张家港"建设，打造新时代创新驱动高质量发展的全国县域典范。党的十八大以来，张家港入围全国首批创新型县（市）建设名单，其企业创新积分制在全国 59 个国家级高新区试点推广，获评全国"2021 年度地方全面深化改革典型案例"。张家港建成的省级高新区，获批科技部"国家创新人才培养示范基地"，并率先在全省实现省级以上科技孵化器区镇"全覆盖"，被江苏省人民政府表彰为"推进科技政策落实和科技体制改革成效明显的地方"。

在创新驱动下，张家港紧紧抓牢以新兴产业为重点的增量转型，为产业转型升级注入源头活水，新材料、新能源、高端装备等"两新一高"产业蓬勃发展，为张家港打造先进制造业集群、加快构建极具竞争力的现代产业体系奠定了坚实基础。2021 年，张家港新兴产业实现产值 2732.06 亿元，占规上工业总产值比重达 46.8%。同年底，在中国共产党张家港市第十二届委员会第二次全体会议上，张家港提出"创新转型加速年"的工作主题，坚持提"增量"、优"存量"同步发力，以重大项目支撑转型，以数字经济赋能转型，以产业强链助推转型。

虽然起步较晚，但张家港的服务业成绩也是可圈可点。2021 年，全市实现服务业增加值 1449.58 亿元，服务业总量规模居全国县市第三位。生产性服务业是张家港的一大亮点，在全省县市领先，2021年，张家港物流业增加值（约 160 亿元）占苏州大市四分之一，全市完成商品市场成交额超 5800 亿元，总量居全省县市首位。同年，张家港有 14 家企业入围"中国服务业企业 500 强"、列全国县市第一。此外，作为中央深改委的重要战略部署，张家港获批全国和全省首批"两业融合"（先进制造业和现代服务业）试点单位，也是全国唯一全县域开展"两业融合"试点的城市。至 2021 年，张家港已形成保税区先进制造和流量经济融合发展试点等试点集群，沙钢集团、永钢集团等 20 个"两业融合"重点试点企业，腾讯云工业云基地、内河航运物流智慧平台等 10 个"两业融合"公共服务平台，江苏化工品交易中心、张家港保税物流集聚区等 10 个"两业融合"重点园区载体。

在张家港的整体经济中，农业所占比重并不高，但张家港不断强化农业现代化建设，拓展农业产业体系，为乡村振兴的实施奠定了坚实基础。2017 年，张家港入选全国率先基本实现主要农作物生产全程机械化示范市，2018 年成功创建省粮食生产全程机械化示范市，2021 年，全市累计建成高标准农田 42 万亩，实现农林牧渔业总产值 55.04 亿元。同时，张家港不断发展壮大农业企业，2021 年，拥有苏州市级以上农业产业化龙头企业 30 家，实现销售收入 365.66 亿元，农产品加工产值与农业总产值比为 15.47。在此基础上，张家港建设智慧农业、绿色农业，成功创建全国省农作物病虫害"绿色防控示范县"，获评全省首批生态循环农业示范市。2021 年，张家港建成苏州市智慧农业示范生产场景 4 家，农业物联网应用面积达 8068 亩，同年，作为苏州唯一市（区）入选国家"数字乡村建设"试点。

（二）全面加强党的领导和党的建设

始终坚持党的领导，坚定落实党的政策，是张家港抓住战略机遇、取得辉煌成就的根本保证。在六十年的发展中，张家港始终坚定不移地贯彻执行党的路线、方针和政策，在每个发展阶段都从人民的根本利益出发，以党建为引领，强化执政能力，推进民主法治建设。

六十年来，张家港对党的建设尤为重视，不断用党的创新理论统一思想，解放思想。早在 1962 年建县时，张家港市（沙洲县）就一直强调党的领导，不断加强党的建设。改革开放之后，张家港更是紧紧围绕经济建设这个中心，从加强理论学习、提高党员素质、改善队伍结构、强化基层党组织建设、开展新经济领域党建、完善各项制度和监督机制等方面开展积极有效的探索和实践。

在新的历史时期，张家港坚持用习近平新时代中国特色社会主义思想武装头脑、指导实践、推动工作，努力做到"知其然、知其所以然、知其所以必然"，提出既保持政治上的坚定，切实增强"四个意识"，坚定"四个自信"，做到"两个维护"，坚持和加强党的全面领导；也保持行动上的自觉，坚决贯彻党中央和江苏省委、苏州市委决策部署，创造性地落实有关要求，在对标对表中找准港城现代化建设的新路径。至 2021 年末，全市有各级党组织 4606 个（其中党委 141 个、党总支 261 个、党支部 4204 个），党员 69621 名。

理论学习都是要落脚于为人民服务的，这是张家港多年的传统，也积累了丰富的经验。2021 年，按照党中央的部署，张家港深入开展党史学习教育，在铭记历史中传承红色基因，同时，在"我为群众办实事"中落实学习成果。张家港推动实践活动实现从"政府端菜"到"百姓点菜"、从"为民做主"到"让民做主"、从"政府督察"到"百姓监督"的转变。以此为路径，张家港切实把党史学习教育的成果，转化为"准确把握新发展阶段、深入贯彻新发展理念、加快构建新发展格局"的务实举措，转化为"争当表率、争做示范、走在前列"的实际成效，全力彰显现代化建设排头兵应有的担当，也丰富了张家港精神新的时代内涵。

在张家港的六十年中，风清气正的政治生态是从来不变的追求。1989 年，张家港就推出"公开办事制度、公开办理结果、依靠群众监督"（两公开一监督）的廉政建设试点工作。"弘扬创业者、支持改革者、鞭挞空谈者、惩治腐败者、激励开拓者"的用人方略，更是在 20 世纪 90 年代响彻张家港的街头巷尾。1996 年起，市委、市政府和市纪委把党风廉政建设和反腐败斗争列入党的建设、基层政权建设和经济社会发展的总体规划之中，全面实施党风廉政建设责任制。之后，张家港多次被中纪委党风廉政建设室评为党风廉政建设工作联系的先进单位，2007 年被全国政务公开领导小组评为全国政务公开工作先进单位、示范点。党的十八大以来，张家港出台全面从严治党"第一责任人"实施办法，强化对"一把手"和领导班子监督，并创新建设"一码一链一中心"智慧纪检综合平台，不断强化正风肃纪反腐。

张家港在党的建设上是不断推陈出新的，也得到了多方认可。2009 年，张家港首创"小区域·大党建"的城市党建格局，率先开展服务型党组织建设，相关经验得到时任中组部和江苏省委主要领导的批示肯定，其"沿江党建带"模式由省委组织部、省边检总队在全省沿江一线推广实践。张家港提出以村（居）民议事会为主要模式的党建引领村（居）自治工作，被列为全国农村改革试验区试验任务，荣膺"中国法治政府奖"。同时，张家港创新实施"党建＋互联网"数字党建，入选"全国城市基层党建创新案例"。在2021年建党百年之际，全市有2名党员、1个基层党组织获评全国"两优一先"，获评数量苏州领先，"速递先锋"党建品牌入选全国"快递物流行业党建创新案例"。

张家港不断坚持和完善地方人民代表大会制度和人民政协政治协商制度，加强法治建设，强化基层民主，为张家港市人民打造民主法治的城市环境。这是现代化城市的自觉，也是属于张家港政治品质的城市探索。2002年，张家港提出建设法治城市的目标，并把法治城市建设作为创建全国文明城市的核心内容之一，在全省乃至全国率先出台《张家港法治城市建设规划》，并探索性地制定《张家港市法治城市建设测评体系》，营造发案少、秩序好、社会稳定、管理规范、人民安居乐业的良好法治环境。2020年，张家港开展法治政府建设"补短板、强弱项、创特色、树品牌"专项活动，持续提升法治政府建设水平，后获评全省法治政府建设示范县（市、区），是苏州唯一入选的县级市。2021年，张家港市实现"民主法治村（社区）"全面覆盖。

（三）以文化人，以文育人

在张家港的发展规划中，文化建设从来都是重要的一环。地方非遗文化传承不断，与时代同步的文明创建屡有新招，作为一座年轻的城市，张家港一直以"举旗帜、聚民心、育新人、兴文化、展形象"为使命，以文明浸润城市，以文化滋养市民，高质量打造"文明第一城"。

文明是张家港最闪亮的一面"金字招牌"。20世纪90年代初，张家港以高度的精神文明建设热情，推动物质文明发展。在"张家港精神"的激励下，张家港用短短三年时间夺得了28项全国第一，成为全国瞩目的焦点。1995年，"全国精神文明建设经验交流会"在张家港召开，张家港物质文明、精神文明"两手抓、两手硬"的经验得到肯定。在这样的背景下，张家港率先提出创建全国文明城市的概念，并制定适合自身的高标准测评细则，不断开展群众性精神文明创建活动，提高市民文明素质和城市文明程度。

2005年，首批全国文明城市评选，张家港成为唯一获选的县级市，截至2021年，连续六届的全国文明城市评比中，张家港是唯一连续上榜的县级市。2018年，作为全国新时代文明实践中心建设的首批试点城市，张家港将新时代文明实践融入文明城市创建全过程，构建全域覆盖的"文明实践共同体"，致力于打造全国文明典范城市，以高质量文明成果助推张家港高质量发展走在前列。

城市的底蕴终究由人呈现，现代化新人才能铸就新时代的城市气质。也正因此，张家港一直致力于公共文化服务事业，不断强调以文化人、以文惠民、以文兴业，培育时代新人。一方面，张家港不断完善公共文化基础设施建设。早在20世纪80年代，张家港市（沙洲县）就建成了苏州地区首批"五位一体"农村集镇文化中心。之后，张家港先后建设市文化馆，扩建图书馆，兴建博物馆等，建成全国首个24小时公共文化驿站。2009年，张家港建成由图书馆、文化馆、档案馆、科技馆、美术馆、城市展示馆、大剧院、文化广场和服务区等功能建筑群构成的文化中心。

近些年，张家港推进城南文体中心、5G数字剧场、城西文体中心建设，推进城市绿道、张家港湾全民健身户外营地和健身基地规划建设，推进公共体育场馆提档升级，为人民公共文化生活提供便利条件。截至2021年，张家港建有19个镇（办事处）文化中心，37个五星级村（社区）综合性文化服务中心，50个24小时图书馆驿站，6片社会足球场，372条、589千米健身步道，全市人均公共文化设施面积达0.57平方米，年人均接受文化场馆服务5.63次，人均占有体育场地面积达4.5平方米，万人拥有体育设施30.3个。

另一方面，张家港不断创新文化供给体系，提供高质量公共文化服务。2011 年，张家港在全国率先探索"网格化"公共文化服务模式，在原市、镇、村（社区）三级服务网络的基础上，将各村（社区）按一定标准划分为若干"文化网格"，使这些文化网格成为政府公共文化服务和广大群众参与文化建设的基本单元，形成市、镇、村（社区）、文化网格四级公共文化服务网络，将全市所有区域、所有群众纳入公共文化服务范畴。2013 年 5 月，"公共文化服务网格化模式创新与示范"项目入选 2013 年度国家文化创新工程重点项目，也是江苏省唯一入选项目。2020 年，张家港出台《公共文化服务项目管理办法》《公益文艺演出管理办法》，问需于民，定时发布服务指南和文艺演出节目套餐，完善供需精准对接机制。

文明的土地滋养文艺的气息，丰富的群文活动和精品文艺创作是张家港文化建设的另一亮点。早在 1978 年，张家港市（沙洲县）文化馆就总结推广兆丰文艺宣传队"以工养文"经验，既不增加农民经济负担，又丰富群众文化生活，得到中宣部、文化部认可。通过创办刊物，成立群众文化学会，举办群众文艺创作调演，组织文体活动"沙洲之春"（后改名为"张家港之春"）等，张家港建立了良好的群众文化活动基础。从 2001 年开始，全市启动社区文化艺术节和广场文艺"周周演"活动，内容涵盖戏剧、歌舞、音乐、相声、小品、时装秀等，之后，张家港不断创新举办"村村演""周周演"、张家港市乡村文艺进城大展演、全民健身大联赛、短程马拉松系列赛等品牌活动，常态化开展文体惠民活动。在新冠肺炎疫情期间，张家港适时创新服务方式，推出"文雅慕课""艺上云悦读""'宅'看古今"等线上活动，丰富百姓生活。

同时，张家港依托市文化中心、市锡剧艺术中心、市评弹艺术传承中心，文艺招贤，每年都推出大量优秀的文艺作品，参加多项国内省内顶级赛事并连创佳绩，囊获群星奖、文华奖，中国戏剧梅花奖、中国曲艺牡丹奖及国家艺术基金等，艺术生产获奖数量、含金量屡居全国、全省县（市、区）首位。这也打造了属于张家港的文化品牌，

2004 年，张家港首办长江文化艺术展示周（2008 年更名为长江文化艺术节，2021 年更名为长江文化节），至今已经连续举办十八届，被誉为"县级市扛起弘扬长江文化的大旗"。"国际幽默艺术周""全国少儿曲艺展演"也长期落户张家港，是全国唯一长期承办两个国家级曲艺品牌项目的地区。

张家港取得的文化荣誉更是数不胜数，先后创成中国曲艺名城、国家体育产业示范基地、江苏省"书香城市"建设示范市、江苏省"无小耳朵社区"创建工作标兵市，在全国率先实现县域文化数字化，长江文化艺术节获评"最具国际影响力节庆"活动品牌，东山村遗址入选"2009 年度全国十大考古新发现"，黄泗浦遗址入选"2018 年度全国十大考古新发现"。2004 年初，张家港被命名为首批江苏省文化示范县（市），并于同年 9 月通过全国文化先进县（市）的复查验收。

（四）保障和改善民生，增进人民福祉

中国特色社会主义现代化建设，始终是以人民为中心的伟大事业，增进人民福祉，补齐民生短板，做到幼有所育、学有所教、劳有所得、病有所医、老有所养、住有所居、弱有所扶，将改革发展成果更多更公平惠及全体人民。张家港市（沙洲县）建县于社会主义建设时期，发展初期就秉持了社会主义平等、公平的建设理念，追求共建共享，2020 年，张家港上榜最具幸福感城市（县级市），微博话题"有一种幸福叫张家港"，备受关注。

促进居民充分就业，增加居民收入，是最切实的富民举措。张家港不断实施收入倍增计划，完善经济发展、充分就业与收入增长联动机制，拓宽居民增收渠道，缩小城乡收入分配差距。1962 年，张家港市（沙洲县）农民人均收入 72.42 元，1985 年，全市人均国民收入 1578 元，"十三五"期间，全市城镇新增就业 7.97 万人，2021 年，全市居民人均可支配收入达 66101 元，城乡居民收入比缩小至 1.86∶1，村均可支配收入超 1200 万元，形成全省县域最大的强村群体。同时，张家港支持和规范发展新就业形态，依法保护劳动者权益，着力建设和谐的就业创业环境。2021 年，城镇新增就业 2.36 万人，城镇登记失业率 1.75%。

高收入是幸福感的来源之一，而良好的城市治理，则搭起了张家港文明善治的框架，激荡着 140 余万张家港人的参与热情，同样是种幸福的力量。目前，张家港基本形成了由党建引领、特色鲜明、内涵丰富的张家港市网格化社会治理模式，构建起市、区镇（街道）、村（社区）三级一体运行的集成指挥平台。此外，张家港完成全市综合行政执法改革，构建网格化、大联动、综合执法"三位一体"治理体系，建成全省首批"现代社区治理创新实验区"，以及全国首家智慧城市应用中心，并荣获"中国领军智慧城市"称号。在基层治理中，张家港基层"互联网＋全科社工"服务模式实现全覆盖，在苏州率先推广村（居）民议事会，并实现村（居）民议事平台覆盖率达到100%，获评村民自治国家级试点、首批全国农村社区治理实验区、首批全省现代社区治理创新实验区"三大试点"任务。每一项"首批"都是张家港"以人民为中心"发展理念的贯彻。

城市建设讲究"有温度"。为了探索怎么让老百姓过上舒适有保障的好日子，张家港很早就开展了社会保障工作。1986 年，全国第一个乡（镇）级农村社会保障委员会在锦丰成立，初步建立起比较完善的社会保障服务网络。同年，张家港率先建立企业职工养老保险制度。1992 年，张家港被授予全国农村养老保险先进县（市）称号。1994年，张家港在全省率先组建了社会保障局，被江苏省确定为社会保障制度综合改革试点城市，在全省率先进行社会保险制度改革，实行社会保险统一管理，并建立起以养老保险、医疗保险、失业保险、工伤保险和生育保险等 5 类险种合一的社会保障体系。自 2003 年起，在不断完善城镇社会保障体系的基础上，张家港将农民养老保险、老年农（居）民养老补贴、各类企业统一纳入城镇社会保险体系。

只要有为老百姓办实事的心，就总能发现新的诉求，找到新的解决方案。张家港的飞速发展吸引了大量新市民，2012 年，张家港在全国县级市中率先实施新市民积分管理，成功申请积分的新市民享有迁转户口、未成年子女入读公办学校、未成年子女参加张家港市居民基本医疗保险三项待遇。人口老龄化同样是个日趋明显的问题，张家港不断完善养老服务体系，实现社区居家养老服务中心（站）、区域性养老服务中心全覆盖，启动养老服务"时间银行"，探索低龄助高龄养老志愿服务模式。

以教育、医疗为核心的公共服务是民生关注的焦点。如今的张家港，已经实现了各类教育高标准普及，公共卫生服务群众满意度位列苏州前列。1983 年，张家港市（沙洲县）青壮年非文盲率为 94.75%，成为江苏省第一个基本扫除文盲的县。1986 年，张家港就已是全国基础教育先进县，并于 1991 年在全省率先全面实施了九年制义务教育，比全国早了 9 年，1996 年基本普及高中段教育，比全省、全国早了 14 年，1999 年进入高等教育普及化阶段，比全省早了 15 年。1994 年，张家港正式启动教育现代化工程，加快中小学校布局调整，加大教育投入。同时，张家港较早就开展了城乡教育一体化建设，坚持城乡教育设施同步规划、办学条件同步改善、教育质量同步提升，并通过集团（联盟）化办学措施，推动城乡教育高水平均衡发展。多年以来，张家港的城乡教育一体化发展水平始终位居全省前列，先后获得全国首批义务教育发展基本均衡县市、江苏省义务教育优质均衡发展县市等荣誉。

作为全国健康城市建设样板市，张家港的医疗服务也足以拿出一份亮眼的成绩单。至 2021 年底，张家港每万常住人口执业（助理）医师达到 33.7 人、每万常住人口拥有全科医生达到 4.6 人，三级甲等医院和三级综合医院数量等次均列全省县市第一，首家获评省"公立医院综合改革示范县"，也是全省唯一获评的县市。2021 年，张家港村（居）民医疗互助项目入选全国农村公共服务典型案例。20 世纪 90 年代，张家港参照"两江试点"（1994 年，江苏镇江和江西九江率先开展职工医疗制度改革），探索医疗保险制度改革。2019 年，张家港市医疗保障局挂牌成立，张家港进入推进医疗保障体系高质量发展时期，稳步推进基本医疗保险和生育保险市级统筹，加快建成以基本医疗保险为主体，医疗救助为托底，补充医疗保险、商业健康保险、慈善捐赠、医疗互助共同发展的医疗保障制度体系，实现政策纵向统一、待遇横向均衡。截至2021年末，全市参保市民112万人（常住人口143万人），职工和居民医保政策范围内住院医疗费用报销比例分别达93.3%和77.98%。

共同富裕是社会主义的本质要求，是中国式现代化的重要特征，张家港推进共同富裕的行动是全方位的。在城市发展的同时，张家港一直重视乡村建设，城乡统筹。从1998年起，张家港在两个文明协调发展的基础上，进一步提出了"以城市的标准建农村，以市民的理念育农民"，坚持对城市和农村实施一体化规划、建设、管理和服务。2021年，城乡居民人均可支配收入分别为7.8万元和4.2万元，是全国城乡差别最小的地区之一。2018年，张家港作为全省唯一县市，被民政部确定为"全国社会救助综合改革试点"，经过几年努力，张家港立足发挥社会救助在基本民生保障中的综合效应，以"保基本、兜底线、救急难、可持续"为总体思路，构建"弱有所扶"的大救助体系，使发展成果更多更公平地惠及全体港城人民。

（五）绿水青山就是金山银山

自古至今，谁不叹江南风景好，经济建设也不能阻挡对美好风光的追求。20世纪90年代初，张家港就提出"既要金山银山，更要绿水青山"的可持续发展战略，重视生态保护，提倡绿色发展，有着"花园城市"的建设梦想，还在新世纪一举成为中国首个获得"联合国人居奖"的县级市。如今的张家港，更是自觉践行"绿水青山就是金山银山"理念，持续深化"美丽张家港"建设，争当"美丽中国"的县域样本。

初到张家港的人，无不惊叹城市的绿化建设和城市卫生。1962年沙洲县建立时，绿化面积不足1公顷，但敢于争先的张家港人总是想在前、做在先,"样样工作争第一"。自 1990 年开始,张家港每年进行绿化达标考核验收,启动"三山一苑"(双山、香山、凤凰山、东渡苑)为核心的风景旅游区的开发建设,各镇也积极实施绿化美化工程。2001 年,张家港提出创建国家园林城市的奋斗目标,全市高起点规划了绿化总量达标、结构布局合理、综合功能优化的城市绿地系统和建设滨江地区具有江南水乡特色的绿色生态宜居城市的总体目标,建设暨阳湖生态园、梁丰生态园、张家港公园等城市公园体系。2004 年,张家港被命名为国家园林城市,2005 年又通过了全国绿化模范城市的考核检查,成功进入国家花园城市行列。按照中心城区公共绿地服务半径小于 400 米的要求,张家港先后投入 2 亿多元在市中心拆房建绿,道路、河滨绿化构成绿色生态框架,单位与居住区绿化亮点纷呈。

同时,张家港按照整体绿化和彩色化、珍贵化、效益化相结合要求,整合农田、林地、山体、河网、湿地等生态空间要素,联接各类生态廊道、绿色通道和屏障,统筹优化绿地景观质量,形成多层级、全覆盖、结构合理、衔接有序的林地、绿地、湿地"三地融合"生态绿网系统。这些年,长江沿岸新增绿化面积 2911.8 亩,2021 年,全市林木覆盖率近 20.33%、城镇绿化覆盖率近 39%。

从环境治理到生态修复,张家港不遗余力。1994 年获评首批国家卫生城市之后,张家港人贯彻执行环境保护基本国策,率先提出并积极推行响彻全国的"三个一"制度(环境保护党政"一把手"亲自抓负总责、建设项目环保"第一审批权"、评先创先环保"一票否决权"),开创环保工作新局面。1996 年,国家环保局授予张家港全国首家"环境保护模范城市"称号,并誉为"全国环境保护战线的一面旗帜"。1999 年,张家港人率先提出"全国生态市"创建目标,确立"生态立市、港口兴市、工业强市"的科学发展理念,环保工作重点由单纯污染防治向污染防治与生态建设并重转变,2006 年建成首批"国家生态市"。

　　顺应国家建设生态文明战略部署，张家港在推进经济社会发展和生态环境保护互融并进中探索实践，2016 年，荣膺全国首届、江苏唯一的"中国生态文明奖"，入选国家生态园林城市，并实现国家卫生镇、省级卫生村和国家级生态镇创建"满堂红"。"十三五"以来，张家港全面建立河（湖）长制组织体系，推动市镇村三级河（湖）长常态化履职，13 个国、省考断面和长江干流、19 条主要通江支流水质均达到 Ⅲ 类以上，成为江苏省第一个基本消除黑臭水体的县级市，单位GDP 能耗五年下降20% 以上，2021 年环境空气 PM2.5 年均浓度降至30 微克/立方米，空气质量优良天数比例达到83.6%。

　　绿色发展和经济建设不是互斥的，相较于西方国家的掠夺式发展，中国的现代化建设，追求的是可持续，是人与自然的和谐共生。张家港在推进经济"快车道"运行进程中，大力发展循环经济等新型业态。2006 年被列为全省循环经济建设试点地区以来，张家港初步构建企业内部"小循环"、园区工业"中循环"和经济社会"大循环"的循环经济空间格局，节能、节水、节地、节材和资源综合利用等各项指标逐年上升。2021 年，张家港有 5 个项目入选江苏省推进长江大保护和绿色发展特色工作清单，居苏州县市第一。

　　共抓大保护、不搞大开发。2019 年下半年，张家港启动"张家港湾"生态提升工程，对上起老沙码头、下至段山港的 12 千米长江岸线区域实施"百年江堤提升、水产养殖清理、生产岸线腾退、道路交通优化、生态环境修复"等五大工程生态化改造，着力打造"最美江滩、最美江堤、最美江村、最美江湾"。"张家港湾：来自中国的生态修复实践"入选 2021 年度联合国可持续发展目标实践行动优秀案例。

　　呵护自然，也就呵护了生活本身。碧水蓝天，绿荫成片，是现代城市追求的宜人环境。张家港矢志不渝践行可持续绿色发展理念，创造着属于张家港人的美丽生活。

　　如何建设现代化，如何建设中国特色社会主义的现代化，是新中国几代人致力其中的探索和实践。在充满挑战和坎坷的历程中，张家港市委市政府和张家港人民用六十年的建设提交了一份中国县域样本答卷，筚路蓝缕，砥砺前行。对张家港而言，这是奋力拼搏、逐梦探索的六十年，是永远向前、敢拼敢抢的六十年，也是自我突破、改革创新的六十年。

在开启社会主义现代化建设新征程的新时代，依旧是没有任何先例可循的前路，仍旧面临前所未有的机遇和挑战。张家港人，携着刻入基因的张家港精神，做好了准备。新的时代画卷即将铺展开来。志之所趋，穷山距海，不可阻挡。

第二章　一座有精神的城市

滚滚长江，奔流不息。从雪域高原到鱼米之乡，滔滔江水，润泽万物，孕育出中华民族的灿烂文明，激荡着江边中国的时代伟力。顺流而下的江水，用入海前的最后一道大湾，放缓了奔腾的脚步，用母亲般温暖的胸怀，滋养出一颗城市明珠：目光投向"江海交汇第一湾"拥抱的张家港，一种力量，直抵人心；一种精神，闪耀光芒。

从昔日的苏南"边角料"，到成为全国百强县前三的明星城市，张家港，这片改革开放的热土，写就了不朽的发展传奇。而在这一过程中，"团结拼搏、负重奋进、自加压力、敢于争先"的张家港精神，功不可没。作为苏州"三大法宝"之一，张家港精神，是改革开放大潮中的闪亮浪花，是新时代中国特色社会主义的美妙音符，是不断与时俱进的城市精神，是持续自我进化的文明自觉，更是中华民族实现站起来、富起来到强起来的伟大飞跃的县域注脚。

张家港精神不是凭空产生的，她是张家港人民用心血和汗水亲手创造的思想财富，是张家港城市文化特色的鲜明体现。她像一泓在时代脉动中汩汩而出的活水，激活了张家港发展的动能，亦蜿蜒人心间，成为百万张家港人认同城市文化与幸福感的深层渊源。一座城市与一种精神在改革开放的时代洪流中共生共进，不仅丰富了中国城市发展历史的鲜活故事，更成为新时代读懂中国精神的一个重要视角。

一 张家港的精神史诗

（一）小镇逆袭，凝聚精神力量

"张家港精神"虽于 20 世纪 90 年代才正式提出，但自建县以来，张家港市（沙洲县）历任领导和张家港人民从一无所有中敢拼敢闯的志气、奋勇向前的热情，为"张家港精神"的孕育奠定了基础。其中，"杨舍精神"的诞生地——张家港市杨舍镇，是理解张家港精神的一份地域切片。

1978 年，党的十一届三中全会召开，一场时代大幕即将拉开。然而在当时，张家港市（沙洲县）国民生产总值仅为 3.24 亿元，在苏南地区各县中位列倒数第一，被称为苏南的"西伯利亚"。原沙洲县委、县政府所在地杨舍镇区面积不足 1 平方千米，房屋破旧，环境脏乱，工业产值不足 500 万元。在苏州市 6 个县的城关镇中位列倒数第一。

改革开放春潮涌动，杨舍这个江南小镇也迎来新的发展转折点——党的十一届三中全会后，刚过不惑之年的秦振华出任张家港市（沙洲县）杨舍镇党委书记。从此，大胆而颇具争议的突破，可写入城镇发展史的改变，即将发生。

第一场攻坚战是全面整治环境。秦振华及镇党委一班人带领全体干部在农民市民混居、道路坑洼、蚊蝇纷飞的杨舍改建公厕，实行公共垃圾集中存放销毁。这项举动在今日城市公共卫生环境改造治理中理所当然，在 40 多年前却因不符居民长久的生活习惯而遭到反对。秦振华没有退却，亲自坐镇蚊蝇飞舞的改造工地，加大改造力度，一个月后建成 57 座公厕，并由此带动杨舍整体的环境改善与管理：建立专业机构镇环卫所、粪便集中无害化处理，还在企业、居委会统一配置整治环境的人才与规划……改建公厕之根本，是在现代城市中移风易俗，提高人的素质、提升生活质量。

第二场突围战是振兴实体产业。当时的杨舍镇只有几家企业，秦振华带领杨舍镇党委班子走进企业展开调研，借贷、发动群众集资，一批镇办村办企业由此创建或扩建，包括腈纶厂、染整设备厂、橡胶厂等。1985 年，杨舍创办了全镇最大的骨干企业——涤纶长丝厂。这家乡镇企业是此后主导、参与起草了国内纺织、化学纤维工业多项技术标准的龙杰特种化纤有限公司的前身。化工领域的华机集团、奶制品领域的梁丰食品集团等企业，也在杨舍镇的支持下，从被"逼上梁山"到有所突破，从四处考察学习到经验落地发展壮大。至 1988 年，张家港撤县建市两年后，杨舍镇工业化已加速起跑，拿下苏州市乡镇国内生产总值的第一名。

当时，江苏省《党的生活》杂志这样总结"杨舍精神"：为官一任、造福一方的公仆精神；顾全大局、乐于奉献的牺牲精神；扶正祛邪、敢于碰硬的无畏精神；雷厉风行、脚踏实地的务实精神；严于律己、以身作则的表率精神；自加压力、永不满足的进取精神。由江南小镇的逆袭故事淬炼而成的"杨舍精神"，从一开始便不是坐而论道、形而上的"空中楼阁"，而是躬身入局、干事创业的行动准则，而这也为后来"张家港精神"的形成、弘扬与传承注入了最为可贵的实干基因。

（二）精神灯塔照亮发展之路

1992 年，张家港的发展迎来一次换挡变速。

这一年，56 岁的秦振华出任张家港市委书记。五十而知天命，然而面对一个刚撤县设市 6 年、经济总量在苏州县市中尚居中游的新生城市，秦振华的步子只能更快。

上任后的第一次市委常委会议，秦振华就喊出一个让众人振奋又带着惊诧的口号"工业超常熟（常熟市当时在苏州市各县市经济总量居第一）、外贸超吴江（吴江市外贸出口连续九年是江苏省的冠军）、城市建设超昆山（昆山市是经国务院批准的自费开发示范县），样样工作争第一"。这个口号一喊出来，就把张家港市委市政府和人民推上了破釜沉舟、背水一战的境地。不少人担忧秦振华要"闯祸"，他却坚信张家港港口将是带动临港经济的新支点，必会将张家港长三角的腹地、水陆交通优势发挥得淋漓尽致。"以港兴市、以市促港"这一战略，从1986年撤县建市就已提出，秦振华上任后，则将其作为重大战略，落地实施。为了下好这一盘棋，秦振华带领领导班子与企业负责人走访深圳、中山、珠海等改革开放后国民流动大潮的目的地，参观考察共计7座城市21家企业。

就在同年，邓小平到武昌、深圳、珠海、上海等地视察，并发表了一系列重要讲话，其中"改革开放胆子要大一些，敢于试验……看准了的，就大胆地试""多搞点三资企业，不要怕""抓住时机，发展自己，关键是发展经济"，让人振奋不已。一座港口新城正要扬帆出发，一国之改革开放和现代化建设恰将迈向新阶段。若说"杨舍精神"乘上了党的十一届三中全会后工作重心向经济建设转移的东风，"南方谈话"则直接催生了"张家港精神"。

"南方谈话"之后，秦振华和张家港市委一班人认为，经济要腾飞，思想要先行，只有用强大的精神动力鼓舞干部和群众，才能解放思想，振奋精神，激励发展，开创大业。于是，张家港市委在"杨舍精神"的基础上进一步概括、提炼、升华，提出了要在全市大力弘扬"团结拼搏、负重奋进、自加压力、敢于争先"的"张家港精神"，用以鼓舞全市人民争先进位。

当一座城市有了精神，便有了发展之基、力量之源，演绎出一个又一个令世人惊叹的发展传奇。张杨公路正是这样一个传奇工程。这条全程33千米、双向6车道、70米路基、50米路面的高等级公路，投资3亿元，已超张家港当时一年财政收入，还涉及拆迁、勘测设计、施工以及在全国建设高潮期备料等难题，然而，张家港还是按下了"启动键"，并且要求将原本3年的工程期缩减到1年半。7支施工队，3000名工人，260多台大型筑路机械和运输车辆，日夜不停。1993年8月，张杨公路全线贯通。这条东西向交通大动脉，与张家港港口接轨，贯穿了沿线省级开发区和各个乡镇，拉开了城市发展的框架，也是实现城乡一体化的重要一步。

　　紧接着，又是一场硬仗："抢建"保税区。当国务院传来消息将建设长江内河港保税区，张家港提出全力拼抢沿江码头和保税区。当时，国内仅批了上海外高桥、天津港、深圳沙头角等5个保税区，并未有内河港建设保税区的先例。作为一个立市才6年的县级市，"不可能"像是既定的标准答案，但张家港人不相信"不可能"。从制定规划、申报选址，到组团进京，主动召开汇报会介绍"三超一争"、以港兴市的发展构想，再到争取长江岸线开发权，大胆走国际化道路。张家港一步一个脚印，硬是"抢"来了全国第一个长江内河港口的开发权。1992年4月，张家港确定争抢保税区，5月就拿出方案，一个半月完成区内1284户农民住房拆迁，160天把长江边的一片芦苇滩变成长江流域最大的万吨化工码头，20个昼夜完成8千米的铁丝网隔离带，90天建成8000平方米的港务局大楼，用了不到半年时间完成区内"五通一平"工作，9个月基本建成保税区，当年实现封关运行……一张醒目的时间表把"张家港速度"写在了中国开发区建设史的扉页上。此后，120多个含世界500强和国内大型央企在内的项目，如东海粮油、陶氏、雪佛龙等项目进驻保税区，"以港兴市"这一港口工业城市发展战略，全面被激活。

　　这是张家港发展史上熠熠发光的时刻。1992年年末，张家港工业产值已达220亿元，实现了对常熟的历史性超越，外贸出口总量超过了吴江，城市建设则拿下第一个"全国卫生城市"称号。到1994年底，江苏省统计的各项数据表明，张家港的经济总量、税收、外贸出口、外资引进等均在苏州市处于领先水平，文化、体育、教育等28个部门的工作被评为全国先进，全面实现"三超一争"的奋斗目标。

　　1995年11月23日，《人民日报》在《弘扬张家港精神》一文中，将张家港精神的内涵概括为：团结拼搏即团结起来、齐心协力，艰苦奋斗，开创大业；负重奋进即肩负重任，迎难而上，勇挑重担，奋勇前进；自加压力即自立自强，自我加压，不留后路；敢于争先即心想长远，永不满足，敢闯敢冒，敢争第一。团结拼搏是基础，负重奋进是要求，自加压力是动力，敢于争先是目标。

（三）张家港精神是干出来的

2019年10月23日，这注定又是一个在张家港发展史中值得铭记的日子。

昂扬勃发的张家港人，用一场新时代"三超一争"聚焦聚力"三标杆一率先"誓师大会，跨越时空擂响了"张家港精神"的战鼓号角，锚定"经济高质量标杆、城乡一体化标杆、新时代文明标杆，在全省率先基本实现现代化"的奋进目标，踏上"而今迈步从头越"的全新征程，再创一个激情燃烧、干事创业的火红年代。

城市精神彰显着一个城市的特色风貌。习近平总书记深刻指出，一个民族需要有民族精神，一个城市同样需要有城市精神。要结合自己的历史传承、区域文化、时代要求，打造自己的城市精神，对外树立形象，对内凝聚人心。"张家港精神"的横空出世与不断弘扬，正是塑造城市精神的一次生动实践。

早上5点起床，到车间去转一圈；6点30分，在工厂门口迎候员工；7点钟准时参加高层领导例会……年过七旬，沙钢集团董事局主席沈文荣依旧精神抖擞，浑身上下洋溢着打造"百年沙钢"的豪情。40多年来，从引进被誉为"中国钢铁工业第三次革命样板"的75吨超高功率电炉，到建设亚洲第一炉；从实施650万吨钢板设备搬迁工程，到推进世界最大高炉为代表的新一轮节能技改工程；从上马冷轧高端生产线，到攻克具有世界领先水平的超薄带生产线，沙钢在沈文荣的带领下，在中国经济腾飞的时代大潮中一往无前，历经铁与火的淬炼，走出了一条成功之路。2021年8月2日，《财富》世界500强排行榜发布，沙钢集团以2020年38664.5百万美元营业收入位列榜单第308位，连续十三年入围世界500强。

奋斗的"精神种子"一旦"破土萌发"，很快就舒展开枝叶，感染到每一个人。

坐落于长江边的长江村，曾是一个贫穷落后的小渔村。乘着改革开放的春风，长江村用好党和国家的好政策，大力发展村办企业，1989 年成为千万元村。紧接着，长江村人敏锐捕捉市场机遇，自制设备，"土法上马"研制出空心导轨，赢得了上海客户的青睐。其后，他们把苏南人的智慧发挥得淋漓尽致，"借鸡生蛋""借梯上楼""借船出海"，工业经济一飞冲天，村级企业也从最初的几个"小萝卜头"发展成为一个大型企业集团，其后历经一场"自我革命"，成功打造成为苏州首家上市的村级企业。步入新时代，启航新征程，长江村人深入践行"健康中国"战略，转型布局以"医药＋医疗"为主引擎的大健康产业，走上了"健康长江"高质量发展之路，"长江名花"愈发芬芳。

思想是行动的先导，精神是事业的灵魂。从把握党的十一届三中全会释放的强烈信号，在艰苦创业中推动乡镇企业的强势崛起，到乘着"南方谈话"的强劲东风，在弯道超越中成就"伟大理论的成功实践"，再到如今连续 28 年稳居全国同类城市前三、荣获 200 多项国家级以上荣誉，张家港之所以能够做到"无名山丘崛起为峰"，离不开思想的指引和精神的支撑，而最为根本、最为关键的一条，就是坚持走中国特色社会主义道路，孕育、弘扬、践行"张家港精神"。

（四）张家港精神是每一个人的精神

张家港档案馆珍藏着一块"金字招牌"，实木、银底、红字，这就是第一块全国文明城市牌匾，一座城市的文明勋章。荣誉的背后，是百万港城人民在"张家港精神"的激励下，砥砺奋进争创文明城市的奋斗故事。

钱怡到现在还清楚地记得，1994 年在张家港实验小学上五年级的时候，他一到课间活动，就会和同学们争着去打扫教室、捡拾校园垃圾，"老师告诉我们，张家港要争创文明城市，作为学生每个人都要讲文明。不乱扔垃圾就是一方面。回家后，我们还把老师说的讲文明方面的话，转达给爸妈听。"

张家港以环境卫生整治为突破口，掀起了一场全城行动、全民参与的"扫帚行动"。80万张家港人靠着一把把扫帚，扫除了陋习，扫掉了"脏乱差"，扫来了国家卫生城市的殊荣，更扫出了干事创业的"精气神"。文明细胞被激活了，从城区到村镇，从单位到家庭……人们铆足了劲，凡事都要当"最文明"的那一个。实行垃圾袋装化、城区禁放烟花爆竹、公共场所禁止吸烟、禁烧麦秸、闯红灯者要身穿黄马甲执勤……这在今天看来都是很难做到的文明规范，在20世纪90年代已经成为张家港的生活日常。

1995年10月，全国精神文明建设经验交流会在张家港市召开，"张家港精神"和"张家港经验"走向全国。1997年，张家港市被中宣部正式确定为"全国文明城市创建示范点"。1999年，张家港市又被中央文明委授予首批"全国创建文明城市工作先进城市"称号。2005年10月，第一批全国文明城市名单发布，张家港赫然在列，成为全国唯一获此殊荣的县级市。至2021年，张家港更是成为唯一连续六届荣膺"全国文明城市"的县级市。

城市精神的提出和培育，必然要求和带动市民综合素质的提高。而市民综合素质的提高，反过来又大大促进了城市精神的发扬和城市形象的提升，从而为城市的持续发展奠定了良好的基础。文明城市创建正是张家港城市精神最直观的外向性表达。张家港的典型经验，最基本的就是从经济社会全面发展的战略高度，重视物质文明和精神文明建设，确立了"两手抓，两手都要硬"的建设思路。张家港有一个惯例，市委书记同时兼任市文明委主任。从抓卫生环境到培育市民文明习惯，从提升城市品质到促进城乡一体文明，无论时代怎么变化，精神文明建设"一棒接着一棒传，一任接着一任抓"的传统始终没变。

在持续多年的文明创建中，张家港交出了一张张令人满意的"惠民答卷"：全市建立图书馆总分馆体系，建设社区阅读服务站、24小时图书馆驿站、最美阅读空间、森林书屋、图书漂流亭，实现知识分享、书香传递；网格化、数字化公共文化服务模式，打造"15分钟文化服务圈"，将"最后一千米"转化成了"零距离"；暨阳湖、沙洲湖等城市"绿肺"，彰显着独特的生态魅力……城市建设与城市文明同频共振。张家港精神的塑造，精神文明建设的先行，不仅培养了争先奋进、文明开放的市民群体，也增强了市民对城市的归属感、自豪感和责任感，确保了张家港在经济快速发展的同时，人的素质、城市的文明程度也快速提高。

一个人带动一群人，一群人温暖一座城。在城市精神文明建设的持续涵濡浸润下，越来越多的张家港人发自内心地帮助他人、服务他人，跟着城市的脚步一起成长。至2021年末，张家港市拥有注册志愿者23万余名，注册志愿服务团队1348支，平均每天有300多个志愿服务活动在全市城乡开展。志愿服务已经成为张家港人的生活方式。

张家港是文明城市建设梦想开始的地方，更是用实际行动推进"两个文明"协调发展的实践者和引领者。从摘得第一块全国文明城市"金字招牌"，到如今成为唯一六次荣膺全国文明城市的县级市，全民全域的精神追求、价值认同，锻造出城市的非凡气质、硬核实力，文明基因嵌入城市的每一寸肌理，构成了物质文明与精神文明协调发展的底层逻辑，实现了从"夺冠"到"习惯"的文明养成。

不负时代、不负光阴。站在新的时空坐标系，张家港再一次以无畏的勇气抢先探路，扛起"打造文明城市策源地、争当现代文明城市典范"的使命担当，把人民满意作为第一标准，乘势而上争创全国文明典范城市，全力以赴让张家港这方"文明高地"，崛起更具影响力、辐射力、引领力的"文明高峰"。

二 读懂张家港精神

（一）团结奋进的创业精神

习近平总书记反复强调，惟其艰难，才更显勇毅；惟其笃行，才弥足珍贵。发展的道路从来不是一片坦途,改革的路上从不轻松容易。只有勇于坚持"明知山有虎,偏向虎山行"的不畏难、不言苦的担当精神,才能干事创业。伟大的事业是干出来的。

张家港精神的"团结拼搏、负重奋进"来自于愚公移山、艰苦奋斗的精神,知难而进、一往无前的精神,淡泊名利、无私奉献的精神,这些宝贵的民族精神,都是张家港精神孕育发展的历史源泉。作为一种城市精神,"张家港精神"产生于改革开放、社会主义现代化的新时期,孕育在张家港这块富有激情的创业热土,艰苦创业的优良传统和开拓创新的时代意识水乳交融,并最终成为张家港人一笔巨大的精神财富,被人们自觉地作为工作标尺、精神支柱。

1992 年初,张家港在分析了全国的经济形势以及周边县市的发展势态后,果断地喊出了"三超一争"的奋斗目标。他们顶着巨大的压力,并把这种压力转化为全市人民埋头苦干、艰苦创业的动力,一门心思抢发展。

在那段充满机遇和挑战的时期,张家港人不顾各种流言蜚语,一门心思艰苦创业,提出了"没有经济就没有地位,没有外向度就没有知名度;以发展论英雄,凭贡献坐位置;市场经济不等人,不争不抢是庸人,错过时机是罪人;大发展小困难,小发展大困难,不发展最困难"等理念,在"三超一争"目标提出后,又提出了"对外大开放、全市大开发、经济大发展"的工作思路。

至 1994 年底,江苏省统计的各项数据表明,张家港基本实现了"三超一争"的奋斗目标,催生了令人惊叹的"张家港速度",创造了一个又一个"张家港奇迹"。张家港之所以能始终处于发展最前沿,凭的就是党群始终团结,步调一致,以持续不断的加压奋进,推动发展持续勇攀高峰。

(二) 敢为人先的创优精神

在张家港,大家常说的话是"大发展小困难,小发展大困难,不发展最困难""快进才是进,慢进就是退""困难年年有,办法总比困难多"。在"张家港精神"的浸润下,拼抢、争先已经刻入张家港人的基因,创造了一个个"不敢想""不可能"的发展奇迹。

张家港在发展早期,由于其是常熟、江阴的"边角料"组成,基础差、底子薄。但张家港"不服输、不认命",大胆提出"三超一争",不但"抢"到了保税区、保税物流园区、扬子江化学工业园、冶金工业园,以及一大批外资项目和基础设施项目,也争得多个辐射民生、基础建设、经济等领域的第一:第一个提出创建全国文明城市,建设全国第一家内河港型保税区,建成全国第一个高标准的长江百里江堤、全国第一个实施城乡社会保障并轨……一个个争先首创正是张家港人自我加压、瞄准先进、力争上游、永不自满、永攀新高的生动写照。实践使张家港人认识到,奋发才能有为,争先才能进位。张家港人的争先,争的是发展的质量,争的是群众的实惠,争的是民族的志气。

张家港之所以能始终保持率先发展之优势,就在于敢于坚持走别人没走过的路,敢于答无解之问,能当第一的就绝不做第二,始终保持敢为人先、敢拼敢闯的锐气与勇气,以改革发展史上的无数个"全国第一"甚至是"全国唯一",支撑着可持续的率先发展之路。

(三) 与时俱进的创新精神

习近平总书记反复告诫我们,创新是发展的第一动力,在激烈的国际竞争中,惟创新者进,惟创新者强,惟创新者胜。在激烈的市场竞争中,惟有做到人无我有、人有我新、人新我特,创新发展才能引领率先发展。

张家港人在每个历史发展阶段,无不是在敢闯敢试创新开拓:率先推动乡镇企业改制,为发展插上腾飞翅膀;实施"以港兴市"战略,打开走向世界的通道;城乡一体化综合配套改革,加速打破城乡二元结构……张家港人解放思想、敢为人先,形成了用新观念研究新情况、用新办法解决新问题、用新举措开创新局面的生动景象,发展道路越走越宽。建立在张家港实践基础之上的"张家港精神",经过

"从群众中来，到群众中去"的循环往复，才转化为推动社会前进的物质力量。

张家港精神的提出，为新的实践注入了新的精神力量，而改革开放和现代化建设的生动实践，为弘扬和拓展张家港精神新内涵提供了广阔背景和现实基础，使张家港精神在深化改革、发展社会主义市场经济和对外开放、学习借鉴中逐步得到丰富、优化和提升，产生了崭新的精神特质，体现了鲜明的时代特征。

20世纪90年代初期，在各方面基础相对薄弱的情况下，张家港抢抓机遇，奋力赶超，实现了张家港发展的大开发、大变化，张家港精神的时代特征突出体现为"拼搏、进位"。20世纪90年代中后期，张家港的发展走到了全国同类城市前列，"张家港精神"突出体现在"巩固、提升"上，坚持以经济建设为中心，全方位、多层次、系列化开展精神文明建设，走出了一条"两个文明"协调发展的成功之路。进入21世纪，经济社会进入转型阶段，"张家港精神"突出体现在"统筹、协调"上，构建园区经济、民营经济和开放型经济"三足鼎立"的经济新格局，进行历史上最大规模的行政区划调整，形成"一城双核四片区"的现代化中等城市框架，科技、教育、文化、卫生、体育、社保等社会事业协调发展。

步入新时代，面临新挑战和新机遇，"张家港精神"则重点体现在"再出发、再突破、再引领"上。抢抓"高铁""高新区""两高融合"新机遇，深度融入长三角一体化、聚力打造"创新张家港"，建设全面综合、优质均衡的现代化文明典范城市，一个崭新的历史篇章即将翻开。

张家港之所以长期稳居全国百强县前三，就在于当地干部群众始终秉承吃苦不言苦、处难不畏难、不达目标不罢休的担当精神，发展路上逢山开路、遇水架桥，才一次次抢到先机、抓住机遇，通过不断创新体制、机制、平台、载体等，化难为易，推动着自身发展从低到高、从弱到强、从量转质，不断地爬坡过坎，迈上新台阶。

时代的车轮滚滚向前，与时俱进的张家港精神始终与时代同步前行，在浩浩荡荡、奔流不息的时代潮流中，汲取养分和能量，获得发展和升华，不断传承和光大，永葆生机和活力。她影响着张家港一代又一代领导干部和市民群众，成为根植于全体张家港人心中共同的价值观和精神特质，为每一位张家港人筑牢了一个初心不变、奋斗不息的精神家园。

三 中国精神的在地注脚

实现中华民族伟大复兴的中国梦，必须大力弘扬以民族精神和时代精神为内涵的中国精神。民族精神是一个民族在长期共同的社会实践中形成的民族意识、民族心理、民族品格、民族气质的总和，是对民族的社会存在的反映。时代精神是每一个时代特有的普遍精神实质，是一种超脱个人的共同的集体意识，是激励一个民族奋发图强、振兴祖国的强大精神动力，对时代发展和整个社会生活具有巨大的能动作用。"团结拼搏、负重奋进、自加压力、敢于争先"的张家港精神，是几代张家港人只争朝夕、敢拼敢抢、勇创大业的精神写照，更是"中华民族精神与时代精神的重要组成部分"。

新的历史时期，张家港人在开启现代化建设新征程的伟大实践中，正自觉、深入地拓展张家港精神的时代新内涵。奋斗新时代，启航新征程，张家港始终"以创业奉献为第一价值，以永争第一为第一目标，以创新开拓为第一品质，以敢闯敢试为第一风貌，以文明礼信为第一特征，以造福百姓为第一责任"的总要求，掀起了张家港精神"再教育、再弘扬、再实践"新高潮。

（一）创新，城市精神的时代品格

2021年2月26日，张家港36个产业项目开工，总投资646.2亿元，其中重大创新项目成为亮点；3月30日，张家港融入上海合作发展说明会在上海举行，总投资563亿元的55个沪港合作项目集中签约，一场春天之约，按下了"沪苏同城化"的快进键，点燃了张家港创新提质的主引擎；4月23日，总投资40亿元天兵科技运载火箭及发动机智能制造基地开工建设，彰显张家港穿云揽月、直指星辰的发展雄心……开局"十四五"，奋进正当时。张家港这个县域发展排头兵全面吹响建设"创新张家港"的嘹亮号角。"十四五"期间，张家港将统筹推进以科技创新为核心的全面创新，奋力探索更具引领性的创新发展路径，力求为全国县域创新树立旗帜，让"创新张家港"品牌，成为这座城市又一块"金字招牌"。

纵观人类发展历史，创新始终是推动发展的重要力量。习近平总书记指出，"创新是一个民族进步的灵魂，是一个国家兴旺发达的不竭动力"。党的十九大报告指出："世界每时每刻都在发生变化，中国也每时每刻都在发生变化，我们必须在理论上跟上时代，不断认识规律，不断推进理论创新、实践创新、制度创新、文化创新以及其他各方面创新。"

创新是张家港精神永不枯竭的力量之源，更是贯穿张家港发展的鲜明主线。正是因为张家港广大党员干部不断创新发展理念、体制机制、发展方式、发展举措、发展平台、发展载体，才使得张家港始终得以保持研判形势有新视角、推进工作有新思路、解决问题有新办法、开发建设有新成绩，从而实现可持续率先发展。

2021年，面对多重困难的叠加考验，张家港全市上下大力弘扬张家港精神，拼搏实干、奋勇争先，高标准全面实现年度"331"目标，即地区生产总值超3000亿元、稳居全国百强县前三、保持苏州高质量发展考核第一等次，取得了苏州开展综合考核以来"四战四胜"的显著成绩。面对"轻装上阵，加快转型"的时代考卷，张家港聚焦聚力科技招商，全面提速创新转型，加速构建产业创新集群，全力激活创新驱动高质量发展的澎湃动能。跳出思维定势，摆脱陈规束缚，张家港正以全面创新、全域创新为高质量发展赋能，为现代化建设蓄力，让"张家港精神"焕发新的时代华彩。

（二）长三角，高质量发展的时空坐标

千年之前，一条伟大航路，成就"鉴真东渡"的传奇故事，为这片土地留下开拓进取的奋斗基因；千年之后，一条高速铁路，重构"长三角一体化"战略版图，张家港迎来"沪苏同城化"新机遇。

2020年7月，"沪苏通"铁路建成运营，让曾经"地无寸铁"的张家港一跃跨入高铁时代，跃升为交通"节点"。放眼长江经济带和沿海经济带的交汇点，由大江、大桥、大通道全新标注的张家港，"C"位十足。

沿着沪苏通铁路一路向东，张家港融入上海"1小时通勤圈"，能更快捷地承接上海的项目、资金、技术转移，进一步增强国际化大都市对本地的辐射带动作用。张家港加速推动区域深度联结、协调发展，畅通资本、人才、技术等各类要素交汇融合，把融入长三角地区"1小时都市圈"的梦想变为现实。不仅如此，与张家港互联互通的长三角铁路版图还在持续扩大，南沿江城际铁路、通苏嘉铁路的建设正加速推进，将在张家港市形成"三铁交会"之势。此外，多条过江通道、"五纵五横"快速路网、辖区内高等级航道等一大批重点项目的落地，将进一步串联起长三角"朋友圈"。

然而，机遇与挑战总是并存的。相比与昆山、太仓、吴江等与上海接壤的县市区，张家港的区位优势并不明显，如何更近一步融入"上海都市圈"，如何化解大都市的虹吸效应，分享溢出效应，都是张家港需要认真思考的问题。而"解题思路"就蕴藏在与时俱进的"张家港精神"之中。纵观张家港发展历程，分析"张家港精神"内核，不难发现，张家港人不但善于把准时代脉搏、抢抓机遇风口，敢于"第一个吃螃蟹"，大胆地试、大胆地闯，更善于在激烈的竞争中创造机遇、迎难而上，看准时机，争分夺秒、奋力拼抢、赢得发展先机。

借高铁起势，融入长三角，张家港以诚相待——全面抢抓长三角一体化发展重大机遇，与上海杨浦区、虹桥商务区、上港集团、临港集团，以及苏州工业园区等达成战略合作；制定"对接上海科技创新三年行动计划"，技术转移、双创项目、科技服务等 5 类共 15 项重点任务逐项推进。再看具体举措。首批设立江苏省创新券，设立"产学研预研资金"上海专项、鼓励企业在沪建设离岸研发中心政策；上海张江·张家港创新中心建成运营；与上海市教委科技发展中心共建的"张家港上海高校协同创新中心"投运；上海市张家港商会正式成立……一系列"硬核"实招，不断扩大张家港的长三角朋友圈。

乘高新追风，培育增长极，张家港更以"城"相待——围绕张家港高铁枢纽，张家港在城市东部规划建设 44.2 平方千米的张家港高新区（塘桥镇），瞄准"长三角沪港互融新城，苏锡通创新创智中心"的目标定位，着力打造融入长三角的开放引领新门户。2021 年以来，百度"三中心一基地"项目等总投资超 500 亿元的 20 多个重大产业项目相继签约；苏高新节能环保创新园建成投用——蓝图上的新城正在照进现实，成为张家港加速推动"沪苏同城化"的生动注脚。

"黄金水道"与"黄金轨道"高效链接，协同创新发展高地呼之欲出。一体化，一张图，一盘棋，一幅资源互通的跨区域发展之"图"正在港城大地徐徐铺展，更让"张家港精神"乘上"长三角区域一体化"协同创新高质量发展的高铁列车。

（三）绿色，生态港城的最美侧脸

2021 年 7 月，在南京国际博览中心热展的"百年征程初心永恒——中国共产党在江苏历史展"上，张家港的两张对比图片吸引了参观者的目光。

"大家看，这是 2000 年时的'暨阳湖'，严格说来，当时是修建沿江高速公路时取土形成的巨大土坑，坑坑洼洼；这是如今的暨阳湖，风光旖旎，碧波荡漾，鸟语花香，成为市民们休闲锻炼的绝佳去处。"指着照片，来自张家港的讲解员满脸自豪。

2000 年，张家港利用修建沿江高速公路的契机，集中取土开挖建成暨阳湖，利用先进的生态理念和技术把自然引入城市，契合了"海绵城市"的建设要求，成为市区 36 平方千米内主要的"海绵体"。如今，湖畔建起了心理科普馆、文明实践益空间、湖畔书房等公共设施，成为张家港生态文明和精神文明和谐共荣的新地标。

万里长江在奔流入海前，在张家港拐了最后一道弯，塑造了"江海交汇第一湾"自然奇观，也赋予了张家港人守护母亲河的绿色担当。2021年10月，《张家港湾：来自中国的生态修复实践》入选联合国可持续发展目标实践行动优秀案例，成为江苏首批入围的案例。张家港湾上起老沙码头，下至段山港，全长12千米。曾经这里"散乱污"遍地，非法码头"围江"，成为当地村民"临江不见江，近水不亲水"的遗憾。2019年下半年，张家港正式启动"张家港湾"生态提升工程，对12千米的沿江岸线实施生态改造，擘画壮美江景、重塑绿水青山，还港城市民"一江清水、两岸葱绿"。如今，原本遍布码头、工厂的江岸，已是一片生机盎然。在"苇风芦影""水天一色"的诗意景象中，一幅"碧水如蓝""见江亲水"的江湾生态画卷正徐徐展开。

站在张家港湾凭江远眺，会看到一颗镶嵌在长江中的"绿色珍珠"——双山岛，这里一直是张家港人悉心呵护的"零开发岛"。百年来，岛上以农业为主，是长江中下游地区原始生态环境保护最完好的岛屿之一，展现了难以复制的自然风貌和水乡人文风情。"零开发"不等于"零发展"。近年来，张家港依托得天独厚的江岛优势，提出"长江慢岛、沙上绿洲"的全新定位。以"八区四园"为规划，双山岛在对岛屿进行综合整治、恢复生态基底的同时，完成了岛上的道路桥梁、河道水系、绿化景观等基础设施建设。

与双山岛隔江相望的香山，则是张家港生态修复的"老典型"。曾经因采石等人为原因造成山体严重破坏的香山，经过10年持续生态修复后重获新生。如今，香山已成为赏梅的一处胜地，40余个景点像一颗颗珍珠贯穿起来，移步换景，让人目不暇接。

一湖、一湾、一岛、一山，共同构成了张家港持之以恒践行绿色发展理念，打造生态宜居新城的水墨画，写意灵动更饱含深情。而这幅水墨画正是张家港立足新发展阶段，践行新发展理念，构建新发展格局，与时俱进弘扬"张家港精神"的美丽注脚。张家港人深知生态文明建设既是转变经济发展方式的客观需要，也是破解资源环境约束的有效途径，更是保障民生福祉提升的内在要求。

"样样工作争第一"的张家港，多年来始终坚持"五位一体"的总体布局，正确处理经济社会发展与生态环境保护的关系，把生态文明融入经济社会发展的全过程和各方面，努力探索富有生态文明内涵的"绿色化"发展路径。从全国首家环境保护模范城市到全国首批国家生态市，再到全国首批生态文明建设试点地区；从全国首份生态文明建设规划诞生，到搭建生态文明基本框架，再到首届江苏省"生态文明号"评选活动中荣获全省唯一的"生态文明建设特别贡献奖"。张家港始终秉承"环境就是财富、生态就是民生"理念，把绿色发展贯穿于经济社会发展全过程，走出了一条经济社会与生态文明互促共进的科学发展之路。

（四）骄傲，有一种幸福叫"身在张家港"

健身步道损毁、沿河防护栏残破、油污堵塞管道……生活中，类似的琐事、急事、难事屡见不鲜。而张家港却"小题大做"，把这些问题的解决当做提升百姓幸福感的新抓手。每年，张家港都会由市镇两级财政安排专项资金，实施"民生微实事"项目，以群众需求为导向，通过"群众点菜、政府买单"的方式，短平快地解决群众身边的"小急难"，让百姓生活不再烦。

党的十八大以来，习近平总书记始终强调"人民对美好生活的向往就是我们的奋斗目标"。为民服务一是要有执政为民的情怀，二是要坚守人民立场，三是要有执政为民的实举。说到底，就是必须牢记全心全意为人民服务的根本宗旨，自觉与党中央的要求和人民对美好生活的新期盼对标对表，着力解决人民群众反映强烈的突出问题，不断提升人民群众的获得感、幸福感、安全感。

作为"中国最具幸福感城市""中国率先全面建成小康社会范例城市"，张家港始终坚持"以人民为中心"的发展思想，用心用情用力增进民生福祉。在苏州率先启动养老服务，实现社区居家养老服务中心（站）、区域性养老服务中心全覆盖；推进养老服务高质量发展，启动养老服务"时间银行"，探索低龄助高龄养老志愿服务模式；推出村级医疗互助项目，实现"村级医疗互助"全覆盖……无论是过去还是现在，一桩桩饱含深情的民生实事，绘就了张家港一幅色彩斑斓、可圈可点的民生画卷。幼有善育、学有优教、劳有应得、病有良医、住有安居、老有颐养、弱有众扶，一笔笔民生支出相继落地，一件件好事实事持续推进，如一缕缕春风、一股股暖流，润物细无声地融进百姓日常生活，让百姓幸福指数跃上"新高度"。

习近平总书记说："人民就是江山，江山就是人民。"张家港始终把人的发展作为经济社会建设的坐标原点，体现了中国梦"以人为本"的价值立场；坚持让全体市民共享改革发展成果，体现了中国梦"公平正义"的价值追求；注重统筹推动"五位一体"全面进步，体现了中国梦"科学发展"的价值目标。

（五）"六座城"，"精神火炬"照亮现代化新征程

2022年，党的二十大将隆重召开，张家港也将迎来建县（市）60周年。回望历史，追寻城市的足迹，60年前，沙洲县成立，翻开了港城大地历史性的一页；40年前，张家港港作为一类口岸对外开放，打开了港城发展的广阔空间；30年前，保税区设立，为张家港发展插上了腾飞的翅膀。一代又一代张家港人在张家港精神的激励下，团结拼搏、接续奋斗，在港城大地上谱写了波澜壮阔的恢弘篇章。

对历史最好的致敬，是书写新的历史；对未来最好的把握，是开创更加美好的未来。迎接二十大、献礼六十年，张家港以习近平总书记新时代中国特色社会主义思想为指导，全面贯彻党的十九大和十九届历次全会精神，深入贯彻习近平总书记对江苏工作重要指示精神，紧扣"强富美高"总目标总定位，自觉扛起"争当表率、争做示范、走在前列"的光荣使命，立足新发展阶段，贯彻新发展理念，加快服务构建新发展格局，着力推动高质量发展，坚持"稳字当头、稳中求

进、全面向好"的工作定位，在"轻装上阵、转型升级"上彰显典范性，一着不让抓创新、强动能，推动从"产业城市"向"产业强市"的发展跃升；在"全面综合、优质均衡"上彰显典范性，一以贯之走在前、作表率，推动从"文明高地"向"文明高峰"的发展跃升，继往开来打造"创新转型的实力之城、包容并蓄的活力之城、一体融合的协调之城、文明善治的典范之城、美丽和谐的宜居之城、共建共享的幸福之城"，接续谱写港城现代化建设新篇章。

伟大的事业孕育伟大的精神，伟大的精神推动伟大的事业。张家港精神既是对这片热土历史文脉的传承提升，也是历代张家港人在奋斗中积累下来的宝贵财富，更是展现中国特色社会主义道路自信、理论自信、制度自信、文化自信的强劲脉搏。在奔跑追梦的道路上，张家港高高擎起这个永不熄灭的"精神火炬"，点燃流淌在血液里的拼搏激情，照亮张家港发展的灿烂明天，必将创造出无愧于历史、无愧于时代、无愧于人民的时代伟业。

第三章　小城蝶变，一部波澜壮阔的史诗

从"一无所有"到"明星城市"，六十年间，张家港蝶变新生，实现了由解决温饱到率先建成全面小康社会、继而迈向基本现代化的历史性跨越，创造了经济跨越式发展的张家港速度。迈进新时代，张家港人与时俱进，大力弘扬张家港精神，接续谱写张家港现代化建设新篇章。

一　张家港的速度与实力

党的十一届三中全会前后，张家港市（沙洲县）开始大办乡镇企业，走上了一条以工业为主，农、副、工三业并举的发展道路，迈出了"农转工"的一大步。此后四十余年间，张家港市（沙洲县）经济开始腾飞，其速度是惊人的。2007 年，张家港地区生产总值（GDP）突破 1000 亿元，2016 年突破 2000 亿元，2021 年突破 3000 亿元大关。

（一）港城奇迹的诞生

首先，我们用一张数据图表来感受张家港经济发展的速度和实力。

表 3–1　　　　张家港建县（市）以来主要经济指标（亿元）

年份	地区生产总值	工业生产总值	财政收入	一般公共预算收入
1986	14.37	40.29	1.90	—
1991	32.00	103.09	2.26	—

年份	地区生产总值	工业生产总值	财政收入	一般公共预算收入
1996	230.07	497.48	9.50	4.71
2001	306.84	681.12	32.08	17.95
2006	841.62	2501.73	136.89	61.09
2011	1860.28	5455.50	413.04	142.32
2016	2317.24	5120.50	428.56	190.00
2021	3030.21	5842.44（规上）	645.15	264.13

张家港的 GDP，从 1991 年到 2001 年增长了 8.6 倍，从 2001 年到 2011 年增长了 5.1 倍，在 2011 年如此大体量的情况下，到 2021 年增长了 0.6 倍；而财政收入从 1991 年到 2001 年增长了 13.2 倍，从 2001 年到 2011 年增长了 11.9 倍，从 2011 年再到 2021 年增长了 0.6 倍。

张家港的经济奇迹是从零起步，从无到有，伴随着国家改革开放的伟大历史进程奋斗出来的。以永联村为例，大概可以感受到这样一种创业精神。

曾经，永联村是苏州地区版图上一个找不到的贫困小村——人口不过 700 人，人均年收入只有 68 元；谁曾想到，如今，永联竟变为闻名全国的富裕村、文明村。1970 年，由长江边近 700 亩芦苇滩围垦成陆建村，从此，永联开始了她的历史纪元。当时的永联村，塘浅、坡荒、地洼，遇雨就涝，无雨就旱，不要说别的，就是生存都有困难。为改变贫困面貌，县里派了几次工作组，都没见成效。1978 年，吴栋材作为县里第六次派出的工作组组长和新任村党支部书记来到永联，开始了和全体村民携手奋斗的历程。

第一仗是挖塘养鱼，苦战 39 天，挖出 50 亩鱼塘，同时将取出的土垫高为地种粮，第二年田里粮食丰收，养鱼也获得了 2000 多元的收入。第二仗，吴栋材和村党支部认清了"无工不富"的道理，他们便组织村民陆续办起了水泥预制品厂、家具厂、枕套厂等七八个小工厂。第三仗，1984 年，吴栋材看好轧钢这一行。他认为，改革开放让农民的日子好过了，农民的第一大事就是盖房子，需要大量的钢材，他决心带领村集体办轧钢厂。1985 年，克服诸多困难，永联产出了 6000多吨建筑钢材，利润达到 1024 万元。这一年，永联还清了债务，打出了第一口深井，修了第一条砂石马路，不仅完全脱贫，还跨入了全县十大富裕村的行列。从此，钢铁和这个村庄结下了不解之缘。到 2021年，永联村营业收入达 1010 亿元，利税规模达 60 亿元，永钢集团也位列中国民营企业 500 强。

借着改革开放的春风，历经以工兴村、轧钢富村、并队扩村、炼钢强村等阶段，硬是让这个滩涂小村发展成为苏南地区经济实力最强的行政村之一。可以说，这是一个奇迹，是张家港的奇迹，也是改革开放四十多年来中国土地上出现的无数奇迹之一。

张家港的实力是什么？2020 年 3 月 23 日，陶氏张家港生产基地与张家港保税区签订了 3 亿美元增资计划合作备忘录，作为第一批落户张家港的世界 500 强企业。受优良的营商环境吸引，陶氏公司已累计投资超过 25 亿美元，并成就了一段"平均每 18 个月就新建一家工厂"的佳话。

张家港的速度是什么？30 年前的张家港保税区，从制定建设规划到完成 4.1 平方千米内 1000 多户居民动迁，只用了 3 个月。30 年后的高铁新城正在拔地而起，2 个月高标准完成高铁新城国际方案征集项目，1 个半月将 4 家单位的成果总结，完成最终方案。这场原本最少需要 8 个月的"绘城"之战，最终仅用了 3 个半月就完美收官。

窥一管而知全豹，见一叶落而知秋至。

或许张家港人还记得 1980 年 4 月，锦丰公社农机厂在上海耀华玻璃厂支持下兴建沙洲县玻璃厂，1984 年已成为全国最大的社办玻璃生产企业；或许张家港人还记得 1982 年 11 月，张家港港被批准对外籍船舶开放，1983 年 5 月 7 日，张家港港务码头停靠首艘万吨远洋货轮巴拿马籍"日本商人号"；或许张家港人永远不会忘记，1992 年 4 月，张家港市委、市政府召开"三超一争"誓师大会，提出"工业超常熟，外贸超吴江，城市建设超昆山，样样工作争苏州第一，乃至全国第一"的奋斗目标,此后三十年间,"三超一争"已经内化成为张家港人的发展动力,成为干部群众的"口头禅"。遥想那个未曾走远的创业年代,依然还有很多人激动不已,是几代人火热的激情、火热的青春,留下了一个城市的火红印记。

(二)寻找腾飞的脚印

从无到有,从弱到强,是张家港六十年经济发展的集中写照。顺着张家港经济腾飞的脚印,可以发现张家港在改革开放过程中所经历的经济结构转型的阵痛。虽然也出现了很多问题,但是张家港人一直努力在农业与工业、内部与外部之间寻找平衡发展的道路。

第一次飞跃,从"农"到"工"。改革开放之初,张家港就大力发展社队工业、乡镇企业,呈遍地开花、欣欣向荣之势,被《人民日报》总结为"小鸡吃米、粒粒下肚",这也是张家港发展的"第一桶金",创造性地推进了以"五小"(小农机、小纺织、小轻工、小建材、小水泥)为主的社队工业发展,为乡镇工业发展奠定了基础,成为"苏南模式"的探索者。

第二次飞跃,从"内"转"外"。1992年,邓小平同志"南方谈话"后,张家港将"市场经济不让人,不争不抢是庸人,错过时机是罪人"的理念落到实处,抢抓上海浦东和江苏沿江开发机遇,大力实施以港兴市战略,加快发展外向型经济,全力拼抢沿江码头和保税区建设。这一阶段,张家港大力推进乡镇集体企业产权制度改革,加快培育扶持了一批规模企业,如沙钢、永钢、澳洋等。由此,张家港经济从内向型转向外向型发展模式。

第三次飞跃,从"量"转"质"。改革开放之初,包括张家港招商干部在内的苏南地区干部,蹲守在上海虹桥机场堵截客商,各地纷纷用超低的地价和"超国民待遇"的政策吸引外资。进入21世纪,张家港的土地开发强度已经逼近国际警戒线,发展空间日趋收窄。在此情况下,张家港通过大力实施村级工业用地整合优化,"十三五"期间,累计"腾笼换凤"土地面积1.14万余亩,多数用于新兴产业和服务业发展。张家港深入实施"先进制造产业领跑计划",沙钢建成国内首条工业化超薄带项目,成功参与东北特钢重组,并积极布局新兴产业。实现了从"一拥而上"的粗放发展,到聚焦产业链、整合创新链的精准发展。

总体而言,张家港六十年经济发展大体上可以概括为如下五个阶段:

第一个阶段(1962—1978年),社队工业时期。这一阶段是张家港市(沙洲县)工业经济的萌芽阶段。在社队工业创办初期,张家港市(沙洲县)各级领导,带领勤劳勇敢的当地农民不断探索,寻求出路,引发了"办厂运动",成为"苏南模式"集体经济的发源地之一。1962年建县后,贯彻中央对社办工业实施关停并转的政策,社办企业大批缩减,到年底74家工业企业被精简,全县只剩下20家社办企业,产值161万元。1978年年末,全县社队工业企业有786家,产值2.49亿元,首次超过农副业产值(2.29亿元)。

第二个阶段(1979—1991年),乡镇企业时期。这一阶段,全市大力兴办乡镇企业,工业经济由初期的铺摊子、求数量转到了上管理、上技术、上质量和提高经济效益的"三上一高"轨道上来。乡镇企业在转型提高中成为全市经济发展的重要支柱,无论在数量扩张上,还是在质量提高上,都为下一步腾飞打下了坚实的基础。至1991年,全市工业完成总产值114亿元,乡镇工业产值占比达到81.15%。在第一届中国农村综合实力百强县(市)评比中,张家港市位列第七。

第三个阶段(1992—2001年),加速发展时期。这一阶段,张家港全面推进经济体制改革,抢抓机遇,推进工业向集约化、规模化、外向化以及技工贸一体化发展,使全市工业进入了自1984年以来发展的新阶段。全市上下弘扬张家港精神,依托张家港港的建设,将对外开放作为经济发展的重要战略,坚定不移地实施"以港兴市"和外向带动战略,抢抓沿江大开发机遇,主动融入国际经济大循环,率先批办了全国唯一的内河港型保税区——张家港保税区。至2001年,全市工业生产总值 681.12 亿元。

第四个阶段（2002—2012 年），协调发展时期。随着中国加入 WTO，以及社会主义市场经济体制的逐渐确立，在党中央提出科学发展观和构建社会主义和谐社会的战略思想指导下，张家港市进一步深化经济体制改革，为经济发展减少束缚，同时转变经济发展方式，针对复杂多变的经济环境和宏观调控新形势，全力推进新型工业化进程，全市工业经济总体保持了稳定、持续发展的良好态势。到 2011 年，全市工业总产值增至 5455.50 亿元。

第五个阶段（2012—2021 年），加速转型时期。面对资源要素的约束，张家港工业经济加快转型升级步伐，积极开展结构调整，努力培育新动能，全力推动工业经济高质量发展。"十三五"期间，全市新兴产业产值保持年均 4.4% 的增长。到 2021 年，全市规模以上工业总产值 5842.44 亿元。

二　看经济布局，全面优化

县域经济发展的核心是产业布局。但是中国大多数县级城市都因为面临着产业结构单一、传统产业比重大、抗风险能力低、经营主体规模小、规模以上企业少、缺乏现代企业管理运营模式等问题，而很难全面构筑县域经济发展新格局。在这方面，张家港率先大胆尝试。那么，张家港是如何进行产业布局的？

（一）产业的集群化效应

20 世纪 80 年代"苏南模式"兴起，乡镇企业迅速发展，地处苏南边缘的张家港，在工业基础薄弱的底子上，别无选择，只有汇入苏南发展的洪流。80 年代以来，张家港优先发展壮大具有集体性质的乡镇企业，到 90 年代中后期，乡镇企业实行产权制度改革，催生了一大批民营企业。而民营经济发展到一定阶段，集群化效应又是必然选择。因此，张家港民营经济和集群化发展是与时代和区域共振的结果。张家港人成为这一批同行者中的佼佼者。

1992 年，随着邓小平同志"南方谈话"的发表和党的十四大的召开，张家港下定决心，提出"三超一争"的口号，搅动了苏南的"一池春水"，到 1996 年末，全市共有私营企业 582 家，从业人员 6427 人，注册资金 3.18 亿元，分别是 1992 年的 4.1 倍、10.1 倍和 29.9 倍。

到 2006 年末，全市登记注册的民营企业中有 132 家企业年销售收入超 1 亿元，3 家企业超 100 亿元，其中沙钢集团超 500 亿元，成为江苏最大的民营企业。华芳、骏马、宏宝、澳洋科技 4 家民营企业成功登陆资本市场，实现上市。有 10 家企业入围"中国民营企业 500 强"，其中沙钢集团名列第二位。有 9 家企业被评为"江苏省百强民营企业"，沙钢集团、永钢集团、华芳集团位列前十位。民营经济无论是销售收入、固定资产投资、进出口总额，还是对全市 GDP 的贡献份额，占全市总量的比重接近 70%，成为推动全市经济持续快速发展的主要力量。

但问题也随即出现，随着经济的发展，土地成本、用工成本、环保成本、社保成本、资金成本逐年提升，以及 2008 年全球金融危机以来，市场不确定性较大，民营经济总体规模较小，抗风险能力较弱。张家港想要在工业发展上再上台阶，促进民营经济再创辉煌，必须寻找新的增长点。

民营经济联合集聚成为集群经济，是一个重要的发展方向。事实上，刚刚进入 21 世纪的张家港就已经出现了产业集聚的现象，初步形成了冶金、纺织、化工、机电、食品、建材等一批较大产业群，建立了较为完整的工业体系和产业布局，形成了塘桥工业集中区、乐余机电工业集中区、凤凰韩国工业集中区、锦丰民营工业集中区、金港工业集中区、南丰工业集中区、大新五金工业集中区等。

截至 2006 年底，全市有 200 余家氨纶纱企业，总纱锭达到 190 万锭，形成了氨纶包覆纱、氨纶包芯纱、氨纶包覆线等三大系列 100 多个品种。各种氨纶纱产品的年总产值突破 50 亿元，占全国总产量的

40%，年销售收入超40亿元，在全国市场占有率35%以上。全市拥有五金工具类企业160家，注册资本1.5亿元，从业人员1.2万人，年产各类五金工具2.2亿件，年销售10.3亿元，其中刀、剪、钳在全国的市场占有率60%以上。全市拥有防火板生产企业60余家，年销售额3亿元，在全国的市场占有率超过15%。全市拥有塑机生产企业150余家，年产值9亿元，在全国的市场占有率8%。

也正是在这个基础上，2007年，张家港提出"五年再造一个新港城"，制定了《关于张家港市实施民营经济新一轮腾飞计划的意见》，争取到"十一五"末期，培育出三个省级重点产业集群，分别是冶金产业集群、纺织产业集群和化工产业集群，同时培育机电、食品、建材、五金工具、塑机饮机等一批特色产业群体。至2012年，张家港已经成功培育了一批10亿元以上的规模企业集群，形成了全市具有区域特色和优势的规模经济，其中上市公司达到19家，在全国县级城市中不仅居于领先地位，而且初步打造了"张家港上市公司群体"的品牌形象。在产业转型中培育出来的上市公司群体具有集群效应，能够带动和引领张家港民营经济和工业产业的提档升级，有力提升了张家港经济产业链和资本链整合发展的核心竞争力。

沿着这个方向，截至2021年底，张家港已经集聚了1300多家规模以上工业企业，高效布局了35个特色产业园区，形成了要素完备、门类广泛的实体经济基础和优势产业集群。其中，张家港冶金、机电、化工、纺织等主导产业的集群效应日趋明显，2021年，全市五大主导行业产值占规模以上工业总产值比重为93.4%，其中，冶金、机电、化工、纺织、食品行业实现产值分别为2740.56亿元、1002.26亿元、867.33亿元、505.61亿元、342.11亿元，分别占规模以上工业的46.9%、17.2%、14.8%、8.7%、5.9%。

其中，冶金已初步形成从初级产品到深度加工较为完整的钢铁产业体系和产业链，拥有沙钢、永钢、浦项不锈钢等一批具有竞争力的企业，已初步形成完整产业链，占规上工业的44.9%。机电集聚海陆重工、张化机、中集圣达因、富瑞特装等一批高端装备企业，占规上工业的 17.9%，中国机械工业联合会授予张家港"中国高端石化装备名城"。化工拥有陶氏化学等一批全球 500 强化工巨头以及华昌、东华能源、富淼科技等骨干企业，占规上工业的 15.18%。纺织拥有华芳、澳洋、骏马、东渡、鹿港等一大批龙头骨干企业，形成多品种、宽领域的产业格局，原金港镇氨纶纱年产量占全国总产量的 30% 左右，规上工业占比 10.8%，德积街道获评"中国针织包芯纱生产基地"。

张家港放大产业集聚优势，在"引增量、锻长板、补短板、强企业"四项工程的推动下，打造重点产业链高质量发展平台，走上了产业基础高级化、产业链现代化的高质量发展之路。张家港先后建立产业链"链长制"推进体系、成立重点产业链高质量发展联盟、礼聘专家顾问、设立产业链发展基金，并进行了战略合作、重点产业链招引项目、多链融合协调发展等一系列合作签约，广泛借力"外援"、借智"外脑"，导入更多高端资源要素，为加快构建更具竞争力的港城现代产业体系，增添源源不断的强劲动能。

截至 2021 年，张家港的冶金新材料、生物医药及高端医疗器械、化工新材料、先进特色半导体、高端纺织、智能装备、新能源、数字经济等 8 条重点产业链年产值超过 5000 亿元，产业规模和配套优势明显，产业链和供应链韧性较强。

(二) 园区经济是新引擎

园区的建设发展是中国开展国际经济合作的伟大创举，是苏州改革开放的"闪光名片"。在"激情燃烧、干事创业"的火红年代，苏州将张家港精神、昆山之路与园区经验合称为"三大法宝"，认为是隐藏在苏州改革开放以来所取得的辉煌成就背后的至关重要的密码。

在张家港，将张家港精神和园区经验这两大法宝相结合是很自然的选择。1992 年以来，张家港保税区、开发区快速发展，形成以保税区为龙头的"五区"联动大开发和大开放的生动格局，他们分别是：张家港保税区、张家港经济开发区、沿江开发区、南城开发区、各镇工业区。由此带动张家港工业经济井喷式增长，张家港园区经济初步形成。

2000 年后，张家港新办工业项目 90% 以上都集中在各类工业园区，全市园区经济总量占全市经济总量的 3/4。园区经济的发展，从根本上改变了以往工业布局分散、投资分散、资源配置不合理的状况，使生产要素逐步向区域集中。

目前，张家港已建成国家级开发区 2 个，即张家港保税区和张家港经开区；省级特色工业园区 1 个，冶金工业园；省级高新区 1 个；四大园区集聚了全市超 60% 的规模以上企业。2021 年，全市四大园区规模以上工业总产值 4655.84 亿元，占全市规模以上工业总产值的 79.7%；营业收入达 5373.50 亿元，全市占比达 74.9%。

张家港园区是顺应经济发展的趋势而建立起来的，很有特点和成效。有意思的是，这些园区都是"先有企业后建园区，建了园区吸引更多的企业"的建设模式。在获得江苏省政府批复建设扬子江国际化学工业园和扬子江国际冶金工业园之前，在金港镇保税区已有陶氏和雪佛龙等大型企业建设投产，在锦丰镇已建有沙钢集团和浦项不锈钢公司。先有企业并形成一定的区域产业特征以后再筹建开发园区，这和苏州工业园区的建设特征不同，采用这种模式，能够有效地克服前期建设投入不足的困难，通过吸引企业，借助企业投资来进行园区的配套开发和完善，再滚动发展吸引更多的企业入驻。

1. 张家港保税区

张家港保税区于 1992 年 10 月经国务院批准设立，是全国第一家内河港型保税区。1990 年，党中央、国务院宣布开发开放上海浦东的重大决策，同年作出"以上海浦东开发为龙头，进一步开发长江沿岸城市"的决策，张家港市委、市政府敏锐地觉察到这一重大发展机遇，并向苏州市和江苏省人民政府提交在张家港设立保税区的报告。1992 年 5 月，时任国务院总理李鹏率中央和国务院 6 个部委的负责人到张家港考察，听取关于全市经济发展和港区建设情况的汇报，并实地考察港口码头和保税区位置。李鹏回京后，题写了张家港保税区区名。

随后，投资者纷至沓来，至 2000 年年底已经有 619 家企业入驻，累计利用外资 10.52 亿美元，财政收入 6.56 亿元。其中东海粮油工业（张家港）有限公司总投资 1.98 亿美元，是当时全球最大的综合粮油加工基地之一；雪佛龙化工（张家港）有限公司，是世界 500 强企业之一、美国第二大石化公司——雪佛龙化学公司的独资企业，2000 年 11 月 1 日正式投产，年生产能力为 12 万吨聚苯乙烯。

2001 年 5 月，经报请江苏省人民政府批准，张家港设立江苏扬子江国际化学工业园，作为张家港保税区的配套区；2004 年 8 月，经国务院批准成立张家港保税物流园区；2008 年 12 月经国务院批准同意在整合张家港保税区和保税物流园区的基础上设立张家港保税港区。目前，张家港已经构建了保税区、保税港区、整车进口口岸、扬子江化工园、扬子江装备园、扬子江高新技术产业园、环保新材料产业园、科创园等多元载体发展格局，依托长江"黄金水道"，张家港保税区已成为全国最大的液体化工品、木材、棉花、羊毛集散地，"流量经济"规模在长江沿线首屈一指，先后获评国家长江经济带转型升级示范开发区、全国首批生态示范工业园区、国家知识产权示范园区、江苏省先进开发区等荣誉称号。

近年来，张家港保税区抢抓国家实施大数据战略的契机，加速推进港口物流"互联网＋"进程。在电子交易方面，依托传统现货交易市场全力推进电子交易平台建设，打造了液体化工交易平台苏交网，创新推出易交割、链交割模式，2021 年线上成交额达到 4000 亿元，同比增长 23%。在纺织原料领域打造了以易棉购、聚棉网、棉联电子商务等平台为核心的"网上超市"，形成棉花买卖诚信生态圈。在数字航运方面，引进设立了物润船联、航交所等平台企业，利用长江航运大数据，通过"互联网＋供应链＋无车船承运"模式，加快打造数字货运集聚区，2021 年，物润船联实现开票 70 亿元、纳税 1.5 亿元。在智慧港口方面，全力推进传统港口企业提档升级，以港务集团为主体推进"智慧港口"建设，以数据互联互通、物流智慧配送为切入点，实现了港口装卸可视化、货物全程可追溯、作业调度科学化，码头作业效率较以前提高了 8%。

2021 年，张家港保税区完成一般公共预算收入 63.91 亿元，增长 15.2%；规模以上工业总产值 1494.21 亿元，增长 19.3%；全社会固定资产投资 105.48 亿元，增长 6.3%，其中工业投资 55.57 亿元，增长 3.7%；服务业投资 49.92 亿元，增长 9.5%；实际利用外资 3 亿美元，增长 19%。2021 年，助推张家港市获评首批全国供应链创新与应用示范城市，扬子江化工园获评"中国智慧化工园区试点示范单位"。

2. 张家港经济技术开发区

张家港经济技术开发区（原名张家港经济开发区）于 1993 年 11 月 11 日经江苏省人民政府批准设立，2008 年与城关镇杨舍镇实行"一体化管理"，2011 年升格为国家级经济技术开发区。2021 年，经开区位居国家级经济技术开发区综合发展水平考核评价排名第 65 位、江苏省经济开发区高质量发展综合考核评价第 12 位，杨舍镇位居全国千强镇第 2 位。

近年来，张家港经开区深入贯彻落实新发展理念，坚定不移推动高质量发展，把发展经济的着力点放在实体经济上，着力构建现代化经济体系。始终坚持产业强区战略，树牢"项目为王、招商第一"理念，成功落户国家级重大外资项目长城宝马光束汽车、全球汽车零部件前三的采埃孚、商业火箭龙头天兵科技、全球最大偏光片基地杉金光电等一批旗舰型重大项目，不断推动产业向高端化攀升、现代化迈进，形成了以"新能源汽车、光电和半导体、智能装备，航天航空、氢能、新经济、生物医药"为核心的"3+4"现代特色产业体系。

截至 2021 年末，区内共集聚中外企业 3 万余家，其中工业企业 4000 余家（规模以上 360 余家），世界 500 强企业近 50 家，培育 A 股上市公司 10 家。张家港经济技术开发区先后建成国家新型工业化产业示范基地、国家再制造产业示范基地、国家节能环保装备高新技术产业化基地、国家知识产权示范园区、国家高新技术创业服务中心、国家科技企业孵化器、国家级留学人员创业园、国家级绿色园区。2021年，张家港经济技术开发区实现规模以上工业总产值884亿元，入库税收119.8亿元，一般公共预算收入59.51亿元，实际利用外资超3.1亿美元。

3. 江苏扬子江国际冶金工业园

2003年1月，江苏省人民政府批准设立国内首家省级特色工业园区——江苏扬子江国际冶金工业园，由张家港市原锦丰、三兴、合兴三镇及原东莱镇三个村合并组建而成。2013年10月，经苏州市编委批准，冶金工业园（锦丰镇）实行"区政合一"管理体制，冶金工业园党工委、管委会与锦丰镇党委、政府"两块牌子一套班子"。

截至2021年底，冶金工业园有工业企业1800多家，其中有沙钢集团、浦项不锈钢、法液空世界500强企业3家，规上企业137家，销售超5000万元企业85家，省跨国公司功能性机构1家，上市企业5家，专精特新企业8家，高新技术企业100家。冶金工业园先后引进香港信义集团、稻兴科技、敏华智能家居、劢迪精准医疗等一批国际国内领军型企业，形成新材料、新医疗、新能源三大产业板块，三产优化提升为0.43∶69.8∶29.77。此外，冶金工业园批准设立中韩（张家港）创新合作园，建有江苏沙钢研究院、江苏冶金技术研究院、高品质特殊钢冶金与制备国家重点实验室张家港产业中心，张家港医疗器械高新产业园跻身苏州生物医药产业十大基地，玖隆物流园获评全国优秀物流园区。目前，冶金工业园已形成炼铁1905万吨、炼钢2262万吨、轧材2360万吨、不锈钢110万吨、电解铜30万吨的年生产能力。

2021年，冶金工业园实现地区生产总值675.51亿元，完成规模以上工业总产值2101.52亿元，工业战略性新兴产业总产值823.9亿元，固定资产投资92.45亿元，工业投资53.34亿元，实际利用外资3.04亿美元，进出口总额70.83亿美元，一般公共预算收入42.63亿元。

4. 张家港高新技术产业开发区

2015 年 11 月,经江苏省人民政府批准,筹建张家港高新技术产业开发区,2018 年 9 月,获批省级高新区,在全省 27 家省级高新区创新驱动发展综合评价中,成功跻身前 10 位。

高新区坚持"创新驱动发展"和"产城融合发展"两大发展战略,着力打造融入上海的"桥头堡"、创新发展"策源地"、转型升级"主引擎"、城市建设"新标杆"。至 2017 年年底,张家港高新技术产业开发区已集聚高新技术企业 138 家,初步形成化合物半导体、绿色能源、智能制造和再制造三大战略性新兴产业集群。

截至 2020 年底,高新区(塘桥镇)有工业企业 1400 多家,个体工商户 13000 多家,拥有银河集团 1 家主板上市企业和索尔新能源等 2 家"新三板"挂牌企业。纺织、电子、机械、金属制造等传统产业正在加速转型升级,新材料、新能源等新兴产业也在蓬勃发展。其中,纺织产业一业独大,建成新型纺织产业集群,是中国纺织毛衫名镇。2021 年,张家港高新技术产业开发区完成地区生产总值 150.45 亿元,规模以上工业总产值 175.92 亿元,一般公共预算收入 11.94 亿元。

5. 与苏州工业园区的合作

张家港与苏州工业园区的互利合作持续深化,推进"园区经验"与"张家港精神"同频共振,打造新时代苏州区域协同创新发展成功典范。张家港既是苏州改革开放历程的重要缩影,也是苏州"开发展之先河"的成功示范。近年来,中新集团深度参与张家港乐余镇、凤凰镇的新型城镇化项目,张家港保税区、张家港经开区列为苏州自贸片区联动创新区。

2020 年 6 月 24 日,苏州工业园区管委会、张家港市人民政府签约协同创新发展全面战略合作协议。张家港携手园区向"最高峰"攀登,充分发挥两地优势,持续拓展在生物医药、纳米产业、飞地孵化器等多个方面的全方位合作,倾力打造"区域协同、创新发展"的合作典范。根据协议,苏州工业园区与张家港市将以自贸试验区联动创新区建设为契机，以科技创新为重点开展全面战略合作，进一步助推两地资源互济、联动创新、优势叠加。

苏州工业园区将全力支持张家港建设生物医药产业园，构建龙头引领的"最全产业链条"，打造强者恒强的"最强产业集群"，培育赋能创新的"最优产业生态"；全力支持张家港建设纳米产业园，加强平台载体共建、高端人才共引、技术成果共用、科技服务共享、创新政策互通，携手抢占纳米产业发展制高点；全力支持张家港在园区建设孵化器，提供同等政策，深化人才、平台、项目信息互荐，错位吸引创新资源，促进两地优势叠加；全力支持张家港深度参与苏州自贸片区建设，共享制度创新、开放创新、金融创新和科技创新的红利，开展差异化特色化的改革实践，探索更多具有代表性、体现苏州特色的改革创新经验。

（三）开放型经济持续发力

张家港的外向型经济起步较早，1985 年就建成全县第一家中外合资企业——江谊船舶服务公司，实现了全县利用外资零的突破。1986年撤县建市后，市委市政府坚定不移地走对外开放和经济国际化之路。1992 年起，全市外向型经济迅速呈现出"三外"（外贸、外资、外经）齐上、全面腾飞的局面。到 1994 年，"三外"总量在省内连续 3 年夺冠。进入 21 世纪，张家港又抢抓国际产业资本转移和沿江开发机遇，放大港区联动优势，开放型经济不断增量、扩容、升级。到 2005 年底，全市注册外资累计达到 61 亿美元，已成为"长三角"外资投资最密集的区域之一，完成进出口总额 106.41 亿美元，全市基本形成了全方位、多元化、立体式的对外开放发展格局。

表 3-2　　　　2021 年张家港市十大出口企业、十大进口企业

出口前十	进口前十
江苏国泰国际集团股份有限公司	中粮四海丰（张家港）贸易有限公司
江苏沙钢集团有限公司	江苏沙钢集团有限公司
江苏一达通企业服务有限公司	江苏永钢集团有限公司
江苏永钢集团有限公司	张家港孚宝仓储有限公司

续表

出口前十	进口前十
张家港市易华润东新材料有限公司	东华能源股份有限公司
陶氏化学（张家港）有限公司	江苏国泰国际集团股份有限公司
易高生物化工科技（张家港）有限公司	陶氏化学（张家港）有限公司
索尔维（张家港）精细化工有限公司	天宇羊毛工业（张家港保税区）有限公司
骏马集团	苏州亿昂生物科技有限公司
浦项（张家港）不锈钢股份有限公司	浦项（张家港）不锈钢股份有限公司

1. 以港兴市，以市促港

在张家港发展对外经济的历史进程中，张家港港的建成是一个标志性的事件。张家港港于 1968 年建港，1982 年 11 月 19 日，五届全国人大常委会第二十五次会议批准张家港港对外籍船舶开放。作为苏州、无锡、常州地区对外开放的重要门户，港口拥有富庶的经济腹地和区港一体的自然条件，是长江内河流域第一批对外开放的国家一类口岸。张家港港东距上海吴淞口 146.5 千米，西离南京港 219.4 千米，南与杭嘉湖地区相连，北通苏北各港。

1986 年，张家港撤县建市，也因港得名。港口，以及依托港口的开放型经济，是张家港融入血脉深处的基因。因此，1986 年 12 月 1 日，在张家港市成立大会上提出贯彻"以港兴市、以市促港"的方针，要把张家港建设成为现代化的港口城市。其率先成立全国第一家县级对外经济贸易委员会，并在全市各乡镇建立外经贸公司，形成了较为完整的外经贸职能机构体系，被《人民日报》称为"外贸体制一个新的生长点"。

1988 年，国家对外贸经营、出口退税和外汇留成作导向性调整，提出全面推行外贸承包经营责任制。为了引进竞争机制，张家港市于当年成立市地方外贸公司，在全国县级外贸系统首开先河，形成市外贸公司、地方外贸公司和乡镇企业紧密结合、共同开发的外贸经营新格局。1991 年，全市外贸产品发展到 14 个大类、200 多个品种，外贸供货值达到 17.8 亿元，占全市地区生产总值的 54.8%。

2001 年，在中共张家港市第八次代表大会上，将"以港兴市，经济国际化"作为今后五年的奋斗目标和工作重点之一。2006 年，张家港口岸货物吞吐量达到 10218 万吨，首次突破亿吨大关，居长江内河各港之首。2007 年 11 月 20 日，张家港市人民政府印发《关于深化以港兴市战略，提高港口竞争力的若干意见》，提出全面贯彻落实"以港兴市"发展战略，推动张家港港由亿吨大港向亿吨强港转变。经过 30 多年拼搏，张家港港从一个名不见经传的县域小港发展为长江流域内河最大的国际贸易商港。

张家港港的建设为张家港市沿江经济开发奠定了基础。1992 年年底张家港市沿江开发区成立，该区成立以后，以招商引资为主线，加强基础设施建设，努力改善沿江投资环境，积极发展临港经济。1994 年，张家港市沿江经济技术开发区管理委员会成立，代表张家港市委、市政府对沿江地区进行规划、开发和建设。1998 年底沿江公路建成通车，大大改善了沿江地区的交通状况，一大批民营企业都以沿江公路的建成为契机，不断发展壮大自己，促进了区域经济的快速发展。

张家港港区共规划港口岸线 40.1 千米，目前已开发利用 27.9 千米，剩余 12.2 千米。根据苏州港总体规划意见，张家港港成为苏州港三个港区之一，张家港港区以服务长江中上游地区物资转运和张家港市临港产业开发为主，重点发展煤炭、铁矿石、粮食等大宗散货和集装箱、液体化工品、件杂货运输。港口岸线西起长山（与江阴交界），东至东沙（与常熟接界），全长 80.4 千米，其中长江岸线全长 63.6 千米。

港区主要由长山、张家港、化学工业园、段山港、冶金工业园、东沙六个作业区组成。目前，张家港口岸建有泊位 146 个，已拥有对外开放泊位 86 个，其中万吨级对外开放泊位 74 个。张家港口岸已开辟集装箱班轮航线 40 条，其中外贸近洋航线 7 条，外贸内支线 18 条，内贸航线 15 条。至 2021 年底，张家港全市实现进出口总额 434.60 亿美元，其中，进口总额 252.56 亿美元，出口总额 182.05 亿美元。

2. 利用外资实现跨越式发展

张家港凭借良好的投资环境，全市利用外资总量迅速扩大，项目越来越大、越来越多，间接利用外资显著增加。1992 年，全市"三资"企业数和合同外资数分别为 1984 年至 1991 年总和的 4.38 倍和 7.17 倍，一举成为江苏全省之冠，并连续 3 年在全省县（市）中夺魁。从 1995 年起，张家港利用外资进入成熟阶段，从量态扩张转向质态提高，呈现"六多一高"（新批的大项目多，外商独资项目多，技术含量高的项目多，"三产"外资项目多，国际大老板、大财团落户多，到账外资多，项目平均外资比例高）的新特点。

"十五"期间，是张家港市利用外资的重大转型阶段，载体建设、引资规模、发展质量、综合环境均实现了跨越式的发展。进入 21 世纪，张家港市充分抓住即将"入世"和世界经济回暖的有利形势，举办了一系列专业性、针对性强的专题招商活动。2002 年初，成立外商投资服务中心，为外商投资提供从协商投资、项目报批到企业投产经营的全方位服务，并逐步增加政策培训、信息提供等服务功能。"十五"期末，全市累计注册外资、港澳台资和实际利用外资、港澳台资额分别为 61.2 亿美元和 41.1 亿美元，分别是"九五"期末的 2.2 倍和 1.4 倍。

2012 年，项目质量进一步提高，全年新增注册外资 16.1 亿美元，到账外资 9.5 亿美元，比上年增长 5.5%。其中，新批投资总额超千万美元项目 55 项，新增注册外资 15.2 亿美元，占全市新增注册外资总额的 94.2%。

如今的张家港，正秉持"开放包容""创新发展"的理念，积极推进国际合作。截至 2021 年底，从重点企业看，张家港外资企业 1068 家，累计投资总额 341.1 亿美元，注册外资 146.5 亿美元，实际使用外资 90.8 亿美元。其中，2021 年，新设外资企业 64 家，新增注册外资 21.2 亿美元，实际利用外资 10.1 亿美元。陶氏化学、霍尼韦尔、采埃孚、宝马、浦项等 41 个世界 500 强企业累计在张家港投资设立了

66 个项目。陶氏化学、霍尼韦尔等 13 家外资企业获评江苏省跨国公司地区总部或功能性机构。

从投资国别和地区看，前五名投资来源地为中国香港、美国、欧洲、韩国、日本，占全市实际利用外资的比例分别达到 32.6%、18.1%、14.2%、13.9%、6.9%。从投资领域看，张家港利用外资主要集中于第二产业和第三产业，项目数占比分别为 62.8% 和 36.3%，实际利用外资占比分别为 78.5% 和 21.5%。

从区镇分布看，外资项目主要集中在保税区、经开区、冶金园和凤凰镇，项目数占比分别为 32.7%、33.2%、9.2% 和 9.5%，实际利用外资占比分别为 50.3%、22.0%、15.1% 和 6.3%。此外，2021 年认定的江苏省国际合作园区名单中，扬子江国际冶金工业园申报的中韩（张家港）创新合作园入选。

3. 对外贸易结构实现优化转型

1992 年初，张家港市进行外贸体制改革，大胆开辟新路，率先向经贸部申请进出口经营权，成为江苏省第一家享有进出口经营权的县（市）级对外贸易公司，开创了县级外贸公司自营出口的先河。当年第四季度就创汇 452 万美元。外贸体制改革激发了各专业公司的积极性，各公司不断克服资金、人才和汇率等方面的不利因素，外贸供货和自营出口快速增长。1995 年，张家港有 49 家外贸生产企业出口额超亿元，全市乡镇企业出口创汇在全国五强县（市）中荣登榜首。

1996 年起，随着企业改革的不断深化，全市自营出口能力不断增强，出口产品逐步由原来的中低产品向高技术、高附加值产品发展。2000 年，面对中国即将"入世"和世界经济回暖的有利时机，全市外贸工作围绕自营出口重点，不断拓展工作思路，强化服务职能，实现快速发展。年末，全市有产品出口企业 165 家，其中自营出口企业 52 家，自营出口产品有 15 大类、500 多个品种。

2002 年，张家港出口超过 100 万美元的三资企业共 54 家，其中超过 1000 万美元的有 19 家。2005 年末，全市外资和港澳台企业累计完成销售 3375.35 亿元，出口创汇 69.58 亿美元，上交涉外税收 91.5 亿元。2007 年出口超千万美元企业达到 132 家，超 1 亿美元企业 16 家。2012 年，张家港实现进出口总额 319.6 亿美元，其中出口 128.1 亿美元，比上年增长 5.9%。进出口总额连续两年突破 300 亿美元大关，位居全省县市第 2 位。

截至 2021 年底，张家港共有外贸进出口企业 2810 家（不含进出口 10 万美元以内企业），其中出口超亿美元企业 28 家，进出口规模始终稳居全省同类城市第二名（仅次于昆山）。从企业类别看，张家港民营企业贡献占比 63.1%，稳居第一大外贸经营主体地位。外资企业贡献占比 25.9%。中粮、沙钢、国泰、永钢等 4 家企业集团进出口占比超过 50%。

从商品类别看，张家港出口货种以纺织服装、机电、钢材、化工四大类为主，占出口总额的 76.9%；进口货种以铁矿砂和农产品为主，占进口总额的 64.6%。从贸易地区看，出口对欧美、东盟和日韩等传统市场依赖度较高，占出口比重为 63.7%；进口主要来源地为澳大利亚、巴西、美国、东盟，占进口比重为 71.4%。

从贸易方式看，张家港贸易自主发展能力持续提升，一般贸易进出口占全市进出口总额的比重从 2015 年的 72.7% 提升到 2021 年的 87.1%。

4. 走出张家港，融入大战略

60 年来，尤其是张家港港建立的 50 年来，张家港全市上下始终把外向发展作为经济发展的重点之一。从市委、市政府到各乡镇、各部门都高度重视对外经济，形成了开放发展的强烈氛围。进入 21 世纪后，张家港抓住"长三角一体化""一带一路""长江经济带建设"等政策机遇，凭借着雄厚的工业基础、优良的长江岸线，充分发挥其位于长江经济带和 21 世纪海上丝绸之路交汇处的区位优势，与国家重大战略平台开展协同合作，让各类开放载体在国内国际双循环中实现双引擎的战略联动，不断释放联动发展的潜力和动能，扩大张家港开放载体的开放能级，形成了国内外联动的良性发展局面。

（1）"一带一路"风起正当时

早在 2015 年，张家港就启动了国内首个专注于"一带一路"矿产资源及其相关行业的私募股权基金——"一带一路"矿业产业发展基金，募集目标 100 亿元。项目主要分布在"丝绸之路经济带"沿线国家特别是地处中亚的哈萨克斯坦、吉尔吉斯斯坦、塔吉克斯坦 3 个国家，并已控制 51 个优质矿业项目，累计控制了一批金、银、铜、铅锌、铝、铁矿石、煤炭、天然气、石油等资源。

在"一带一路"的贸易发展上，张家港主要有两个抓手。

一是服务。张家港利用"服务"这个总抓手，不断完善政策、信息、金融、互动、风险预警等服务保障平台，丰富信息储备，主推"一带一路"沿线国家投资、国际产能合作、资源开发等领域的境外投资合作，通过政策扶持和龙头企业的示范引领，努力培育本土地标型跨国企业和"总部经济"。深度策应"一带一路"，稳步推进综保区 2.0 建设，大力发展跨国"飞地经济"，"以港兴市"新动能加速释放。

千方百计强化高效服务、提高通关效率，已成为张家港口岸服务"一带一路"进出口的常态。张家港海关、张家港出入境检验检疫局联合加快"关检合作示范区"，并探索推出无纸化通关、区域通关一体化等通关新模式。张家港口岸的无纸化通关率目前已超过 92%，智能卡口验放率 95%。

为了助力"张家港制造"拓展"一带一路"市场，张家港海关、金港海关帮助企业用足用好"一卡一券"（"一卡"即 AEO 认证这张全球通用的通关便利"VIP 卡"，"一券"即自贸协定优惠原产地证这张国际贸易"优惠券"），积极优化口岸营商环境，促进贸易便利化。

同时，在打开"一带一路"市场的过程中，企业除了 AEO 认证这张"VIP"卡外，还有原产地证这张"优惠券"可以用。张家港以钢材、机器设备、纺织服装、轻工用品为主的出口结构，与"一带一路"沿线国家和地区形成了紧密的联系，已成为"张家港制造"出口的主要板块。2018 年，张家港海关积极为"张家港制造"出口"一带一路"沿线国家和地区签发各类原产地证书 16279 份，货值 18.76 亿美元，货值同比增长 30.52%，助企业获"一带一路"沿线国家和地区关税减免达 4.8 亿元。

二是投资。对外投资合作水平不断提高。截至 2021 年，张家港累计备案境外项目 332 个，实现中方协议投资额 55.43 亿美元。沙钢集团投资英国 GS 项目，积极布局大数据产业；国泰华荣在波兰投资建设 4 万吨锂电池电解液生产基地，拓展新能源产业链；国泰集团在埃及、缅甸、越南等地区投资纺织服装项目，持续推进全球产能布局；埃塞俄比亚东方工业园一期项目顺利建成；东华能源依托新加坡自贸港构建营销网络。

深入推进"一带一路"建设。截至 2021 年年底，在"一带一路"沿线国家共开展对外投资项目 61 个，投资总额 9.33 亿美元，其中中方投资额 9.16 亿美元。从国家分布看，对外投资的主要市场集中在东盟国家，共计投资项目 54 个，其他如波兰、孟加拉等地区也逐步有投资项目落地。从项目规模上看，超千万美元项目占 10 个，投资总额达到 7.79 亿美元，占比 83.5%，千万美元以下项目 51 个，投资总额 1.54 亿美元。从市场领域看，在沿线国家市场主要以境外产能合作项目为主，主要投资领域涵盖油气贸易、新能源、纺织和服装等行业。

境外经贸集聚区建设稳步推进。埃塞俄比亚东方工业园一期 2.33 平方千米建设完成，现有 124 家企业入驻，入区企业投资总额 6.2 亿美元，总产值 15.06 亿美元，上缴东道国各类税费 1.3 亿美元，解决当地人员就业 1.7 万余人，园区二期建设有序推进。国泰缅甸服装产业园一期开发完成，入驻企业 5 家，实际经营面积 8.75 万平方米，年生产各类服装约 2000 万件（套），年销售额约 2 亿美元，提供就业岗位超过 1 万个，二期基建工作基本完成，三期增资项目完成备案。

（2）深度融入长三角"朋友圈"

抢抓长江经济带发展、长三角一体化机遇，积极融入苏州市域一体化发展，全力打造创新转型的实力之城、包容并蓄的活力之城、一体融合的协调之城、文明善治的典范之城、美丽和谐的宜居之城、共建共享的幸福之城，是张家港的新方向。目前，张家港开展长三角区域交通互联互通、产业融合发展、科技协同创新等合作项目超 200 个。

40 年前，张家港港对外开放。1986 年撤县建市时，张家港提出"以港兴市"的口号。从此，地处江尾海头的张家港，拥有全国县级市最密集的"江海联运"综合交通网络，水陆纵横、四通八达，形成了得天独厚的区位优势和港口优势，经济社会文化取得跨越式发展。2020 年，张家港迎来高铁时代，央视新闻联播、人民日报等媒体对沪苏通长江公铁大桥和沪苏通铁路开通进行了报道，全方位地介绍了高铁通车后对于港城未来发展的重要意义，这也引起了社会各界的广泛关注。

围绕高铁枢纽，张家港提前谋划布局了 44 平方千米的高铁新城，推动整个张家港城市能级的提升，实现公、铁、水、空联运。与绿地集团签署战略合作协议，深层次合作推动张家港高铁新城开发建设，加速打造对接上海的"桥头堡"。向东，张家港融入上海"半小时通勤圈"，能更快捷地承接上海的项目、资金、技术转移，进一步增强国际化大都市对本地的辐射带动作用；向南，20 多分钟可到达苏州，与苏州产生同城效应；向西，半小时可达常州、1 个多小时可达南京，比现在的公路客运节省一半时间；向北，跨江就是江海明珠城市——南通，十多分钟就可以实现与南通的跨江"牵手"。基础设施的升级为张家港深度融入长三角"朋友圈"奠定了基础。

近年来，张家港一直将"融入长三角、对接大上海"作为城市发展的重大战略机遇。按照融入长三角"五个一体化"的总体设想，张家港组建并实体化运作市长三角区域合作推进专班，建立融入长三角一体化项目库，科学规划"路线图"。为梳理产业特点和发展规划，张家港出台了《新阶段张家港加快接轨上海总体思路及对策举措研究》，编制了《张家港市融入长三角一体化发展三年行动方案（2018—2020）》及新一轮《融入长三角地区一体化发展三年行动方案（2021—

2023）》。张家港深度融入长三角科技创新共同体、苏南国家自主创新示范区，有序推进自贸区苏州片区张家港联动创新区建设，积极参与苏州"一区两中心"、材料科学姑苏实验室建设，高水平运营长三角科创企业服务中心苏南中心。

学习上海、接轨上海、服务上海、融入上海是张家港发展历程中的一条重要经验。为更好与上海对接，张家港编制《张家港对接上海科技创新三年行动计划》，举办张家港市智能制造产业（上海）招才引智推介会、张家港（上海）招商引智推介会南丰专场暨长三角数字经济高峰论坛，做好城市和产业推介。如2021年3月30日，在上海举行的"沪苏同城创新提质""2021张家港融入上海合作发展说明会"上，总投资563亿元的55个上海张家港合作项目集中签约，涉及冶金新材料、智能装备、化工新材料、高端纺织、新能源、数字经济、生物医药及高端医疗器械、先进特色半导体等领域。

张家港组建对接上海科创资源挂职团队，搭建沪港科创资源对接平台，加强与上海科技部门、科研单位、服务机构的合作交流，开展"沪张科技成果直通车""华东理工大学—张家港日"等专场对接活动，成立上海市张家港商会，抢抓上海国企产业转移的契机，主动做好产业溢出承接，深化对长三角区域高端要素、高端项目的有效承接，构建产业布局合理、结构均衡高效的发展体系。引进落户19个项目，全方位对接上海资源要素，加快融入长三角区域一体化发展，形成了全市上下协同、内外联动的对接融入新格局。

张家港成立了苏州县市首家上海证券交易所市场服务工作站，为张家港区域资本市场发展提供更加优质、高效服务。与上海高等院校、文旅企业、医疗机构等公共服务机构开展合作交流，推进"国际化英语教育共同体""拔尖创新人才早期培育"等2个教育类合作项目；完善"长三角旅游友城卡"，开通上海游客旅游直通车；印发《关于融入长三角一体化发展、深化与上海高品质医院合作的建议方案》，推进"长三角高级专家诊疗中心""互联网云诊室"建设，其中市二院和澳洋医院已建成并投用。

此外，张家港与上海杨浦区、虹桥商务区，以及上海清算所、上港集团等达成战略合作；新建上海—张家港技术转移协同发展中心、上海技术经纪人张家港驿站、上海高校—张家港协同创新中心；与上海合建飞地创新中心；加快筹建上海科创服务中心苏南分中心；签约落地了上海电气变压器等一批"总部＋基地"项目；与上海市教委科技发展中心携手打造"张家港上海高校协同创新中心"，通过信息共享、项目合作、机构落户、人才引进、技术转移和成果转化，开辟出"沪张"两地产学研合作的"快车道"。目前，全市各层级与上海方面交流对接370余次，取得合作成果110余项，并与虹桥商务区、杨浦区等达成战略合作协议。

三 高质量发展进行时

20世纪90年代起，张家港工业崛起，创造了港城奇迹，GDP、人均GDP、财政收入等指标都成倍数增长，但同时也留下了产业结构偏重的历史难题。进入21世纪，对于张家港来说，转型升级是一项艰巨而重要的任务，创新发展比任何时候都要紧迫，是张家港转型路上的关键问题。踏上新征程，张家港继续大力弘扬张家港精神，在创新驱动的战略指导下，一手抓传统产业的改造提升，一手抓新兴产业的导入，抢占新时代产业发展的制高点，形成新的全面布局。

（一）创新驱动港城新飞跃

经济社会的转型升级，是"新常态"背景下区域发展创新突破的重要路径，这也是东部沿海地区实现可持续发展的当务之急。位于苏南地区的张家港市，是我国率先进入工业化后期的县级市之一，既面临着全国普遍存在的共性问题，又面临着突出的个性化难题。转型升级的压力大，任务重，时间紧。往哪里转？如何转？怎样从转型升级的阵痛期，加快突围，闯出一条新路子？

新时代，如何自我突破的问题，张家港人并不是第一次面对。早在 1994 年，当张家港的综合经济实力跃居全国百强县（市）第二的时候，当 1995 年张家港实现 GDP191 亿元，人均 GDP2.3 万元，是全省平均水平的 3 倍，成为江苏和全国两个文明建设先进典型的时候，张家港人就提出"全国学习张家港，张家港人怎么办"的大讨论。当时的市委市政府提出"提高科技含量""实现技术创新""加快经济结构调整""科教兴市战略"等，从"科学、奋进"到"创新、统筹"。到 2005 年实现地区生产总值 705 亿元，被省委主要领导称赞为张家港"是江苏人创业创新创优的一面先锋旗帜"。

创新是发展的不竭动力，而张家港人对于科技和创新的敏锐洞察是内生的。他们基于自身发展的需要，不断反思，敢于超越。因此，党的十八大正式提出创新驱动发展战略的时候，张家港已经在这条路上进行了很多有益探索和尝试。

2011 年，张家港市委、市政府在《关于实施创新引领战略促进经济转型升级加快建设创新型城市的意见》中就构筑现代产业体系、加快创新型人才队伍建设、加快农业与社会领域创新、提升企业自主创新能力、提升产学研合作成效、加快科技创新载体建设六大任务。建设成为创新体系完善、创新人才集聚、创新企业众多、高新技术产业较为发达的创新型城市，基本建成符合科技和产业发展规律的开放式、网络化、集聚型区域自主创新体系。2020 年年底，张家港市委九届十四次全体（扩大）会议通过了《突出创新发展，加快转型升级，全面开启"十二五"发展新征程》的工作报告，提出"十二五"期间全市上下务必把解放思想作为争先率先的根本动力，务必把创新驱动作为转型升级的根本路径。

至 2021 年，"创新张家港"建设已全面铺开，张家港正积极打造新时代创新驱动高质量发展的全国县域典范。张家港在全国率先发布创新驱动发展（张家港）指数，根据该指数，张家港 2018—2020 年创新驱动综合指数增长 39.41%，创新质态持续提升。

张家港出台《推进制造业智能化改造和数字化转型工作方案（2021—2023 年)》和《若干措施》，确保两年内完成全市规上工业企业"智改数转"全覆盖。突出示范引领，以 5G＋工业互联网等新技术应用为重点，成功打造扬子江国际化学工业园"工业互联网＋安全生产"全套解决方案、国富氢能 5G 智能工厂、永钢转底炉数字化车间等一批园区级、工厂级、车间级典型应用。积极推动全国县级市首个腾讯工业云基地签约运营，服务企业上云超 700 家。

张家港以"创新投入"驱动"产业创新动能"。为实施创新驱动发展战略，张家港加快构建以企业为主导的技术创新体系，科技创新实力实现新跃升，跻身全国同等城市第一方阵。截至 2020 年年底，5 家企业获评国家级智能制造试点示范项目，累计获评省级智能工厂、工业互联网标杆工厂 3 家，省级示范智能车间 68 家，苏州市级示范智能车间 86 家，苏州市智能制造解决方案供应商 5 家，智能制造迈向全省前列。实现全市 1.6 万家工业企业综合评价全覆盖。

2021 年，全社会研发投入占地区生产总值比重达 3.45%，高新技术产业产值占比达 39%，同比提高 3.5 个百分点。张家港全面启动科技招商，成立科技招商中心，完成科技招商项目超 500 个，新认定有效高企 255 家、科技型中小企业 900 家，"智改数转"高效推进，获评省级智能工厂 1 个、省级示范智能车间 10 个、苏州市级智能工厂 1 个、苏州示范智能车间 43 个。县域工业互联网发展指数位列全国第二。获江苏省科技进步奖一等奖 1 项、三等奖 3 项，获江苏省科技成果转化专项资金 1 项。

张家港以"载体平台"助力"创新孵化能力"。张家港高度重视高校科研院所协同创新服务作用，引进高校科研院所建设分支机构，做强产业支撑服务。如建立了清华大学张家港智能电力研究院、东南大学张家港工业技术研究院等产业技术研究院等；同时加强张家港与国内高校院所共建产学研合作机构，鼓励企业依托高校科研院所建设省企业院士工作站、省企业研究生工作站等，以及依托行业骨干企业相继建成生物医药、精细化工、光机电等一批公共技术服务平台。

"十三五"期间,张家港市大力实施"创新驱动能力提升计划",培育省级以上孵化载体26家,较"十二五"增长278%。其中,省级以上众创空间22家(国家级5家)、众创社区1家、科技企业孵化器2家(国家级1家)、科技企业加速器1家。张家港率先在全省县(市)实现建制镇省级以上科技企业孵化器"全覆盖"。2021年,张家港新增苏州市级以上孵化载体6家,霍尼韦尔先进材料亚太区总部及研发中心、PPG中国应用创新中心等外资研发机构正式落户;"张科贷"、产学研预研资金管理等政策优化实施,新增产学研合作项目254项;新开工科创孵化载体25个、超130万平方米,落地上海长三角科创企业服务中心苏南中心。

不仅如此,在创新孵化方面,张家港还加强国际交流与合作。2020年10月30日,举办了"中国张家港国际创新创业合作云对接欧洲专场活动"。张家港市科学技术协会与中国科协FCPAE欧洲(比利时)基地合作,成立了"中国张家港欧洲海外创新中心",建立了与欧洲科技团体联络对接机制。通过海外创新中心,促进双方人才、项目、技术、资本及服务等创新要素的高效流动和深度融合,助力张家港以更开放、更灵活的方式引进海外高层次人才。

张家港以"招才引智"提升"创新人才密度"。截至2021年,张家港市通过引才计划的实施及在国内一线城市举办苏州·张家港全国创新创业大赛,引进市领军人才超1031名、自主培育国家重大人才工程人才23名、江苏省"双创"人才(团队)171个、苏州姑苏人才294名。2021年,张家港联合科技部人才中心创办全国首个科技创新研修院,张家港留学人员创业园升格为省部共建留创园。通过人才企业"攀峰计划"激发活力,张家港21家人才企业市场估值超198亿元、增长105%。同时,实施"人才新政4.0版",市领军创新创业人才总数超1000名,新增高技能人才1.95万人,新增"姑苏计划"以上人才60个。

张家港以"协同创新"拓宽"创新朋友圈"。张家港深度融入长三角科技创新共同体、苏南国家自主创新示范区，探索"百城百园"成果转化联动模式，深化"大院大所"专场对接，在比利时、北京、深圳多点布局的"创新飞地"，努力成为创新要素的"优质承接地"。2020年底，中国深圳·张家港创新中心成功揭牌，2021年上海—张家港技术转移协作中心、张家港上海高校协同创新中心、上海张江·张家港创新中心建设运营，新增产学研合作项目254项。同时，张家港举办"港城合伙人"峰会，请来一批上市公司、新三板挂牌企业以及全国多家知名创投机构、券商精英，共谋产业与资本融合发展之策。"港城合伙人"峰会是张家港立足自身产业基础、上市资本、科技人才等优势，加快创新链、产业链、资金链、政策链对接融合，构建的一个富有活力的创新生态圈。通过这个生态圈，资金流、信息流、技术流、人才流等要素实现了更加优化的配置，铸造了经济转型发展的新引擎。

（二）全面转型求出路

2015年，时任中国工程院院长周济与20余位院士前往苏南调研，探索苏南制造业如何负重转型、率先破题，为"中国制造2025"探路。走访期间院士们慨言，"苏南率先破题有了答案，全国制造业转型就有了可借鉴的经验"。张家港是苏南制造业的重镇，它的转型能否成功，不仅关乎张家港的前途命运，更关乎中国制造业的发展路径。

制造业既是张家港经济的支柱，也是张家港转型升级的主要对象。既要保障经济在产业转型升级时不出现增速下降，又要为经济持续发展打下扎实基础，张家港选择了自主创新这一路径，即通过培育和发展企业自主创新能力，运用高新技术和先进适用技术改造提升传统产业，大力推动传统产业高新化和传统产品高端化。

化工行业是张家港市支柱产业之一，经过高强度整治提升，全市化工行业发展质量及安全环保等方面均有显著提升，转型后的产业园区也取得了较好成绩。如2017年关停的东沙化工园区，以"江南智能装备产业园"为全新定位，先后委托镇江市规划设计院、东南大学，对原东沙化工区进行重新修编和产业规划，全面承接长三角优质溢出资源，不断促进优质项目落户发展，致力打造张家港转型升级主引擎、创新驱动主阵地、中高端产业先行区、南丰镇生态协同发展联动区。目前，新规划的"江南智能装备产业园"已引进总投资超100亿元的上海宝冶建筑、装配式建筑两个设计研究中心，以及3D打印建材、硅藻板等新材料项目，预计2023年整个园区建成后，可实现年总产值300亿元，产生利税超15亿元。人民日报等多家媒体对此撰文报道，对这一做法给予充分肯定。

钢铁产业是张家港工业经济的支柱产业之一，而沙钢集团就是传统制造企业通过自主创新成功转型升级的典型。在钢铁行业遭遇产能过剩、行情低迷等困难时，沙钢创新科技管理，实现百项重大"二次创新"和自主创新。以沙钢研究院为创新和研发平台，与国内外科研院所展开数十项产学研合作项目。沙钢大力推进机械化、自动化、信息化和智能化建设，劳动环境差、劳动强度高和重复劳动量大的岗位实现机器人替代，同时跟踪市场发展需要，紧密结合沙钢工艺装备的优势和特点，以"精、新、优、特"为产品调整主攻方向，实行研究院、技术、销售、生产等部门和用户多方联动的新品研发模式，推动产品结构高端化。

2021年，沙钢发力循环经济，建成全球最大的转底炉循环利用含铁锌尘泥示范工程，解决冶金行业固废资源回收利用难题，实现固废零排放，产品可作为废钢替代品，年实现二氧化碳减排量10万吨；建成国内最大的60万吨钢渣粉生产线，真正实现了钢渣由"固废"变"产品"，将循环资源"吃干榨净"，绿色经济链条进一步延伸；自发自用分布式光伏发电二期项目成功并网发电，全生命周期内可提供绿色电力12.5亿千瓦时，节约标准煤约15.3万吨。也正因为此，江苏沙钢集团入选"2019江苏百强创新企业榜单"，2021年，沙钢集团实现销售收入超3000亿元。截至2021年年底，沙钢集团连续13年入围

"世界 500 强", 荣获"省长质量奖"。

张家港国家再制造产业示范基地是该市发展绿色循环制造的又一亮点。这是国家发改委于 2013 年 10 月批准设立的全国首批"国家再制造产业示范基地"。次年，该基地被国家发改委、财政部批准为"2014 年园区, 循环化改造示范试点园区"。2016 年, 江苏省发改委批准实施智能制造和再制造省战略性新兴产业集聚发展试点，再制造产业园成为重要的产业集聚和支撑平台。截至 2021 年末, 该基地总建筑面积达 11.5 万平方米, 占地 172.5 亩, 现有企业 17 家, 项目主要集中在汽车发动机和变速箱、涡轮增压系统、半导体设备再制造等方面, 致力于建成引领国内再制造产业健康发展、具有国际影响力的再制造产业示范基地。

2020 年, 张家港发布了《张家港市先进制造业和现代服务业深度融合试点方案》, 实施"七大工程", 推动先进制造业和现代服务业相融相长、耦合共生, 全力打造江苏省乃至全国"两业融合"样板。同年, 张家港成为全国"两业融合"试点城市, 是全国唯一全县域整体开展"两业融合"试点的城市。张家港率先研究设置全国首个县域"两业融合"评价指标体系。形成一批典型示范, 编制先进案例汇编, 打造十大优秀试点企业、十大优秀试点平台。在国家阶段性试点评估中, 张家港试点情况获表彰, 官网、杂志等多渠道对张家港经验模式进行了总结和宣传。

具体来说, 张家港传统制造业转型升级的思路大致如下: 一是推动传统支柱产业迈向中高端, 鼓励引导冶金、化工、纺织等传统行业运用新技术、新工艺、新装备, 向国际产业链、价值链、技术链中高端发展, 全力打造省级智能制造示范区; 二是推动移动互联网、云计算、大数据、物联网等新技术与传统产业融合发展, 大力提升制造业服务化水平; 三是推进精品钢材、化工新材料、智能装备、环保新材料, 以及纺织服装、医疗器械、机电建材、粮油食品等产业基地建设; 四是着眼高铁时代、互联网经济新格局, 加快沿江经济带转型升级，完善港口大数据、智慧化平台，有效整合临港产业、港口航运、大宗商品交易等资源，促进现代物流和先进制造的高效融合。

截至 2021 年，张家港市共有国家级智能制造（绿色集成）试点示范项目 2 个，3 家企业中标国家智能制造专业服务商，109 家企业通过国家两化融合贯标认定。张家港累计获评省级智能工厂、工业互联网标杆工厂 5 家，省级示范智能车间 78 家，201 家企业获评省星级上云企业。张家港保税区、张家港经济技术开发区获评省"互联网＋先进制造业"示范基地。

（三）数字化赋能新兴产业

经过全球金融危机的洗礼，面对"后危机"时代更加激烈的竞争，转型升级刻不容缓，而转的速度与升的高度将决定新一轮竞争的成败。

面对新形势，张家港将新兴产业作为抢占转型升级"制高点"，形成了"两新一高"战略性新兴产业格局，即以页岩气综合利用、光学膜、半导体为支柱的新材料，以锂电、LNG 利用、绿色能源为主体的新能源，以智能装备、再制造为代表的高端装备产业，全力打造一个 2000 亿级、两个 1000 亿级新兴产业集群。新兴产业不断做强，为张家港市打造先进制造业集群、加快构建极具竞争力的现代产业体系奠定了坚实基础。

张家港以招商为关键抓手，围绕化合物半导体、高性能材料、新能源汽车、人工智能等战略新兴产业开展精准招商，为转型升级和高质量发展提供强大后劲。自 2018 年，张家港落户长城宝马光束汽车等一批旗舰型项目，还引进一批领先全球的分行业项目，如加特可汽车变速箱、采埃孚和麦格纳汽车零部件、不二越工业机器人、芬美意香精香料等，全市新兴产业投资占工业投资比重高达 90%。

"十二五"时期，张家港已经开始推动由"制造"到"智造"的转型。到"十二五"末期，张家港规模以上企业采用国内先进水平以上设备的占比达到了80%以上，采用国际先进数控设备开展智能生产的企业约为40%左右。"十三五"期间，张家港新兴产业产值保持年均4.4%的稳步增长。

2021年，张家港实现新兴产业产值2732.06亿元，增长14.4%，占规模以上工业比重46.8%。分行业看，2021年，张家港新材料行业产值1645.97亿元，增长14.1%；高端装备行业产值506.18亿元，增长4.3%；智能电网及再生利用行业产值271.23亿元，增长24.0%；新医药及其他行业产值81.64亿元，增长10.4%；新能源产值257.04亿元，增长32.1%。从项目数看，2021年，张家港在建新兴产业项目408个，项目数同比增长50%；从投资增速看，新兴产业项目完成投资199.05亿元，同比增长16.3%，拉动全社会投资增长5.03个百分点；从项目贡献看，在建新兴产业项目投资占全社会投资35.9%，同比提高3.4个百分点。

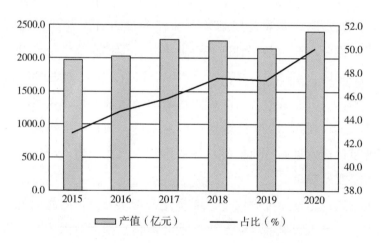

图1　2015—2020年张家港市新兴产业产值情况（亿元）

敢打敢拼、敢为人先，一直是张家港城市的基因和名片。如今，数字经济已经成为张家港转型升级的"新赛道"。张家港主动拥抱数字经济发展浪潮，把数字经济作为转型升级的新赛道，在数字经济发展、智能产业培育、智慧城市建设等领域精心布局、聚焦发力，打造了独具特色的数字经济产业板块和发展模式。张家港数字经济规模总量增长较快,2019 年,全市数字经济规模超 1200 亿元,占 GDP 比重约 42%,高于全国平均水平;至 2021 年,张家港规模以上数字经济相关企业共有 302 家,2021 年实现营业收入 511.5 亿元,同比增19.1%。其中,电子信息制造类企业 34 家,2021 年实现营业收入119.2 亿元,同比增长 36.3%;软件和信息技术服务类企业 10 家,2021 年实现营业收入 30.2 亿元,同比增长 38.2%;信息技术应用类企业 257 家,2021 年实现营业收入 350.8 亿元,同比增长 13.3%;重点电子商务平台类企业 3 家,2021 年实现营业收入 11.2 亿元,同比增长 7.7%。

数字经济并不完全是一个独立发展的业态,它更大的功能在于为全部业态赋能升级。上文提到的传统工业在数字时代也焕发了新的生机。截至 2021 年底,腾讯云(张家港)工业云平台上线运营,与沙钢、永钢、陶氏等 72 家龙头企业签订合作协议,已经培育发展一批行业级、企业级工业互联网平台与工业大数据平台,带动 800 余家企业成功“上云”。

一方面,张家港推行工业化和信息化深度融合(两化融合)。坚持以制造业与互联网融合为产业转型升级重点,稳步推进工业互联网建设和“企业上云”行动计划。依托腾讯云(张家港)工业云平台,发放第一、二批总计 238 张“企业上云”信息券,用于购买工业 SaaS产品服务,助力中小企业上云上平台。另一方面,张家港大力发展平台经济。立足本地产业基础,张家港在港口物流、液体化工、纺织原料、粮油交易、钢铁交易、名贵木材等领域,重点布局一批面向特定行业、特定集群的行业级数字平台,推动流通与生产的融合,着力放大辐射效应。例如,位于张家港保税区的大宗棉花线上交易平台“易棉购”,是以全球棉花资源整合为核心的互联网平台,新冠肺炎疫情期间,其交易量创出历史新高,并顺利完成 A 轮融资,实现逆势发展。

2021 年，张家港紧扣新能源、数字经济、先进特色半导体、生物医药及高端医疗器械 4 条新兴产业链，聚焦北京、上海、深圳、香港以及日韩、欧美等地区和国家，瞄准"四类 500 强"、独角兽、瞪羚、专精特新"小巨人"，完善投资强度、亩均效益、创新水平、综合能效等评价办法，统筹科技招商、产业招商、人才招引，发挥"三区一园"招商主力军作用，放大各板块协同合力，探索企业化管理、市场化运作招商模式，大力招引一批"高精尖""小特新"项目，全面集聚一批科技领军人才和创新团队。2021 年，新引投超 10 亿元产业链重要节点项目 30 个以上、超亿元工业项目 200 个以上，新增科技招商项目 1000 个，新认定有效高新技术企业 300 家。

六十年砥砺奋进，六十载春华秋实。从苏南"边角料"到全国明星城市，张家港小城蝶变，是一部波澜壮阔的史诗。张家港与时俱进大力弘扬张家港精神，深入实施"以港兴市"战略，创造了"张家港速度"，构筑了全面的县域经济发展新格局。如今，立足新时代，顺应新发展要求，张家港正用创新驱动，谱写"经济强"的新篇章。

第四章　将改革进行到底

　　张家港市（沙洲县）建县（市）六十年，尤其是撤县建市以来，中国正处于改革开放深入发展的关键时期，从计划经济转向市场经济，到高速增长转向高质量发展；从建立社会主义市场经济体制，到中国式现代化探索；从现代企业制度的建立到供给侧结构性改革的深化……每一次转型都需要自我突破的勇气和义无反顾的决心。张家港人一次又一次打破不合时宜的思想观念和体制机制，突破利益固化的藩篱，吸收人类文明有益成果，构建系统完备、科学规范、运行有效的制度体系，为高质量发展奠定坚实的制度基础。

　　张家港用改革促活力，牵住改革"牛鼻子"，积极主动服务和融入新发展格局，大胆开展自主探索创新，以更深层次改革、更高水平开放推动高质量发展，提升城市对高端资源要素的吸附能力，在区域协同联动中增强比较优势，形成了一批值得肯定的改革成果。张家港因此获评全国"2021年度地方全面深化改革典型案例"。

一　社会主义也可以搞市场经济

　　改革开放以来，张家港经济腾飞，创造了几乎不可能的奇迹。张家港人顺应时代发展趋势，勇于改革创新，在计划经济时代后期，为了摆脱人多地少的贫困窘境，依靠集体的一点积累，创办社队企业、乡镇企业，发扬"踏遍千山万水、吃尽千辛万苦、说尽千言万语、排除千难万险"的"四千四万"精神，开启了工业化之路，打下了工业发展的基础。20世纪末，张家港人敏锐地抓住了改革开放的大好机遇，大力发展外向型经济，进行企业产权制度改革，建立现代企业制度，工业化水平不断提高，产业结构不断升级。

（一）从计划到市场的改革历程

首先大致梳理一下张家港经济体制改革的脉络。20世纪80年代中期，张家港一手推动和深化农村家庭联产承包责任制，一手扩大工业企业经营管理自主权，改革分配关系，建立企业法人代表制度，进行企业利改税改革，开始实行"划分税种，核定收支，分级包干"的财政管理体制。

到90年代初，张家港起征固定资产投资方向调节税，以此管理和引导全社会投资运行，将企业经营、价格、用工、分配"四放开"，企业开始自主经营，市属工业企业全面开展人事、用工、分配三项制度改革，随后，粮油、物资放开价格，放开经营，开始通过市场进行资源配置，初步建立了以市场形成价格为主的价格形成机制。

到90年代后期，张家港商业、粮油、供销、物资系统企业产权制度改革全面启动，开始探索国有、集体企业中共有资产分布的运营体系和管理方式，逐步建立起公有资产管理委员会、公有资产经营公司、公有资产经营公司所投资的企业三个层次的国有资产运营管理模式；开始施行综合财政预算，率先对市级预算外资金实施还所有权于国家、还调控权于政府、还管理权于财政的"三个还权"；快速推进以股份合作制企业深化改革为重点的"二次改制"，企业股份结构得到进一步优化，并开始政府采购制度改革。

进入21世纪以后，张家港开始了以股权流动为重点的第三次企业改制，推进包括吸纳战略投资者在内的资产重组和资本结构优化，促进各类生产要素向强势企业、优质产品和优质企业家聚集，实现投资主体多元化，企业法人地位逐步确立，并在此基础上逐渐建立现代企业制度，基本建立起适应社会主义市场经济体制需要的、较为完备的经济体制。

（二）乡镇企业产权制度改革

产权制度是社会主义市场经济的基石，回顾改革开放以来的峥嵘历程，与产权制度改革相伴随的往往是历史性的进步。张家港以产权制度改革为杠杆，实现跨跃式发展。

张家港清楚地意识到，农业的出路依然还是要靠工业，他们依靠有限的资源和技术，在建县之初，也就是 20 世纪 60 年代初期，全县许多生产大队利用集体积累，办起了一些工业企业。到 1965 年末，全县大队办企业发展到 140 家、职工 3341 人，产值 338 万元。由农村的家庭手工业和集镇加工业的乡镇企业起步，将分散的农村家庭手工业转变成为农村生产合作社中的副业，也正是张家港市（沙洲县）乡镇工业的萌芽。

20 世纪 90 年代，市场经济的发展呼唤着乡镇企业的转制，张家港为了解决集体所有制企业逐渐暴露的弊端，开始按照"三个有利于"的标准，全面推行以产权制度改革为核心的企业改制、改组和事业单位转企改制。1994 年，张家港市按照中央确立的"产权清晰、权责分明、政企分开、管理科学"的企业改革方向，先后制定了一系列措施，引导企业建立完善的现代企业制度。

1994 年初，张家港通过对塘市镇河北村的电镀厂进行"先出售，后改制"的试点，开始了乡镇企业转制的探索。1996 年，在中共张家港市第七次代表大会上，确定了经济国际化、农业集约化、工业规模化、科技产业化、城乡一体化、社会文明化的张家港市基本现代化发展目标。同年 10 月 16 日，张家港市召开全市中小企业产权制度改革工作会议，全面推动企业产权制度改革。2001 年 6 月 30 日，张家港市召开了全市改制企业规范运作工作会议，要求深化经济机制改革，实现真正意义上的机制创新。次年 5 月，张家港出台《关于推进全市现代企业制度建设的意见》，对 50 家企业现代企业制度建设进行示范试点，之后，张家港现代企业制度建设步伐明显加快。到 2005 年，张家港基本完成改制任务。

张家港产权制度改革成效显著。乡镇企业转制后，盘活了存量资产。张家港不少中小企业在转制前，"四高"问题突出，即资产高负债、"两项资金"高占用、"三非"高支出、企业高负担。通过转制，这种局面得到了扭转。转制后，融资渠道拓宽，技改投入加大。一方面，乡镇企业能够大量地吸收社会闲散资金，直接用于企业生产、更新设备或充入流动资金；另一方面，企业做到自担风险，增加了投入的有效性。例如，南沙镇的康华木业有限公司，转制前累计亏损 1255 万元，转制后，用职工入股的 300 万元股金购买了一条胶合板热压生产线，投产后，净利润实现快速增长。

张家港在乡镇企业产权制度改革过程中，推行了多种形式的产权制度改革。对规模大、基础好、效益高的企业，按照建立现代企业制度要求，实施了组建企业集团型的有限责任公司或股份有限公司的改革。如塘桥镇银河电子集团，1993 年，以电子计算机厂为核心，10 家专业工厂和 3 家经营公司组成资产一体化、经营集约化的省级企业集团，1995 年，被农业部核准为全国乡镇企业集团。

在对规模大、基础好、效益高的骨干乡镇企业进行集团型公司制改革的同时，张家港也对小型、微利、亏损企业实行资产转让给职工的股份合作制，将资产转让给个人改制为私营企业；对严重资不抵债、扭亏无望的企业实行破产；对资不抵债数量不大、经营不善的企业，实行风险抵押承包；对产品相近、经营状况悬殊的企业，实行兼并等多种改革形式。据张家港市体改委对塘桥镇"小微亏"企业产权制度改革的调查，"小微亏"企业实行"产权出售、职工入股、转制经营"的改制形式既能坚持公有制的主体地位，又能实现共同富裕的目标。国家、集体、职工收益均能得到大幅增长，企业生产经营和职工精神面貌发生深刻变化，其成效也十分显著。

总体上看，张家港乡镇企业改革基本上经历了两个阶段。第一阶段，通过先售后股、售股结合、租股结合等形式，将张家港全市 2788 户集体企业进行改革，其中，1615 家企业改成股份合作制企业，其余为股份有限公司、有限责任公司和私营企业。然而，股份合作制企业，没有从根本上理清企业的产权归属，因此从 2000 年开始，改革进入第二阶段。张家港全市 1615 家股份合作制企业进行了"二次改制"，一部分转为有限责任公司，另一部分转为个人独资企业。到 2001 年 5 月，基本上完成了企业所有制改革任务。张家港先后有 2788 家集体企业改制成为股份有限公司、有限责任公司和私营企业等，总数扩充至 4000 余家，全市企业改制面达到 99.5%。

（三）面向市场的公有制改革

改革开放以来，张家港调整了物价体制、商业体制、供销体制和外贸体制等，按照从计划经济转向市场经济的方向，发挥市场在资源配置中的决定性作用，逐步建立起社会主义市场经济体制。

1978 年以前，张家港和全国一样，实行的是高度集中的计划价格管理体制，从 1984 年起进行物价改革，引入市场价格机制。当年末，张家港仅有 0.9% 的商品和服务实现了市场调节价，但是到了 1988 年，这个比例就达到了 42.8%，初步形成了国家定价、国家指导价和市场调节价多种形式并存的价格新格局。到 1993 年，全市放开商品价格比重达 95% 以上，到 2001 年，99% 的商品和服务实现了市场调节价，市场调节价成为新价格形成机制的主体，市场形成价格的新机制基本建立。

但改革不会永远一帆风顺。1989 年，张家港出现全市价格攀升过快的现象，为了稳定物价，开始建立价格调控机制，对价格总水平实行目标管理，成立市场物价调节基金，平抑市场，到 1990 年，基本控制住物价涨势过快的局面。在这个过程中，张家港的市场主管部门也逐渐意识到调控手段要从"定价"转移到"定规则、当裁判"。

1997 年，为了进一步适应市场经济发展的需要，彻底解决国有企业产权不明、效益低下、冗员过多、对政府指令依赖过强等弊端，张家港对国有企业全面实行公司制改革。以市玉龙装饰材料厂改建为股份合作制企业为起点，张家港拉开了国有商业产权制度改革的序幕。到 1998 年，张家港市商业公有资产经营有限公司组建，全面经营管理 21 家总公司级的国有商业集体资产，以股份形式向企业经营层转让资产，变更企业产权，促进企业经营管理层持大股，建立股份制商业企业。

到 2001 年，21 家国有商业企事业单位全部改制完成，共组建股份制企业 61 家。2004 年，张家港市商业公有资产经营公司撤销，商业系统彻底完成了政企分开、政资分离。改制后，国有商业资产全部退出商业竞争领域，行业发展完全建立在公平竞争的市场经济基础上，商业企业逐步成为"自主经营、自负盈亏、自我约束、自我发展"的法人实体和市场主体，建构了开放的社会主义现代商贸业体系。

其中，供销社的改革是一个重点。1986 年以后，张家港市供销社逐步改革，实现企业化管理。1992 年，以供销社直属企业为核心层，成立张家港市供销社（集团）公司，1993 年，在此基础上，经省体改委批准组建江苏江贸集团公司。供销全系统企业改制工作从 1997 年开始，到 2001 年基本完成，累计成立改制企业 448 家。

外贸体制改革起步于 20 世纪 80 年代中期。1986 年，张家港率先在全国成立第一家县级外贸公司，紧接着各个乡镇也建立外经贸公司，这一创举得到了时任江苏省省长的高度评价，并被《人民日报》称赞为"外贸体制一个新的生长点"。1992 年以后，在宏观调控趋紧的形势下，张家港采取市镇结合、工贸结合、内外结合、贸资结合等形式，加快发展步伐，外贸走上了从外贸供货转向以扩大自营出口为主的大经贸发展之路。张家港市外贸公司在按行业组建了 5 个二级法人专业公司的基础上，率先向经贸部申请获得了进出口经营权，成为江苏省第一家享有进出口经营权的县（市）级对外贸易公司，开创了县级外贸公司自营出口的先河。1993 年，张家港成立对外贸易（集团）公司，1997 年，组建了江苏省重点外贸企业集团——江苏国泰国际集团有限公司。到 20 世纪末,张家港已经形成了外贸公司、"三资"企业和自营出口生产企业三路自营出口大军。

政府放权,服务市场,是张家港从计划经济转向市场经济过程中坚持的一个重要原则。政府退出了企业的经营和管理,其主要职能转变为如何为企业做好服务工作。这样的改革完全符合市场经济的逻辑。为顺应市场经济发展要求,配合价格改革,张家港市物价部门积极创新管理思路,变管理为服务。张家港对此改革重点体现在:建立健全价格监督机构,监督检查市场价格,以维护正常的价格秩序;于 1992 年在全国率先开展以价格信息服务为内容的价格顾问工作,建立"价格顾问户"工作制度,帮助企业避免决策失误;组织价格服务,成立价格认证中心,开展价格评估等。

1998 年以后,为应对通货紧缩趋势,张家港实施了鼓励投资、刺激消费、促进出口等一系列税收优惠政策,以扩大内需,促进就业,深化企业改革。如大力扶持重点企业、重点产业和外向型经济、民营经济的发展,推动高新技术产业发展,支持下岗失业人员再就业。

为培育重点企业,张家港还大力实施企业大集团战略,对企业实行分类指导,进一步增强企业的竞争能力和带动作用。政府重点扶持好十大企业集团、50 家骨干企业、40 家成长企业,同时出台扶持骨干企业的优惠政策,对企业资金融通、信用担保、市场开拓、人才培训及网络建设给予重点支持,并建立重点企业、重点项目挂钩制度。通过一企一策、一事一议、现场办公等形式,协调解决企业改革发展中遇到的各种问题。从 1998 年起在对国家产业政策、行业投资走向及全市工业经济发展趋势进行全面分析和综合论证的基础上,张家港每年都筛选和确定全市十大开工、十大竣工重点项目。

二 经济体制改革进入深水区

20 世纪 90 年代以来,张家港的经济高速增长,到 21 世纪初,瓶颈逐渐出现。如何寻求新的发展机遇？在创新驱动战略引领下，张家港人通过全面深化经济体制改革，发挥体制创新的先导作用，在经济发展的关键时刻做出恰当的适应性改变，从而不断扩大经济发展的潜力，为建设现代化经济体系保驾护航。

张家港突出先行先试，充分发挥改革试点示范突破带动作用，形成了一批改革亮点。张家港成功获批江苏唯一的国家非自贸区汽车平行进口试点，首批5家试点企业完成公示并正式运营；成功举办中国现代供应链创新与应用高峰论坛，获评全国县（市）唯一的全国供应链创新与应用示范城市，物润船联入选全国首批供应链示范企业；物润船联成为全国第一家撮合业务代开增值税发票试点企业；永嘉码头列入启运港退税政策范围，成为全国5个新增启运港之一；成功获批全国汽车零部件再制造领域唯一一个国家级检测中心；成功列入首批国家创新型县市建设名单，获批省级高新区，入选江苏省知识产权试点园区。

（一）提升土地利用效率，积蓄发展动能

1. 以"三优三保"行动探索土地节约集约利用新路径

张家港坚定不移实施"三优三保"（即通过优化建设用地空间布局保障发展，优化农用地结构布局保护耕地，优化镇村居住用地布局保护权益）行动，统筹推进资源空间供给端、需求端一体改革，全力以赴优布局、拓空间、增动力，努力促进经济社会高质量发展。自2017年全面开展"三优三保"行动以来，全市累计通过拆旧复垦低效建设用地，产生"三优三保"指标2.88万亩，既优化了国土空间格局，缓解了用地需求量大与上级下达土地指标不足的矛盾，又有效解决了因建设用地超规模而导致的土地限批问题，形成了存量为主要支撑的内涵式用地之路。

在"三优三保"行动中，张家港市镇两级专门成立领导小组办公室，统筹协调，开展具体业务工作，精心指导村级组织推进相关工作。按照市场＋行政，激励＋责任的方式，实施双轮驱动，坚持先垦后用，分年度整体推进开发边界外建设用地拆旧复垦，着力实现土地和空间"双置换"。

2017年4月，作为苏州首批试点的乐余镇、凤凰镇和锦丰镇，其专项规划获省国土资源厅批准。2018年6月，杨舍、金港、塘桥、大新、南丰等5个镇和常阴沙现代化农业园区"三优三保"专项规划获批，率先在苏州大市实现全域覆盖。2019年，乐余镇成为全省首个获批第二轮"三优三保"专项规划的地区。

截至2021年7月，张家港累计获批土地超4万亩，涉及新增建设用地2.8万亩，光束汽车、信义玻璃等一批重大项目用地实现"应保尽保"。与此同时，得益于"三优三保"推进有力，全市节约集约用地成效突出，获评了一系列荣誉："十三五"期间，实现全省国土资源节约集约综合评价"五连优"（在2020年省自然资源节约集约利用综合评价中，得分位居86个县级地区第一），2次获评省国土资源节约集约模范市（2017年度和2019年度）；被国务院大督查通报表扬，并奖励用地指标1000亩。

2. 腾笼换凤，释放空间产能

张家港向存量要增量，不断优化用地空间结构，解决产业发展用地紧张问题。面对土地开发强度、环境承载能力、转型升级需求等多种倒逼因素，张家港制定产能、产出、用工量、税收等指标，通过对化工、电镀、印染等重点行业进行实地调查，对不达标的企业予以淘汰或转移，盘活存量用地，把腾出的土地资源重点向新兴产业集聚。张家港出台了3个"1/3"：一是鼓励有一定实力的纺织等占企业总量1/3的传统企业提升性迁移外地。二是采取土地回购等优惠政策推动占企业总量1/3的困难企业退出，腾出土地等资源给重点发展的新兴产业。如澳洋集团将30万吨粘胶产能转移到外地，投资120亿元转型发展LED等项目。三是占企业总数1/3符合产业发展方向、有发展潜力的企业，政府给予引导、培育、支持。

"十三五"期间，张家港市累计关停淘汰低效产能企业（作坊）

1323 家，腾笼换凤土地面积 1.14 万亩，关停化工企业 78 家。2017 年12 月，东沙化工园实现整体关停，成为全省首个整建制关停的化工园区。园区占地 2775 亩，原有化工企业 37 家，关停后，每年可减排大气污染物 2100 多吨，减少危废产生量 2028 吨，节约标煤 15 万吨，同时，周边人居环境得到有效改善。地块经重新规划后，将用于积极发展海洋工程装备、环保装备和新材料等新兴产业。2019 年，东沙化工园整体关停相关经验做法入选"江苏省推动长江经济带绿色发展典型案例"。在锦丰镇，原来小印染聚集地——沙印小区，在关停 12 家小印染及落后产能企业后，共盘活用地 422 亩，如今摇身一变成为了龙潭湾工业小区，并吸引了十多家新兴项目企业入驻。乐余镇贯彻低效用地再开发政策、盘活低端低效用地，引入智能成套设备生产项目，项目建成达产后，预计年产值达 1.5 亿元，税收 1000 万元。2020 年，张家港土地节约集约利用得到国务院通报表扬。

（二）聚焦实体产业，做好精准服务

1. 强化产业链专班作用

2020 年 5 月，为贯彻落实国家、省、苏州市关于"产业链工作"专项会议的精神，张家港市制定了《关于建立"链长制"推进重点产业链高质量发展的实施意见》，市主要领导亲自挂帅，开始以"链长制"推动产业链发展。

在建立"链长制"的同时，张家港还同步制定了"八个一"推进机制，即一条产业链由"一位市领导、一个推进小组、一个发展规划、一个支持政策、一个产业联盟、一个牵头部门，一批重点企业、一批服务平台（专家智库、创新载体、产业基金等）合力推进"。由市领导担任产业链链长，实行产业链链长负责制，定期召开专题调研会，解决各产业链发展中遇到的共性问题、关键性难题，保障产业链企业发展和项目建设各种要素需求。此外，张家港建立了专班工作体系，组建产业链高质量发展工作专班，成立产业链高质量发展联盟。

2. 产业基金助力新兴产业

新兴产业的发展离不开资本供给支持。张家港成立产业基金，赋能实体经济跑出发展加速度。2017 年初张家港出台了《张家港市新兴产业引导基金管理办法（试行）》，首期出资 3 亿元引导基金。充分借力民间创投挖掘战略性新兴产业潜力，如张家港与深圳市松禾资本管理有限公司签署战略合作协议，双方共同推进张家港在战略性新兴产业上的发展。2017 年底，张家港产业资本中心成立。2018 年张家港启动并运行总规模 148 亿元的"张家港基金"，包括"张家港市政府产业投资基金""张家港市产业资本发展母基金"以及"张家港市新兴产业引导基金"三大基金。重点投向市场前景广阔、科技含量高的新能源、新材料、智能制造、生物医药等新兴战略产业。目前，"张家港基金"规模超 800 亿元，产业资本中心基金管理规模超 624 亿元。此外，中车氢能产业基金顺利组建，"张科贷"优化实施，"张科贷"和"创业沙洲"投融资对接有序实施。

产学研预研资金好比"敲门砖"，能够让企业与高校院所更加顺畅地启动合作。相对于区域创新和城市创新，县域创新资源禀赋"先天不足"。如何提高县域企业创新能力，与高校院所开展产学研合作至关重要。针对"校企双方各有顾虑，项目合作时常因为缺少'临门一脚'而难以启动"的产学研合作堵点，张家港于 2017 年在全省率先探索实施上述举措，出台了《张家港市产学研预研资金管理办法（试行）》，"引导企业家走进实验室、引导专家教授走进车间"，进一步打通产学研合作梗阻，破解县域创新末梢难题。例如，江苏贝尔机械有限公司借助与江苏科技大学的研发合作，2020 年，公司"废旧地膜回收装备"销售收入达 8000 多万元，而促成这项合作的正是张家港推出的"产学研预研资金管理"措施。2021 年，张家港出台了《张家港市产学研预研资金管理办法（修订）》，对该制度进行了完善，对预研阶段和后补助阶段资助做了明确的划档分类和金额规定。

（三）聚力深化改革，激发创新活力

转型升级的主体是企业，但政府和市场都是不可缺少的重要参与者。企业能否成功转型，很大程度上取决于政府、企业和市场的关系是否理顺。党的十八届三中全会的《决定》提出"使市场在资源配置中起决定性作用"和"更好发挥政府作用"。因此，能否从高速增长转向高质量发展，需要企业和政府通力合作，共同接受市场的评判。政府必须创新工作方式，更好激发企业发展活力。

党的十八大以来，张家港始终重视人才队伍建设、科技支撑、营商环境，创新企业服务方式，找准难点，打通堵点，积极推进科技体制机制改革，持续推动产业链创新链"双链融合"，进一步营造"火红年代"的创新发展氛围和拼搏争先氛围，努力以科技创新"关键变量"催生高质量发展"最大增量"。2016年，中共张家港市委第十一次党代会提出，"以更大的勇气和智慧推进改革，对接长江经济带等国家重大发展战略，抢抓长三角一体化发展机遇，找准战略定位，依托自身优势，抓好一批具有标杆示范作用的改革试点，通过各类先行先试保持先发优势。"2021年，中共张家港市委第十二次党代会报告将"推动改革开放跃上新台阶，打造包容并蓄的活力之城"作为在新征程上坚定不移走好高质量发展之路的六条基本方略之一，强调要"以更深层次改革、更高水平开放、更大发展格局推动高质量发展"。2021年5月，张家港被江苏省人民政府办公厅表彰为"推进科技政策落实和科技体制改革成效明显的地方"。

整体来说，张家港至少做了两个层面的工作，帮助企业实现数字化、智能化和高质量发展的梦想。首先是制定产业规划，做好顶层设计。因为转型升级是一个系统性工程，发展或者不发展哪些企业应该根据实际情况，制定长久、科学的规划，张家港政府与企业建立了直接、长效沟通机制，共同讨论、研判和决策本地的产业规划。

其次是搭建平台助力企业发展。这里的平台，既包括物理层面的，如上文提到的强化园区功能，将园区作为企业集群式发展的平台支撑。进入21世纪之后，张家港发展园区经济的思路越来越明确，以园区载体促进高成长性、优势支柱企业在园区集聚发展，近十年来，张家港已经形成了一批资源再生、科技创新、技术孵化、新材料、新能源、高端装备、广电、软件动漫等各具特色的产业基地和园中园。

还包括"软实力"层面的平台，比如 2014 年张家港成立中小企业发展与服务联盟，为中小微企业提供政务代理、科技创新、技术检测、融资担保、法律咨询、商务平台建设等服务，解决中小微企业发展难的问题；再比如张家港每年都会梳理和发布一些可对接的技术研究院项目、上下游产业项目、重点高校院所的最新科技成果项目和企业技术需求等，同时，发起企业创新高端论坛，发布行业分析指数和报告等。

在创新服务企业的具体方式上，张家港可圈可点之处还有很多。

1. 创新小积分，激发企业大动能

作为全国首批创新型县市，张家港为解决县域创新工作"政出多门、九龙治水"，科技管理部门力量薄弱、缺乏有力抓手等难题，2015年，在全国率先推出企业创新积分管理制度，出台了《企业科技创新积分管理办法》及《计分标准》，为企业高质量发展走在前列注入"第一动力"。

截至 2021 年底，"企业创新积分"累计为企业兑现扶持资金超 8 亿元，223 名企业人才获得"人才房"补贴 5778 万元。2020 年张家港创新发展大会上公布了 2019 年张家港企业创新积分榜单，江苏新美星包装机械股份有限公司以 2107.7 分成为创新状元，该企业负责人对《苏州日报》的记者说，"如果按照每一分 2000 元来计算，企业可直接获得创新积分奖励 400 余万元，政府给予企业'真金白银'的支持，让科技创新更有获得感"。2020 年，科技部、省科技厅对张家港"企业创新积分管理"的做法给予肯定。

为使指标体系设置更科学、涵盖面更广泛，2020 年，张家港印发了《关于开展企业科技创新积分管理工作的意见》，探索积分管理"2.0"版本。积分政策实施 6 年来，张家港累计 5962 家次企业参与积分，企业积分年均增长 31%，引导形成了"四个 90%"以上的企业创新格局，即100%的大中型工业企业和规模以上高新技术企业建有研发机构、95%的规模以上高新技术企业开展产学研合作、92%以上的专利申请及授权来自企业、90%的科技人才企业有研发投入。

总体上，企业创新积分管理制度把原本分散的政策扶持统一转化为"积分红利"，有利于各条线、各板块的创新资源"化零为整"集中用在刀刃上，进而撬动全社会创新投入。通过制度设计的"加减法"，归并整合分散在不同部门的相关政策，使得存在的短板缺口得以补足，从而探索出一条理念新、难度小、效果好、易复制的县域创新管理模式，实现了创新政策"一本通"、财政扶持"一账清"。目前，企业创新积分制在全国59个国家级高新区和江苏省全省试点推广，获评2021中国全面深化改革案例。

2. 金融服务保障人才支撑

2020年，曾参与过探月工程、FAST天眼射电望远镜、大型环形粒子对撞机（CEPC）等国家大科学工程项目研发建设的普达迪泰落户张家港，不仅要建研究中心，还要把总部搬来。一次采访中，该公司负责人对《苏州日报》记者说，"来到张家港，我们最先感受到的就是政府对我们创业团队的重视。全市上下洋溢着求贤若渴、爱才惜才的氛围。"

人才永远是第一资源，如何吸引人才，如何让"第一资源"持续不断释放创新冲击波是张家港人才工作不断思考的问题。那么，张家港让企业人才感动的环境是怎样做到的？

2020年，张家港发布"港城人才贷"，帮助合作银行与当地人才企业达成融资合作意向，2020年首批就签约了18个项目，金额达4.95亿元。2021年4月，张家港助推人才企业上市"攀峰计划"启动实施，首批遴选出37家有形态、有市场、有潜力的人才企业加入"攀峰"梯队，以精品化服务，加快人才企业上市步伐。例如，富森科技成功登陆科创板，实现张家港人才企业上市"零"的突破；2020年度苏州市"高成长企业"培育名单中，张家港有9家企业入选，其中人才企业占 8 席。

2021 年，张家港立足产才融合导向的人才政策 4.0 版正式上线，用"真金白银 + 真情实意"强化高质量发展人才支撑。其中，对"顶尖人才（团队）""一事一议"资助标准提升至 1 亿元，对获认定的重大创新创业团队最高给予 5000 万元综合扶持，对创新创业领军人才项目资助由最高 300 万元提高至 600 万元。同时，张家港还实施了"名校优生"人才计划、"青博荟"企业创新顾问计划，引进紧缺型应届毕业生和青年博士人才；成立总规模 15 亿元的人才天使母基金，通过"母基金引子基金、子基金引人才项目"的模式，保障优质项目引得进、留得住。推进人才服务"一站通办"，在安居落户、子女入学、医疗健康等领域为人才提供高质量服务。

三 建设让人民满意的服务型政府

基层治理是推进国家治理体系和治理能力现代化的基石。张家港市坚持整体性和系统性思维，在理顺县域治理脉络、提升县域治理能力等方面积极探索，致力于推进人民满意的服务型政府建设。

（一）创新构建基层治理架构

在一系列集成改革的基础上，张家港市在市、镇、村（社区）三个层面，以党建为引领，针对党建引领、审批服务、综合执法、网格管理、指挥调度五大领域，创新构建了"三层五柱"基层治理架构。每一"柱"都分为权责明确的三个层面。

在党建引领的领域，市级层面，张家港重点依托市委党建工作领导小组统筹领导，由市委党建办牵头推进；镇级层面，建立区域联合党组织，构建形成"党委抓牢支部、支部严管党员、党员带动群众"的基层党建工作机制；村（社区）层面，全面打造党建"红堡"阵地，进一步密切党群、干群关系。

在审批服务的领域，市级层面，依托市高效政务环境建设领导小组统筹领导，由市行政审批局牵头推进。镇级层面，成立行政审批局，打造企业群众办事"15分钟服务圈"。村（社区）层面，全面设立全科社工代办点，积极开展代办代缴便民服务，打通为民服务"最后一百米"。

在综合执法的领域，市级层面，依托市镇域相对集中行政处罚权工作领导小组统筹领导，由市综合行政执法局牵头推进；同时，在应急管理、市场监管、交通等7个领域整合执法队伍，实现"一个领域一支队伍"。镇级层面，成立综合行政执法局，下沉执法队员，实现"一个区域一支队伍"，切实解决基层"看得见管不着"执法难题。村（社区）层面，设立综合执法工作点，助推基层执法"打早打小"。

在网格管理的领域，市级层面，依托市社会治理现代化建设领导小组统筹领导，由市网格化联动中心牵头推进。镇级层面，设立网格化联动分中心，通过整合条线力量、招录等途径实现全市943个综合网格专职网格员全覆盖。村（社区）层面，成立网格化联动工作站，实现跨部门、跨领域、跨层级的协同联动。

在指挥调度的领域，市级层面，依托市大数据局智慧城市建设推进办公室统筹领导，由市社会治理现代化指挥中心牵头推进。镇级层面，打造集成指挥子中心，依托镇级平台实现实时监控、信息归集、研判预警、协调联动、快速反应、督查考核等功能，为镇党委政府决策提供辅助。村（社区）层面，将村（社区）打造为调度点，推动综合治理关口前移，把矛盾纠纷、安全隐患发现、解决在基层前端。

通过"三层五柱"的架构，最终形成张家港社会治理一张图，打破数据壁垒，形成统一调度、协调联动、快速反应的社会治理工作新模式。以南丰镇为例，2021年，当地综合行政执法局整合城管、水务、市监等11个市级部门下放的444项权力清单，实现"一个区域一支队伍"。专职网格员在日常巡查中，一经发现问题，只需通过手机现场取证、上报，指挥中心随即分条线派单处置。在执法的过程中真正破解了"九龙治水"难题和"权责受限"困境，确保实现小事不出村、大事不出镇。

（二）深化行政审批制度改革

张家港历来重视政务工作，始终将政务改革工作作为全市经济社会科学发展、率先发展、和谐发展的重要保证和关键措施。自 2001 年 9 月以来，张家港政务公开工作取得了明显成效，人民日报、新华社、中央人民广播电台等国家级新闻媒体对张家港市政务公开工作作了深度报道，引起社会各界广泛关注。进入新时期，张家港锁定"全国一流"目标追求，充分发挥敢于争先的"张家港精神"，借助"大数据""互联网＋""流程管理"等先进技术和理念，不断提升政务服务效率。当前，张家港营商环境评价领跑全省县市"第一方阵"。2020 年以来，张家港实施了 15 个重点领域共 68 项改革，其中"1230"改革、"一网通办""网上中介 2.0"等 21 项举措实现全国领先，"放管服"改革、知识产权保护等工作获省政府督查激励。

行政审批服务是体现优质营商环境的一个重要方面，在很长一段时间里，一个企业开办或建筑工程施工要走 500 多条审批流程。针对企业群众关注度高、办理量大的高频事项和跨部门、跨层级办理的事项，以及水、电、气、通信、有线电视等市政公共服务事项，张家港依托一体化在线政务服务管理平台，通过并联审批、信息共享、集成优化等手段，系统重构了办事流程和业务流程，推进行政审批制度改革，平均压缩审批环节 50% 以上。例如，张家港建筑工程施工许可全链条 57 个审批事项，通过流程优化、一窗受理、并联审批，共压缩审批环节 30 多个。

张家港并不满足于此，经苏州市委市政府同意，2017 年张家港撤销政务服务办公室，组建张家港市行政审批局。

2018 年，张家港推出"3550"改革，就是通过优化流程、减少环节、精简资料、系统对接和压缩时限等方式，对审批速度进一步提速增效，实现在 3 个工作日内完成企业开办，5 个工作日内完成不动产登记，50 个工作日内完成工业建设项目施工许可。

作为一个普通企业，最直接的感受就是"三少"：跑政府的次数少了，要交的材料少了，办成事需要花费的时间也少了。具体来说，在企业开办方面，推行"一窗融合"服务，通过一个窗口，提交一次材料，办成一家企业；在不动产登记方面，从原来跑国土、税务、房管、银行等 4 个部门 7 次缩减为跑国土和银行 2 个部门 4 次，申办材料从 25 份缩减为 14 份，办理时间由 7 个工作日压缩至 3 个工作日；建设项目施工许可办理环节从 3 个（质监、安监、施工许可）整合为 1 个，所需材料进行整合、缩减至 14 件标准材料；小型社会投资项目提速为 30 个工作日内获得施工许可证；进一步精简对社会投资小型低风险工程建设项目的审批流程也在新的计划中。

从中可以看到行政审批改革的两个方向。

一个是向着便捷的方向，提供"只进一扇门，办成所有事"，"一件事一次办"的"一站式"服务。张家港探索了由市级政务服务中心、镇为民服务中心、村（社区）便民服务中心组成的三级政务服务体系。六类依申请行政权力事项（除涉及安全、意识形态和涉密等因素）和与企业群众关系密切的公共服务事项（含各区镇设定的依申请公共服务事项、关联服务事项），根据企业群众办事习惯，有序进驻市政务服务综合大厅、镇为民服务中心、村（社区）便民服务中心，其中行政许可事项实现了 100% 进驻。

不仅如此，张家港还推进帮办代办服务，为企业和群众提供包括宣讲、咨询、指导、协助、协调、代办等内容的创新服务形式。以创立"e 沙洲"帮办代办服务品牌和文件发布为支撑，通过建立专业服务队伍，设置专门服务窗口（区域），打通了服务企业和群众"最后一千米"。通过靠前响应、主动上门等，截至 2021 年末，先后设置了 152 个服务站点，梳理了 343 余份服务事项指南，上线了 1 个服务平台，为企业和群众有效服务 11582 件，多次收到了企业群众赠送的锦旗和表扬来信等，经验做法、服务案例等也被多次报道。

另一个是向着数字化的方向，推行"互联网＋政务服务"。首先是 2017 年江苏政务服务网张家港旗舰店正式上线运行，属苏州地区首家县级旗舰店，推出集成套餐服务、热点服务、公共服务、公共资源、网上预约五大功能，推出了开餐馆、开网吧等 22 个企业设立套餐服务。融合张家港市人民政府网站、12345 政务热线、公共资源交易等政务服务信息资源，统一对外展示具有张家港特色的政务服务。以开办餐饮企业为例，通过与市场监管局、城管局等 5 个业务系统的信息对接，原先四大类 7 张申请表整合为 1 张表单，填报信息项由 204 个缩减至 142 个，实现了"一网申请、一表填写、一窗服务"，审批提速 60% 以上，年服务企业 600 多家。

随后，张家港大力推动政务服务的"一网通办"改革。将"一网通办"作为全市探索推进政府数字化、智能化转型的一项重大改革，以及优化营商环境、提升城市核心竞争力的重要举措，扎实推动政务服务更高效、更精准、更智慧。

2020 年，以政策法规中心、事项中心、材料中心、证照中心、表单中心等七大中心为支撑，以"一网、一号、两端、一平台"为特色的"一网通办"总平台基本建成，24 个部门的 504 项高频政务服务事项实现"一网通办"并上线运行，"一网通办"改革取得阶段性成效。一方面，公司设立登记等 982 个政务服务事项实现"一网通办"并上线应用（占全市 1235 项政务服务事项的 80%）。另一方面支撑"一网通办"有效运行的统一身份认证、统一公共支付、统一物流快递等六大基础功能及配套制度建设取得积极进展。

比如在身份认证方面，推行"电子证照"共享应用。2018 年，针对企业群众"材料重复交"问题，充分依托大数据资源优势，按照"一次生成、多方复用，一库管理、互认共享"的原则，张家港建成了资源集成的证照共享应用平台，率先在全省实现身份证和营业执照的电子证照共享应用，被国务院网站、《人民日报》等媒体"点赞"。同时，张家港加快归集数据的开发应用，结合全市 1375 项政务服务事项，全量识别事项办理过程中所需的信息资源目录数据和电子证照需求，实现了身份证、营业执照等 15 类高频电子证照核验调用。

2021 年，各类应用场景不断落地。一方面，企业开办"一窗融合"服务全面优化升级，企业开办更便利；另一方面，一张蓝图系统、项目策划生成系统、联合审批系统正式上线运行；为申请人量身定制"一件事"办理场景。"一件事"改革和"综窗"改革取得初步成效，完成开办汽修店、办理发店等 100 个高频"一件事"实现智能申报和集成办理，市政务服务大厅 100% 实现"统一受理、统一出件"的综窗服务。而且，率先在苏州市上线"帮办代办服务平台"，"全程在线、全城通办、全域覆盖"服务体系进一步健全。

不仅如此，张家港还将"一网通办"推行到市域之外，进行横向的联合打通。设立"跨省通办"和长三角"一网通办"专窗，印发《关于加快推进政务服务"省内通办""跨省通办"实施方案》，与 19 个省、自治区、直辖市的 140 个城市签订"异地通办""跨省通办"合作框架协议。推动市镇两级政务服务大厅完成"跨省通办""省内通办"线下专窗设置，组织全市各政务服务部门梳理形成张家港市"跨省通办""省内通办"事项清单，清单涉及 13 个部门 79 个"跨省通办""省内通办"事项。

（三）稳步推进经济发达镇改革

经济发达镇通常是指具有一定的人口、工业和商业集聚规模，经济实力较强、社会化水平较高、能引领和带动县域发展的建制镇。经济发达镇改革是高质量发展的客观需要，在区域经济社会发展中，改革中的经济发达镇发挥着更强的辐射带动和引领作用。经济发达镇行政管理体制改革，是在基层推进治理体系和治理能力现代化的初步探索，打造了为企业群众解难题、办实事的体制机制。改革地区创业创新环境不断改善，经济发展内生动力明显增强，有力推动经济社会高质量发展。

张家港探索创新、大胆实践，率先开展经济发达镇行政管理体制改革试点。2010 年 10 月，为加强基层政权建设、统筹城乡协调发展，努力破解经济发达镇发展遇到的体制障碍，充分发挥经济发达镇在区域经济社会发展中的辐射带动作用，经江苏省委、省政府批复同意，凤凰镇被纳入江苏省首批经济发达镇改革试点，通过下放管理权限，强化财政保障，赋予经济发达镇履行职能必要的事权和财力。

以塘桥镇为例。2018 年，经江苏省委、省政府批准，塘桥镇纳入全省第二批经济发达镇改革试点，在凤凰镇改革实践的基础上，进一步探索构建简约高效的基层管理体制，优化形成"加强党的全面领导、审批服务一窗口、综合执法一队伍、镇村治理一张网、指挥调度一中心"的"1＋4"基层治理模式。设立了"一办七局"8 个职能机构，分别是党政办公室、组织人事和社会保障局、经济发展局、财政和资产管理局、建设局、社会事业局、综合执法局、行政审批局。成立集成指挥平台，作为未来塘桥的指挥中枢。这是一个集管理、服务、指挥、应急、安全等于一体的综合服务平台，能够全面提升该镇公共服务信息化与治理精细化水平。该平台将综合集成政务服务平台、综合执法平台、网格化平台，还将整合塘桥镇域内的相关视频监控资源，通过大数据分析，实时研判镇域内的治安防控和城市管理形势。

（四）探索基层治理体系"张家港模式"

在总结经济发达镇行政管理体制改革经验的基础上，2019 年底开始，中央、江苏省、苏州市先后发文部署推进基层整合审批服务执法力量（以下简称"三整合"）工作。2020 年，南丰镇、乐余镇、大新镇作为全市首批"三整合"改革镇，统一设置综合行政执法局、行政审批局等 8 个职能机构，按照简约精干的组织架构运行。同时，在推动驻镇机构属地化管理、整合设置乡镇事业单位、统筹管理股级职数、优化打造集成指挥平台建设等方面落实一系列改革任务。南丰镇获评苏州市"三整合"改革评估验收优秀等次、江苏省"三整合"改革先进单位。2021 年，金港镇撤镇建街道后，金港街道、后塍街道、德积街道按照上级要求参加第二批"三整合"改革，并顺利通过评估验收。

1. 南丰镇：推进改革全域融合

南丰镇自高标准通过苏州"三整合"验收以来，始终保持改革创新的探索精神，持续深化"三整合"改革，不断擦亮"五谷丰登"改革品牌，突破"形式"上的整合，迭升"效能"上的变革，切实推动改革从"物理整合"向"化学反应"转变，持续提升改革成效。

积极推进党建要素融合。将机关 17 个党支部对应调整为 8 个，成立行动支部 32 个，打造了"南雁领航""阳光卫士""一帆'丰'顺"等特色党建品牌；积极探索"组团党建""跨界党建"，与上海高校组建"红色引航　校地合作"党建联盟，与张家港市产业资本中心结对开展党建共建。

持续推进办事功能融合，打破办事流程局限，打造效能最优链条。深入推进"一窗办"改革，实现受理、审核（勘查）、审批、办结发证全流程闭环，优化窗口为三大类 26 个，其中综窗 6 个，无差别受理，同标准办理。推行"全链通＋"服务，提供企业开办"一条龙服务"，将企业开办时间压缩至 0.5 个工作日内，其中，2021 年有 108 家通过"全链通"模式设立，占比 86.4%。

稳步推进服务业态融合。针对特定对象及行动不便人群，在审批服务中创新打造"1＋1＋N"帮代办服务模式，组建"小南帮你忙"服务团队，提供免费上门服务、代办服务，"足不出户"完成业务办理。南丰镇全面推行审批服务"一网通办"，打通市、镇、村三级事项办理流程，受理"一网通办"办件量 3.5 万余件，公共服务事项覆盖率 78.5%。

充分运用数字化手段，推进智能应用融合。实现多场景智能应用交互，实现基层治理与服务科学化、智能化、便捷化。全镇大力推进创新强镇战略，与上海国资、深投控等共同运作产业基金项目，建设上海浦东·南丰创新中心，高频次赴上海举办创新创业大赛，大力招引"高精尖缺"人才；大力推进"数字政府"建设，发挥集成指挥中心关键性作用，全面推行数字智能场景应用。

2. 乐余镇：打造"乐无忧"新时代政务服务品牌

乐余镇抢抓基层整合审批服务执法力量改革工作机遇，立足"惠民、助企"两大目标，以综合服务打破职能壁垒，以弹性服务践行为民初心，以全科服务驱动高效运转，发挥"乐无忧"政务服务品牌效应，释放新时代基层治理创新活力。

通过"一站式"综合服务不断增强工作融合度。为深入推进基层治理创新，画好为民服务"同心圆"，乐余镇为民服务中心找准"圆心"、聚焦"圆心"，打造转变政府职能、优化营商环境、提供多元服务的便民服务平台，让服务"半径"始终围着"圆心"。以"分类办理，灵活运用"为原则，聚焦群众、企业关注的重点事项，依托"线上线下、虚实一体"政务服务平台，借力优化营商环境服务企业"六项机制"，打造"出生、退休、企业开办"等"一件事"特色综窗服务。

目前，乐余镇为民服务中心已经实现了常态化"一站式"综合办结，在进一步为企业、群众提供品质服务的同时，极大优化了营商环境，激发了投资者在乐余镇干事创业的热情。例如，2020年5月，乐余镇的邹先生想要在本地注册开办一家企业，听闻乐余推出"企业开办一件事"综窗服务，只要进中心一次门，提供办事所需完整材料，就能全部办结、多证同出。邹先生在工作人员的帮助下，整理提交完成企业开办的各类材料，一天内完成申领营业执照、刻制印章、银行预约开户、办理税务登记，实实在在地节省了多环节、多处跑、多次跑的时间。

乐余镇依托"套餐式"弹性服务不断提升群众满意度。从政府思维向企业视角转变，从干部姿态向群众位置转变，为民服务中心优化服务流程，调整服务模式，以弹性办理服务套餐提升群众满意度、获得感。中心探索建立容缺办理模式，持续深化政务服务容缺办理改革，着力破解审批环节多、耗时长、互为前置等问题。以办事企业及群众的实际需求为出发点，依托自助服务终端，持续深化不见面审批功能，实现24小时政务服务"不打烊"。以"互联网＋政务服务"为导向，开通"网、电、微"多渠道预约服务,通过咨询热线、江苏省政务服务网、"临江福地乐而有余"微信公众号等载体,为办事企业、群众提供订制化急办件预约服务,让"数据多跑路、百姓少跑腿",实现行政审批不排队、零等候。

一位年轻时曾在乐余镇当过知青的山东人王先生(75岁,现居住北京),得知自己可以享受张家港市退休人员独生子女相关奖励政策,但申领材料里必须要出具一份证明材料,他抱着试试看的心态给乐余镇为民服务中心打了个电话。在经过预审环节后,中心当天启用容缺办理机制,并派人前往市档案局调取了相关材料,完成了最终的审批流程。王先生激动地说:"自己不用跑腿,一个电话就把事办好了,这真是体现了为民服务中心'乐享无忧'的服务宗旨。"

乐余镇通过"立体式"全科服务跑出审批加速度。为进一步延伸服务触角,更好地辐射全镇9.6万群众、1587家企业,为民服务中心依托"1 + 25 + N"框架,构建1个镇级中心、25个村级站点两级架构,配套N项行政审批套餐服务,着力打造15分钟便民惠企服务圈。如,永利村便民服务站点在原有办事大厅前台的基础上,全方位升级开放式座谈区,有效拉近工作人员与村民间的心理距离,实现面对面交流服务。站点配备自助查询终端,通过"线上线下"同步展示,动态更新服务信息,让村民及时知晓相关政策变化。此外,全科社工提供"上门办"和"全程代办"服务,真正打通了基层服务"神经末梢",确保服务高效能。

3. 大新镇:倾力打造为民服务"新e通"品牌

大新镇以推进基层整合审批服务执法力量为契机,以"互联网 +政务服务"为抓手,倾力打造为民服务"新e通"品牌,以更高要求、更严标准、更实举措、优化服务,提升效能,切实增强企业群众满意度。

确立审批服务新理念:以真心、热心、专心、耐心的服务,让群众办事更暖心。大新镇行政审批局聚焦企业、群众办事"门难进、脸难看、办事繁、事难办"等难点、痛点问题，创新建立 6S 工作法，即 Smile（微笑传递真诚）、Standard（标准体现专业）、Speed（速度缔造效率）、Special（专属以人为本）、Stretch（延伸扩大服务）、Satisfied（满意追求卓越），横向抓服务，纵向抓延伸，多点发力，让群众办事更暖心。

聚焦群众办事时间难问题，大新镇在做好前期调研，认真听取群众心声的工作基础上，创新推出 7 日办服务，做到周一至周五延时服务有保障，周六服务不打烊保质量，周日预约服务亮新招，极大方便了群众办事时间。服务大厅预留潮汐窗口 6 个，以有效应对高峰期办件量大、等待时间长问题，赢得了群众的一致认可。

构建审批服务新模式：不见面审批、一站式融合、一窗口受理，让群众办事更省心。大新镇高标准设计服务大厅，合理规划窗口布局，理清公安、税务、民政、卫健、城管等 13 部门 196 件服务事项，统一编制业务流程、办理依据、办理时限等，实现服务标准化。

坚持客户思维、用户导向，推出 24 小时全天候政务服务不打烊自助服务专区及"不见面审批"清单，切实提高审批服务效能，真正实现窗口服务方式从"面对面"转向"键对键"。积极对接大新邮政支局，签订 EMS 揽件与送达双向免费服务合作协议，让群众足不出户，不花一分钱即可享受到零付费、高办结率的大新政务加速度。

推动审批服务新延伸：镇村联动、一网通办，流程畅通，让群众办事更舒心。镇村两级启用政务服务平台，依托互联网＋政务服务，全方位多角度多形式开展全科社工培训，积极推进村级办理便民服务事项落地实施，镇级办理审批服务事项提质增效，听民意，解民忧。

大新镇前移服务窗口，在实施"帮代办"上出新招。全镇制定出台帮办代办制度，建立帮代办队伍，明确帮代办事项，向企业、群众靠前问需解困、兜底受理诉求服务，实现小事村里帮办、大事镇里代办、难事市里协调办，积极推动"审批有速度，服务有温度"。

总之，没有改革，就没有今天的张家港。张家港作为从改革开放大潮中闯出来的一座新兴城市，受益于改革，成就于改革。尤其是党的十八大以来，张家港紧扣习近平总书记关于"把改革的主体框架搭建起来"的任务要求，始终把改革作为港城现代化建设的强大动力，在积极承接落实上级改革任务的同时，结合本市实际探索创新，通过体制机制改革，加快重点领域和关键环节的改革突破，为发展松绑减负、注入活力。

第五章　为了人民更美好的生活

"人民对美好生活的向往，就是我们的奋斗目标""要坚持发展为了人民、发展成果由人民共享""切实解决好群众的操心事、烦心事、揪心事"……为人民谋幸福的初心，始终闪耀在我们党砥砺奋进的征程上，从未改变。2021年，在庆祝中国共产党成立100周年大会上，习近平总书记再次强调，必须团结带领中国人民不断为美好生活而奋斗，中国共产党根基在人民、血脉在人民、力量在人民。

一切为了人民，让老百姓过上好日子，给老百姓的生活带来全面保障，正是张家港六十年的执着。从苏南"边角料"跃升为全国百强县前三，张家港成为明星城市，张家港人也摆脱了贫穷落后的苦日子。从衣食住行，到民生服务，张家港不断探索新的路径，为谋求人民富裕、提升人民生活质量倾力而为。什么是幸福生活？张家港有属于自己的答卷。

一　让老百姓富起来

2014年12月，习近平总书记在江苏考察时指出，努力建设经济强、百姓富、环境美、社会文明程度高的新江苏。自此，"强富美高"新图景，成为指引江苏经济社会全面发展的航标，也更进一步为张家港的新发展明确了方向。成为经济强市的张家港，不断在如何"富"

上做文章。

（一）走对致富路，创造高收入

让钱袋子鼓起来，是老百姓对生活水平提升最朴素的诉求。

党的"十二五"规划建议将科学发展、强国富民作为"十二五"时期的发展主题，党的十八大和十八届三中全会又进一步指出，必须坚持走共同富裕道路，使发展成果更多更公平惠及全体人民。身处富庶的鱼米之乡，苏州也是向来重视富民的，发展理念先后经历了由"富民强市"到"富民优先"的转变。推动富民增收与经济增长互促共进，让人民群众过上品质生活，是张家港的富民实践。

数据最有说服力，张家港的发展是飞跃式的，张家港人的收入亦是如此，每一年都是稳步增长的。1962年，张家港市（沙洲县）农民人均收入89元，全国人均国民收入70美元（大约172元）。改革开放之后，1986年，张家港市（沙洲县）撤县建市，人均国民收入1710元，村民年人均收入861.62元，相较之下，全国城镇居民平均可用于生活费的收入为828元，农民平均纯收入424元，张家港的发展已走在前列。经历了20世纪90年代的突飞猛进，1995年，张家港的农村居民纯收入4726元，全国农村居民人均纯收入1578元。

2002年，建县（市）四十周年的张家港，城镇居民人均可支配收入首次过万，达11450元，农村居民人均可支配收入6147元，此时的全国城镇居民人均可支配收入7703元，农村居民人均纯收入2476元。又一个十年过去，2012年，张家港城镇居民人均可支配收入39659元，农村居民人均可支配收入在2007年首次过万后，2012年达19460元。同年，全国城镇居民人均可支配收入24565元，农村居民人均纯收入7917元。

2021年，张家港居民人均可支配收入66101元，其中，城镇居民人均可支配收入77939元，农村居民人均可支配收入41859元。相较之下，全国居民人均可支配收入35128元。可以说，自20世纪80年代中期，张家港的人均水平就持续高于全国平均水平，每一步的发展都有迹可循。

张家港的富民不只是城市居民。张家港坚守共建共享发展理念，做大集体经济"蛋糕"，让"村强"和"民富"之间牢牢地画起等号。2016 年，张家港全市 170 个村级集体经济组织稳定性收入总额达 15.72 亿元，村均达 925 万元，2017 年，村级集体收入低于 200 万元的经济相对一般村全面消除。2020 年，全市村级总资产 249.65 亿元、村均 1.42 亿元，村级集体总收入 27.26 亿元、村均 1683 万元，同年，城乡居民人均收入比为 1.86∶1，是全国城乡收入差距最小的地区之一。

高收入得益于张家港整体经济的发展，也得益于地方政府对就业的重视，保障就业，才能保障收入。21 世纪初，随着城镇化进程的不断推进，被征地农民和农村富余劳动力日益增加，解决被征地农民、特困家庭劳动力和高校毕业生的就业问题成为了就业工作的重点。张家港实施就业、再就业工程，建立全市劳动力资源供求信息库、城乡统一的劳动力市场、覆盖全社会的就业登记制度，以及市、镇、村（社区）三级劳动力市场信息网络，城乡劳动力实行同等就业、同工同酬，在全省率先将就业扶持政策从城镇延伸到农村。

"十三五"期间，张家港实施更加积极的就业创业政策。全市提供就业岗位 27.06 万个，城镇新增就业 7.97 万人，城镇登记失业率 1.71%，社会登记失业率 1.74%。2017 年，江苏省和苏州市出台相关富民意见及措施后，张家港市结合自身发展情况，迅速拿出落实性文件《关于张家港市聚焦富民促进创新创业创富的实施意见》，为张家港推动城乡居民收入持续较快增长、让人民群众有更强的获得感和幸福感，提供了实际抓手。

在国内国际双循环的背景下，面对经济形势的波动，创造就业，稳定就业，保障收入，是张家港给老百姓的定心丸。2021 年，张家港继续坚持把稳就业摆在更加突出的位置，科学研编全国县级市首个《高质量就业"十四五"规划》，千方百计稳定和扩大就业，组织"民营企业招聘月""退捕渔民就业安置动态监测"等专项活动，统筹推进农民工工作和就业创业首选城市建设工作。

（二）奔向我们的好生活

什么是好生活？

改革开放之前，"楼上楼下，电灯电话"，是很多人能想象的最好的生活图景。在作家何建明的纪实报告《我的天堂·苏州改革开放 30 年全记录》中，我们得以窥见 1962 年的张家港生活：当时，全县没有一辆载重汽车，更不用说小轿车了。机关人员吃食堂，睡通铺；几个人合用一张办公桌，电话不通农村；运输仅靠一条小机帆船——书记县长去苏州开会也只有这个最高待遇。百分之八十的农民住草房。

历经六十年的发展，如今的张家港人，衣食住行早已不是问题，都琢磨着怎么把日子过得更滋润，更有品质。2021 年，张家港居民人均消费支出 38644 元，其中城镇居民人均消费支出 44216 元，农村居民人均消费支出 27234 元，相较之下，全国居民人均消费支出 24100 元。

2005 年的采访里，就有张家港居民表示"我现在买衣服只买品牌的，因为品牌的衣服在质量、服务、款式方面都做得比较好"。当年，张家港市民人均衣着消费 435.88 元，是 1986 年的 7.95 倍。如今，张家港有曼巴特、吾悦广场、万达广场等购物中心，还有张家港购物公园，驱车去上海逛街买衣服，也是稀松平常的事。至 2020 年，张家港市民人均衣着消费达 1728 元，大约是 2005 年的 4 倍。

饮食就更为讲究了，现代人追求的，是健康又精致。地处江南，张家港本就有"不时不食"的饮食传统，所谓"佳品尽为吴地有，一年四季卖时新"。除了当地美食，要在家门口找到各地风味，一饱口福，也不是难事儿，各种餐馆都有。美味之外，老百姓更重视食品安全，2004 年起，张家港开始推行"食品质量安全市场准入制"，米、面、油、酱油、醋等五类食品进入市场必须加印"QS"标志，否则不准上市销售。2005 年，张家港人均食品消费 2399.05 元，是 1986 年的 5.86 倍，2020 年，张家港居民人均食品烟酒消费达 9267 元。

好生活，离不了"安居乐业"这个词。1988 年，张家港开始住房制度改革，并在 1993 年全面起步，逐步实现住房制度从计划经济模式向市场经济模式的转变。2005 年末，张家港市区居民人均住房建筑面积 40.72 平方米，新建住宅小区 100% 实行了物业管理，住房成套率达 99.6%。2020 年，张家港人均住房建筑面积 58.7 平方米，其中城镇居民 51 平方米，农村居民 73.6 平方米。在张家港的居民小区里转一转，有绿地，有健身器材，垃圾分类井然有序，文明实践活动多样，社区网格化治理，一派现代化的生活气象。

富足的生活不止于此，张家港人的家庭消费丰富多彩。2003 年，张家港全市有私家车 24639 辆，平均每 10 户一辆，2020 年，张家港全社会机动车 463078 辆，每百户居民家庭拥有家用汽车 70 辆。1986 年，张家港每百户农民拥有电视机 29 台（其中彩电 3 台），洗衣机 14 台，没有空调、电冰箱。2020 年，张家港每百户居民家庭拥有电冰箱 113 台，洗衣机 110 台，空调 281 台，彩色电视机 192 台，移动电话 265 部，计算机 81 台。闲暇之余，外出旅游也是常态，近有张家港的双山岛，新冠疫情之前，张家港的出境旅游也不在少数。

张家港是以精神文明建设著称的，富起来的张家港人，精神生活没有落下。作为全国首个发布"书香城市"建设指标体系的城市，张家港持续开展全民阅读活动，建设了 24 小时图书馆驿站、森林书屋、湖畔书房等便民阅读场所，满城书香。文化馆、博物馆、美术馆、科技馆、体育馆、保利大剧院等文化场馆，亦是一应俱全。

现代化的城市生活，就是要让老百姓感受到幸福感，张家港的发展始终践行着这一准则。2020 年，由新华社《瞭望东方周刊》、瞭望智库共同主办的"中国最具幸福感城市"调查中，张家港获评"2020 中国最具幸福感城市"。

二　民生无小事

坚持发展为了人民、发展依靠人民、发展成果由人民共享，是改革开放和社会主义现代化建设的根本目的。以习近平同志为核心的党中央坚持以人民为中心的发展思想，把增进民生福祉作为发展的根本目的，顺应人民对美好生活的期待。

张家港始终保持对民生的关切，用实践贯彻着一切为了人民的理念。20世纪80年代初，《人民日报》头版头条刊文《沙洲县扎扎实实为农民办好事》，张家港市（沙洲县）各级干部为农民办好事的经验就得到全国推广，自此之后40年，张家港市（沙洲县）扎实为农民办好事从未间断。1994年起，张家港市更是将"政府实事工程"作为解决突出民生问题的重要抓手，以问题为导向，项目化推进。2018年，张家港在江苏省率先启动"民生微实事"项目，以"群众点菜，政府买单"的方式把实事办到人民群众的心坎里，受到民政部刊发专题简报肯定。2021年，党史学习教育中，"我为群众办实事"实践活动又成为张家港的一大亮点。

（一）教育为本，百年大计

百年大计，教育为本。张家港从贫穷走向富裕，在现代化征程上敢为人先，勇于争先，离不开其对教育的重视。知识改变命运，是张家港信奉的朴素原理。

早在1964年，张家港市（沙洲县）全县农村普遍开办耕读小学（原称"简易小学"），普及初等教育。1983年，张家港市（沙洲县）的小学入学率高达99.9%，普及率达99.15%，巩固率达99.56%，合格率达98.15%，成为全省第一批达到教育部规定的"四率"要求的城市。次年，张家港市（沙洲县）就完成了扫除文盲任务，是当时江苏省第一个扫除文盲的县，获江苏省人民政府颁发的普及初等教育合格证书。1986年，张家港就成为全国基础教育先进县。此后，张家港从巩固、提高的要求出发，进一步加强实施九年制义务教育工作，到1991年末，张家港在江苏省率先全面实施了九年制义务教育。

张家港是从不会止步不前的。在扎实的工作基础上，张家港确立了教育现代化的目标。1993年，梁丰高中异地新建可以说是张家港教育现代化建设的标志性工程。梁丰高中以其一流校园环境、教学设施、师资队伍、管理水平、教育质量引发了影响全国的"梁丰效应"，中央和各省市领导、专家先后来梁丰考察，带动了以梁丰高中为学习榜样的教育投资热潮，《中国教育报》以《"梁丰效应"——张家港市实施教育现代化工程纪实》为题进行了专题报道，并直接促成了1995年全国普通高中工作会议在张家港召开。同一年，江苏省全面启动教育现代化工程。1992—2000年，张家港市共投入教育经费18.5亿元，2000年末，张家港市所有乡镇全部通过省教育现代化先进市预验收。2007年，张家港高标准通过了江苏省首批（市、区）教育现代化建设水平评估。

在保障义务教育全面实施的基础上，张家港也是素质教育的先行者。1997年，张家港出台了《关于整体推进全市中小学实施素质教育的意见》，在全市义务教育学段全面实施素质教育。同年10月，国家教委、江苏省人民政府办公厅先后下发关于推进中小学实施素质教育的相关意见，张家港被列为江苏省素质教育实验区。1999年，党中央、国务院作出《关于深化教育改革全面推进素质教育的决定》，在前期实验区建设经验的基础上，张家港继续深化推进素质教育工作。张家港的先行先试，还有几项全国第一的验证：2008年，张家港投资1.2亿元在全国率先建成县级青少年社会实践基地，为全国中小学校外社会实践教育提供了"张家港标准"；2015年，张家港成为全国首批青少年校园足球试点县市；2017年，塘市小学获评第一批全国文明校园。

基础教育扎实推进，不是张家港的全部追求。作为一个渴求人才、追求卓越的城市，张家港在高等教育建设上也是不甘人后的。1984年，为了适应乡镇企业的发展需求，张家港市（沙洲县）开创县办大学的先河，创办全国第一所县办大学——沙洲职业工学院，当时由著名科学家钱伟长任名誉院长。学院从建立之初就以"服务地方"为办学宗旨，为张家港建设输送各类人才。2005年，张家港与江苏科技大学合作，创办江苏科技大学张家港校区，进一步推动其高等教育建设。

在张家港的发展理念中，教育公平极其重要。自 2005 年起，张家港开始实施以村校基本现代化建设和外来人员子女学校标准化建设为主要内容的均衡化教育。20 世纪 90 年代，张家港认真落实分级办学、分级管理的体制，调动市镇两级办学积极性，总的原则是"业务市管、建设乡管、人员共管"，相当一部分教育投入是由乡镇乃至村来出资，全面提升了城乡教育发展水平。

1995 年以来，张家港中小学布局经过了多轮调整，学校数量从 1995 年的 560 所调整为 2021 年的 178 所（共计 223 个校区），撤并了一大批小而散的村办小学和薄弱初中，集团化办学，城乡学校的规模效益得到明显提升。至 2021 年年底，张家港先后创成苏州市级以上优质初中 28 所（其中 22 所在农村）、小学 29 所（其中 23 所在农村）、优质幼儿园 43 所（其中 26 所在农村）。同时，为推进城乡师资均衡配置，张家港选派市区优质学校校长到农村学校任职，推行组团式支教，较大幅度地提高农村学校骨干教师的津贴标准和支教教师津贴标准，在职称评定、骨干教师评选等方面向农村学校教师实行政策倾斜。

张家港的飞速发展吸引了大量新市民，怎么安排他们的子女入学呢？张家港一方面努力扩大公办学校吸纳量，另一方面在外来人员集中的镇、村，新建公办和民办外来人员子女学校。为提供更为均等的机会，2012 年，张家港在全国县级市中率先实施新市民积分管理，新市民子女可凭积分就读公办学校。截至 2021 年，70% 以上的适龄新市民子女进入义务教育阶段公办学校就读。

张家港最早的一批民办新市民子女学校白云学校，近两年增设了 3D 打印、工程搭建、国学教育等多个连公办学校都"羡慕"的特色教室，这还只是张家港不断加大投入、扶持民办新市民子女学校高质量发展的一个缩影。2014 年至 2019 年度，张家港 8 所民办新市民子女学校先后投入 7795.3 万元，用以新建教学楼、添置教学仪器设备和学校文化建设，教学环境不断优化。2019 年，张家港出台《关于扶持民办新市民子女学校高质量发展的意见》，推动新一轮民办新市民子女学校提档升级，获评"苏州市外来工子弟学校提档升级工程示范区"。2020 年，张家港市教育局启动"教育扶智"计划，公办学校与新市民子女学校结对帮扶，同时又借助"互联网＋"技术实现云上教育，进一步提升帮扶实效。

2013 年，张家港高标准通过了全国首批义务教育基本均衡发展县市认定。2020 年，张家港获评了新时代江苏省首批义务教育优质均衡发展县市，实现了从基本优质均衡到优质均衡的跨越。

立足"办好人民满意的教育"奋斗目标，张家港深化教育改革创新，优化教育资源配置，并积极融入长三角教育一体化发展大局，广泛链接优质教育资源，先后与上海交通大学、华东师范大学等知名高校开展合作，有力推动了张家港教育的提档升级。2019 年，张家港正式提出"三聚两先一名市"［"三聚"：聚合优质资源、聚力开放创新、聚焦立德树人；"两先"：率先建成全国首批义务教育优质均衡发展县市（区）、率先建成江苏省教育现代化示范市］教育发展总目标，明确要把张家港建设成为"扎根港城大地、人民群众认可、同类城市领先"的全国一流"现代化教育名市"。

（二）资源下沉，病有所医

2022 年初，张家港民丰苑西区，作为新冠肺炎疫情防控整小区封控区域，近 2000 名老百姓足不出户，配合防疫，79 名专班志愿者和 12 名网上先锋管家进驻服务，配合核酸检测、运送物资、环境消杀、清运垃圾等。一切井然有序，成为这座城市抗击疫情的一个缩影。

自 2020 年起，新冠肺炎疫情席卷全球，张家港凭借稳固的医疗基础，成体系的防疫工作，切实做到疫情来了也不慌。从日常防疫管理，到涉疫小区的封闭、管控，确诊人员的流调、隔离，从新冠疫苗的接种，到区域核酸的执行，健康驿站的建设，张家港的抗疫工作有条不紊，卓有成效。

面对疫情，张家港是有底气的。截至 2021 年末，张家港有医疗卫生机构502个，其中医院39个，基层医疗卫生机构453个，专业公共卫生机构5个，其他卫生机构5个，千人床位数达6.6张，千人执业医师数达3.19人，基本公共卫生服务项目人均补助标准90元，各指标排在苏州各县市前列。六十年来，张家港始终坚持生命至上、人民至上，为张家港老百姓提供医疗保障。

从老百姓的角度出发，敢想敢干，提供"张家港经验"，是张家港干事业的特点，医疗卫生的发展也不例外。1984年，张家港市（沙洲县）明确提出"乡办公助"和"以工助医"的新路子：规定乡卫生院的医疗用房、职工宿舍由乡政府帮助建造，主要的医疗器械、业务培训费由卫生局负责；医院可以兴办产业，以扩大资金补偿渠道，增强医疗机构的活力。1986年，张家港全面实行"乡办公助、分级管理"的卫生管理体制，乡卫生院由县卫生局和乡政府共同管理，分级投资。1988年，《健康报》全国记者会议在张家港召开，推广张家港"乡办公助、以工助医"促进卫生事业发展的经验。

医药卫生体制改革事关民生福祉，也是民心所向。新世纪以来，张家港因地制宜，紧紧围绕"办群众满意卫生"的目标，统筹规划，推出一项项"保基本、强基层、建机制"的改革措施，保障城乡医疗资源优质均衡发展。2021年，张家港成为首家获评江苏省"公立医院综合改革示范县"，也是全省唯一获评的县市。

从医疗卫生到预防保健，关于健康的理念是不断变化的，张家港每一步都紧跟国家的发展。1988年，张家港开始初步尝试预防保健体制改革，1990年，在全市实施初级卫生保健，接下来就是"四年一个飞跃"的成绩。1994年，张家港获江苏省初级卫生保健合格县（市），实现了村村都有集体卫生室，人人都能得到基本的医疗卫生保健服务。1998年，张家港获得江苏省初级卫生保健先进市称号。

从初级卫生保健先进市，到全国健康城市样板市，张家港的医疗卫生建设，铺满了荣誉。卫生城市是张家港市一张亮丽名片。1994年，张家港市摘得国家卫生城市桂冠。2004年，在实现国家卫生城市

（镇）、省级卫生村创建"满堂红"的基础上，张家港启动健康城市建设，实现从"卫生创建"到"更加关注人群健康"的工作理念转变，强化基层政府公共卫生职能。2005 年，张家港作为国内首个县级市加入世界卫生组织西太区健康城市联盟，截至 2021 年末，累计获得世界卫生组织西太区健康城市联盟最佳实践奖等 12 项殊荣。2020 年，张家港获评首批全国健康城市建设示范市，次年，实现国家卫生城市"十连冠"，获评全国健康城市建设样板市，并位列全国县级市第一名。

党的十九大报告提出"健康中国"的发展战略，张家港近年也提出了"城乡一体化健康促进型城市建设"的总体目标，使健康城市建设与城乡居民个体健康形成持续良性互动，进而让全体市民拥有更多的健康获得感。为此，张家港在不断的医改中，将医疗服务进一步落实到基层，一方面，不断强化基层医疗投入；另一方面，通过医共体、家庭医生签约服务等机制，增强基层医疗服务能力。2020 年，张家港居民人均预期寿命 83.61 岁（全国人均预期寿命 77.3 岁），全市居民健康素养水平达 37.37%（全国健康素养水平 23.15%），主要健康群体评价指标在全国同类城市保持领先水平。

如今的张家港，市民在 15 分钟内就能到达最近的医疗点，119 个家庭医生团队作为健康守门人，常年走村串户服务群众，全市大病困难、计生特殊困难家庭签约率达到 99.74%。2019 年，张家港开始实施"慢病患者用药进社区"项目，实现"小病在基层，大病到医院，康复回社区"。在一批专家工作室落户基层的同时，一系列推动分级诊疗的惠民举措也在张家港落地见效。张家港还开设全省首家临床药师基层工作室，让专家从市级医院走出来，下沉到基层、村（社区），有效缓解了基层医疗机构优质医疗资源不足与群众对优质医疗服务需求不断增加的矛盾，让老百姓在家门口享受到优质、高效、便捷的医疗服务。

信息化的今天，张家港的智慧医疗也不落伍。2006 年，为深化落实新型合作医疗制度，张家港上线合作医疗信息化管理系统，实现了农村居民"刷卡就医,实时结报",2008年末,全市所有医院均建成了医院信息管理系统。2017年,张家港市成功打造了医疗健康领域的中枢,即区域全民健康信息平台。该平台犹如一个智慧大脑,记录着全市医疗健康发展的蛛丝马迹,100多万份居民的日常诊疗信息都集中在平台上,打破了各级医疗卫生机构的信息壁垒。

数据一张网,是要下好医疗惠民一盘棋。在信息化基础上,张家港继续积极探索智慧医疗服务模式,相继推出网上预约挂号、远程会诊、双向转诊、互联网医院等一网式、一站式便民医疗健康服务,提升群众就医的获得感。在江苏省公布的2019年智慧江苏重点工程名单中,张家港市智慧医疗项目成功入选。张家港市继续推进互联网家庭医生签约系统、基层合理用药系统等,进一步缓解"看病烦"与"就医繁"等问题,给群众带来更多健康福祉。

张家港永远有新的追求,在长三角一体化发展的背景下,如何用活用好长三角一体化政策,在"科教兴卫"和"人才强卫"上持续发力,加快高质量医疗卫生资源聚集,增强医疗服务水平和能力,成为张家港新的目标。

(三)社保一体,应保尽保

张家港与新中国的成长同步,其建县之初,就浸润了社会主义建设初期平等、公平的建设理念,把"为人民服务"作为第一要义,为人民生活提供社会保障。1962年,张家港市(沙洲县)全民、集体企业都实行了社会劳动保险,此时的社会保障制度是建立在计划经济体制之上的"企业保险"制度,个人福利与生老病死,都由企业负担。

1986年6月,全国第一个乡级农村社会保障委员会在张家港市(沙洲县)锦丰乡成立,并按"生老病残死亡,吃穿住行乐"10个方面建立10个社会保障服务网络。这一先行先试,做出了好成绩,取得了好经验。正因此,同一年,全国农村基层社会保障工作座谈会在张家港市(沙洲县)召开,这是建县以后张家港市(沙洲县)第一次承办全国性会议,也是民政部第一次在县级城市召开全国性会议。会议推广了张家港市（沙洲县）和相关县市的成功经验，也为全国农村基层社会保障工作的健康开展，趟出了路子。

1986 年之后，张家港对社会保险制度进行初步的改革探索，开始试行退休费用社会统筹，使"企业保险"向社会保险迈出了第一步。如何建立适应社会主义市场经济的社保新机制，是 20 世纪 90 年代的张家港要摸索的。1992 年，全市各乡镇开始推行福利风险型合作医疗制度，以镇为单位建立大病风险基金。1994 年，张家港被江苏省定为社会保障制度综合改革试点城市。次年，全市开始深化社会保险制度改革，以养老保险制度改革为突破口，先后出台机关事业、城镇企业、农村养老保险办法，同时逐步推进医疗、生育、失业、工伤社会保险制度改革，至 1999 年，初步建立"统账结合、五保合一"的社会保险体系。

1996 年，参照江苏省镇江市和江西省九江市等试点城市做法，张家港开始探索医疗保险制度改革办法。2000 年，张家港建立职工医疗保险制度，2004 年实行新型农村合作医疗制度，并于 2008 年更名为居民基本医疗保险，实现新型农村合作医疗和城乡居民基本医疗保险的合并实施。2008 年，张家港建立社会医疗救助制度，2018 年进行完善，建立大病保险制度和长期护理保险制度，次年建立精准救助制度，逐步健全以基本医疗保险为主体、医疗救助为托底，补充医疗保险、商业健康保险、慈善捐赠、医疗救助共同发展的医疗保障制度体系，推进医疗保障体系的高质量发展。

"应保尽保"，让更多人参与到社会保障制度之中，是张家港不变的追求。张家港的社会保险事业历经了由国有企业到其他企业、由城镇企业职工向农村居民、由参保退休人员到无收入的老年居民的发展过程，也是统筹城乡发展、建立城乡一体化社会保险体系的过程。

1988 年，根据中央精神，张家港开展农村合作退休保险，1992 年，推开农村社会养老保险工作，同年，民政部在张家港召开全国农村养老经验交流现场会，张家港被授予全国农村养老保险先进县（市）。

1994 年末，张家港建立能与城镇职工养老保险制度相衔接的、城乡一体化的农村养老保险制度。2003 年起，张家港在全省率先推出以纯农民为参保主体的新型农民基本养老保险制度。之后，全市按照"统筹城乡，全民保障"的指导思想，不断完善社会保障制度，稳步提升社会保险水平。2011 年，张家港在全国率先实现了城乡基本养老保险并轨。

张家港的发展吸引了越来越多的外来人口，如何保障新市民的生活，成为摆在张家港面前的新问题。2020 年，张家港常住人口约 143 万，其中新市民占近一半的比例。持续完善新市民积分管理是张家港的应对之策，2012 年，张家港在全国县级市中率先实施这一政策，在新市民子女教育、社会保障、医疗卫生、妇女儿童权益、住房安排、社会救助等方面，全力推动实现新市民与张家港户籍居民享受同等待遇，融入城市生活，共享城市文明。"积分新政"的首批受益者梁先生在接受采访中说："张家港给了我安居乐业的生活，我也要用双手继续为这座城市添砖加瓦。"

自 21 世纪初，张家港不断建立和完善企业退休人员社会化管理服务体系，至 2012 年末，全市城镇养老保险参保率就保持在了 99% 以上。2016 年起，张家港统一安排、同步调整企业和机关事业单位退休人员基本养老金，并全面实施全民参保计划，基本实现"法定人员全覆盖"要求，推动社会保险精准扩面。2021 年，人均养老保险增致 2499 元，城镇企业职工退休人员养老金人均增加 105.4 元，实现"十七连涨"。

党的十九大之后，按照兜底线、织密网、建机制的要求，张家港继续坚持以人为本，全面建成覆盖全民、城乡统筹、权责清晰、保障适度、可持续的多层次社会保障体系。

（四）老有颐养，幼有所护

春日，暖暖的阳光洒满张家港老年公寓的每个角落，院子里、阳台上，坐满了眯着眼晒太阳的老人们。截至 2021 年，在张家港，像这样的养老机构共有 42 家，综合性老年活动中心有 4 处，社区居家养老服务中心（点）建设覆盖率达 100%，各类养老床位一共 14438 张，平均每千名老人拥有各类养老床位数 55.1 张（2019 年，全国千名老人拥有养老床位数约 30 张），在全国处于领先水平。

"一老一小"，向来是关乎千家万户的民生大事，老人的温暖，孩童的笑颜，治愈人心。张家港市是人口老龄化程度较高的城市之一，1982 年，就进入老龄化社会，比全国提前 17 年。同年，张家港市（沙洲县）全县 23 个公社建有 23 个敬老院，成为江苏省第一个社社建敬老院的县，为无人照顾的老年"五保户"（保吃、保住、保穿、保医、保葬）解决生活困难。此后，为更好地满足老年人的养老服务需求，张家港先后出台了多项针对老年人的惠民政策，构建了多元化养老格局，不仅要做到老有所养，更要老有颐养。

在敬老院稳步发展的基础上，21 世纪初，张家港积极改善敬老院功能设施，由单一的"五保"对象供养机构向区域性养老服务中心转型，试点并推广"公建民营"新模式，发展和完善社区居家养老服务组织。2007 年，张家港明确以居家养老为主体，社区服务为依托，机构养老为辅助，构建覆盖全体老年人的养老服务体系。

2013 年，具有张家港特色的"亲情（虚拟）养老院"试运行，运用"互联网 + 养老"的手段，虚拟养老院集养老服务信息管理系统、老年人居家呼叫服务系统和应急救援服务网络于一体。不用花钱进养老院，60 周岁及以上居家老人只要通过一个电话，在家就能享受到关爱服务、居家照护和智慧养老等六大类、42 小项的居家养老服务。这一做法入选全国居家养老社区经典案例。

2019 年，张家港成立市养老志愿者协会，统筹全市养老志愿服务资源，并于 2020 年试点养老服务"时间银行"项目，利用信息化平台，鼓励 60—69 周岁的低龄老年人（女性可放宽至 50 周岁）为 70 周岁以上的老年人提供志愿互助服务，并将服务的时间储存为时间币，待自己年满 70 周岁或急需要帮助时，可支取时间币兑换等值服务。

2021 年，该项目在全市 261 个村（社区）全面推行，倡导"低龄助高龄"志愿服务，探索可持续养老互助新模式。

未成年人是探向未来的眼睛，张家港尤为重视对未成年的人保护工作。2021 年，由张家港民政局牵头 20 家单位录制的 MV《为新未成年人保护法点赞》传遍全城。歌曲在以轻快活泼的旋律、贴切温馨的歌词对新未成年人保护法进行宣传的同时，也展示了社会各方力量共同为织就一张未成年人保护网而付出的努力。

在关怀未成年人的工作上，张家港认真落实家庭、学校、社会、网络、政府、司法"六大保护"要求。2021 年，张家港在全省率先调整设立市未成年人保护工作委员会，实现市、镇、村三级未成年人保护工作协调机制全覆盖，并在全省率先发布《张家港市儿童"关爱之家"建设运营规范》，推动儿童关爱服务阵地规范化建设，实现困境儿童个案管理分级服务全覆盖。

城市里有未成年人关爱保护中心，提供养育治疗、康复教育等专项服务，乡镇上有未保工作站，村里也建设起未成年人活动场所和设施，开展家门口的寒暑期托班等项目。张家港的孩子，在美好生活的建设中不会掉队。2021 年，乐余镇甚至率先在乐江社区打造儿童友好示范社区，努力建立一个"安全、包容、平等、便捷、有趣"的儿童友好乡镇。

为做好各项保障，张家港不断创新工作方式，扩充人才队伍。2007 年，张家港率先在江苏省拉开社会工作发展序幕，经过 15 年的发展，已拥有一支 3354 人的持证社工大军，居全国各县市前茅，活跃在为老为小、助残解困、禁毒矫正、妇女家庭、优抚安置、社区治理等各个领域。

三 一个都不能少

习近平总书记指出，共同富裕是社会主义的本质要求，是中国式现代化的重要特征。共同富裕的路上，一个都不能少。在"促进全体人民共同富裕"的时代命题中，张家港不断探索实践，交出自己的答卷。

（一）从"弱有所扶"到"弱有众扶"

社会救助兜底保障是打赢脱贫攻坚战的底线制度安排，是脱贫攻坚的最后一道防线。

老人的生活要保障，弱势群体更不能忽视。作为"全国社会救助综合改革试点"，张家港立足发挥社会救助在基本民生保障中的综合效应，经过几年的努力，以"保基本、兜底线、救急难、可持续"为总体思路，构建"弱有所扶"大救助体系，让发展成果更多更公平惠及全体港城人民。

张家港对弱势群体的关注是有传统的。早在 1977 年，张家港市（沙洲县）民政局在杨舍镇建办群益五金厂，是全县第一家安置残疾人员的福利企业。1981 年，锦丰公社创办全县第一家社办福利厂，1983 年，全县乡（镇）都建有福利厂。1998 年，张家港开始实施城乡居民最低生活保障机制，城镇最低保障标准 140 元/月，农村最低保障标准 100 元/月。2003 年，张家港制定《张家港市城乡居民最低生活保障制度实施办法》，实现了应保尽保和低保工作的制度化、规范化管理，多次提高城乡低保标准，2021 年，张家港城乡低保标准统一提至 1095 元/月。

近年来，张家港搭建"9 + 1"（以最低生活保障、特困人员供养为基础，支出型贫困家庭生活救助、受灾人员救助和临时救助为补充，医疗救助、教育救助、住房救助、就业救助等专项救助相配套，社会力量充分参与）现代社会救助框架，至 2021 年基本救助覆盖低保、低边、特困等 8 类困难人群 9793 人，在保基本的基础上，聚焦低收入、新市民、急难情形等重点群体，进一步扩展救助范围，实现救助对象全覆盖。借力大数据等现代信息技术，张家港创新服务手段，着力健全"主动发现、快速响应、程序精简、部门联动、高效精准"的救助机制，实现困难对象早发现、早干预、早救助。

众人拾柴火焰高。社会救助是一个系统工程，不仅要整合政府资源，更要统筹社会力量，实现弱有所扶到弱有众扶。一方面，张家港积极引导慈善力量参与社会救助，创设慈善项目库，鼓励社会各界通过设立冠名基金和专项基金参与慈善事业；另一方面，鼓励群众互助，实现共享帮扶。2020 年 12 月，张家港市"互联网＋慈善超市"上线，依托"两微、两端"即"张家港民政""阳光 e 助"微信公众号和"今日张家港"App、江苏政务服务张家港旗舰店网站，实施"物质＋服务"双重帮扶，通过困难群众在线申请，爱心人士"宅家式"捐赠，快递免费派送的方式，提升社会救助参与度，实现需求和资源的精准对接。

社会救助事关困难群众基本生活和衣食冷暖，张家港以全时段、全场景为特色，为每位市民各个人生阶段与生活中的各类突发情况提供了社会托底保障，真正托举老百姓"稳稳的幸福"。张家港"弱有所扶、及时扶、真正扶"的大救助体系得到广泛认可，先后被评为 2018 年度民政部社会救助领域创新实践案例提名奖、2018 年度江苏省现代民政建设优秀成果、2019 年江苏社会救助领域创新实践活动成果奖。

让发展成果惠及每一个人，在张家港，从来不是空话。

（二）扶贫路上

2021 年，全国脱贫攻坚总结表彰大会在北京隆重举行，习近平总书记庄严宣告：我国脱贫攻坚战取得了全面胜利。8 年时间，近 1 亿人脱贫，832 个贫困县全部摘帽，提前 10 年完成联合国 2030 年可持续发展议程的减贫目标。这是中华民族的伟大胜利，也是中国人的骄傲。张家港也在会上收获荣耀，张家港经开区（杨舍镇）善港村委员会被授予"全国脱贫攻坚先进集体"。

党的十九届六中全会指出，脱贫攻坚是全面建成小康社会的底线任务。"小康不小康，关键看老乡"，张家港的扶贫始自 20 世纪 80 年代末。改革开放之后，张家港市（沙洲县）不断深化以家庭联产承包责任制为中心的农村经济体制改革，农民收入有了稳固增长，但农村经济发展不平衡。1986年，经过调查，仍有四分之一的行政村集体经济还相当薄弱，1987年，张家港就开始了帮扶经济薄弱村工作，至今从未间断。

在帮扶工作中，张家港实现从单纯"输血"到"造血为主，输血为辅"到转变，重点支持经营性项目建设，帮助薄弱村转变思想观念。承担帮扶任务的各机关、企事业单位与集体经济薄弱村的干部群众一起，团结拼搏，负重奋进，突出重点，标本兼治，在脱贫致富和发展村级集体经济中取得显著成绩。2021年，张家港开展新一轮经济相对一般村挂钩结对，启动新的帮扶工作。

富起来的张家港，没有追求"独乐乐"，而是"众乐乐"。面对国家对口支援和扶贫协作的重要战略决策，张家港义不容辞。早在20世纪五六十年代，张家港市（沙洲县）境内的热血青年，响应党和政府"到最艰苦的地方去，到祖国最需要的地方去"的号召，有组织或自愿、自发参加支边工作，从民间到政府从未间断过。

按照党中央、国务院和江苏省委、省政府的决策部署，张家港自1991年到2019年，先后与10个省（市）的17个县（市）、镇建立帮扶合作关系，形成了东西协作、对口支援、南北挂钩"三位一体"和政府主导、行业扶贫、社会扶贫互为作用的扶贫协作大格局。从革命圣地井冈山，到重庆云阳、西藏林周，无论是省内的宿豫还是远在天山脚下的新疆巩留，帮扶路上"小伙伴"的发展，成了张家港的"自家事"。长江润发集团在实施南北挂钩战略中率先投资宿豫，被《人民日报》誉为"跨越长江的握手"；张家港援疆团队成为在江苏省17个援疆工作组中"规划执行最规范、项目推进最迅速、特色活动最丰富、队伍管理最到位"的先进援疆工作团队……

2017年以来，紧扣助力贵州沿河县历史性摘帽脱贫这一核心任务，张家港更是交出了"真扶贫、扶真贫、真脱贫"的精彩答卷。

产业援助是对口帮扶最直接最有效的办法，是脱贫攻坚的基础和支柱。对口帮扶沿河以来，张家港累计安排扶贫协作资金2.4亿元实施 173 个产业项目，涵盖沿河生态茶、生态果蔬、生态畜牧业、生态中药材、食用菌、辣椒、生猪代养等产业，覆盖建档立卡贫困人口 5.8 万人，累计招商引进安全环保科技等 20 个项目，到位资金 27.55 亿元。按照"精准扶贫、精准脱贫"基本要求，两座城市一牵手，就开始了"百米加速跑"。

2020 年 11 月 23 日，贵州省人民政府公告宣布，沿河土家族自治县退出贫困县序列。至此，江苏省东西部扶贫协作和对口支援地区最后一个贫困县实现脱贫摘帽。张家港市与沿河县两地市县、镇区、村村、村企、园区五位一体帮扶模式得到国家肯定推广，《携手同心战深贫，合力打好歼灭战》《精准对接助脱贫·智志帮扶显成效》等七个扶贫案例入选全国东西部扶贫协作培训班和全国携手奔小康行动培训班案例选编。

在对口扶贫中，张家港敢于争先的魄力尽显，率先在全国探索实践东西部扶贫协作"三个全覆盖"结对帮扶，率先在全国县域建立包括易地扶贫搬迁安置点在内的 24 小时新时代文明实践驿站体系，首创全国东西部扶贫协作劳务协作驿站——"两江家园"，签订贵州省首个县域东西部劳务协作稳就业协议……

"发展不能'等靠要'，唯有干部群众团结一心奋力拼搏才有出路？"多位张家港对口支援地相关负责人说。张家港人的这股"精气神"，就蕴含着改变贫困面貌的强大力量。

四 幸福家园，共建共治共享

在党的领导下，老百姓以不同的方式参与到城市治理中，健全自治、法治、德治相结合的城乡基层治理体系，建设共建共治共享的社会治理制度，建设人人有责、人人尽责、人人享有的社会治理共同体，与城市共成长，是现代化城市建设的题中之义。

（一）网格密织，社会联动

在张家港，现代化的社会治理是什么样子的呢？网格化，智能化，信息化，是几个关键词。

举个例子，在张家港市社会治理现代化指挥中心的大屏上，当有这样一条预警工单弹出："南丰镇南丰村铁路沿线有一堆建筑垃圾，影响城乡环境，还存在安全隐患。"该中心工作人员会立即通知属地。南丰镇基层治理指挥中心收到后，派发给综合执法部门，随即执法队员前往现场查验，不到两个小时，建筑垃圾就会被清理干净。这是张家港在县域社会治理现代化方面创新探索的一个缩影。

2019年，通过整合原有的市网格化管理中心、数字化城管以及12345便民服务中心部分职能，张家港组建成立了"市社会综合治理网格化联动中心"，2020年更名为"市社会治理现代化指挥中心"。中心的现代化指挥平台将视频监控设备与大数据、人工智能技术相结合，实现了对视频监控信息智能抓取和分析，及时发现城市治理的各种风险隐患和纠纷等问题，由工作人员在线下及时跟进、处理。网格员如发现相关问题，也能通过上述"智慧指挥平台"完成上报，搭建由群众点单、网格员下单、村（社区）部门"买单"的网络，确保各类问题隐患第一时间发现、第一时间解决。

2019年4月，结合智慧城市建设，张家港市与华为签署战略合作协议，投资近2亿元建设数字城市，充分运用大数据、人工智能、区块链等技术深挖政府、公众需求。这为张家港市打造统一规划建设、统一底座能力、统一用户管理、互通实时数据的集成指挥体系，提供了有力技术支撑。数据显示，张家港市网格员每天巡查上报各类问题约4000件，处置率超过99%。2020年，张家港获评"2020中国领军智慧城市"。

上面提到的网格员，是张家港网格化社会治理联动机制的重要组成因子。党的十八届三中全会提出：创新社会治理体制，改进社会治理方式。以网格化管理、社会化服务为方向，健全基层综合服务管理平台。网格化管理，就是依托统一的城市管理以及数字化的平台，将城市管理辖区按照一定的标准划分成为单元网格，通过加强对单元网格的部件和事件巡查，建立一种监督和处置互相分离的形式。

通过科学定格，张家港科学规划全市区域，划分一级网格 10 个、村（社区）二级网格 250 个、三级综合网格 1036 个，共配备专职网格巡查员 1134 人。由此，网格化社会治理实现了全区域无缝覆盖，向纵深推进。网格员下沉至三级综合网格，直接服务于居民，确保"大多数问题都在网格内解决"，实现"小事不出村，大事不出镇"。

2020 年，张家港市组建了一支专职网格员队伍，整合社会力量，形成了"1 + 3 + N"的网格化梯队。"1"指网格长，"3"分别是专职网格员、网格警务员、网格督导员，"N"指兼职网格员和各类网格志愿者。凭着对网格内人事物的熟悉，网格员们总能先行一步，敏锐地发现问题苗头。张家港还创新性地成立网格学院，以常态化培训增强网格员履职能力。如很多网格员所说，"我们网格员，要不断学习充电，具备方方面面的能力，坚持走群众路线，才能更好、更快地适应社会管理的新趋势。"同年，张家港市群众对网格员服务管理满意率居苏州市第一。

网格化治理，不仅是单纯解决基层问题，更是从公共服务的角度开展工作，在治理的前端发现问题的苗头，进而提供公共服务、辅助政府决策。从市领导到普通市民，张家港正奋力开创"人人都是网格员"的社会治理新局面。2020 年，张家港市建立"流动网格长"工作机制，市四套班子主要领导、市委常委、副市长，以网格员的身份进网入格，帮助基层解决难点、堵点。2021 年，市社会治理现代化指挥中心举办 2021 年首期市民开放日活动。邀请近 30 名市民代表走进中心，近距离了解网格化社会治理工作。

这样精细的社会治理非朝夕之功。张家港市（沙洲县）的社会治安综合治理工作从 20 世纪 80 年代初开始起步，此后不断创新优化，实现由"点"到"线"再到"面"的跨越提升。80 年代，张家港以治安打击为抓手，坚持打防并举，组织实施"严打"斗争（严厉打击严重刑事犯罪活动）、开展禁毒禁赌等专项治理，最大限度震慑违法犯罪活动，有效净化社会治安环境。到了 90 年代，张家港以夯实基层基础为主线，加快体制机制改革，推进群防群治工作，组织实施"创三安"等活动，压紧压实各区镇、各部门"一把手"综合治理责任，推广实行社会综合治理一票否决制度，推动实现全市乡镇综治组织全覆盖，依法治理基础进一步扎实，综合治理成效显著提升。

进入 21 世纪，以构建立体式、全方位的社会治理体系为目标，张家港在省内率先建成"110""119""120""122"四台合一现代化警务指挥中心，高标准推进全市"雪亮技防"工程和智慧社区建设，全面构建现代化社会治安防控体系。2003 年，张家港全面启动"平安张家港"创建，构建以"110"指挥中心为龙头，覆盖市、镇、村（社区）、家庭的"信息先导、科技保障、整体联动、快速反应"的一流现代社会治安防控体系。2008 年，张家港深入推进平安张家港、法治张家港建设，完善城乡一体的大防控、大信访和大调解体系。由此，张家港社会综合治理科技化水平迈上新台阶，群众的安全感满意度位居苏州前列，诸多工作经验在全省、全国推广。

多年来，张家港多次被评为全国、全省"社会治安综合治理先进集体"和省级"社会治安综合治理先进县（市、区）""平安县（市、区）"，2017 年 9 月，被中央综治委表彰为"2013—2016 年度全国平安建设先进县（市、区、旗）"。2019 年，张家港市委政法委获评"新中国成立 70 周年大庆全市安保维稳工作先进集体"，次年，获评"2019 年度全省扫黑除恶专项斗争成绩突出集体"。

在这些城市治理的不断探索中，张家港积累了组织建设、平台搭建、社会参与等层面的各种经验，也搭起了如今社会治理现代化建设的基础。

（二）"由民做主"，擦亮幸福生活底色

习近平总书记指出"基层强则国家强，基层安则天下安，必须抓好基层治理现代化这项基础性工作"。以村民自治国家级试点、省社区治理和服务创新实验区、全国首批农村社区治理实验区"三大试点"为抓手，张家港立足于"打基础、搭平台、建机制"的职责定位，努力把城乡社区建成"守望相助的大家庭"。

政策有了，怎么落实？以党建为引领，张家港积极探索村民自治，实现"为民做主"到"由民做主"的转变。

张家港在苏州市率先推广村（居）民议事会，在原有自治组织的基础上，通过海选产生党员比例超过50%的村（居）民议事会，形成"基层党组织领导—议事会民主协商—村（居）民代表大会民主决议—村（居）委会组织实施—村（居）务监督委员会民主监督"的自治新体系。以永联村为例，村委大力发扬基层民主，设立"代表大会议大事、议事团体议难事、楼道小组议琐事、媒体平台议丑事"的议事协商制度，畅通乡村有效治理的民主渠道，获评全国乡村治理示范村。

善港村也是个先行先试的例子，村民自治成果显著：曾经拥堵不堪、交通混乱的主干道大寨河路，如今变得宽敞笔直、道路通畅；西区船坞里曾经河道淤塞、青苔丛生、小道狭窄，如今生机盎然、美不胜收；一块块零碎分散的农户责任田，流转给集体经营管理后，建成了生态农业科技园……

变化始自2015年，在村委的推动下，善港村的村民代表大会表决通过并"公推直选"产生村民议事会，坚持党建引领，以村民议事会为平台实现多元主体共治，激活基层自治功能，群众"参政议政"的热情高涨，也进一步促进了农村管理的精细化。很多村民介绍说，"议事会成立后，议事会成员经常在村里走访，征集我们的意见，先后审议通过了修路、拓宽河道等实事项目，我们村民说话更有分量，更有发言权了。"看得见、摸得着的大转变彰显了自治工作的公信力，真正意义上让老百姓实现了"当家作主"。

探索无止境。2016年，在第四届"中国法治政府奖"的评比中，张家港市报送的"社区协商——基层治理法治化的新探索"项目以最高分获得殊荣。其主要做法是，在厘清政府与村（社区）权力边界的基础上，通过设立议事会，搭建议事平台，协商处理村（社区）相关事务。这一模式，以推进城乡社区协商为突破口，引导群众自我管理、自我服务、自我教育，真正形成"有事好商量、众人的事情由众人商量"的治理规则。至 2021 年，张家港城乡社区议事协商平台覆盖率达100%。

张家港变政府的单向管理为政府行政管理与基层群众民主自治有机结合，以组织化、法治化、智能化、社会化、人文化"五化融合"为路径，实现社区多元主体参与共治，推动社区范围内各个主体、各类要素的重塑、凝聚和发展，乡村有变化，社区也大变样。曾经，小区环境疏于管理，垃圾不入箱成为常态，人人都觉事不关己，最终全体陷入"垃圾围城"的困境。议事会精心制定"破题"方案，议事会成员发动党员、志愿者带头示范，形成了小区环境事关人人的新常态，小区面貌焕然一新。

2021 年，张家港试点"邻里港湾"建设，以打造 15 分钟社区生活圈、5 分钟家门口服务站为目标，通过调剂、合并、租用等方式更新和完善社区服务阵地，集成便民服务、交流活动、文体娱乐、居家养老等功能空间，运用辖区商户、企业、学校、医院等协作力量，为居民群众提供便捷、优质社区服务。"邻里港湾"在党组织领导下，居民自治组织、社会组织、志愿团队等各类主体各负其责、各归其位、相互促进，充分发挥基层治理中居民自治、议事协商的特色优势。

例如在经开区（杨舍镇）悦盛社区，有收集民情民意的"悦"心茶舍，有提供居家养老服务的"悦"彩家园，有开展 DIY 手作、烘焙、阅读活动的"悦"慧书院，还有汇集党员会议、开放式组织生活会、创业孵化培训、文艺沙龙的"悦"享秀场，这些贴近百姓、生动实用的场所不仅是为民服务聚集的平台，还成为居民接受党的政策和理论政治教育的新阵地，也让新时代文明实践价不断走向深入。

基层治理强调三治融合，自治增活力，法治强保障，德治扬正气。有了自治和法治，张家港的德治也做得响当当。张家港充分发挥村规民约、居民公约作用，引导群众将民风民俗、规范日常行为等内容写进公约，结合文明家庭评比等活动，健全奖惩机制，村（居）民自觉遵守、互相监督。至 2021 年，村规民约、居民公约制定率已达 100%。此外，结合新时代文明实践建设，张家港倡导友爱互助观，建立健全社区道德评议机制，发挥社区道德讲堂作用，广泛开展社会公德、家庭美德、个人品德教育，形成崇德向善的浓厚氛围。

2018 年，张家港创造性地提出"全民健心"理念，率先打造社会心理服务指导中心，建成社会心理科普馆，开通全民健心云平台，成立心理志愿服务孵化中心，形成了一个完整的心理服务生态系统，以"心治"丰富基层社会治理形态。

从乡村到社区，党建引领下的自治理念深入人心，怎么更好地服务老百姓，让老百姓共建共享，是张家港不懈的努力，也不断得到认可。2018 年，苏州市委、市政府在张家港召开现场会，全面推广张家港村（居）民自治经验。

（三）社会和谐，法治护航

社会主义现代化建设中，法治文明是一个重要的指标。党的十五大就提出依法治国、建设社会主义法治国家的奋斗目标，党的十八大又把法治政府基本建成确立为全面建成小康社会的重要目标之一。2021 年，党的十九届六中全会指出，十八大以来，中国特色社会主义法治体系不断健全，党运用法治方式领导和治理国家的能力显著增强。这是我们在法治建设道路上多年探索的成绩。

作为一个把"敢于争先"定义为城市精神内涵之一的苏南县级市，张家港的法治建设也一直走在前列。2002 年，张家港就提出建设法治城市的目标，并把法治城市建设作为创建全国文明城市的核心内容之一，在全省乃至全国率先出台《张家港法治城市建设规划》，并探索性地制定《张家港市法治城市建设测评体系》。2015 年，党中央、国务院印发《法治政府建设实施纲要（2015—2020 年）》，明确到2020 年基本建成职能科学、权责法定、执法严明、公开公正、廉洁高效、守法诚信的法治政府。张家港积极落实这一纲要，进一步着力发挥法治在经济社会发展中的服务保障和引导推动作用。2020年，张家港获评全省法治政府建设示范县（市、区），是苏州唯一入选的县级市。

法治政府怎么建？张家港在多年的实践中摸到了属于自己的路径，政务公开、依法行政是必不可少的。1999年下半年，张家港市、镇两级就成立了推行政务公开领导小组，全面建立起由政府主抓、部门负责、人大监督、纪检督查的领导体制和工作格局，形成了有组织、有领导，横向抓部门、纵向抓乡镇，一级抓一级、层层抓落实的运行机制。1999年11月起，张家港成立由优秀律师组成的市政府常年法律顾问团，为市政府依法决策、科学决策长期提供优质的法律服务。2001年9月，张家港在苏南率先成立行政服务中心，推行前置审批告知承诺、失职追究、否定报备、窗口部门一次性告知等制度，形成了"一个窗口对外""一站式办结""一条龙服务"的行政服务快车道。

党的十八大以来，为推进政务服务，张家港不断深化"放管服"改革，建成以"一网、一号、两端、一平台"（"一网"指省政务网张家港旗舰店，"一号"指12345服务热线，"两端"分别指移动服务App端和自助服务终端，"一平台"专指依托一体化在线政务服务平台的"一网通办"统一受理平台）为特色的"一网通办"总平台，实现对政务服务全流程业务协同和统一管理。

2019年，张家港又创新工作形式，推进执法力度。市人民检察院牵头公安、法院、司法局，在全省率先实行公检法司"一站式"办理刑事速裁案件工作机制，让诉讼程序繁简分流、快慢分道、监督端口前移，成为张家港高效快捷办案的"秘诀"。运用该机制，办案流程环节从原来的12个精简至3个，办案时间减少三分之二以上。2021年，张家港市人民检察院驻公安执法办案中心检察室获评"全国检察机关优秀办案团队"，在第十五次全国检察工作会议上受到通报表扬。

在基层民主的实践中，张家港的法治化水平也在不断提升。以法治为牵引，张家港运用法治思维和法治方式，加强党建引领下的"自治、法治、德治"三治融合，促进政府与社区有序互动、法治与文明协同发展，让基层的问题在基层的"微循环"里解决，确保社区治理生态系统既充满活力又和谐有序。早在 2010 年，张家港市已实现本市层级"民主法治村（社区）"全面覆盖。2021 年，全市省级民主法治示范村占比近 50%，长江村、永联村、善港村先后获评全国民主法治示范村。2021 年，张家港深入推进城乡社区"援法议事"活动，推行"茶社说事"模式。居民可以在茶社唠家常、解困惑、提建议，社区书记、法官、党员先锋、"法律明白人"等力量推动基层矛盾纠纷柔性化解，从而丰富村民依法自治新路径、新形式。

更有法治城市特色的是，张家港的法治建设是在日常生活中的。法治宣传栏，法律图书角，在张家港都不少见。自 1986 年，张家港开展"一五"普法，到 2021 年，制定"八五"普法规划，每一阶段的普法都有重点，有体系。从 1993 年起，张家港还连续十多年不间断地组织举办领导干部学法轮训班，深入学校、企业等开展普法活动，先后打造出"法治的力量""法治文化月"等特色法治文化品牌。2020年，张家港制定"谁执法谁普法"履职评议报告制度，探索开展"线上＋线下"多元评议模式，健全"谁执法谁普法"普法责任制。

只有积极普法和法律公共服务一体，才能让老百姓更好地学法用法，做到法治惠民。2003 年 1 月，"12348"法律援助中心的建设被张家港市政府列为 2003 年政府"为民办实事"十大工程之一。2020 年，张家港夯实公共法律服务平台，异地新建市级公共法律服务中心，进一步完善中心功能，一揽子提供法律援助、法律咨询、纠纷化解等法律服务。2021 年，张家港依托江苏省公共法律服务融合平台，打造以工单系统为核心的服务模式，高标准构建实体、网络、热线融合发展平台。同年，全市全面实施"公共法律服务进网络"项目，依托网格化基层社会治理体系，建立"网格＋普法""网格＋调解""网格＋律师"模式，将公共法律服务延伸到社会末梢神经。

今天的张家港，以习近平法治思想为指引，在已建成"全省法治政府建设示范县（市、区）"的基础上，守正创新，锐意进取，统筹推动法治张家港、法治政府、法治社会建设迈上新台阶。2021 年，张家港成功获评省"争创全国法治政府建设示范市县活动先进地区"，"创新探索新时代行政执法的张家港实践"获评省"争创全国法治政府建设示范项目"，并被推荐为全国法治政府建设示范候选项目。

从经济上富起来，到一系列实实在在的民生保障，再到以服务为宗旨的城市建设，张家港的老百姓不仅体验着现代化城市的发展，更参与到现代化城市的建设之中，也实现了"城市为了人民，人民建设城市"的良性互动。人民的美好生活，在张家港，看得见，摸得着。

第六章　城乡原本就是一对孪生兄弟

　　工农关系、城乡关系，始终是现代化建设进程中必须处理好而又容易出偏差的一个具有全局意义的问题。城乡发展不平衡不协调，是我国经济社会发展存在的突出矛盾，是全面建成小康社会、加快推进社会主义现代化必须解决的重大问题。

　　张家港坚持把工业和农业、城市和乡村作为一个整体统筹谋划，优化城乡融合空间布局，推进现代基础设施建设，协同推进新型城镇化和乡村振兴战略，构筑城乡协调一体发展的现代化社会发展体系，走出了一条城乡共同发展、共同繁荣的康庄大道。打造城乡一体化治理新样板，成为张家港一张亮丽的城市名片。

一　下好城乡"一盘棋"

　　六十年来，张家港市（沙洲县）人口规模与市区（县城）建成区面积均明显扩大。改革开放以后，特别是1986年撤县建市以后，为适应改革开放不断深入和经济社会快速发展的需要，全市的城乡规划经历了在探索中不断调整、创新和逐步完善的历史过程，对推动全市经济建设快速发展和社会全面进步，发挥了重要作用。

　　（一）县城规划，奠定基础

　　建县初期，全县并没有总体规划。在面积狭小的有限空间内，片面强调节约土地的建设方针，主要采取"见缝插针"的办法，安排有关功能设施项目的兴建，以满足城区日常基本功能的需要，呈现出各种新旧建筑物无序"插花"的局面。

1977 年，张家港市（沙洲县）县委成立城镇建设领导小组，组织专门力量，并邀请上海同济大学建筑系师生，组织编制了沙洲县第一个《县城总体规划》，首次确定县城发展规模和主要功能区的布局。在规划的编制过程中，由于当时思想观念的局限和经济社会发展水平的限制，在规划的广度和深度方面未有大的突破。

随着党的十一届三中全会后全党工作重心的战略转移和改革开放的不断深入，全县城乡建设规划工作逐步提上县委、县政府的重要议事日程，规划的编制和实施随之有序展开，《县城总体规划》重新编制并付诸实施。1977 年编制的《县城总体规划》不够周详，所确定的城区规模偏小偏窄。在规划的实施过程中，一方面，这个规划对城区工业布局的设计不尽合理，导致城区污染治理方面的薄弱环节逐渐暴露；另一方面，规划中对城区街道、住宅和公共事业设施布局的设想，与县域经济和社会事业的快速发展，以及人民生活水平普遍提高，不相适应。

1983 年，张家港市（沙洲县）对原有《县城总体规划》进行修订。修订过程中，张家港市（沙洲县）全面贯彻节约用地和保护环境、造福人民的方针，按照有利生产、方便生活和认真改造旧区、积极发展新区相结合的原则，确立了短期（1983—1990 年）和长期（1991—2000 年）两个发展目标，重新编制《县城总体规划》，并迅速付诸实施。城区布局渐趋合理，其他必要的市政设施亦相应增设，县城初具规模。

与此同时，张家港市（沙洲县）及时展开农村集镇规划的编制工作。1979 年后，随着乡镇企业的异军突起，全县各公社机关所在地的集镇迅速发展起来，但因为缺乏切合实际的总体规划和可预期的建设目标，总体上处于无序发展状态。1983 年，张家港市（沙洲县）按照积极发展小城镇的城乡规划建设方针，充分利用原镇区各项设施，规模大小不一的 23 个农村集镇参照《县城总体规划》目标，从各自的实际和可预期的发展目标出发，先后编制了各具特色的集镇发展规划，达到了布局合理、整体协调和美化环境、繁荣市场的预期目标，为这些乡（镇）的后续发展奠定了基础，创造了条件。

（二）四轮规划，华丽转变

撤县建市后，张家港共经过四轮总体规划编制（1987，1996，2003，2011），对不同时期、不同发展阶段的张家港城市发展进行了不同的定位，并于 2020 年启动新一轮国土空间总体规划。可以说，每一次城市总体规划编制都是在张家港面临城市发展转型的重要机遇期，每一次城市总体规划的编制都为张家港的转型升级厘清了思路、指明了方向，每一轮规划都经历了由量的聚增到质的飞跃过程。

1986 年，国务院批准张家港撤县建市，张家港开始了由农业县向港口工业城市的华丽转变。该阶段，针对当时乡镇企业快速崛起、小城镇建设迅猛拓展的态势，张家港编制完成《张家港市市区总体规划（1987—2010）》，将城市性质确定为"新兴的港口及工业城市"，确立了杨舍和港区两个组团组成的双核式城市结构，形成了以大拆大建、整治老区、拉开框架为特点的城镇建设热潮，城市发展进入快速轨道。

20 世纪 90 年代以来，在经济特区和国家级高新技术产业区的带动下，全国各地先后走上了通过设立工业园区、改善投资条件、发展外向型经济的发展道路。张家港紧抓时代机遇，积极调整乡镇企业布局，建立各种类型的开发园区，为探索政府引导、推动产业集聚发展模式创造了条件。在该阶段，张家港被国家建设部确定为全国"城市现代化、乡村城市化"试点城市之后，编制完成《张家港市城市总体规划（1995—2010）》，城市性质确定为"江苏省重要的对外开放门户，现代化的港口、工业城市"，规划形成中心城市（杨舍、港区）、重点中心镇、一般镇三个层次的城镇体系框架，推动实施"加强市区、辐射农村、城乡联动、整体推进"的城市建设战略，加快了城镇建设步伐，奠定了城乡发展一体化的鲜明特色基础。

根据长江三角洲地区快速发展态势，以及城市集聚发展的趋势，张家港编制完成了《张家港市城市总体规划（2003—2020）》，城市性质确定为"现代化的滨江港口工业城市"，规划形成"一城、双核、五片区"的市域空间结构，其中"一城"是指按照整体城市概念，突破镇级行政管理界线，在市域范围统筹布局产业、交通、公共服务设施、基础设施、生态环境；"双核"，为杨舍城区、金港城区；五片区是指杨舍、金港城区和锦丰、塘桥、乐余片区。规划推动了城镇空间布局整合和优化，城镇空间全面整合，城市功能日益完善，城市环境更加宜居，城乡一体特色鲜明，初步构筑起一个布局合理、功能完善、环境优美的现代化中等港口工业城市框架。

2009 年，张家港市人民政府提出了推进城乡一体化综合配套改革方案。改革重点和方向是"三集中"，即工业企业向规划区集中，农业用地向规模经营集中，农民住宅向城镇和新型社区集中。同时，在改革中探索以节约和高效利用土地为目标的"三置换"，即以农户的集体经济所有权置换社区股份合作社股权，以土地经营承包权置换城镇社会保障或土地股份合作社股权，以农村宅基地和住宅置换城镇或农村新型社区住房。

2011 年，张家港编制了《张家港市城市总体规划（2011—2030）》，其核心理念是城市转型，着力关注四个方面：积极融入区域，打造区域枢纽，提升城市地位；推动空间整合，做大做强中心，构筑整体城市；民生引领发展，服务能力突破，社会经济并进；强化资源约束，统筹水系绿网，构筑生态文明。城市性质确定为"现代化滨江港口城市、高品质文明宜居城市"，规划形成"整体城市，一城四区"空间结构，持续落实整体城市概念，"一城"即杨舍与塘桥组成中心城区，将塘桥发展成为张家港承接区域服务职能的重要功能片区，增强杨舍、塘桥对全市服务辐射能力，"四区"为金港片区（市域副中心）、锦丰片区、乐余片区、凤凰片区。2018 年，张家港编制了《张家港市城市总体规划（2011—2030）》（2018 年调整），应对城市发展空间、发展环境发生的较大变化，对建设用地进行统筹调整。

2019年5月，《中共中央国务院关于建立国土空间规划体系并监督实施的若干意见》（中发〔2019〕18号）发布，提出建立国土空间规划体系并监督实施。实现"多规合一"，是党中央、国务院作出的重大部署，要求整体谋划新时代国土空间开发保护格局，综合考虑人口分布、经济布局、国土利用、生态环境保护等因素，科学布局生产空间、生活空间、生态空间，加快形成绿色生产方式和生活方式、实现高质量发展和高品质生活，推进生态文明建设，建设美丽家园。

2020年，张家港启动编制《张家港市国土空间总体规划（2020—2035）》。张家港落实"中国特色社会主义现代化县域示范区"的发展愿景，打造向世界展示社会主义现代化的"最美窗口"，继续加强底线管控，优化城镇空间布局，持续改善生态宜居环境，强化城市空间特色塑造，走高质量发展之路。同时，叠加"一带一路"建设、长江经济带发展、长三角区域一体化等多重战略机遇，张家港致力成为区域发展核心节点和战略支点，成为未来长三角加速一体化发展的重要引擎和枢纽门户。

历数张家港的几次规划和建设，始终出于城乡"一盘棋"的思路，始终把城市和乡村作为一个整体，将完善城镇体系作为规划的重大任务和重要内容。张家港以规划为龙头，完善城镇网络结构，形成能级有别、梯度辐射、覆盖城乡的区域城镇体系，推动新型城镇化与城乡一体化通盘考虑，更好地统筹了工业与农业、城镇与农村，让城镇体系可操作、可落地，切实增强了农村的城市性。这不仅进一步优化了城乡生产力布局，更加有效地引导了人口、产业的有序转移和集聚，而且通过统筹安排城乡居住区、工业生产区、农业发展区和生态保护区，高效衔接城市和镇村布局等，也为城乡之间资源的优化配套，尤其是促进城市基础设施向农村延伸、城市公共服务向农村拓展、现代城市文明向农村辐射创造了条件。

（三）新型城乡，融合发展

如果有幸到访张家港凤凰镇凤凰新城，你一定会对那里的美景称赞不已。只见凤凰湖碧波荡漾，湖畔亭台楼阁错落有致，不远处的凤凰山沉静悠然，环绕着凤凰湖，公路宽阔笔直，路边小区内的房屋整齐排列，与湖光山色浑然一体。2011 年，凤凰镇启动凤凰新城建设，围绕两路一湖，着力打造具有江南水乡特色的现代化新城镇。像这样的新城镇建设，在全市已悄然铺开，滨江新城、沙洲新城等一系列建设项目如雨后春笋般在港城大地上拔地而起。

按照"发展新市镇、繁荣新街道、建设新社区"的思路，张家港不断推进城北科教新城、城西新区北延西拓、城南中央商务新城建设，并重点建设锦丰·沙洲新城、大新滨江新镇、凤凰新城等镇区板块的新城载体，优化城镇资源配置，提升城镇整体形象。通过新城建设，张家港采取多项措施，科学配置农村资源，积极探索多模式、多渠道融资途径，有效破解瓶颈制约，努力实现城乡建设投资多元化，进一步形象展示城乡一体化的建设成效和发展变化。

建设特色小镇，一端连着城市，一端连着农村，是重塑城乡关系、推进新型城镇化的重要突破口。张家港紧扣城乡融合发展，以根植于地域特色并随发展阶段适时更新的新型城镇化为方向，并不断深化拓展新农村建设的内涵，致力于以城镇化增强新农村建设的能力和动力，以新农村建设提升城镇化的内涵和品质。张家港各镇（区）紧密结合各自地域特点、历史风貌和文化传承，精心打造富有江南特色又别具一格的小城镇形象。

每个镇的建设各有风格。保税区按照统筹城乡一体化的发展思路，坚持城乡并举、以城带乡的发展原则，通过构建完备的基础设施、优美的生态环境、良好的生产生活条件，推进农村和城市在经济发展、空间布局和社会文化方面的快速融合，促进城乡一体协调发展。滨江新城与中心城区共同组成双核，滨江新城是未来张家港重要的城市副中心，也是进一步联系"港—镇"的行政中心。滨江新城可以实现所有的城市功能，人们在这里可以买房置业、逛街购物，尽情享受美好浪漫生活。未来的滨江新城将成为发展之城、宜居之城、生态之城、个性之城和活力之城，也将成为保税区的一张靓丽的新名片。

建设生态宜居美丽乡村，是张家港的一贯追求。一村一规划、一村一张图。张家港坚持规划引领，优化镇村布局，科学编制"多规合一"实用性村庄规划，分类管控农房建设、设施配套和环境整治，有序开展农房建设试点，以点带面提升全市农村风貌。同时，张家港常态化开展农村人居环境整治，提升农村公共基础设施管护水平，争创农村人居环境整治激励县，实现规划发展类村庄特色康居乡村全覆盖，高质量打造"长江沿线"跨域示范区。

例如，金村村的村庄整治是与古村建设、旅游开发相结合的。村里专门聘请了苏州市规划设计院、苏州科技学院等单位进行设计，这些年融入文化立村、旅游兴村元素，对生态环境、产业发展、古村建设、乡村旅游进行系统规划，通过老街修缮、开辟人文景观，开展了富有金村特色的农村大环境整治。2021 年，张家港新建苏州市特色康居示范区 3 个、苏州市特色康居乡村 49 个。张家港的凤凰镇、南丰镇以及保税区（金港镇）长江村、塘桥镇金村村等村被确定为苏州市美丽城镇和美丽村庄示范点。

城乡发展一体化，决不是要消灭农村。作为农村的主要存在形式，自然村落的保护尤其重要。位于市域南部的凤凰镇，历史悠久，拥有深厚的文化传统，并保存有不少具有传统文化底蕴的自然景观和人文遗迹。在张家港建制镇集镇总体规划的编制过程中，以凤凰镇为重点和突破口的历史名镇保护受到特殊关注。为加大对这一历史文化名镇的保护力度，维护和保持其文化名镇的传统风貌，弘扬传统文化，推动历史文化遗产保护，2011 年，张家港委托苏州市规划设计研究院编制完成《张家港凤凰历史文化名镇保护规划》，并通过省住建厅组织的专家论证和张家港人大的审议。

规划明确提出，在全镇区范围内逐步形成"两山、八水、一镇、多点"的空间保护结构。两山，即凤凰山和鸷山；八水，即奚浦塘、三丈浦、西旸塘、让塘、山东塘等 8 条主干河道；一镇，即恬庄镇；

"多点"，指散布于镇区的多个历史古迹和文化遗存等，其中包括必须重点保护的文化街和榜眼府等文物保护单位 47 处。受到保护的村庄展现出了生态乡村、宜居乡村、活力乡村、魅力乡村的现实模样，展示了张家港乡村文化个性和魅力，延续了张家港农村历史文化根脉。

这个独具特色的历史名镇保护规划，从维护历史名镇的传统风貌，继承和发扬优秀文化遗产的高度，坚持整体性、原真性、多样性和可持续保护发展原则，实行分层次与分级别保护的方针，将保护对象划分为全镇域、历史镇区、历史文化街区和历史文化遗存等 4 个保护层次，进行既符合实际，具有可操作性，同时又展示发展前景的规划设计。

就这样，张家港坚持规划引导、合理布局、集约发展，优化城镇空间布局，构建以城区、副中心、重点镇、特色镇和新农村协调发展的新型城乡融合发展格局，统筹优化国土空间、环境容量，推进城乡互通互动、协同发展，推进乡村全面振兴，统筹新型城镇化和社会主义新农村建设，逐步走出了一条独具特色的城市发展之路。

二　产业融合，探索乡村振兴

乡村振兴，需要用好城市资源要素、产业辐射等带动农村发展，引导资源优先向农村投入、聚集。张家港通过农业产业化建设、农文旅深度融合，走出了一条以工哺农、共建共享、共同富裕的新路子，开辟了城乡统筹发展、一体发展、融合发展的新境界。2021 年，张家港全市 160 个村级集体经济组织村级可支配收入总额达 24.29 亿元，村均 1518 万元，其中有 77 个村集体可支配收入超 1000 万元，占比48.1%，是江苏省最大的县域强村群体。

（一）"异军突起"，突破藩篱

党的十一届三中全会之后，家庭联产承包责任制大大解放了农村生产力，推动了非农产业的发展，农村富余劳动力从农业转向工业，从田头走向集镇。张家港市（沙洲县）从实际出发，致力于发展生产力，冲破单一农业的框框，因地制宜大力创办乡镇企业，使张家港市（沙洲县）成为全国乡镇企业的发祥地之一，由此带动了集镇建设和农民收人的提高。

1981 年，张家港市（沙洲县）全县有 1972 个生产队办加工业，纯收入 800 多万元，其中有 160 多个生产队收入超万元。上班是工人，下班扛起锄头是农民，探索走出了一条"离土不离乡，进厂不进城，亦工又亦农，集体同富裕"的农村工业化之路，一条以农村工业化带动就地城镇化、进而促进城乡均衡的发展之路。当时，沙洲县牡丹客车厂的"牡丹"牌客车，沙洲洗涤机械厂的"海狮"牌洗涤机械，妙桥公社的羊毛衫，都驰名全国，沙洲玻璃厂成为国内最早生产平板玻璃的社办企业。1984 年 9 月，张家港市（沙洲县）塘桥、乐余 2 个亿元乡展览在南京举办，这两个乡的巨变过程和致富经验，深受广大参观者赞赏。

乡镇企业的繁荣发展引起了中央媒体的高度关注。1982 年 1 月 19 日，《人民日报》发表《沙洲县生产队办起了小加工业》一文，对队办加工业作了具体评价，充分肯定小加工业"因陋就简投资少，成本较低利润高，手工劳动收入多，周转迅速见效快"等优点，既利用农村大量剩余劳动力，吸收农村流动资金，又增加社会物质财富，为群众提供了丰富多彩的商品，真是一举数得。

邓小平同志总结我国 20 世纪 80 年代改革的成功经验，一是联产承包；二是乡镇企业异军突起，从而形成了农村推动城市的态势。在农业提供土地、劳力、资金的支持下，乡镇企业得到发展；乡镇企业发展以后，又把反哺农业作为义不容辞的义务和责任，使农民得到实惠，广大农民更加热爱和支持乡镇工业。张家港市（沙洲县）在由城乡割裂向城乡一体、城乡融合转变的过程中，乡镇工业是最主要的催化剂和活跃因素，更是融合城乡关系的黏结剂。

乡镇工业在张家港市（沙洲县）的异军突起，不仅率先冲破了"农产品进城、工业品下乡"的计划经济束缚，而且也率先冲破了城乡二元经济结构，形成了"你中有我、我中有你"的城乡共同发展格局，促成了各类要素在城乡之间的流动，从而加强了城乡之间的联系，形成了"以城带乡、以乡促城"的发展局面。这不仅率先繁荣了农村，致富了农民，而且率先兴盛了小城镇，促进了农村城镇化。以农为主、以粮为主的传统农村经济迅速打破，工业在农村社会总产值中的比重快速提升，交通设施、邮电通信、教育文卫事业大为改善，农民收入也大幅提高。张家港市（沙洲县）由此初步走出了一条城乡协调发展之路。

张家港市（沙洲县）在不断发展乡镇工业的同时，一方面不断加大对农业反哺的投入力度，积极支援农业，促进农业产业化、专业化、规模化；另一方面积极创办农业产业化企业，如江苏梁丰集团等，并加大扶持力度，促使农业产业化企业向专业化、规模化、集约化方向发展，从而为稳定农村、繁荣经济发挥积极的作用。

永联村正是一个鲜明的例子。1970 年围垦而建的永联村，是当时张家港最小最穷的村庄，该村借着改革开放的东风，抢抓机遇，逆势而上，果断成立永钢集团，大力发展钢铁产业，一跃成为富裕村。同时，永联村与永钢集团遵循互促并进、互利共赢的原则，从村企合一转化为村企合伙，深化共建共享模式，打造多元化产业集团，让发展成果惠及更多百姓。如今，永钢集团为永联村民集体保留股份，并发挥资金、人才、产业等优势，助力永联农业农村现代化建设。

（二）现代农业，全面升级

张家港有非常扎实的农业建设基础。自建县之初，张家港市（沙洲县）就贯彻"水利是农业的命脉"的指示，重视农田水利建设，治理涝渍，加强河道疏浚，制订了以防洪治涝为重点的根治水患目标，为农业生产提供了有利条件。

20 世纪 60 年代，张家港市（沙洲县）塘桥公社探索三麦高产栽培，1970 年，塘桥公社六大队新千斤生产队全队三麦亩产 350 千克。当时，长江以南的广大地区小麦产量都还在 100 千克上下徘徊。张家港市（沙洲县）县委随即在全县推广塘桥三麦高产经验。另一个农业典型是妙桥公社欧桥大队，农副工全面发展，短期内实现了经济收入的大幅增长。这也正是 1976 年之后，张家港市（沙洲县）最早抓的两个典型："学双桥"（塘桥、欧桥）。

1987 年，根据苏州市委的要求，妙桥的欧桥村、塘桥的杨园村、鹿苑的花园村、港口的程墩村、泗港的闸上村作为全市首批 5 个试点村开始农业现代化试点工作。1988 年，5 个试点村共添置中型拖拉机 2 台，联合收割机 5 台，插秧机 6 台，开沟机 9 台，新增农机马力 132 匹，提高了机械作业程度。

进入 20 世纪 90 年代后，张家港狠抓试点村农业机械的添置，带动了全市农业机械化水平的提高。2006 年 6 月，根据中央提出的社会主义新农村建设的要求，结合地方经济社会发展实际，张家港市委、市政府出台《关于全面推进张家港市社会主义新农村基本现代化建设的实施意见》。2008 年，全市小麦亩产 325.2 千克，创下张家港市（沙洲县）1981 年以来的第二个高产纪录，是历史上第四个高产年；水稻亩产 556.9 千克，同比增长 8.5%。

2008 年 8 月，苏州市被列为江苏省城乡一体化发展综合配套改革试点区。2009 年 4 月，苏州明确张家港市金港镇、塘桥镇、常阴沙现代农业示范园区为苏州市城乡一体化发展综合配套改革试点工作先导区。2010 年 5 月，在先导区试点工作基础上，张家港市全面推动城乡发展一体化改革工作。以争当全省城乡一体化排头兵为目标，采取一系列措施，努力提高现代农业、新型集体经济、城乡生态文明、社会保障一体化水平以及城乡公共服务均等化水平等，城乡一体化改革发展工作取得阶段性成效。

而如今，张家港又快人一步。

常阴沙现代农业产业示范园是张家港现代农业发展核心区，现有耕地 3.6 万亩，其中优质稻麦基地 2.5 万亩，精品园艺 9000 万亩，特色水产 2000 万亩。在张家港，建设现代农业园区早有探索，也是张家港借鉴工业园区发展经验、用工业理念发展现代农业的成功范例。

不同于常见的种植大棚，常阴沙现代农业示范园区内的种植工厂，里面没有土壤，各类蔬菜瓜果像标准化的工业产品一样铺设在一排排管道上。这家种植工厂由大农（苏州）农业科技有限公司于2018年投资200余万元建设。其中，种植的果蔬完全靠"喝"管道中循环流动的水和营养液长大，营养液精准控制，循环利用，节水的同时种植全程不使用农药，无重金属残留。该公司自主研发大农智慧云平台，依靠网络通信、物联网、自动控制及软件技术，不仅能够对不同种植设施和果蔬种植品种营养液的EC值、溶氧量、pH值、温度及水量等要素进行全过程的监测和控制，还可操纵大棚的遮阳网、通风系统、降温系统等设备。

张家港把现代农业园区作为保护发展现代农业的主阵地、推进农村一、二、三产融合的新载体、带动农民持续增收的新引擎，充分发挥了农业园区在产业集聚、科技示范、创新引领等方面的作用。至2021年，张家港共建成省级现代农业产业园区1个，苏州市级农业园区9个，张家港市级农业园区3个，其中凤凰水蜜桃产业园区创建成为国家农业标准化示范区。

科技兴农是实施乡村振兴的重要任务，张家港对科技兴农的探索一刻也没有停息。2020年底，常阴沙智慧农业服务平台建成运行。该平台集成运用物联网、大数据、云计算以及卫星遥感、地理信息系统等技术，探索形成"1＋1＋N"模式的智慧农业服务体系，即1批物联网基础设施与智能装备、1个农业数据中心、N个智慧农业场景化应用。依托分布在田间地头的物联网设备，该平台可24小时实时监测大田的水质、气象、墒情（土壤湿度）、虫情等多项数据，并由通信网络传回农业数据中心进行分析研判。借力科技，像生产工业品一样生产农产品，从而不断提高了农产品附加值，提升农业种养效益。

事实胜于雄辩，各项数据有力展示了张家港在发展智慧农业上取得的亮眼成绩。至2021年，张家港建成苏州市级以上智慧农业示范基地12家，规模设施农业物联网应用面积6918亩，建设农业综合信息平台，农产品质量、农机调度等信息系统，并成功入选首批国家数字乡村试点；开展大田气候环境自动监测，推广精量施肥、灌溉及病虫测报等系统，全市建成粮食基地物联网基地 4 个；在园艺生产领域重点推广水肥一体化自动喷滴灌、生产环境监控、温湿度调控等管理系统，建成 35 家园艺智能化管理基地；在畜禽养殖领域基本实现了动物防疫检疫信息化管理；在水产养殖领域建成水产智能化管理基地 18家，其中工厂化智能水产养殖基地 1 家。

在大力发展智慧农业的同时，张家港注重提升农业科技装备水平，改善生产条件。至 2021 年底，全市累计建成高标准农田 42 万亩、高标准池塘 8200 亩、高标准蔬菜地 4.7 万亩（其中省、苏州市园艺作物标准园和高标准蔬菜生产示范基地 3765 亩），"三高一美"（高标准农田、高标准蔬菜基地、高标准池塘和美丽生态牧场）指数达 92.2%。提升农机装备水平，全市粮食生产耕种收机械化水平 97.55%，特色农业机械化水平 68.67%。

科技兴农不止于此。张家港集成推广应用一系列绿色防控技术，打造绿色农业，建设水稻、小麦、桃和蔬菜等 5 个省级病虫害绿色防控示范区，16 个市级水稻病虫害绿色防控示范区，入选全国、全省农作物病虫害"绿色防控示范县"，成功申报农业农村部绿色种养循环农业试点项目，开展善港村省级生态循环农业示范点建设。

随着数字技术与农业产业体系、生产体系、经营体系加快融合，数字乡村建设展现出巨大潜力。张家港紧抓发展机遇，用"互联网＋农业"高质量托起了乡村产业。张家港把发展农村电子商务作为一项推动农业升级、农村繁荣、农民增收的赋能工程，充分利用农业生产的特色优势，通过搭建电商对接平台、强化示范创建、开展人才培训等，积极构建农村电子商务运营服务体系，大力推动特色农特产品上线销售。"十三五"以来，张家港农业电子商务交易额年均增速在20% 以上，让特色优质农产品搭乘着电商的快车走向全国各地，成为推动乡村振兴的强大引擎。

（三）共享农庄，旅游福地

幸福生活都是奋斗出来的，共同富裕要靠勤劳智慧来创造。促进共同富裕，最艰巨最繁重的任务仍然在农村。共同富裕路上，如何才能让农民"一个都不掉队"？

张家港福前村依托省级特色田园乡村优势，以生态为基、文化为魂，积极引入多种新型农业经营主体，着力提升省级休闲农业精品村的品牌：以"三园共建、三产互动"为总体发展思路，深入挖掘本村"五福"文化；以"美丽乡村"建设为契机，加快建设集培训、种植、休闲、观光、餐饮、住宿等于一体的城郊型、功能型特色生态农业体验园区。通过发挥自身区位、环境和产业优势，福前村整合辖区内人力、技术、土地等资源，多措并举、多管齐下，优化了村庄产业结构，促进了村民增收致富，全力推进村集体经济不断壮大，切实以乡村建设增进人民生活福祉。

而这也正是张家港一、二、三产业不断融合发展的新做法和新经验。张家港因地制宜，发展特色优势产业，全面促进农文旅深度融合，多渠道增加农民收入。如何因地制宜，如何发展才有特色？张家港在探寻中找到了自己想要的答案：以推进共享农庄和乡村民宿建设为主要抓手，充分挖掘农村绿水青山、田园风光、乡土文化等资源，发展农村体验、休闲度假、养生养老、创意农业、乡村手工艺等各具特色的共享农庄和乡村民宿，积极构建乡村"产业＋旅游"新业态，全维度带动乡村旅游转型升级，做出一篇农村产业融合发展的大文章。

农旅互促将农业产业与乡村旅游有机融合，让党建资源和市场需求有效联结。张家港探索实践"党建搭台、农旅唱戏"新模式，走出了一条游客享美景、集体强经济、农民得效益，农旅互促、绿色发展的乡村振兴之路。2021年，张家港永联村获评首批"全国乡村旅游重点村"，善港村荣获全国"一村一品"示范村镇。2021年，张家港新增苏州市共享农庄（乡村民宿）3家、苏州市休闲农业与乡村旅游精品线路1条，获评苏州市休闲农业精品村2个、江苏省乡村休闲旅游农业"一园两基地"3家。截至2021年，全市建成共享农庄9家，休闲农业经营主体90家，2021年，全年实现各类休闲农业主体综合收入8亿元。

三　建美丽乡村，互联互通

张家港统筹推进城乡一体化发展，提出"工业企业向园区集中，农业用地向规模经营集中，农民居住向新型社区集中"的城乡统筹发展思路，促进城市基础设施向农村延伸，促进城市文明向农村辐射，着力提高农村居民生活质量。

（一）联结城乡，快捷交通

改革开放之初，张家港市（沙洲县）公路设施陈旧简陋。至1978年，全县仅建有干线公路74.1千米，支线公路7条，80.98千米，沥青道路25.27千米，占干线总长34.1%。老百姓出行，晴天灰尘滚滚，雨天泥浆飞溅。"乘车难，道路差"就是当时的现实状况。

如今，张家港构筑公路、水路、铁路综合发展、有序衔接的综合交通体系，着力完善市域交通网络，高速公路骨架基本形成，一级路网和二级路网基本建成，路网布局均衡、覆盖全面，连通度和可达性水平较高，市域快速路网建设已全面启动，市域各片区在30分钟内到达主要交通枢纽。截至2021年，张家港公路通车里程达1618千米，其中二级以上公路1051千米，公路网密度为208千米/百平方千米。张家港高标准、高质量、高速度建设了一批具有重要意义的交通重点项目及惠及民生的基础工程，总投资约229亿元，总长度约59.3千米的城区快速路于2020年12月开工建设，交通基础设施支撑和保障能力大幅提升，综合交通网络规模迈上新台阶。

2020年，具有里程碑意义的沪苏通铁路正式通车，作为沪苏通铁路重要节点的张家港站同步启用。张家港，从"地无寸铁"一步跨入高铁时代。作为一等级大站，《江苏省"十三五"铁路发展规划》中将张家港站定位为全省铁路主导型区域性综合客运枢纽，以及全省实施重点开发站点。

沪苏通铁路给张家港带来的，不仅是通行速度的大幅提升，更为深度融入长三角区域一体化发展架设了"快车道"。借助沪苏通铁路，张家港与上海由高速公路时代的"弱连接"，升级为高铁时代的"强连接"。待通苏嘉、南沿江两条铁路开通运行后，西向进入南京"1 小时经济圈"、南向进入杭州"1 小时经济圈"，可以北上京、津，西进汉、渝，南下深、厦，"三铁交会"的张家港将一跃成为承启南北、贯通东西的重要枢纽城市。届时，"人气""财气""商气"的聚集，将助力张家港加速融入一带一路、长江经济带、长三角区域一体化等国家发展战略。

围绕高铁枢纽，张家港也将城市重心东移，整体规划建设 44 平方千米高铁新城，确立"三年成型、五年成城"的总体目标，着力打造融入长三角的开放引领新门户，推动城市能级大跃升。

同时，张家港推进建设惠及百姓的农村公路、村组道路、客运站点联网系统，不断改善全市交通运输条件，着力提升交通发展能力和服务水平，努力促进全市产业结构调整和城乡一体化发展，让百姓共享更多建设成果和更多社会福利。一方面，张家港完成村组道路"黑灰化"，实现"村村通"公路和村民"脱掉胶鞋走路，将小汽车开到家"的目标；另一方面，实施农村公路提档升级工程，全市农村道路三级及以上公路比例达到 85%，公路成均匀网状分布，连接全市家家户户，将市区和偏远乡村紧紧连在了一起。

经过艰苦努力，张家港交通飞速发展，公路联接成网，航道四通八达，公交从无到有、从有到优，沪苏通铁路建成通车，南沿江城际铁路、通苏嘉甬铁路加快推进，市域轨道交通也已纳入规划，成绩令人瞩目。

交通的先行发展为张家港经济发展打下了坚实基础，提供了有力支撑，优化了张家港有利的区位优势，改善了整体形象和投资环境，为扩大对外开放及招商引资创造了更好条件。

（二）设施齐全，美丽宜居

张家港基础设施建设先行，实实在在收到了"四两拨千斤"的效果，改善了农村人居环境，提高了农民生活水平。

早在1980年，锦丰乡就建办全国第一家农民公园：锦丰乡农乐园，利用废河浜加深拓宽建成，占地20亩，四面石驳坎，河中建造丰丽亭、鸳鸯亭、锦耀亭3个风格迥异的亭子和九曲桥，书场、茶室临水而筑，河旁的假山造型别致，河沿上杨柳依依，花圃里花香阵阵。享誉全国的书画名家刘海粟、武中奇、吴䴖木等为农乐园题词。

在后来的发展中，农村人居环境的提升，一直为张家港所重视。2006年，张家港提出新农村基本现代化建设的"十大实事工程"，其中，生态环境建设工程是重要的一项。以农村交通和环境质量得到根本改善，集镇人均公园绿地8平方米以上，50%以上的保留村庄建有便捷实用的生活污水处理设施为目标，张家港大力改善农村居住环境。

"十三五"期间，张家港开展了以"三清"（清洁家园、清洁村庄、清洁河道）、"三改"（改水、改厕、改路）、"三绿"（绿色通道、绿色基地、绿色家园）为重点的农村大环境整治，成效显著。张家港用5年时间，投入3亿元资金，进行拆坝建桥和建涵洞，以保证河道的清洁和畅通，整治水环境。通过实施区域供水工程，全市农民喝上了优质的长江水，自来水普及率和卫生厕所普及率都达到了100%。通过农村"三绿"工程，全市建成"总量适宜、分布合理、特色明显、景观优美、功能齐全、稳定安全"的森林生态系统。

2010年5月，张家港全面启动建设镇区生活污水治理工程，市镇两级投资约14亿元建设区域生活污水处理厂6座、配套污水泵站20座、污水管网近200千米，新增日污水处理能力9.1万吨，实现全市域各镇、撤并乡镇的全覆盖。同时加强农村地区水利设施建设，进一步完善农林灌溉和防灾减灾设施。

美丽乡村，垃圾处理尤为重要。张家港将村镇垃圾收集点、转运点、公厕、环卫停车场和再生资源回收站点等基础设施纳入城乡建设规划，按照城乡一体化的要求编制完善村镇环境卫生规划，明确农村环境卫生发展目标，加大资金投入，加快农村环境卫生基础设施建设，建立完整的城乡环境卫生设施体系。

（三）文化共建，移风易俗

张家港拥有众多个"中国之乡"：中国民间文化艺术之乡、中国曲艺之乡、中国小戏小品之乡、中国宝卷之乡、中国吴歌之乡、中国书法之乡……每个乡镇都有其独特的文化特色，以"一镇一品、一镇多品"为目标，河阳文化、暨阳文化、沙上文化、香山文化等地方特色品牌竞相绽放。

在原有文化站的基础上，张家港一直致力城乡公共文化服务体系的建设。1980 年，张家港市（沙洲县）建设集文化娱乐、群众体育、科学普及、时政宣传和业余教育"五位一体"的农村集镇文化中心，发展农村文化事业。2014 年，张家港在全国县域率先建立文化馆总分馆体系，张家港市文化馆作为总馆，各区镇和镇办事处文化站作为分馆，文化网格作为服务点，形成三级节点、一体运行，促进城乡公共文化服务标准化、均等化。

随着经济的不断发展，农民群众的精神文化需求不再局限于"有没有"，更追求"好不好"。张家港的"农家书屋"是丰富农民文化生活，满足农民文化需求的一种有效手段，是张家港一道亮丽的文化风景线。张家港图书馆把农家书屋纳入县市区域公共图书馆总分馆服务体系，强化农家书屋管理，创新发展升级农家书屋功能，努力打通公共图书馆服务最后一千米。各地农家书屋积极尝试创新举措，吸引更多农民群众走进书屋、爱上阅读。

自 2004 年至今，张家港启动文明百村欢乐行"村村演"、广场文艺"周周演"活动，走进各个村（社区）、企业、学校等，传播文明新风，弘扬先进文化，将一大批优秀的文艺作品送到了农村基层，深受港城群众的欢迎与好评。2012 年前后，张家港以政府购买公共文化产品为主导，深入实施"送戏""送影""送书""送展""送报"等"五送"工程。张家港还将原来的科技、文化、卫生"三下乡"深化为新时代文明实践服务"进村、入户、见人、走心"新模式，实现公平、均衡的文化建设。

张家港还借力"互联网＋"，将文化服务推送到农民面前。张家港文化馆借助摄像机、调音台等设备，通过录播系统，在文化馆官网上开通了"在线直播"栏目。当文化馆在某个区域开展培训时，各区镇文体中心即可在当地组织群众观看直播接受辅导。张家港已在全省率先实现广电高清数字"户户通"，并着力打造数字"三馆"（文化馆、博物馆和图书馆）和数字化公共文化服务平台，加快推动传统媒体与新媒体融合发展，率先建设新媒体客户端，开通政务微博、微信，推动"有线智慧"镇（社区）建设，借力新技术加强基层宣传思想文化工作。

以全面推进文明城市创建为契机，张家港在乡村推进移风易俗。通过发挥村民议事会、红白理事会等群众组织作用，把杜绝铺张浪费、尊老孝亲等移风易俗内容纳入村规民约制定范畴，通过"软法"让群众真正成为移风易俗规则公约的制定者、执行者、评议者和监督者。

通过移风易俗，张家港在婚俗改革和殡葬改革方面，都卓有成效。婚姻登记处推出"婚礼式"集体颁证服务，2016年，为6对成功预约的新人举办婚礼式颁证仪式，在首次活动取得成功的基础上，不断以暖心服务倡扬新办简办婚俗新风。在殡葬改革中，以现代殡葬、文明殡葬、生态殡葬"三步走"为路径，初步建立了相对完善的现代文明殡葬服务体系。至2021年末，全市已实现镇级公益性骨灰存放设施全覆盖，建成覆盖城乡的殡仪服务中心9个，同时鼓励有条件的村建设村级殡仪服务中心。对在殡仪服务中心文明办丧的群众，张家港给予每户2000元奖励，镇、村制定相应办法叠加奖补，最高奖励金额达1.2万元。

至2021年，张家港拥有9个全国文明村镇，县级及以上文明村占比达 78.1%。

（四）数字乡村，智慧城市

数字乡村和智慧城市是数字中国的一体两翼。数字乡村是乡村振兴、数字中国等国家战略结合点，代表着农业农村现代化发展方向。张家港从全域角度出发，统筹规划城乡数字基础设施建设和数字资源配置，将数字乡村和智慧城市一体设计、同步实施、协同并进，努力弥合城乡"数字鸿沟"，推动城乡数字一体化发展。

2011年，张家港启动了第一轮智慧城市建设，重点夯实通信网络基础设施。2016年，国家发布新型智慧城市评价标准，更加侧重以人为本，关注群众的切身感受。2018年，张家港以打造"全国智慧城市县域标杆"为目标，开启新一轮新型智慧城市建设工作，搭建了"五横四纵"新型智慧城市总体框架，即基础网络层、云计算中心层、城市数字平台层、运行管理层、城市智慧应用层五大方面和标准体系、运营体系、安全体系、运维体系四大体系。

与此同时，张家港稳步推进农村数字基础设施建设，以及数字技术在农村社会治理和公共服务中的应用。张家港数字化建设起步早、基础好，数字技术在农业农村应用广泛，已经从基础设施建设阶段转向管理运营和创新应用阶段，开展数字乡村试点、打造数字乡村标杆具有先行优势。

南丰镇永联村从"智慧永联"到"数字永联"，是张家港城乡数字一体化建设的缩影。早在2012年，永联村就开始了信息化建设，从最早借助宽带入户和机顶盒设备实现村（社区）事务公开、水电费查询缴费、社区党建动态等初级功能，到2020年借助物联网、大数据、云计算等新一代信息技术打造永联一点通App、3D人防系统、网格化管理系统等多个信息化系统，形成智慧政务、智慧安防、智慧生活、智慧交通、智慧教育五大智慧板块。如今，永联村依托移动双千兆、5G专网建设，大力实施乡村数字化升级改造工程，探索应用数字医疗、数字教育、数字支付等应用场景，助力实现农业农村现代化。

2020年10月，张家港被列为首批国家数字乡村试点地区，全国共117个，江苏仅4个。以打造数字乡村标杆为目标，张家港坚持系统思维，统筹推进城乡数字一体化建设，开启城乡融合发展新局面；立足创新应用，数字赋能农村经济高质量发展，探索农业现代化发展新模式，为全省、全国数字乡村建设提供了借鉴样板。

数字崛起，乡村振兴。张家港创新应用人工智能、5G等新技术，推进智慧农业升级赋能，完善数字乡村服务体系，建成一批数字乡村示范精品项目，乡村网络文化将更加繁荣，乡村数字治理更趋完善。在数字化发展的时代浪潮中，张家港正与时俱进，不断激发乡村振兴的"数字力量"，奏响张家港新时代"田园交响曲"。

只有消除差距，城乡才能并肩前行。一张蓝图绘到底，笃实推进久久为功，张家港历届领导班子按照城乡协调发展蓝图，坚持城乡一体化，把城乡统筹贯穿建设现代化张家港的始终。漫步港城你会发现，无论是繁华的城市街巷，还是秀美的江南水乡，交通相连，设施互通，保障同步，服务同质，实现全面小康一个乡镇也不能掉队，扎实推进共同富裕一个人不能少。在这里，城乡统筹比翼齐飞，城乡实现了"无缝对接"，"城乡一体"勾勒出港城幸福样本。张家港全面升级求解城乡一体化的县域现代化方案，树起一面全国县域城乡高质量创新发展的旗帜。

第七章　江海交汇第一湾，只为一江清水向东流

　　临江而立的张家港，拥有 80.6 千米长江岸线宝贵资源，张家港湾是长江入海最后一道湾，被誉为"江海交汇第一湾"。为实现人与自然和谐共生，张家港人努力践行习近平生态文明思想，坚决扛起"共抓大保护、不搞大开发"的政治使命，在推进长江经济带高质量发展中体现担当、贡献力量。

　　作为县域生态文明建设的策源地，张家港始终秉持"绿水青山就是金山银山"发展理念，致力探索经济社会与生态保护互融并进、相得益彰的绿色化发展之路：从全国首家"环境保护模范城市"到首批"国家生态市"；从获评江苏省唯一的"生态文明建设特别贡献奖"到跻身全国首届、江苏唯一的"中国生态文明奖"；从"省级园林城市"到"国家生态园林城市"……数不清的荣誉，是对这座年轻城市人与自然和谐发展的充分肯定，是对其坚持生态优先、推动绿色发展的生动褒奖。

一　人与自然和谐共生的"导航仪"

　　习近平总书记指出："我国建设社会主义现代化具有许多重要特征，其中之一就是我国现代化是人与自然和谐共生的现代化，注重同步推进物质文明建设和生态文明建设。"60 年来，为实现人与自然和

谐共生，张家港在推动经济快速发展的同时，始终高扬生态文明旗帜、保持争先进位态势：从率先提出"既要金山银山，更要绿水青山"，到"生态立市、港口兴市、工业强市"，再到"环境创造财富，生态惠及民生"，绿色发展的理念如"导航仪"一般贯穿于经济社会发展的全过程和各方面，落实到决策、管理、执行各环节，从而使张家港探索出一条经济社会发展与生态文明建设互融并进、相得益彰的绿色发展之路。

（一）"既要金山银山，更要绿水青山"

改革开放初期，张家港乡镇工业蓬勃兴起，"村村点火、户户冒烟"，经济发展势头惊人，但由此带来的环境污染、生态破坏等问题也逐渐凸显。有些群众讲，"现在房新了、钱多了，但水脏了、空气难闻了，毛病也多了"。老百姓的抱怨促使政府深刻反思一个问题："经济发展到底是为老百姓口袋有钱，还是让老百姓身心受害？"答案自然是不言而喻的。

为切实解决乡镇企业发展带来的环境问题，张家港把生态保护与建设摆上了重要议事日程。1981 年，张家港成立环保局，随后各乡镇也设立了环保办公室，配备了专职环保员，环保管理网络覆盖全部城乡。加强环境污染治理成为张家港环保工作的"重头戏"。

进入 20 世纪 90 年代，张家港经济发展步入快车道，工业化进程进一步加快，一系列潜在环境问题愈加突出。1992 年，从可持续发展战略出发，张家港在全国创新提出"既要金山银山，更要绿水青山"发展理念，次年又首创"三个一"环境管理制度："一把手"亲自抓、负总责，建设项目"第一审批权"，评先创优"一票否决制"。

在绿色发展理念指导和各项工作制度保障下，张家港环境保护工作打开了新局面。1992—1995 年，张家港先后关停污染企业 58 家，完成 102 个污染治理项目，拒批 92 家有污染的企业，在社会上引起强烈反响。"三个一"制度也被誉为"张家港经验"在全国推广。"真抓实干"和"创造性地干"，让张家港环境治理成绩斐然。在 1996 年第四次全国环境保护工作大会上,张家港被国家环保局授予全国首家"环境保护模范城市",实现了生态文明建设领域第一次跨越,被誉为"全国环境保护战线的一面旗帜"。

(二)"生态立市、港口兴市、工业强市"

1999年,张家港率先提出创建"国家生态市"的目标,并确立"生态立市、港口兴市、工业强市"的科学发展理念。

张家港注重顶层设计、科学规划,2001年5月在全国率先编制完成第一份《生态市建设规划》。2003年,张家港市委、市政府又先后下发《张家港生态市创建实施方案》《张家港2003—2005年生态建设八项重点工程》,把生态市创建工作细化分解为104项实事工程全面推进,并配套编制了环保、绿化、水利、循环经济等31个子规划,全市的环保工作重点由原先以"污染防治"为主向"污染防治与生态建设并重"拓展。2002年,张家港"城市环境建设与管理"项目获"中国人居环境范例奖";2003年,张家港被命名为"全国生态示范区";2006年5月,通过了生态市国家考核验收,成为全国首批"国家生态市"。

(三)"环境创造财富,生态惠及民生"

从党的十七大到十九大,生态文明建设被提到国家战略层面全面部署。作为全国先行地区,张家港牢固树立"环境创造财富,生态惠及民生"理念,率先谋划并强力推进生态文明建设。

2008年被环保部列为全国首批"生态文明建设试点地区"之后,张家港制定国内首份生态文明建设规划——《张家港生态文明建设规划(2009—2016)》,通过国家环保部组织的专家论证。在这一规划引领下,张家港召开全市生态文明建设动员大会,专门成立有史以来最高规格的张家港生态文明建设工作领导小组,由市委书记、市长任"双组长",分管市领导任副组长,市发改、经信、环保等58个区镇、部门主要负责人任成员,形成"市委市政府统一领导、市生态文明办统筹协调、各成员单位联动推进、全社会力量广泛参与"的良性运作机制。

随后,张家港先后出台《2009—2011年生态文明建设工作意见》

《2012—2014年生态文明建设工作意见》和《生态文明建设三年行动计划（2013—2015）》，成为指导全市生态文明建设的"任务书、路径图"，指引张家港生态环境保护取得长足进展。至2011年底，张家港成功搭建起比较系统、完整的生态文明建设基本框架，次年，荣膺江苏省唯一的"生态文明建设特别贡献奖"，并于2012年、2013年、2015年连续三届成功举办中国生态文明建设高层研讨会。张家港在全国县域地区打响"生态文明"品牌，树立了标杆，提供了范例。新华网在报道中称赞："张家港是全国生态文明建设的排头兵！"

党的十八大把生态文明建设纳入中国特色社会主义事业"五位一体"总体布局和"四个全面"战略布局，放在治国理政的重要战略地位。张家港自觉践行"绿水青山就是金山银山"理念，紧扣"强富美高"的发展要求，以"共抓大保护，不搞大开发"为战略导向，强化完善绿色发展规划：组织新一轮《生态文明建设三年行动计划（2016—2018）》，推动区域绿色化转型和循环化发展；编制完成《生态文明建设规划（2017—2025）》，积极探索产业转型和城市发展新模式，进一步推动新一轮生态文明建设；制定实施《打好污染防治攻坚战暨打造"港城生态升级版"三年行动计划（2019—2021年）》，"一张蓝图"引领绿色发展与生态保护。

在规划的引领下，张家港先后开展了环保"百日"行动、"263"专项行动（"两减六治三提升"环保专项行动的简称。"两减"，减少煤炭消费总量和落后化工产能；"六治"，治理太湖水环境、生活垃圾、黑臭水体、畜禽养殖污染、挥发性有机物污染和环境隐患；"三提升"，提升生态保护水平、环境经济政策调控水平、环境监管执法水平），强势推动张家港生态环境质量实现根本性好转。2016年6月，张家港荣膺全省唯一的首届"中国生态文明奖"。

二 构建支撑生态文明的生命骨架

制度保障是生态文明建设的重中之重和生命骨架。改革开放之前，经济发展和生态环境的矛盾并不突出,张家港生态环境保护工作相对滞后、相关制度尚未健全。改革开放之后,随着经济社会的快速发展,人与自然和谐共生的矛盾日益突出。1981年8月,张家港下发《关于进一步加强环境保护工作的通知》,对新建、转移以及已有的污染项目分别提出了要求,这是张家港市政府第一个关于环保工作的规范性文件。

1988年,张家港先后通过了《张家港市市区自来水水源保护暂行办法》《张家港市一干河饮用水水源保护暂行办法》,对饮用水源的保护范围、管理措施、责任部门、奖惩办法作出明确规定。不久,张家港又先后颁发了《电镀行业环境保护管理办法》《印染行业环境保护管理办法》《张家港市排污水费征收管理使用暂行办法》等一系列环保管理文件,推动全市环保管理制度逐步健全。

新世纪之初,张家港开设了环保"110"、"12369"投诉热线,实行环境污染有奖举报制度,接受全社会监督,进一步规范了张家港的环保管理制度。新时代以来,作为中国特色社会主义事业"五位一体"的重要组成部分,生态文明建设被提到前所未有的战略高度,张家港也更加重视生态文明制度的构建,逐步建立健全生态环境问责机制、生态补偿制度以及全民参与的环境监管体系等制度体系。

经过多年的探索实践,张家港已初步构建起包括科学决策、市场运作、考核审计、公众参与在内的生态文明制度体系,以制度建设引领生态文明建设,促进人与自然和谐共生。

(一)建立生态环境问责机制

生态问责是生态文明制度的重要组成部分,是加快生态文明建设、推进绿色发展的重要方式。

在考核工作中,张家港突出绩效审计,坚持"绿色GDP"考核机制。2013年,张家港专门制定出台《生态文明建设绩效考核办法(试行)》,将新兴产业、腾笼换凤、节能减排等生态环境指标纳入年度绩效考核体系,实行经济指标和生态环境指标"双重考核",并定期公布领导干部生态环境履职"成绩单",使"绿色元素"成为科学决策考量的关键因素。

在全国县域城市中,张家港率先推行"党政同职、一岗双责"的生态环境责任审计制度,以环境治理、资源节约、生态效益、群众评价为重点,对党政主要领导生态环境履职情况进行离任审计。审计结果归入领导干部个人档案,作为评先创优、选拔任用的重要依据。凡是发生严重破坏生态红线、造成恶性环境事件等情况的,坚决实行"一票否决",并依法依规严肃问责,从而增强领导干部"守土有责"意识。张家港还建立"两局+两院"(公安局、生态环境局+法院、检察院)生态环境司法联动机制,在全社会形成生态环境违法行为"不敢、不能、不愿"的新常态。

正是在生态环境问责机制的刚性约束下,张家港突出环境问题整改"归零",2020年底,中央、省环保督察交办的突出环境问题"全销号"。沙钢集团环境污染治理任务不仅比原计划提前一年半完成,其成功经验还入选生态环境部优秀整改案例,并在2021年7月召开的江苏省督察整改现场推进会上获得推广宣传。

(二)实行生态补偿制度

2014年,苏州出台了全国首个生态补偿地方性法规《苏州市生态补偿条例》及其"实施细则"。同年,张家港制定出台《关于调整完善生态补偿政策的意见》《张家港市生态补偿资金管理办法》,把水稻田、生态公益林、重要湿地、风景名胜区以及水源地纳入生态补偿范围,规定了补偿标准。

之后,张家港持续加大生态补偿力度,每年实施生态补偿资金超亿元。2020年底,张家港修订完善《生态补偿资金管理办法》,对补偿范围、部门职责、补偿标准、资金用途、检查考核等方面作了细致的规定,进一步规范了生态补偿资金管理,提高了资金使用效益和各镇(区)维护生态环境的积极性。

(三)建设全民参与的环境监管体系

走向生态文明,没有人可以置身事外,改善和建设生态环境不仅需要政府的引导和监督,更需要每一位公民做生态文明建设的促进者、支持者、参与者。

2014年,张家港创新设立了由村(社区)、企业负责人、城市规划师、老师、记者和志愿者等组成的环境保护市民委员会,倡导全民参与环境监管。自成立以来,环境保护市民委员会在环保工作中频频显露"身手",成为了市民环保诉求的"代言人"。他们围绕生态热点问题,积极献言建策,提出的许多建议均被采纳,一些难"啃"的"硬骨头",也在环境保护市民委员会的推动下成功解决。

2015年11月21日,位于城西泗港的金柳江南热电公司正式关停。金柳热电成立于20世纪90年代,除了供电,还担负着泗港地区100多家企业的用热需求。但随着城市的发展,原本地处郊区的泗港聚集了许多住户。虽然企业曾多次进行过技术改造和工艺革新,但其污染物排放依然满足不了周边居民要求。环境保护市民委员会在深入调查的基础上,向市环保局递交了关停建议并最终被采纳。金柳热电关停后,预计减少了1074.9吨二氧化硫、529.4吨氮氧化物、202.96吨烟粉尘的排放。

生态环保志愿者协会是张家港基层生态环境执法监管的另一支重要力量。2018年4月,张家港市生态环保志愿者协会组建成立。协会由张家港热爱环保事业的企事业单位和各界人士自愿参加组成,共有14个会员单位,80余名个人注册会员和1000余名环保志愿者。协会志愿者积极参与区域生态环境质量改善和监管,致力于长江沿岸及水源地生态环境保护、湿地保护与野生动植物保护、大气和土壤污染防治、环保宣传教育等大型环保公益项目及活动。

随着人们生态环保意识的增强,越来越多工业企业和市民群众加入到协会,协会的"朋友圈"不断扩大,至2021年8月,已发展壮大到7300余人,在全社会形成"环境创造财富、生态惠及民生"的良好氛围。

三　当好"生态卫士"

张家港坚持经济建设和生态环境"两手抓、两手硬"。在保持经济发展同时，张家港注重对环境污染进行综合治理，以大气、水、土壤和固体废物等要素治理为重点，多元发力，打响污染防治攻坚战，当好守护绿水青山的"生态卫士"，致力打造一个蓝天、碧水、净土的美丽港城。

（一）打好蓝天保卫战，提升环境空气质量

张家港市（沙洲县）是苏州各市（区）中第一个建成"烟尘控制区"的县级市。乡镇工业快速发展带来的大气污染日益严重，从1981年起，张家港就开始对电镀、化工、水泥等行业产生的烟（粉）尘整治：例如，对化工废气采用回收生产工艺，变脱硫为回收硫磺；对水泥行业推广沉降式进行除尘，有效率达60%以上；对1蒸吨以上锅炉烟尘采取加节能装置、除尘装置进行治理，等等。

进入20世纪90年代，大气污染治理主要围绕着"消烟除尘"问题展开。至1993年9月，张家港市区77台锅炉全部完善消烟除尘设施，70%以上的生活炉灶得到改造，19座工业炉窑进行搬迁，在5.9平方千米的建成区范围内，100%建成了烟尘控制达标区。1999年3月21日，张家港市政府成立环境保护"一控双达标"（即控制排污总量、工业污染源达标排放、城市环境功能区达标）工作领导小组，下发《张家港排污总量控制、工业污染源达标排放和城市环境功能区达标工作方案》。同年，市政府对市发电厂作出关闭的决定，扫除"一控双达标"的最大障碍，全市的大气污染源治理逐步到位。

对于张家港这样一个以工业为主体、进入工业化中后期的港口城市来说，如何在发展经济的同时保证环境质量持续改善，显得尤为迫切。自2006年起，张家港以大气污染防治、水环境综合整治、污染企业关停淘汰为重点，全力推进污染减排，深入开展专项整治，累计投入70亿元，连续实施三轮环保"三三三"工程（大气污染防治三年行动、水环境综合整治三年行动、化工行业专项治理三年行动），实现了电力、钢铁等重点行业烟气脱硫脱硝治理"全覆盖"，关闭了一批燃煤锅（窑）炉，城区建成了"清洁能源使用区"。

2015 年，张家港城区环境空气质量达到国家二级标准；全年优良率为 65.5%，空气质量综合指数为 6.47；降尘年均值为 7.3 吨/（平方千米·月），达到国家推荐标准。2017 年起，张家港又以减少煤炭消费总量、减少落后化工产能为重点，深入开展为期四年的"263"专项行动，全力打响大气、水、土壤、固体废物等污染防治攻坚战，累计削减煤炭消费总量 217 万吨，关停化工企业 87 家。

在深度治理工业源的同时，张家港有效控制交通源，加密监管城市面源。一方面，推进国Ⅲ及以下排放标准柴油货车淘汰及非道路移动机械上牌工作，鼓励钢铁、化工等工业企业扩大氢能通勤车、物流车、重型卡车应用规模，适度加快充电桩、加氢站布局建设，以及提升新能源公务用车、公交车、环卫车、邮政用车、特种作业车渗透率；另一方面，强化餐饮油烟污染监管，加快市区和集镇餐饮业集聚区域安装油烟净化装置，强化建筑工地、道路等扬尘污染精细化管控，落实长效监管机制。

在各项工作努力下，张家港全市空气质量持续向好。2021 年，$PM_{2.5}$ 年均浓度从 2017 年的 43.1 微克/立方米下降到 30 微克/立方米；环境空气优良率从 2017 年的 68.8% 上升到 83.6%，全面达到江苏省下达的考核目标。

（二）打好碧水保卫战，持续改善水生态

江南美，美在江南水。

60 年的发展历程中，张家港以不断提升水生态环境质量为核心，统筹水安全、水生态、水环境要素，既做到了切实保障饮用水安全，又持续加强水环境整治，更是有序推进美丽河湖建设。

张家港地处江南水乡，境内河道密布、水网贯通，有大小河道 7600 多条。1970 年，沙洲自来水厂就建成投产，保障居民用水。此后，张家港市（沙洲县）不断实施饮用水改造，让全市人民喝上洁净的长江水。饮水不忘节水，2005 年，张家港被列为全国首批节水型社会建设试点，积极探索经济发达的河网区节水型社会建设典型经验，

2010 年被水利部授予全国节水型社会示范市。

伴随着工业化、城镇化的推进，工业、农业、生活污水曾一度肆意排放，导致河流污染严重，河床淤积，水生态环境急剧恶化。1987 年下半年至 1988 年 1 月，市区连续发生两次饮用水源地水质污染事件，引起政府的高度重视，当年就出台相关规定加强饮用水源地保护。此后，张家港市委、市政府以此为鉴，痛定思痛，狠抓水环境治理。

张家港坚持水岸同治，让河里的问题"浮出水面"，让岸上的病灶"药到病除"，在工业污染、农业污染、生活污染、水运污染等方面，有针对性地采取多项措施，改善水污染状况。如在工业污染防治方面，张家港积极推广中水回用、尾水再生利用，全力削减工业污水排放量；集中开展工业企业水环境整治专项执法行动，全市重点企业全面实现稳定达标排放。在农业污染防治方面，张家港"十三五"期间关闭不合格畜禽养殖场 914 个、整治达标 77 个，全市畜禽规模养殖场治理率达 100%；开展池塘养殖尾水净化处理，高标准池塘尾水净化处理设施"全覆盖"。

保卫碧水，河湖环境综合整治少不了。一方面，张家港加快提升水灾灾害防御能力。受长江和太湖流域水系影响，张家港历史上一直是洪涝灾害频发地区。经过张家港人的不懈努力，江堤防洪挡潮能力显著提高。1970 年开始持续兴建的坍护岸工程经受了历年洪水考验。1996 年 8 月，张家港在全省率先建设一流江堤，实施大规模达标建设，建成后经受了长江洪水及风、暴、潮的考验，发挥了显著的减灾效益。其后，又先后实施双山洲堤加固、通州沙西水道综合整治、老海坝节点、"张家港湾"百年一遇最美江堤等工程，大力推进圩区综合治理，构建了比较稳固的防洪保安工程体系。

另一方面，张家港构建三大水循环体系。2001 年，在全省率先组织开展县级水资源综合规划，确定以二干河、太字圩港为界，构建东、中、西三大独立水循环体系，实现北水南引、西进东出的引排水格局。2008—2014 年，全市先后投入近 40 亿元，积极推进骨干河道工程建设。在长江大保护建设中,推进入江排污口"减半"工程,加强入江排污口和通江支流溯源整治,将原有的 10 个入江排污口按批次归并至 5 个,建成生态美丽河湖 196 条,沿江区域呈现"一江碧水、两岸葱绿"景象。

党的十八大以来,张家港以全面推行"河长制"为抓手,以"水清河畅、河湖安澜、生态健康、水润港城"为目标,全力攻坚突出环境问题,大幅度改善水生态环境。2021 年,全市 13 个国省考断面、19 条通江支流水质优 III 比例达 100%,水环境功能区水质达标率 100%。

这里提到的"河长制",是 2014 年张家港在借鉴无锡、桐庐等地经验的基础上,出台了《关于全面推行河道管理"河长制"工作的实施意见》,建立起"河长牵头、部门负责、属地管理、社会参与"的河道管理工作机制,由各级党政主要负责人担任河长。2017 年 5 月,张家港出台了更贴合实际、操作性更强的《关于全面深化河长制改革的工作方案》。在此方案中,正式诞生了 377 名河长,其中市级河长 23 名、镇级河长 180 名、村级河长 174 名,责任范围覆盖所有市、镇、村组河道,使每一段河流都有了明确的生态"管家"。自河长诞生后,各级河长巡河治水成为常态,实现从"见河长"到"见成效"的转变。

(三)推进净土保卫战,打造"一方净土"

张家港高度关注土壤污染防治,以耕地、建设用地安全利用为重点,持续实施土壤污染防治行动计划,不断加强固体废物治理,努力打造"一方净土"。

2017 年 12 月,《张家港市土壤污染防治工作方案》制定实施。该方案明确提出:到 2020 年受污染耕地安全利用率达到 90% 以上、污染地块安全利用率达到 90% 以上的近期目标,成为全市土壤污染防治工作的指导性文件,推动了张家港土壤环境质量实现明显好转。2021 年,张家港污染地块安全利用率 95% 以上,土壤环境质量总体保持稳定。

农药污染和农用灌溉水污染是农田土壤遭受重要污染的主要途径。据统计，1988年，张家港农药施用总量达到2348吨。为了降低农药污染，张家港大力推广应用农业防治、物理防治和推广使用高效低毒农药等综合防治措施。2005年，化学农药使用总量由1988年的2348吨减少到564吨，下降75.98%。与此同时，在农用灌溉水污染治理方面，张家港一方面加强对工业废水的排放管理，减轻河流污染；另一方面加强入河排污口的审批和排污量的监管，确保从源头上解决污染问题。从2005年开始，张家港建立了农业灌溉水源监测制度，对生产河流定点采样监测，避免污染耕地土壤。

"十三五"期间，张家港持续加强对农业污染管控，在全市建立了包括六大类型292个耕地质量监测点位，通过建立全市耕地土壤质量监测体系，全方位收集全市农田肥料投入和耕地土壤动态变化数据信息，为耕地质量提升、化肥减量效果评价和土壤重金属污染防治等提供决策支撑。

重点行业企业污染的监管是土壤保护必不可少的一步。2020年6月，张家港印发了《关于进一步加强重点行业企业土壤污染防治工作的通知》，强化建设用地新增污染防控，对有可能对土壤产生污染的新、改、扩建项目，在环评、"三同时"等环节加强监督管理，与土壤环境重点监管企业签订责任书。2021年，全市确定190家年度全市土壤污染重点监管单位名单，明确任务并定期开展督查、向社会公开。

张家港的生活垃圾处理问题也很早就得到重视。1986年10月，张家港在杨舍镇建立日处理能力104吨的垃圾处理场，次年，又将垃圾处理场搬迁，日处理能力也扩大到130吨。此后，张家港先后在1991年和2005年，启动旺家庄垃圾填埋场一、二期工程建设，并于2007年开工建设张家港市垃圾处理场，2008年年底竣工，设计日填埋规模为470吨，大大提高了张家港的生活垃圾处理能力。为确保全市垃圾无害化处理，2006年，北控环境再生能源（张家港）有限公司（原金州能源垃圾发电厂）在塘桥鹿苑启动生活垃圾焚烧发电项目，自 2010 年 2 月正式投运。2019 年 7 月,北控环境集团在张家港市静脉科技产业园内项目启动异地搬迁扩建,处置能力为 2250 吨/日(远期规模处置能力达到 3000 吨/日),预计于 2022 年底可以实现全市生活垃圾全量焚烧。

自 2011 年,张家港开始试点实行生活垃圾分类工作,2019 年在农村地区实现生活垃圾分类基本全覆盖,并逐步健全分类投放、收运、处置体系,向居民小区、公共机构、公共区域推开。至 2021 年,各区镇(街道)居民小区、行政村、单位(公共机构、相关企业)和公共区域实现生活垃圾分类基本全覆盖。

四　用绣花功夫为城市增容补妆

生态文明建设是一项社会系统工程,涉及面广、任务量大。张家港遵循山水林田湖草沙生命共同体的理念,统筹规划、严守红线,按照"自然不足人工补"的建设要求,用"绣花"的功夫,巧思妙想、精耕细作,系统推进生态建设和环境修复,在生态文明建设中彰显历史担当和治理智慧。

(一)严守生态保护红线

划定并严守生态保护红线,将生态空间范围内具有特殊重要生态功能的区域加以强制性严格保护,可以有效保障和维护国家生态安全的底线和生命线,为可持续发展留足空间,为子孙后代留下天蓝地绿水清的家园。

张家港按照城市功能定位,严守耕地利用强度、城市开发边界、生态环境保护"三条红线"。在生态环境保护方面,2015 年 12 月 1日,张家港依照《江苏省国家级生态保护红线规划》《江苏省生态空间管控区域规划》《苏州市生态红线区域保护规划》,专门出台了《张家港市生态红线区域保护规划》,并制定了详细的实施方案和生态空间管控区域规划。

《规划》在全市范围内共划定包括风景名胜区、重要湿地、生态公益林等7类17处生态红线区域，总面积204.15平方千米，占全市国土面积的20.69%。其中，一级管控区面积4.83平方千米，二级管控区面积199.32平方千米。在一级管控区内，实行最严格的管控措施，严禁一切形式的开发建设活动；在二级管控区内，实行差别化的管控措施，严禁有损主导生态功能的开发建设活动。

依据《规划》，张家港对24万亩基本农田加以保护，把境内仅有的香山、凤凰山等自然资源划定为自然风景名胜区，将长江滩涂湿地确定为重点生态功能区，切实保障全市生态管控区域面积不减少、性质不改变、功能不降低。同时，落实长江岸线分区管控要求，优化整合生产岸线、保护提升生活岸线、拓展修复生态岸线，如通过实施张家港湾生态提升工程，9千米生产岸线优化为生态岸线，使沿江张家港段生态岸线占比保持在50%以上。

加强生态红线区域保护离不开监督管理工作的保驾护航。为有效推进生态红线区域保护的监督管理以及评估考核工作，张家港还配套出台了《张家港市生态红线区域保护监督管理考核暂行办法》。《办法》对监督管理、评估考核以及奖惩机制都作了具体规定，明确提出生态红线区域的保护应当坚持"科学规划、全面保护、合理利用"以及"谁开发谁保护、谁破坏谁恢复"的原则，为守住生态保护红线、改善生态环境质量加了一道"生态锁"。

（二）提升城乡园林绿量

张家港的绿化基础比较薄弱，城区没有天然山体和湖泊，也没有像样的公园和休闲绿地，1962年，张家港市（沙洲县）初建时县城绿地面积甚至不足1公顷。20世纪70年代初期，仍只有一处"沙洲县革命烈士陵园"和几处池塘、河滨绿地。面对绿化基础先天不足的客观实际，张家港将园林绿化放到重要位置，将其纳入经济社会发展的大局中予以通盘考虑，高起点谋划、高标准推进、高品质建设。

在起步之初，张家港就以城乡一体为抓手，坚持市镇联动、整体推进,着力构建城乡融合的复合绿地系统,在全市范围内重点实施了绿色通道工程、城镇绿化工程、农村绿化工程、景区绿化工程、园林式村庄绿化工程、社区建设工程等六大工程,推动张家港基本形成了城乡一体绿化的大格局。至 1999 年,张家港绿地面积 354 公顷,绿化覆盖面积 379 公顷,绿地率 33.7%,人均公园绿地面积 10.4 平方米,各项绿化指标已超过省级园林城市标准。

2000 年 12 月,张家港被江苏省人民政府授予"园林城市"称号。次年,张家港在建成省级园林城市基础上,提出创建国家级园林城市。随后,全市园林绿化工作以全面推进绿色张家港、生态张家港、美丽新港城建设为主要特征,通过实施"绿色通道、绿色家园、绿色基地"为主的"三绿"工程,采用城乡联动、全民参与的方式,大力植树造林,推动全市园林绿化工作进入到新的发展阶段,成功建成国家园林城市、全国绿化模范城市和国际花园城市。

在荣膺一系列国家级荣誉后,张家港以创建国家生态园林城市为目标,坚持以人为本理念,以加强生态建设、维护生态安全、创建生态文明为中心,以增加森林资源总量、提高森林覆盖率和园林绿化质量为重点,采取政府引导、部门参与、社会联动等多种形式,通过规划建绿、见缝插绿、拆建植绿等多种手段,大范围推进公共绿地、公园绿地、道路绿地、河滨绿地、单位绿地、居住绿地、农村绿化等绿地建设,从而使绿化指标稳步提升,绿色网络贯通城乡,绿化景点精品迭出,绿化水平不断攀升,全市城乡绿化建设保持了快速发展的强劲态势。2017 年 10 月,张家港荣获"国家生态园林城市"称号。

开展"长江大保护"以来,张家港依托"张家港湾"、通洲沙西水道等重点工程,扎实推进"林地、湿地、绿地"三地同建,"森林带、湿地带、观光带"三带融合,通过沿江补绿(至 2021 年底,沿江区域完成长江沿岸造林绿化 2900 多亩)、堤外养殖场清退、恢复沿江生物多样性等方式,建立可持续发展的沿江湿地生态系统。2021 年,全市自然湿地保护率稳定在 68.9% 以上、林木覆盖率达 20.33%。

（三）实施生态修复和环境再造

面对自然禀赋不足的状况，张家港充分利用废弃地、低洼地、边角地等原本无法利用的土地，不断强化生态保护与修复，为"生态补妆"。

以香山为例，20多年前的香山，只是一座长满野草和树木的荒山，山体南侧由于大规模开山采石，留下深度约30米、面积约300亩的宕口，同时周边分布着大型窑厂、采石场和数十家化工企业、百余个化工储罐，环境污染严重，生态破坏惊人，逐渐沦为行人见了都绕道而行的地方。从2010年起，张家港向这个积存多年的顽瘴痼疾开刀，累计投资约25亿元，全面启动香山生态修复工程。历经10年的生态修复，香山重获新生，并摇身一变成为深受张家港市民喜爱的休闲娱乐的好去处。

风光旖旎的暨阳湖生态园是另一个典范，其前身是2000年建造沿江高速公路时集中取土后形成的一个大水坑。通常修建高速公路时，路建到哪儿，土就取到哪儿，对周边生态会产生一定破坏。如果舍近求远，运输费用将是一笔不小的开支。张家港政府经过仔细论证，采纳专家建议，决定改常规沿线取土方式为集中取土模式，节约了沿路近133.3公顷（2000亩）耕地。同时，又结合经营城市的理念，在集中取土形成的洼地上开挖建造了一个中心水域面积66.7公顷（1000亩）的人工湖，并在传承古暨阳文化的基础上，环湖开发建设集休闲、娱乐、居住和度假为一体的现代生态园林。暨阳湖由此实现了华丽蜕变，为张家港"打好生态牌，走出绿色路"积累了成功经验。

"张家港湾"是长江江海交汇的第一道湾，上起老沙码头，下至段山港，全长约12千米。由于岸线过度开发和低效利用，张家港湾砂石遍地，环境脏乱，污染严重。"临江不见江，近水难亲水"也因此成为张家港人的心结。为解决沿江群众"临江不见江、近水难亲水"等问题，2019年9月起，张家港实施百年江堤提升、水产养殖清理、生产岸线腾退、道路交通优化、生态环境修复"五大工程"，着力打造"最美江滩、最美江堤、最美江村、最美江湾"，成为张家港近几年生态建设的"点睛之笔"。

经过建设,如今张家港湾这个大型的"滨江开放式公园"已基本成型,防护林郁郁葱葱,江岸绿草如茵,江水摇荡绿影,长江张家港段再现"春来江水绿如蓝"的诗画江景。2021年6月,张家港湾成功入选"践行联合国2030可持续发展最佳实践"典范案例。

通过生态修复,张家港造就了一个个生态建设"点睛之笔":把废弃的窑洼地建成山水相依的张家港公园;把市中心梁丰生态园建成有1500多种植物的城市"绿肺";把百里沿江滩涂湿地建成芦苇摇曳的天然屏障;被戏称为"龙须沟"的城区小城河也变身市民茶余饭后休闲娱乐的"城市会客厅"……如今,市区形成每300米便可见一个绿地景观,初步构建了结构合理、分布均衡、景观优美、特色鲜明的人工生态系统。

五　绿色,高质量发展的鲜明底色

作为沿江工业城市,张家港始终把加快产业转型升级作为长江大保护的关键和生态文明建设的重中之重,大力发展绿色低碳循环经济,加速推动产业转型升级,推进碳达峰(指在某一个时点,二氧化碳的排放达到峰值,之后逐步回落,碳达峰是二氧化碳排放量由增转降的历史拐点)行动,实现高质量发展。

(一)大力发展低碳循环经济

在发展方式上,张家港因势利导,在农业、工业和社会领域全面推进循环经济。循环经济是一种以资源的高效利用和循环利用为核心,以"减量化,再利用、资源化"为原则,以低消耗、低排放、高效率为基本特征,符合可持续发展理念的经济增长模式,是对"大量生产、大量消费、大量废弃"的传统增长模式的根本变革。

张家港较早引入了循环经济理念,2003年4月就在全省率先编制完成《张家港循环经济建设总体规划》和实施方案,积极探索一条资源节约型、环境友好型发展之路，成为江苏省循环经济试点城市。至2021年，张家港已初步构建企业内部"小循环"、园区工业"中循环"和经济社会"大循环"的循环经济空间布局。

在粮油加工、生物制药、精细化工、冶金建材等行业，张家港培育了30多家循环经济示范企业。例如，自2012年以来，沙钢集团持续实施总投资200亿元的综合技改项目，推动了沙钢集团除尘、脱硫、水循环处理、固废综合利用等治理工艺和装备水平在国内同行业领先。如今，沙钢集团将每年消耗产生的300万吨各类废钢作为原料生产优质特钢，钢铁生产流程也由"资源—产品—废料"的单向直线型转为"资源—产品—再生资源"的圆周循环型，由此形成煤气、蒸汽、炉渣、废水、焦化副产品回收利用的五大"循环圈"，实现了经济效益与环境效益的有机统一。

为加速园区工业"中循环"，张家港实行"统筹规划、绿色招商、补链引资、链式发展"。例如，张家港保税区是国家级生态工业示范园，园区以构建循环化链条为纽带，强化园区内企业资源消耗的减量化、再利用和资源再生化，不断提高资源能源的利用效率，全力打造精细化工、有机硅等多条初具规模的产业链。再如，位于张家港经济技术开发区的再制造产业示范基地，积极引进日本那智不二越机器人、安妥池、美国ATC等一批再制造标杆企业，成为国家循环化改造示范试点园区。

值得一提的是，循环经济不光在工业领域风生水起，在其他领域同样蓬勃兴盛。以农业为例，张家港开展了生态循环农业示范园区、示范基地、示范企业和示范项目建设，全市农村秸秆综合利用率在98%以上，规模畜禽废弃物资源化利用率达96.8%。

除此之外，张家港还积极推动静脉产业园建设，产业建设总体规划得到了国家部委和业内专家的高度评价。静脉产业园是深化生态建设、开辟绿色循环经济新空间的创新举措，将全面打造"资源—产品—再生资源"循环经济模式，带动环保装备制造等一批新兴生态环保产业的发展壮大,进一步提升固废处理、循环发展等领域的研发和创新能力,为张家港加快产业转型、提高发展质效提供有力支撑。

2021年,中共中央、国务院发布《关于完整准确全面贯彻新发展理念做好碳达峰碳中和工作的意见》,正式提出,力争在2030年前实现"碳达峰",2060年前实现"碳中和"(指通过自然吸收和技术革命等手段,使二氧化碳排放和消除得到相对平衡,实现相对的"零排放")。为落实碳达峰要求,张家港争当示范,围绕能源消费总量、碳排放总量、能耗强度和碳排放强度四项指标,科学编制实施碳达峰总体方案,统筹推进经济社会全面绿色低碳转型。

(二)勇当产业转型升级先锋

"共抓大保护,不搞大开发"。张家港牢固确立"产业决定城市"理念,着力构建以新兴产业为主导、先进制造业为主体、现代服务业为支撑、都市生态农业为基础的现代产业体系,不断推动产业绿色转型。2021年,张家港推动长江经济带发展经验做法入选《中国经济导报》"推动长江经济带发展五周年特别报道",为江苏地区唯一入选的县级市。

从管理上,张家港坚持源头把控,建立了以"三线一单"(即生态保护红线、环境质量底线、资源利用上线和环境准入负面清单)为核心的生态环境分区管控体系,推动产业布局与生态空间协调发展,有效改善生态环境质量。

张家港以创新驱动传统产业和新兴产业。针对传统产业,通过"信息化、品牌化、引进战略合作"等方式促进提档升级。以沙钢集团为例,这是一家全国最大的民营钢铁企业,建厂初期,一无技术、二无设备、三无原辅材料,沙钢集团在国营大钢厂的夹缝中求生存:1978年成为国内最大的窗框钢生产基地;1998年成为国内最大的电炉钢生产基地;之后,经过几年的结构调整和资产重组,2010年,跻身世界钢铁行业"第一方阵"。2011年起,面对宏观经济环境和钢材市场重大变化,沙钢集团加快转型升级步伐,引进铸轧一体等国际先进技术，有效降低大气污染物排放 60% 左右。

无独有偶，张家港另一家钢铁企业——江苏永钢集团主动与上海宝钢合作，实现由普钢向特钢转型，通过产品改进升级，有效削减 40% 大气污染物排放量，由此形成冶金产业绿色化发展的"张家港现象"。

为促进产业结构"调轻、调高、调优、调绿"，张家港围绕新能源、数字经济、生物医药及高端医疗器械、先进特色半导体四大新兴产业，打造一批绿色产品、绿色工厂（长城宝马光束汽车）、绿色园区（保税区、冶金工业园）、绿色供应链，构建高效清洁、低碳循环的绿色制造体系。"十三五"期间，张家港新兴产业产值保持年均 4.4% 的增长。

同时，通过集中整治"散乱污"企业（作坊），张家港大力实施"腾笼换凤"。例如，从 2013 年开始，历时 4 年多，关停江边东沙化工园区的 37 家小化工企业，其中涉及关停资金超 25 亿元。东沙化工园区由此成为江苏省第一个整建制关闭的化工园区，从中腾出的 3000 多亩土地规划转型为以高端装备制造业和新材料产业为主体的江南智能装备产业园，致力打造一个生态、生产、生活协调发展的新园区，成为全省长江经济绿色发展典型。

六　共筑美丽宜居家园

保护生态环境、建设生态文明不仅是政府部门的责任，也是每个企业、每个社会组织、每个公民的义务。张家港以美丽宜居为导向，在全社会积极营造共建共享生态文明的浓厚氛围，使生态文明理念覆盖到全社会的每一个角落，让生态文化成为大众主流文化，让绿色消费、适度消费成为全体公民的自觉行为，引导人民携手共筑美丽宜居家园。

从 1986 年起，在每年的"六五"世界环境日前后，张家港都会组织开展形式多样、内涵丰富、群众喜闻乐见的宣传活动。如举行

"践行绿色生活""美丽港城，垃圾分类在行动""万人看港城——走进 $PM_{2.5}$ 环境监测"等主题生态公益活动，开展以环境保护和生态建设为主题的知识竞赛、征文比赛、图片展览，使绿色人文理念家喻户晓、深入人心。

20 世纪 90 年代，张家港就把环境教育纳入中小学教育。1993 年，市环保局与市教育局共同主编的《环境保护教育读本》一书，荣获中国中小学生环境教育教材优秀奖，后经省教委批准，作为全省中学环境教育教材。2001 年，市委、市政府开始建设环境教育基地，首批确定商业大厦、前溪社区等 15 个环境教育基地。至 2005 年，全市建成市级污染防治示范教育基地、生态保护示范教育基地 16 个，其中有 4 个基地被确认为省级环境教育基地。

以巩固提升"全国文明城市"建设成果为抓手，张家港将生态文明理念融入各行各业同创共建活动中。对党政干部，以《生态文明建设干部读本》为辅导材料，定期组织生态文明专门培训；对中小学生，以创建"美丽学校"为载体，以《生态教育例话》为校本教材，全力打造"生态课堂"；对骨干企业，以开展"校企合作""政企合作"的生态公益活动为契机，着力培育"责任关怀示范企业"，不断增强企业社会责任意识和守法经营理念。张家港市倡导文明新风、崇尚绿色生活，逐步实现人民群众向文明市民、社会大众向"低碳达人"的嬗变。

有理念，也有行动。

从 20 世纪 80 年代起，张家港市（沙洲县）就鼓励干部群众用实际行动践行绿色发展理念，持续开展全民绿化活动，共同参与环境保护，为张家港生态建设增绿添彩。

从 1981 年起，兆丰乡机关干部开始坚持每年春节后上班第一天义务植树。1992 年以来，张家港市四套班子成员和市直机关干部开始义务植树，并带动各镇、各部门、各企事业单位的干部群众纷纷效仿，广泛开展义务植树活动，形成优良传统延续至今。1998 年，张家港开展"十万农户植百万树"活动。活动开展后，全市各地参加义务植树的人数年均都超过 20 万人次，植树百万余株，尽责率80%以上。张家港许多重大绿化工程，如长江百里江堤防护林带、双山岛环岛江堤绿化带、张杨公路绿化林带等工程，主要是由大规模的全民义务植树建成。

自 2008 年起，市园林局与市妇联在全市开展"绿化庭院、美化家园"绿色行动，动员全市广大妇女积极投身绿色创建。2012 年 8 月，张家港印发《张家港城市绿化管理办法》，鼓励单位和个人以投资、捐资、认建、认养等形式，参与城市绿地的建设和养护，推动了全市认建认养绿地活动持续开展至今。

近年来，张家港在全市积极倡导市民绿色、低碳生活方式，形成绿色消费、绿色出行的社会风尚。全市广泛开展节约型机关、节约型医院、节约型校园创建活动，培育崇尚节俭的社会风尚。推广光盘行动、自然读书会、笔记自然、旧物新生等环保公益行动，持续提升市民节约意识、环保意识、生态意识，努力实现资源能源节约高效利用。通过构建"绿色采购、绿色建筑、绿色交通"等人文生态链条，引导全社会从衣、食、住、行、游等各方面主动选择绿色生活方式。现如今，张家港的垃圾分类规范有序，全市基本实现公共自行车城区服务网点全覆盖，绿色出行极为便捷。绿色低碳生活俨然已经成为张家港全体市民的自觉行动。

从最早喊出"既要金山银山，更要绿水青山"，到自觉践行"绿水青山就是金山银山"，这既是一种理念的升华，也是张家港坚持走"生态优先、绿色发展"的现代化道路的体现。在几代人驰而不息的努力下，如今的港城，天更蓝、山更绿、水更清，充分彰显"人居典范"的自然环境之美、旅游景观之美、文化交融之美、人与自然和谐之美，俨然一幅"横看成林侧如画，移步之间皆美景"的现代化江城的秀美画卷。

第八章 文明，成为老百姓的日常叙事

精神的力量是无穷的。党的十八大以来，面对新形势新任务，以习近平同志为核心的党中央把精神文明建设放在统筹推进"五位一体"总体布局和协调推进"四个全面"战略布局的重要位置，不断将精神文明建设推向更高水平。习近平总书记多次指出，中国特色社会主义是物质文明和精神文明全面发展的社会主义，一个没有精神力量的民族难以自立自强，一项没有文化支撑的事业难以持续长久。

潮涌催人进，风正好扬帆。张家港的实践完美见证了物质文明和精神文明建设的协调发展。临江而居的张家港人以浩浩长江一往无前的气概，创造了"团结拼搏、负重奋进、自加压力、敢于争先"的张家港精神，始终坚持"一把手抓两手，两手抓两手硬"，精心实施文明创建惠民工程，深入实施文明实践聚民工程，广泛实施文明培育育民工程，推动精神文明建设走向自觉、走进百姓、走在实处、走出新路，建起了一座物质与精神极大丰富的文明之城。

精神如炬，文明似光。张家港，奏响了社会文明程度高的美妙音符。

一　让文明基因嵌入城市肌理

"文明张家港"，是张家港人共同的荣耀。从率先提出创建全国文

明城市的概念，到连续六届摘得"全国文明城市"称号，张家港，以文明塑造城市品格。

（一）文明城市创建的先行者

精神文明建设，建的是信仰、信念、信心，关乎每个人的精气神，决定着城市软实力。20世纪80年代，改革开放的浩荡春风吹拂着长江南岸这片热土。乡镇企业办起来了，上海的"星期天工程师"请来了，外轮进来了……在向"四个现代化"进军中，张家港人迸发出了建设社会主义的巨大热情。

然而，人的发展并没有完全跟上经济的脚步，城乡居民环境卫生意识淡薄，脏乱差现象随处可见。1979年9月，党的十一届四中全会提出建设"社会主义精神文明"。在党的方针政策指引下，张家港市（沙洲县）在大力发展经济的同时，将精神文明建设融入经济社会发展大局。在随后的80年代，文明礼貌月、"五讲四美三热爱"（讲文明、讲礼貌、讲卫生、讲秩序、讲道德；心灵美、语言美、行为美、环境美；热爱党、热爱祖国、热爱社会主义）、创"三优"（优美环境、优良秩序、优质服务）等活动逐步展开，张家港人的文明意识已有提高，城市整体面貌也有所改观。

树新风必须去陋习，讲文明先要讲卫生，更大的变化来自90年代。张家港以卫生创建和环境整治为突破口，以解决脏乱差问题为重点，提升广大群众的文明素养，更好地适应社会主义市场经济的建设发展。从干部到群众，从城市到农村，80万张家港人上街捡垃圾、扫马路、取缔露天茅坑。1994年，张家港获评全国首批"国家卫生城市"，并在环境卫生整治中形成了"一把手抓两手，两手抓两手硬"的创建经验。

1995年10月18日，中宣部、国务院办公厅在张家港市召开全国精神文明建设经验交流会，同日，《人民日报》发表评论员文章《伟大理论的成功实践——学习张家港市坚持两手抓的经验》，张家港精神文明建设的典型经验开始享誉全国。在此背景下，张家港率先提出创建全国文明城市的概念,并制定出高标准测评细则。

之后的张家港,在文明创建典型的道路上大步向前。以全方位争先创优为突破口,1996 年起,张家港形成"经济建设为中心、以卫生为基础、以文化为内涵、以育人为根本、以为人民服务为宗旨"的文明创建工作思路。1997 年,张家港被确立为中宣部全国文明城市创建示范点,1999 年,被命名为首批全国文明城市创建工作先进市。1999年起,张家港在全国率先把城市社区理念引入农村,拓展社区建设内涵、创建文明社区。以率先建成首批全国文明城市为突破口,2003 年起,张家港继续探索,形成"文明社区建设城乡一体、诚信体系建设整体推进、文明行业建设全面覆盖"的"三位一体"文明城市创建特色。

荣誉接踵而至。2005 年,张家港荣膺首届"全国文明城市"桂冠,成为江苏省唯一入选的全国文明城市,也是全国唯一获此殊荣的县级市。2014 年,中央文明办在张家港召开全国县级文明城市创建工作现场会。2017 年,全国创建文明城市工作经验交流会在张家港召开,社会主义精神文明建设的老典型又一次迎来了她的高光时刻,开启了文明城市创建的新航程。至 2020 年,张家港连续六届摘得"全国文明城市"称号,也是全国唯一有此殊荣的县级市。

长期的文明城市创建,给张家港带来了翻天覆地的变化,正如《人民日报》对张家港的评价,"文明不仅是一道风景,更是一种力量"。如今,圆梦全国文明城市"六连冠"的张家港,一举包揽了全国文明城市、全国文明镇、全国文明村、全国文明单位、全国文明校园、全国未成年人思想道德建设工作先进单位、全国文明家庭等荣誉。这些荣誉背后的文明密码是持之以恒传承文明基因的成果绽放,也是港城人久久为功、驰而不息的执着追求。

(二) 争创全国文明典范"第一城"

从最早提出"建设文明城市"概念,到连续六届摘得"全国文明城市"称号的领先示范;从昔日苏南"边角料"的逆势突围,到如今全国百强县前三的开放再出发，张家港担当精神文明建设"标准制定者"追求的脚步从未停歇。2021年，站在新起点，张家港主动扛起"争当表率、争做示范、走在前列"的使命担当，向全面综合、优质均衡的现代化文明典范城市迈进。

创建全国文明典范城市是落实习近平总书记关于精神文明建设和城市发展战略谋划的有力举措，是践行以人民为中心发展思想的必然要求，是继承光荣传统、砥砺新时代城市精神的重要抓手。张家港以习近平新时代中国特色社会主义思想为引领，提出立足高起点，全力建设"信仰坚定、崇德向善、文化厚重、和谐宜居、人民满意"的文明标杆、典范之城。张家港聚焦物质文明建设和精神文明建设高质量发展、社会治理能力和城市治理水平高效能提升、群众生活质量和城市发展品质高水平改善、市民文明素质和城市文明程度高标准示范，以形成显著的创建带动力、价值引领力、区域辐射力，以及国际影响力。

心中有信仰，脚下有力量。聚焦"立根固本凝心铸魂"，张家港"用党的创新理论武装全党、教育人民"，着力推动习近平新时代中国特色社会主义思想深入人心，为争创"全国文明典范城市"装上"红色引擎"。备受欢迎的理论学习项目比比皆是，如常阴沙现代农业示范园区的"思想田园分享汇"项目，组建"领学岗讲师团"，将理论课堂搬进工厂、搬进车间、搬进农家小院、搬到田间地头，以人人参与、整体提升为目标，开设以"看一篇美文、赏一部短片、讲一个故事、作一番点评、发一点议论"——"五个一"模式为主的微讲堂，使理论宣讲实现常态化。又如市委党校的"红色微讲坛"项目，创新推出"崇学信行"红色系列微课，打造《红色诗词》《红色家书》《红色星火》《红色印记》《党史今日谈》等品牌栏目，唱响党的好声音，开辟理论宣教全新局面。

文明典范城市的创建是全方位的。在全国百强县前三的经济实力基础上，张家港始终将精神文明建设融入经济社会发展大局，两者同步开展，相互促进，融合共赢，走出了一条以经济建设为中心、"两个文明"协调发展的成功之路。在城市建设中，张家港不断焕新"团结拼搏、负重奋进、自加压力、敢于争先"的张家港精神，引领着这座城市不断攀登文明发展新高峰。2020 年，张家港揭牌成立"精神文明建设张家港研究与交流中心"，既是张家港锲而不舍、一以贯之抓好社会主义精神文明建设的探索实践，也是与时俱进弘扬张家港精神、全力打造"新时代文明标杆"的务实举措。

文明善治，是张家港立足文明典范城市创建的又一特色。张家港在江苏省率先建成市、镇两级集成指挥中心和大数据指挥平台，精心打造智慧城市指挥系统，实时、精细感知港城 999 平方千米上的城市"心跳"和"脉搏"，构建起从"基层细胞"到"城市大脑"的智能化、精细化社会治理体系，更快、更好地实现了从管理到服务、从治理到运营、从零碎分割的局部应用到协同一体的平台服务，为深化县域社会治理集成指挥体系建设提供了"张家港样本"。

让人民生活幸福是"国之大者"，张家港坚持"人民城市人民建、人民城市为人民"的工作导向，交出了一份份精彩的民生答卷，将高质量的"文明指数"，转化为市民的"幸福指数"。无论是宏观层面城市功能的更新完善，公共服务的均衡供给，生态优先的绿色发展，社会保障的城乡一体，还是微观层面家门口的"口袋公园"，智能化家庭医生工作室建设，公交村村通，长江大保护的环保宣传，张家港都聚焦人民生活质量，提升城市生活品质。

市民素质是城市文明程度的综合反映，在持续多年的文明创建中，张家港始终锁定提升人的素质这一核心，以"全民参与、全域覆盖、全面推进"的高度自觉，推进城市文明从"颜值"到"气质"的深刻改变。在张家港，从上到下、从老到幼、从干部到群众、从城市到乡村，都洋溢着友爱互助的文明气息。为进一步鼓励群众参与，张家港积极选树、宣传、关爱道德模范和身边好人等先进典型。截至 2021 年，张家港已涌现全国道德模范（含提名奖）4 人、"中国好人"28

人、江苏省道德模范 7 人、"江苏好人" 34 人。凡人善举，成为最美的文明之花，盛开在每个港城人的心间。

在春风化雨、潜移默化的过程中，崇德向善、见贤思齐的社会氛围日益浓厚，越来越多的市民投身到创建的洪流当中，争做一粒文明的种子。假期里，志愿者走上街头，捡纸屑、拾烟头，开展"洁美港城"周末义务劳动；捐闲置、做公益，市区河西南路上的"美好杂货铺"里爱心涌动；开展安全隐患排查，宣传护路知识，铁路护路志愿者用汗水浇铸旅客平安出行路……在文明张家港，志愿服务早已成为市民生活的一种新态度，20 余万名志愿者、1300 余支志愿服务队伍，更是文明创建的主力军。

2022 年初，全国文明典范城市创建试点工作课题组到张家港调研，见证了天蓝水清的"生态张家港"、文脉传承的"书香张家港"、助老爱幼的"温润张家港"、好人辈出的"暖心张家港"、治理有序的"精致张家港"、城乡融合的"文明张家港"。课题组指出，张家港是一个有温度、顺民意、重实效的文明城市，形成了全面、全时、全域、全民创建的喜人局面，为争创全国文明典范城市打下了坚实基础。

（三）新时代文明实践的张家港路径

2018 年，党中央启动新时代文明实践中心建设。这是党中央从战略和全局高度作出的重大决策，是推动习近平新时代中国特色社会义思想深入人心、落地生根的重大举措，是党的群众工作落地落实、打通服务群众最后一千米的重要探索。作为首批试点城市，张家港勇立时代潮头，力争成为新时代文明实践中心建设的领跑者。

着眼凝聚群众、引导群众，张家港整合基层公共文化服务和阵地资源，以市、区镇（街道）、村（社区）三级为单元，学习宣传习近平新时代中国特色社会主义思想，宣讲党的方针政策，培育主流价值，活跃文化生活，推动移风易俗，并创新开展农村基层宣传思想文化活动，着力实施精神文明建设，在打通服务群众的"最后一千米"上踔厉笃行，擘画文明实践的"张家港样本"。其中，相关经验做法被收录中央文明办编印的《建设新时代文明实践中心怎么干》《建设新时代文明实践中心指导手册》。

在精准解读顶层设计基础上,张家港逐步从开篇破局往实里做迈进,从大胆探索往深里做进阶。截至 2021 年,张家港建立健全"中心、分中心、所、站、点"五层"组织链",建成 8 个新时代文明实践分中心、10 个区镇(街道)新时代文明实践所、272 个村(社区)新时代文明实践站,培育建设 100 多个新时代文明实践示范点,打造1000 多个各级各类新时代文明实践阵地,形成了城乡全覆盖的服务阵地体系。

为进一步凝聚群众、引导群众,张家港将新时代文明实践中心建设与社会综合治理网格化联动机制建设紧密结合,发挥文明实践在推进治理体系和治理能力现代化中的涵养支撑作用。张家港将文明实践纳入全市近1000 个网格的事务责任清单,强化理论宣讲、教育服务、文化服务、科技与科普服务、健康促进与体育服务"五大平台"资源整合、功能融合,提高各类平台载体的综合使用效益,全市形成了点多面广、功能完备、深受群众欢迎的"10 分钟文明实践服务圈",让"文明张家港"这张名片越擦越亮,高水平全面小康的内涵更加深刻丰富。

传思想、学理论、种信仰、育新人,始终是新时代文明实践的首要任务。如今,在张家港,新时代文明实践中心已成为广受基层群众欢迎的理论学习和思想政治工作主阵地,涌现出一批诸如"追梦学堂""移动讲坛"等网红阵地,位置便捷就近,甚至群众家里"几条板凳一围就是学堂"。2019 年打造的"追梦学堂",整合"学习强国"学习平台资源与张家港历史文化、城市精神等特色理论教育资源,这种线上线下互动的理论学习模式非常受欢迎,"追梦学堂"各个活动区几乎天天爆满。这样,文明实践活动上连"天线"、下接"地气",使基层群众愿参与、能参与、乐参与。

2021 年,全市党史学习教育工作启动,张家港充分发挥新时代文明实践"中心、分中心、所、站、点"五层组织网络优势，打造"红色星光号"党史宣传直通车，深入新时代文明实践站点，深入社区企业，深入田间地头，全方位、立体化、多视角还原党的百年历程，凝聚党史学习教育人气。另有"百名草根先锋讲师库""百堂示范党课教案库"，通过"线上点单、线下巡讲"，开展基层宣讲，组织"银领沙洲"老干部红色宣讲团、"退役军人讲师团"等志愿宣讲团队，通过事迹宣讲、视频展播等方式，用身边人讲身边事、用身边事教身边人，把党史学习教育成效转化为推动高质量发展的强大动力。

培养时代新人、弘扬时代新风是新时代文明实践的重要工作。通过搭建平台、创设载体，张家港发动全民参与，让每一名市民用自己的实际行动参与移风易俗，形成文明风尚。为此，张家港持续开展"文明餐桌·添加公筷""关爱自然·减少污染""科学锻炼·健康乘倍""移风易俗·破除陋习"四大主题新时代文明实践活动，推动形成勤俭节约、科学健康、情趣高雅、崇德守礼的良好生活方式和文明社会风尚。

实践案例处处可见，如百家桥村新时代文明实践站将乡村振兴与群众精神文化需求紧密结合，搭建百缘文化广场、百味书屋等 8 个"百"活动阵地，推动实践活动进百家、实践新风吹千户、实践成果惠万民。又如乐余镇永利村，以文明实践厚植文明乡风，将村里的村民小组长、老干部、老党员、老教师组织起来，成立了 20 人的乡贤志愿者队伍，通过"乡贤广播亭""乡贤护美景""乡贤为你解忧""乡贤说文明"等常态化的文明实践活动，把人居环境整治、垃圾分类等相关政策知识宣传到家家户户。

志愿者是新时代文明实践中心的主体力量，同时，实践中心又为开展中国特色志愿服务提供了更加广阔的舞台。早在 1993 年，共青团中央在张家港召开"全国青年志愿者行动与群众性精神文明创建活动座谈会"，张家港的志愿服务就与文明城市创建同步推进。2010 年，张家港成立了市志愿服务指导中心，在全国创新开展"学雷锋志愿服务伙伴计划"，率先推出《张家港志愿者礼遇十条》，推动志愿服务工作常态化、制度化开展。2018 年，张家港还成立全国首个县级市志愿者学院，推进志愿服务专业化发展。2020 年，全国新时代文明实践志愿服务工作培训班和全国新时代文明实践志愿服务展示交流暨江苏第五届志愿服务展示交流会在张家港市举办，推广文明实践志愿服务的张家港经验。截至 2021 年底，张家港有志愿者 23 万余名，志愿服务团队 1348 支，在全省率先实现"四个 100"（全国最佳志愿服务组织、最佳志愿服务项目、最美志愿服务社区、最美志愿者）"大满贯"。

充分发挥志愿服务起步早、专业化程度高，群众基础较好等特色优势，张家港在中心、所、站建立群众需求清单、社会资源清单和服务项目清单"三清单"工作模式，聚焦群众所思所想所盼，通过文明实践"供给侧"与基层群众"需求侧"的双向撬动和牵引，推动新时代文明实践志愿服务更加精准和专业化，做到"群众要什么"与"我们有什么"的精准对接。锦丰镇悦来社区通过组建"悦善乐邻联盟"，整合链接了 27 家单位的志愿服务资源，形成了志愿服务进社区的"枢纽"效应；金港镇袁家桥村，在村文化礼堂专门建起了"民生茶馆"，村"两委"班子轮流值班，以志愿者的身份担任"民生观察员"，建起一座拉近干群关系的"连心桥"……志愿服务成为可借鉴、可操作、可应用的文明实践新路径。

2020 年，张家港上线新时代文明实践智慧云平台，让"您开单我接单、我供单您点单"成为可能。在平台上，居民可以进行预约下单、点赞评价。点击进入"群众需求"模块后，屏幕上就可能呈现出这样一张表格：发布单位——大新镇中山村新时代文明实践站，需求类别——理论宣讲，对接团队——市委党校红色理论宣讲志愿服务队……一张表单就能实现文明实践服务的一网通达，尽显便捷性和精准度。平台还链接打通友爱港城网、文明天气图、全民健心云等载体资源，实现与基层数字系统端口对接、数据共享，推进阵地资源、活动清单、群众需求快速流转匹配。2021 年末，"今日张家港"App 文明实践板块正式上线，实践中心和融媒体中心再次深度融合，"线上线下同步、资源互通互融"的云上阵地矩阵越来越完善。

张家港还首创24小时文明实践驿站，依托"文明系列驿站"推动志愿服务融入市民生活，创新打造了先锋驿站、24小时图书驿站、幸福家长驿站等面向城乡居民开放的志愿驿站，让群众在接受志愿服务的同时，引导他们参与志愿服务，共享城市文明。

从城市到乡村，从街道到社区，从干部到群众，张家港市因地制宜，大胆创新，描摹出了新时代文明实践中心在张家港的"精准画像"。张家港也将不断贯彻落实习近平总书记的要求，深化拓展新时代文明实践中心建设，将文明实践打造成政治性、教育性、公众性的服务平台，不断提升人民思想觉悟、道德水准、文明素养和全社会文明程度。

二　文化芬芳浸润千家万户

"文化自信是更基本、更深沉、更持久的力量。"当今时代，文化越来越成为衡量社会文明程度和人民生活质量的重要标尺。进入新世纪，张家港人对文化的渴求如春草一般在内心旺盛成长，城市精神文明建设从市魂锻造向文化浸润升华。

（一）公共文化服务走心入户

建县之初，张家港市（沙洲县）的公共文化活动主要以文化站为主阵地展开。1962年，全县24个公社有8个公办文化站和16个民办文化站，多数设有俱乐部，出刊黑板报，开放图书室，组织文艺宣传队到茶馆、街头，用说快板、讲故事、小演唱等形式宣传时事政策、好人好事及党的工作。

1980年，张家港市（沙洲县）按照中央"逐步建设集镇文化中心"的要求，建设集文化娱乐、群众体育、科学普及、时政宣传和业余教育"五位一体"的农村集镇文化中心，受到《人民日报》等媒体的高度评价。其中,兆丰文化中心尤为突出,1981 年就被授予全国农村文化艺术工作先进集体称号。1985 年末,当时全县 26 个乡（镇）都建成集镇文化中心,完善了基层公共文化建设。

进入 90 年代,在文化创建的热情中,张家港持续推进文化事业建设,完善公共文化设施,改革文化体制,推广群众文化活动,让物质富起来了的张家港人精神上也富起来。

1992 年,张家港被评为首批江苏省群众文化先进县（市）,次年,又跨入首批全国文化先进县（市）。1996 年,张家港文化馆被省文化厅命名为"特级文化馆"。2001 年,张家港就提出要建设与率先基本实现现代化相适应的文化强市。2009 年,张家港建成文化中心,由图书馆、文化馆、档案馆、科技馆、美术馆、城市展示馆、大剧院 7 个功能建筑构成,进一步丰富了本土的文化场馆建设,为市民提供了更多的文化选择。

在六十年的发展中,群众文化是张家港的一大特色。在 20 世纪七八十年代文化建设的基础上,1986 年,张家港就成立了群众文化学会,办起了以《沙洲群众文化》（后更名《张家港文化》）的刊物。1983 年至 1993 年间,张家港每年举行大型群众文体活动"张家港之春"（1986 年之前称"沙洲之春"）,包括歌咏、演奏比赛、群众文艺调演、美术、摄影、书法、体育赛事等内容,丰富群众文化生活。1996 年起,张家港就兴起了广场文化活动,以此为载体,社区文化、企业文化、校园文化广泛兴起。

自 2001 年,张家港启动社区文化艺术节和广场文艺"周周演"活动,2004 年,启动文明百村欢乐行"村村演",走进各个村（社区）、企业、学校等,传播文明新风,弘扬先进文化,每年演出数百场,将一大批优秀的文艺作品送到了农村基层,深受人民群众的欢迎与好评。还有公益电影"月月映"、文明书场"天天说",都是群众喜闻乐见的节目。

文化张家港,创新不断。2011 年底,张家港在全国首推"网格化"公共文化服务模式，将全市各村（社区）按照人口居住集中度、文化关联度和群众意愿等标准划分成为近1000个文化服务网格，每个网格配备一名以上志愿者性质的网格文化员，形成市、镇（区）、村（社区）、网格四级公共文化服务网络。

和网格化管理不同，网格化公共文化服务更多的重心在于"服务"，主要依托一支扎根基层、乐于奉献的网格文化员队伍，解决基层公共文化服务建设中的效率和公平问题。网格文化员由基层热爱文化、有志愿服务精神、有一定的文化艺术专长、有较强的能力素质的人士担任。每名网格文化员服务1000名左右的居民，至2020年，张家港已有1075名网格文化员持证上岗。

网格文化员除了向群众传递文化信息、资讯，积极引导网格内群众参加文化活动外，还要将群众的文化需求反馈给相关部门。如很多网格员所说的，"通过我们的努力，希望能带着更多的人走进公共文化设施，让大家享受文化成果，展示自己的才艺。"同时，市、镇两级文化馆（站）、图书馆等公益性文化单位注重对基层和网格文化建设的辅导，坚持重心下移、资源下移、服务下移，统筹建设、整合并合理配置公共文化服务，有效实现由送文化向种文化转变，由单向供给向双向互动转变，由一般服务向精细服务转变。

丰富的公共文化服务催生了群众文艺百花齐放的局面。"网格化"公共文化服务实施以来，张家港市新增群众文艺团队335支，总数达480支，全市各镇文化网格新创作文艺节目超过500个，累计编排剧（节）目超过4000个，为张家港实施地方特色文化繁荣工程垒起群众基础。在第十八届群星奖评选中，由张家港市文化馆、金港镇文体服务中心选送的小品《生日聚会》，荣获全国群众文艺领域的政府最高奖项——"群星奖"，用"接地气"的"标尺"，标注出城市的文化自觉新高度。

"文化网格"完善了文化供给的植入方式，而数字化工程的实施，则进一步打破了张家港市文化服务的地域限制，实现了公共文化服务资源的共享。随着张家港市数字文化馆、数字博物馆、实体数字文化体验馆通过验收投入运行，再加上落成的数字图书馆，张家港市成功打造了统一的、综合的、高效的县域数字公共文化服务平台，为文化插上"数字化的翅膀"，让老百姓足不出户就可以感受文化的魅力，唱响了文化传承、文化民生的主旋律。

（二）文艺里的江南好风光

2018 年，北京大学建校 120 周年的特邀演出中，有一出被叶圣陶称为"太湖一枝梅"的锡剧，诉说着少女三三的故事。这出锡剧，正是来自张家港锡剧艺术中心的《三三》，主演是来自该中心的主任董红，她曾荣登第 26 届中国戏剧梅花奖榜首。《三三》也于 2017 年获江苏省第十届精神文明建设"五个一工程"奖。

张家港市锡剧艺术中心前身是成立于 1964 年的张家港市（沙洲县）锡剧团。剧团成立之初，提出"立足本县，送戏下乡"，当年走遍全县 26 个公社（场、镇），演出了《雷锋》《江姐》等大戏。历年的发展中，锡剧艺术中心创作了大量的优秀作品，早至 1965 年，排的小戏《考考他》参加全省专业剧团调演，获创作奖及演出奖，并应邀在全省党代会上作汇报演出，随后，由江苏省广播电台录音向全国播放。如今，锡剧《云水谣》入选 2020 年全国舞台艺术重点创作计划，锡剧《玲珑女》入选 2021 年中国戏曲音像工程录制剧目名单。

评弹艺术传承中心是张家港的另一支专业文艺队伍，前身是 1965 年成立的张家港市（沙洲县）评弹团。评弹团初创时，就汇集了当时不少身怀绝技的评弹艺人，创作了诸多优秀作品。经历了 20 世纪 90 年代末的短暂低潮之后，不止一名评弹艺人说，当下是张家港评弹最好的时候。他们正尝试对平台进行新的编曲和试验性的改造，让评弹跨界与其他音乐形式结合。2020 年，评弹《血粮》入选国家艺术基金年度资助项目。

张家港的文艺演出一向在全国县域是排得上名的。早在 1984 年，应中宣部、文化部邀请，以兆丰文艺宣传队为主的 35 名张家港市（沙洲县）文艺宣传队员，作为苏州市农村集镇文艺宣传队成员进京，在中南海怀仁堂为中央领导和首都文艺界演出。同年，中央电视台举办的国庆晚会上，兆丰文艺宣传队的说唱《一加二等于几》和小歌舞《卖鸡蛋的小女孩》，把兆丰文艺第一次带给全国电视观众。

这里的兆丰文艺宣传队，更受到来自文化部的赞誉，"你们不简单，不用国家一分钱，义务为农民演出。你们为文化工作开创了一条新路子，所有的文化工作者都要向你们学习"。这条新路子，就是"以工养文"。1974 年，兆丰文艺宣传队以文艺宣传队员为骨干，组建文艺工厂，实行"以队办厂，以厂养队，社办站管，亦工亦艺"。文艺宣传队用工厂所得利润，解决队员工资，稳定了业余文艺队伍，也发展了群众文化事业。"以工养文"的经验也得到推广，被称为"江南报春花"。

1990 年，张家港市文化局成立，迅速将繁荣艺术创作摆上重要位置，成立了书画院、剧目创作室，选调人才从事文艺创作。在建设文化强市的背景下，张家港于 2004 年出台《"张家港文学艺术奖"奖励办法》，鼓励和扶持全市文学艺术创作。同年，张家港市文化馆组建东方艺术团，这是苏州地区首支馆办艺术团。东方艺术团通过内部常年开展的艺术培训和技能比拼，塑造了一大批优秀青年演员。他们用自己的专业技能投身到公共文化服务中，在长江文化节、苏州市群众文化"繁星奖"比赛等活动中大放异彩，先后荣获江苏省"五星工程奖"、苏州市"繁星奖"、华东六省一市小戏小品大赛大奖等，2019 年成功摘得文旅部第十八届"群星奖"。

全方位的政策扶持、多元化活动平台的搭建，激活了本土的文化细胞，张家港每年创作的各类文艺作品超过 3000 个，囊获群星奖、文华奖、中国戏剧梅花奖、中国曲艺牡丹奖及国家艺术基金等，艺术生产获奖数量、含金量屡居全国、全省县（市、区）首位。2012 年，张家港市评弹演员季静娟获得第七届中国曲艺牡丹奖·表演奖；2015年，张家港市艺术中心创作的锡剧《杨家碾坊》夺得江苏文华奖最高奖"文华大奖",评弹《焦门家风》获"文华优秀节目奖";2016年,张家港市评弹艺术传承中心选送的中篇弹词《牵手》荣获第九届中国曲艺牡丹奖·节目奖;2018年,张家港市评弹艺术传承中心选送的原创中篇弹词《焦裕禄》荣获第十届曲艺牡丹奖·文学奖;2019年,张家港市文化馆选送小品《生日聚会》荣获第十八届"群星奖";"国际幽默艺术周""全国少儿曲艺展演"也长期落户张家港(张家港成为全国唯一长期承办两个国家级曲艺品牌项目的地区)。

张家港的文艺书画等创作也是了不起的。自1987年,张家港就开始举行诗会、文学座谈会、诗赛等活动,鼓励文艺创作。1988年,张家港、常熟、江阴、无锡、武进等苏南5县(市)联合在北京举行书画影作品联展,是张家港书画影作品首次在北京亮相。1998年,"全国诗歌座谈会"在张家港召开,李瑛、绿原、舒婷等108位诗坛大家出席座谈会。全市一大批书法家在全国专业书法大赛(展)中获得优异成绩。2019年,中国画《大国工匠》入选第十三届全国美术作品展,《大国工匠·沪通大桥建设者》入选第十二届中国艺术节·全国优秀美术作品展。

(三) 博物万象看港城

"一座城市的文明,不是看城市钢筋水泥的楼群,而是看这座城市的博物馆、图书馆,看市民内在的精神气质。"博物馆被誉为一个地区的灵魂工程,肩负着传承历史人文、凝聚民族情感、承载改革创新的重要使命。

2021年,为纪念中国现代考古学诞生100周年,"考古里的长江文明"主题展览在张家港博物馆开展,展览以长江上中下游的重要考古遗址为空间参照,呈现长江文明被考古学不断印证的过程。来自于三星堆遗址、良渚遗址、马王堆汉墓、海昏侯汉墓、大云山汉墓等重量级考古遗址的出土文物吸引了广大市民前来参观。

张家港博物馆是国家二级博物馆,建于1999年,现总建筑面积为12000平方米,采用"轴线对称、主从有序、四隅崇楼"的仿唐建筑风格，现有"长江文化博物馆""张家港历史文化陈列""张家港民俗文化展厅""书画艺术展厅""碑刻陈列展示区"五大主题陈列，较清晰完整地展现了张家港的历史发展脉络和独特的地域文化。馆内拥有各类藏品近6000件（套），种类涉及石器、陶器、瓷器、金银器、玉器和钱币等，同时还收藏了各类现代字画。除基本陈列外，博物馆年均引进各类展览十余个，年均接待观众十余万人次。

作为一个集收藏、陈列、研究、教育于一体的综合性博物馆，张家港博物馆是集中展示张家港历史文化和人文精神的重要窗口和平台，自2004年起实行免费开放，是全国第一批免费开放的县市级博物馆。因优质的文化服务和良好的窗口形象，相继荣获江苏省文明单位、江苏省青年文明号、苏州市文明单位、张家港文明单位标兵等荣誉称号。

2009年，在张家港博物馆原址扩建长江文化博物馆，是全国第一个以长江文化为主题的博物馆。馆内集合了长江流域的历史、宗教、民俗、文学、工艺美术、表演艺术等多方面的内容，展示着长江流域的风土人情。

张家港的文博事业是有基础的。自20世纪80年代，张家港市（沙洲县）就开始了文物保护和文物发掘，1984年，公布藏军洞等10处为县文物保护单位，次年，对徐家湾遗址进行发掘。1989年，张家港对东山村遗址进行了考古发掘，经过实地考察和研究论证，被认定为当时太湖流域、也是长江下游地区已发现的新石器时代文化遗址中最早的遗址，最早的年代距今约7000余年。

2008年，张家港发掘黄泗浦遗址，经过多年不断发掘、研究，该遗址为长江下游唐宋时期一处重要的港口型集镇遗址，是鉴真第六次东渡的启航处，是海上丝绸之路的重要节点，对于研究唐宋社会生活，研究佛教、寺院建筑、港口史、对外交通史等都有重要意义。这也是第一次在江南地区发现唐代寺院建筑遗存，与日本唐招提寺高度相似。东山村遗址、黄泗浦遗址先后获评"2009年度全国十大考古新发现""2018年度全国十大考古新发现"。

张家港始终遵循"抢救第一、保护为主、合理利用、加强管理"的文物工作方针，不遗余力保护文化遗存，就是要留住城市文化的"根"。至 2021 年，张家港境内拥有各级文物保护单位 51 处，其中全国重点文物保护单位 3 处，省级文物保护单位 3 处。2013 年，张家港东山村遗址、黄泗浦遗址、杨氏宅第成功入选第七批全国重点文物保护单位，实现国保单位"零"的突破。

张家港的地方文化资源挖掘整理工作一直在不断走向深入，以记载和传扬本土民风民俗、地理历史文化的各类展示馆在全市各地应运而生。2010 年，全面展示国家级非物质文化遗产——河阳山歌历史文化精髓的河阳山歌馆对外开放；2011 年，位于常阴沙现代农业示范园区的知青文化馆正式面世；2012 年，"沙洲县抗日民主政府纪念馆"向观众开放；2021 年，沙上文化印象馆开馆。与此同时，用文字来记载本土文化的各类丛书，也如雨后春笋般相继出版。

博物馆这座无声的学校，连接历史与现实的文化纽带，汇聚地域、历史、文化和特色的精神家园，是张家港的文化亮点、也是抚摸历史脉络的灵魂殿堂，也将更好地担负起她的历史使命——"讲好张家港故事，讲好中国故事"，成为张家港文化和经济发展的新动力。

（四）书香，让城市更文明

风景如画的暨阳湖，湖面水波激滟，湖畔游人如织，每天从晨光熹微到暮色苍茫，是打卡休闲旅游的好地方。"益空间·湖畔书房"的启用，让书香与美景更好相伴相融，让书香浸润的暨阳湖更加令人神往；这一空间极大方便了大家的阅读，书房内的图书，涵盖了绘本、文学、健康等各个方面，市民可以通过市民卡、身份证或者微信扫码借阅图书，节假日、晚上散步都能带着孩子来看书、听书。

每逢周末，许多市民都会携家人在梁丰生态园的森林书屋待上半天。巧的话，还能遇上阅读推广活动，"蹭"上一节课。生活与文化相互交融，让市民自然乐享文化果实，也为文化建设拓展了"新空间"。

浓浓的"书香味儿"是张家港文化建设的一大成果。张家港大力推进书香城市建设，通过打造城镇阅读空间、建设民间阅读组织、培养阅读推广人、实施"图书馆＋"升级计划，引导全民阅读活动体系化、科学化开展。

张家港人爱读书是有传统的。早在 20 世纪 70 年代的张家港市（沙洲县），乡镇的文化站就都设有阅读室，向村民提供图书借阅。1984 年，张家港市（沙洲县）图书馆大楼落成，从原文化馆中脱离出来，次年，就联合南京图书馆举办第一届科技图书展览，开创了县级图书馆举办科技书展的先河。1993 年，张家港率先在全国实现了乡乡镇镇图书达到万册，平均每个乡镇拥有图书 11434 册。

2006 年 4 月 23 日，张家港举办首届全民读书节，把全民阅读作为深化公共文化服务的重要内容。2012 年 11 月，张家港出台全国首个"书香城市"建设指标评价体系，将"书香城市"概念量化，变模糊型推动为制度化发展，全面推进"书香城市"建设。该指标体系获评中宣部全民阅读优秀项目，也是全国唯一县级获评项目。"长江边，古暨阳，一代代，耕读忙……"2015 年 4 月，张家港市再次诞生了一个"全国第一"，即全国首支全民阅读童谣：《春天里，生梦想》，有书香就有心香。

走着走着，就走进了图书馆，这是张家港每个市民的切身感受。在张家港，市级层面拥有两个规模图书馆，至 2021 年，共 278.4 万册图书。各机关、企业、街道、社区、学校等，必须配备图书馆。每个村庄，全部开辟图书室。2014 年，张家港开通了全国首家城市街区 24 小时图书馆驿站，并在各个风景区和公园建立"森林书屋""湖畔书房""茗苑书楼""艺读书吧""恬庄书院""香山书舍"等一大批"最美阅读空间"。

2019 年 6 月，张家港首个童话主题书屋"竹林童话书屋"在张家港公园建成开放，小鹿、蝴蝶、白云、彩虹等形象童趣盎然，结合公园的自然景物，构筑了一个梦幻清新的童话空间，让孩子们在打开阅读视野的同时，享受童年的幸福生活。至 2021 年，张家港市拥有 2 个全国示范农家书屋、4 个全国书香社区、10 个江苏省五星级示范农家书屋，数量位居江苏省榜首。

市图书馆基层管理部负责全市 140 余个农家书屋图书的配送。即使再忙，工作人员也要登录 24 小时图书馆监控管理系统，看一看当天的运行情况。在张家港，像这样的 24 小时图书馆驿站有 50 家，遍布城乡。1800 余名阅读推广人每年开展各级阅读活动超过 3000 场次，阅读活动针对不同人群，还可"私人订制"。

张家港还投入 470 万元，进行"数字图书馆"建设，建立微信图书馆、全民阅读掌上报名系统、"今日张家港"手机客户端"电子阅读节"等，而覆盖全市农村的免费无线 WIFI 服务，更让阅读无时不有、无处不在。在张家港，固定阅读空间 200 多所，是市民们不可或缺的精神宫阙。

（五）全民健身，全面健康

"大家动起来，快快燃烧你的卡路里。"每日清晨与傍晚，在张家港暨阳湖、沙洲湖、梁丰生态园等城市公园内，市民们按照个人喜好参与广场舞、太极拳、沿湖跑等健身活动，这已成为他们生活中的习惯和必需。

这是张家港全力构建高质量全民健身公共服务体系的成效，力图使全民健身贴近基层、贴近群众，让全民健身成为一种新时尚、新追求。

党的十八大以来，以习近平同志为核心的党中央高度重视关心体育工作，谋划、推动体育事业改革发展，将全民健身上升为国家战略，推动全民健身和全民健康深度融合。"全民健身的普及和参与国际体育合作的程度，也是一个国家现代化程度的重要标志。"

立足全民健身国家战略，张家港市以满足群众健身需求为主旨，以方便群众"零距离健身"和"家门口运动"为目标，将全民健身设施建设纳入城市建设和土地利用规划，整合优质资源。至 2021 年，张家港打造中国网球学院张家港分院、市职工文体中心、市全民健身活动基地、市体育公园等全民健身特色空间。同时，张家港落实专项经费，推行均衡配置，设计建设市、镇（办事处）、村（社区）三级健身设施，建成文体活动中心 11 个，街道（办事处）健身中心 9 个，体育公园 19 个，全民健身站点 1030 个，健身步道 648.21 千米，人均体育场地面积达 5.45 平方米，每万人拥有公共体育设施数 92.45 个。

1962 年，张家港市（沙洲县）初建时，城镇公共体育设施一无所有。80 年代，张家港市（沙洲县）大力发展体育事业，1983 年，凤凰镇创办"贝贝杯"青少年足球赛，持续至今，是国内举办最早、届数最多、坚持时间最长、影响范围最广的一项全国性青少年足球赛事。1990 年，张家港先后进入江苏省体育先进县和全国体育先进县行列。此后，张家港以建设江苏省体育强市、努力实现体育基本现代化为新的目标，促进体育和经济社会协调发展。1995 年，根据《全民健身计划纲要》，张家港将全民健身工作推进到新水平，并于 2007 年被列入江苏省首批体育强县（市）。

为激发群众健身热情，丰富的体育活动少不了。至 2021 年，张家港连续十一年举办全民健身大联赛，每年举办全民健身大展示和全民健身大比拼活动，"全民健身节""全民健身日"实行市、镇（区）、村（社区）三级联动，2021 年全年举办各类全民健身活动 500 余项次，参与市民超过 60 万人次。创新举办的短程马拉松系列赛、沙上运动会和万人健步嘉年华等活动，深受群众欢迎。

荣誉也是满满的。张家港先后获评全国体育产业示范基地、全国首批县域足球典型、全国柔力球之乡、气排球之乡和围棋之乡、首批江苏省公共体育服务体系示范区、江苏省体育产业综合类示范基地、江苏省老年体育特色项目太极系列之乡和门球之乡，2019—2021 年，连续三年荣获江苏省县级体育重点工作督查第一名，入选江苏省首批体育消费试点单位。2021 年，在第十四届全运会期间，张家港再次荣获全国群众体育先进单位，3 人获评全国群众体育先进个人。

三　江尾海头的城市名片

清代乾嘉年间，名列"江右三大家"之一的赵翼曾登临杨舍（今张家港市区），在城北的望海楼，写下"暨阳城北皆洪流，尚是江尾已海头"的诗句。从此，"江尾海头"成为张家港最为人熟知的地理符号，多次出现在本地的诗文集和地方志之中。

多年之后，作家何建华评价说：张家港地处长江奔腾入海之前的喉咙之口，千百年来，它一面伸展双臂接纳上游奔腾而下的滔滔江水，一面又挺胸抵敌潮生潮落的大海潮汐，它因而粗犷，因而豪放，说话要与涛声比高低，做事要同浪潮比力量。张家港人从祖辈那里知道，要想活命，就得步步赶在浪尖上行走；要想成功抵达彼岸，就得激流勇进不畏险滩。

一古一今，两处描述，似乎也道尽了张家港这座城市的城市文化。

（一）活化文化遗产，触摸城市记忆

长江河口的成陆演进，将张家港划分为南北两个部分，南部是成陆历史悠久的江南古陆，属海相河相沉积平原；北边的沙上地区则是新近成陆的后来者，为河相海相沉积平原，两者是新、老长江三角洲的区别。

滩涂上没有原住民，最初到张家港市（沙洲县）垦荒的人，除了陆地上相临近的常熟、江阴等地有钱人组织的围垦集团，主要是苏北沿江一带如皋、南通、靖江、海门、启东、崇明等地无田谋生的民众和坍江失地的灾民。一代代来此垦荒的移民，创造了独特而多元的城市文化，也催生了日后江海意气的张家港精神。

对历史文化遗产的挖掘，对传统文化的重视，是张家港一以贯之的。自 20 世纪 80 年代，张家港市（沙洲县）就开始了文物保护，1989 年，在全市征集各类文物 219 件，其中不乏颇具价值的珍品。历经东山村遗址和黄泗浦遗址的发掘，博物馆的建设，张家港对全市文化遗产的保护渐成气候。

2005 年，国务院发出《关于加强文化遗产保护的通知》，以"文化遗产"的概念拓宽"文物"概念的外延和内涵，将非物质文化遗产纳入"文化遗产"的范畴。围绕"文化强市"的目标，2006 年，张家港成立民族民间文化保护管理办公室（2012 年更名为张家港市文化遗产研究保护中心），开始全市非物质文化遗产普查工作。

2007 年以来，张家港分五批陆续公布 92 个非物质文化遗产代表名录，其中 4 个被列入国家级非遗保护项目，11 个被列入省级项目，这在全国县级市较为罕见，并陆续公布了六批共 108 名代表性传承人，先后编纂出版了《中国·河阳山歌集》《中国·河阳宝卷集》《中国·沙上宝卷集》《沙上山歌》《沙上故事》《张家港市非物质文化遗产荟萃》《守艺人》等 20 余种非遗类图书。张家港还成功创建中国吴歌之乡、中国宝卷之乡、中国吴地山歌传承保护基地和全国县域首个中国曲艺名城。

每一种文化都有它的脉，每一份传承都是它闪亮的星火，每一次发扬都意味着重生。如今的张家港，在非遗文化传承中，有阵地，有活动。2007 年以来，张家港建成河阳山歌馆、张家港市"苏州评弹"艺术馆、雷沟大布陈列馆、后塍黄酒（沙洲优黄）博物馆等近 10 个重要"非遗"项目保存和展示基地，连续举办吴地山歌、吴地宝卷展演、传唱会，"港城绝技"（传统手工技艺）大赛，境内非物质文化遗产精粹汇展以及非物质文化遗产系列论坛等活动。

创新活动形式，让更多的市民来参与，让非遗不仅要"活"起来，更要"火"起来，是张家港非遗传承的重要突破点之一。2018 年，市文化遗产研究保护中心把舞台演出车改造成了非遗展车——一个移动的非遗展览馆。把展车开进学校、社区，运用现代科技手段全方面呈现非遗、可以让市民"触摸"非遗的流动展车，广受好评。后塍竹编"从娃娃抓起"，沙洲工学院作为张家港市的地方高校，成立了"非遗传承学生社团"，学校根据同学们的学习、兴趣等情况，开设了地方传统文化方面的选修课,选课的同学拜"河阳山歌"传承人尹丽芬为师。

时间没有让传统技艺"生锈",古老的技艺,借由非遗传承人,正焕发着新的活力。在非遗文化的保护与传承中,非遗传承人承担了新时代文明实践带头人的角色,一方面延续历史,另一方面创造着新的时代记忆。通过非遗传承人讲学、教学,非遗进社区,进校园,唤起了全民保护优秀传统文化的意识,提升非遗文化传播力。

2021年,张家港还深入挖掘地名文化资源,加强吴文化地名保护,有效推进第二次全国地名普查成果转化,编纂《国家级标准地名典录志》《省级标准地名典录志》《苏州市标准地名录》等。

如今的张家港,东有暨阳文化,西有香山文化,北有沙上文化,南有东渡文化,区镇各有特色文化品牌,杨舍的威风锣鼓、南丰的龙翔群狮、锦丰的沙上婚俗、乐余的摸壁鬼、凤凰的河阳山歌等等,每一项文化传承背后,都是属于这座城市的古老历史。

（二）扛起弘扬长江文化的大旗

2004年起,张家港启动一年一度的"长江文化艺术展示周"（2008年更名为长江文化艺术节,2021年更名为长江文化节）,在全国率先以政府行为的方式,传承、弘扬长江文化,将其与张家港地方文化建设有机结合,以大型公益文化活动为平台,以建设文化强市为目标,确立崭新的资源观和效益观,被誉为"县级市扛起了弘扬长江文化的大旗"。

随着21世纪初"文化强市"战略的提出,张家港拓展思路,从源远流长的长江文化中寻找到方向,率先提出"整合、共享和利用长江文化"。由此,首届长江文化艺术展示周应势而生。整个艺术周,亮点纷呈,开展了"张家港·长江流域戏剧艺术节"、"长江城·长江人"长江名城文化风情电视片展播周、"欢聚一堂——相聚张家港"大型文艺晚会、长江颂·中国当代著名书法家精品展、长江流域地方戏剧发展联盟研讨会等多项活动,初步打响了"长江文化"品牌。重庆市川剧团、湖南省花鼓戏剧院、湖北省楚剧院等 7 家长江流域知名剧团加入到艺术周的演出，呈现了长江流域的独特文化。

秉承"交流、交融、共建、共享"的理念，张家港先后成立国家一级社团"长江文化促进会"和全国首个长江文化博物馆，每年创新举办"写长江""画长江""唱长江""摄长江""看长江""赞长江""说长江""咏长江"等"长江颂"系列活动，定期举办长江流域戏剧艺术节、长江流域民族民间文化艺术节和长江文化高层论坛……

一办就是十八年。2021 年，江苏省委宣传部、江苏省文化和旅游厅、苏州市人民政府主导推动节庆创新，共同主办长江文化节，打造保护、传承、弘扬长江文化的前沿阵地，彰显"最江南"厚重品格的有力支撑，展示"强富美高"新江苏建设成果的重要窗口和推动长江经济带高质量发展的文化引擎。

2021 年，长江文化节在做实做细疫情防控工作的同时，延续"长江文化的盛会、人民群众的节日"办节宗旨，紧扣"保护、传承、弘扬"主题，立足长江沿线，突出长三角重点区域，围绕"非遗""文物""文旅融合""戏曲"及助力常态化疫情防控下文旅高质量发展，创新活动内容形式，融入国际元素，强化区域联动和共建共享。携手沿江 13 个省（区、市），张家港精心组织了四大主项 9 类子活动，"未来非遗"当代视觉艺术主题展赋予了传统非遗新的"生命"，"考古里的长江文明"勾勒了文明脉络，"聚焦长江高峰对话"长江文化高层论坛碰撞出了思想火花，长江流域优秀小剧场戏剧展演带来了视觉盛宴。一系列精彩纷呈的活动，充分展示了长江流域文旅发展的蓬勃气象，唱响了新时代的"长江之歌"。节庆期间，张家港组建了长江文化高峰智库，推动文旅部艺术数字资源库长江流域文旅数字资源专题库落户张家港。

张家港以积极的文化创作者身份，参与和推动了长江文化的共同建设，以本地文化建设成果丰富了长江文化的内涵，产生了广泛的公众影响和积极的社会效应，长江文化艺术节获评"最具国际影响力节庆"活动品牌。同时，借由长江文化节，张家港的文化大发展大繁荣也有了"源头活水"，进一步培育了市民的文化自觉，激活了本土文化的生产动力，带动了全市一大批城乡特色文化团队的发展建设。张家港的群众文艺团队相继登上长江文化节的舞台。

十多年来，长江文化节日益成为长江流域城际之间文化交流与合作的优质平台，发挥着特殊的桥梁和纽带作用，不断推动长江文化在交流互鉴中争奇斗艳。站在"十四五"规划开局新起点，长江文化节这一文化"IP"被赋予新的使命，以"文物、非遗、戏曲、文旅"四大内容为主线，成为保护、传承、弘扬长江文化的前沿阵地，彰显"最江南"厚重品格的文化引擎。

（三）城市即旅游，旅游即生活

文化是民族的血脉。随着时代的风起云涌，文化也更具百花齐放与色彩斑斓。网络媒体的迅速崛起，数字经济的蓬勃兴起，为文化产业爆发式增长打开了广阔空间，提供了重大机遇。文旅新高地的异军突起，也进一步推动了张家港故事"走出去"。

"江南处处好风光"。随着大众旅游时代的到来，长江生态保护与文化旅游发展融为一体，长江文化旅游也全面布局、整体推进。张家港倡导"城市即旅游，旅游即生活"理念，乘着"高铁时代"的强劲东风，以创建全域旅游示范区为引领，全方位优化文旅产业生态，打造长三角地区的休闲旅游度假目的地，全力勾勒"山水人文"融合交汇的美好图景。

张家港属于吴越地区，区域内长江资源是水韵江苏和苏州水文化的重要组成部分，更是苏州打造江南文化品牌的重要一环。长江张家港段总长80.6千米，拥有长江明珠、生态绿岛双山岛和长江入海最后一道弯——张家港湾。受地域环境影响，张家港长江岸线形成避风深水良港，张家港湾、双山岛、滨江公园、永联小镇等长江文化旅游资源丰富，通过"写长江""画长江""唱长江""摄长江""看长江""游长江"等文化旅游形式，让长江区域特色更加鲜明。

2021 年，张家港成功获评省级全域旅游示范区，探索出一种"一心两翼、多点融合"（以推动高质量全域发展为中心，文明、生态为两翼，融入全局、融入中心、融入需求、融入主业、融入发展、融入时代、融入宣传）的全域旅游"张家港模式"，用文明引领旅游时尚，用生态提升城市品位。"文明有源　沙洲等你"张家港文旅主题展，用精心设计的交互环节让旅客与张家港零距离接触。

为主动拓展富民福民形式，张家港加强"红旅、文旅、农旅、绿旅"深度融合，永兴村以"江村十境"为主题，创新推行"五个一"（一个长江大保护初心学堂、一堂现场教学示范课、一条精品旅游路线、一个初心党建项目、一个乡村威尼斯）活动，使"最美江村"成为落实生态保护、推动乡村振兴的实践样板。

丰富的旅游资源也为张家港人提供了休闲的去处。春天的张家港是花的世界，去香山看腊梅、看樱花，去常阴沙看油菜花，满目春光皆是欢喜；夏天的双山扎起露营，有看满天繁星的浪漫，凤凰的桃子也是一道风景；秋天的枫红叶黄，金桂飘香，满城都是沁人的秋意；冬天来了，后塍的一碗羊肉，立即暖人心脾。恬庄古街、肖家巷、永联小镇，有古韵，有今意；拖炉饼、高庄豆腐、梅花糕，吃起来都是独有的港城味道。

按照不同时节，张家港还打造赏花骑行、最美马拉松、江堤自驾等主题游线路，同时盘活沿线沙钢、永钢等工业资源，创新推出沿江工业旅游线路，构建属于张家港的城市文化。

在诸多沿江城市中，张家港建县（市）的历史并非悠久，却有如"后浪"般地奋勇向前。文化交错形成了包容的城市性格，使得无数张家港人源源不断地加入这一群体，因为这座城市让他们相信：脚下的沙洲不惧巨浪，更不惧年轻。

第九章　打铁还需自身硬

2021 年的张家港，红色是主基调。看革命电影，上党课，有声有色的党史学习教育，成为张家港庆祝中国共产党成立 100 周年的一道靓丽风景，也开启了张家港改革发展"创新转型加速"新征程。

张家港，一片红色的热土，是苏南革命老区。建县之前，张家港境内所在的这块土地，就涌现了诸多仁人志士，参与到党的革命事业中。20 世纪 20 年代成立的金村党支部，是张家港境内唯一保存有旧址的中共早期党支部。解放战争时期，境内的双山岛，作为渡江战役战线的最东端，对解放军攻陷国民党江阴要塞、解放南京至关重要。军民团结打响渡江战役的事迹，当地人民至今仍津津乐道。

1962 年建县后，张家港市（沙洲县）就把加强党的基层组织建设和思想作风建设放在突出的位置。改革开放初期，张家港市（沙洲县）各级干部为农民办好事的经验就在全国推广，20 世纪 90 年代的党风廉政建设、农村基层组织建设继续走在了全国前列，坚守着"不忘初心·方得始终"的使命担当。新时代的张家港，更是不断探索全面从严治党的路径，以高质量党建赋能高质量发展。

正如习近平总书记在党的十九大报告中指出的，"实现伟大梦想，必须建设伟大工程。这个伟大工程就是我们党正在深入推进的党的建设新的伟大工程。"① 在张家港，党的领导从未放松，党建工作落在实

---

① 习近平：《决胜全面建成小康社会夺取新时代中国特色社会主义伟大胜利——在中国共产党第十九次全国代表大会上的报告》，人民出版社 2017 年版，第 16 页。

· 205 ·

处，奏响了张家港现代化建设的时代华章。

一　不忘初心，方得始终

在张家港，"旗帜鲜明讲政治"是贯穿始终的。政治上的坚定源于理论上的清醒。六十年来，张家港不断用党的理论创新成果武装党员和干部，建立党员教育培训机制，拓展集中学习常态机制，提高党员干部的政治理论水平和思想道德素质，坚定政治方向，不断提升和完善党建工作。

（一）永远跟党走

评弹一曲《党旗颂》，微型弹词唱起《沙洲星火》，紧跟一首评话作品《红色堡垒》，在景色宜人的暨阳湖畔，张家港的"湖畔书房周末党史课"迎来艺述党史曲艺专场。悠扬的曲艺声，娓娓述说着中国共产党的奋斗历程，更激发听众《没有共产党就没有新中国》的合唱热情。这，不过是2021年张家港党史学习教育的一个缩影。

扎实的理论学习，是张家港坚持党的领导、坚定理想信念的不断探索。也正是对思想建设的重视，使得张家港人可以聚做一团火，实现团结拼搏，负重奋进。自20世纪60年代毛泽东思想的学习，张家港就建立了常态化的学习机制，树立了优良的理论学习传统，围绕不同阶段的中心任务，开展读书班、党员干部培训等活动，用党的理论武装干部，强化党员理论素养，坚定理想信念。

在改革开放初期，为学习贯彻党的十一届三中全会精神，张家港市（沙洲县）组织全县6000余名干部进行冬训，先后在县委党校举办9期学习班，各公社党委举办党员短训班，坚持解放思想、实事求是的思想路线，开展"实践是检验真理的唯一标准"的讨论。四十多年来，张家港市（沙洲县）持续组织党员干部冬训，不断完善制度保障，丰富冬训形式，多次获评全省基层党员冬训工作示范县（市、区）。2021年，在党员冬训中，张家港健全完善训前调研、训中推进、训后总结、督查考核、宣传报道、建档立卷等制度，充分利用融媒体资源，突出活动促学，进一步释放学习活力。

常态化的理论学习之外，主题教育是张家港开展思想建设的重要抓手。在贯彻落实各个阶段的主题教育上，张家港拓展形式，深化学习，如很多媒体评价的，"创新又走心"。在一系列主题教育中，如"三讲"（讲政治、讲学习、讲正气）教育，保持共产党员先进性教育活动，党的群众路线教育实践活动，"两学一做"（学党章党规，学系列讲话，做合格党员）学习教育，"不忘初心、牢记使命"主题教育等，张家港始终根据上级要求，结合当地实际，拓展主题教育学习实践，并在实践中强化思想建设。

2000 年，张家港被党中央确定为"三讲"（讲政治、讲学习、讲正气）教育 7 个联系县（市）之一，也是江苏省确定的 3 个"三讲"教育先行县（市）之一。"三个代表"重要思想学习教育活动中，张家港南丰镇永联村党委被评为全国"三个代表"学习教育活动先进集体。2013 年，张家港成为全省学习型党组织建设示范点。2019 年，"不忘初心、牢记使命"主题教育中，张家港作为县市唯一代表在苏州主题教育推进会上交流发言，相关工作成效得到上级认可。

2021 年，党中央部署开展党史学习教育，张家港紧扣"学史明理、学史增信、学史崇德、学史力行"的要求，充分利用新时代文明实践中心所（站、点），开展理论宣讲 3500 余场，将党史学习教育与加强党的政治建设紧密结合起来。除了上文提到的"湖畔书房周末党史课"，张家港充分动员各种力量，让党史学习融入日常生活。全市组建"暨阳银辉"、"四史"宣传直通车等 30 余支宣讲队伍，以及1300 多支群众身边的志愿团队加入到党史学习教育中，精准实施理论政策宣传、乡村振兴、扶贫帮困、社会治理等文明实践志愿服务活动，持续提升群众获得感幸福感。

同时，张家港将学习党史，与学习习近平新时代中国特色社会主义思想，习近平总书记"七一"重要讲话精神、习近平总书记对江苏工作重要指示精神，以及党的十九届六中全会精神等结合起来，2021年共举办专题读书班、培训班 220 余个，参训人数达 1.6 万人次，征集"学党史　悟思想"课题研究成果 194 篇，普通党员学习感悟 5000余篇。

如今，张家港的理论学习已经形成了一套品牌，"理论氧吧"、"暖风习习"全媒体党课、"湖畔书房周末党史课"、"追梦学堂"等一系列学习品牌点缀着张家港的理论氛围，从而强化了思想建设，用马克思主义中国化最新成果武装头脑、指导实践、推动工作。

（二）我为群众办实事

思想建党，从根本上说，就是牢固树立共产主义理想信念，牢固树立全心全意为人民服务根本宗旨。思想建设要落在具体实践中，政治建设也要扎根于为人民服务的行动中。如党的十九届六中全会指出的，我们党来自人民、植根人民、服务人民，一旦脱离群众就会失去生命力。执政为民，保持共产党人的政治本色，张家港一直努力践行这一点。

改革开放初期，为了更好地解放思想，张家港市（沙洲县）县委在经济领先的妙桥公社欧桥大队召开学欧桥、争富裕经验交流会，讨论和研究如何加快农业全面发展和农村全面建设，从理论和实践的结合上解决了"解放思想、壮大敢富抓钱的胆子；开阔眼界，找到生财致富的路子；摸着门道，学到抓钱致富的法子；制订规划，落实加速致富的着子"。会后，按照县委提出的"解放思想鼓实劲，学赶两桥（塘桥、欧桥）争富裕，粮争一吨棉纲半（75 千克），农副工业齐飞跃"的口号，全县队社之间展开了先富、快富的大竞赛热潮，为张家港的后续发展打下了良好的基础。

20 世纪 90 年代，在热火朝天的经济建设热情中，张家港市委提出了"虚事实办抓党建""围绕经济抓党建，做好党建促发展"的思路，将党建工作和经济建设融为一体，将思想认识统一到建设有中国特色社会主义理论上来。也正是在这一思想指导下，"团结拼搏、负重奋进、自加压力、敢于争先"的张家港精神发挥出了作用。党的十八大以来，张家港继续深化理论学习教育，创新开展理论宣讲。无论是"两学一做"学习教育，还是"不忘初心、牢记使命"主题教育，张家港都将理论学习与张家港具体实际相结合，推动高质量发展走在前列。

执政为民始终是张家港政治建设和思想建设的落脚点。2021年，党史学习教育领导小组印发《关于〈"我为群众办实事"实践活动工作方案〉的通知》，就开展"我为群众办实事"实践活动作出部署安排。在张家港，这一传统其实已经持续了40余年。1979年末，"为农民办好事"活动由锦丰公社党委开展理论学习时率先提出，后在全县推广，深受群众拥护。1981年，中央办公厅转发江苏省委政策研究室《关于沙洲县各级干部为农民办好事的情况调查报告》，在全省全国推广。此后40年来，张家港一以贯之，始终坚持以人民为中心的发展思想，为群众办好事、办实事。

从1994年开始，张家港将"政府实事工程"作为解决突出民生问题的重要抓手，以问题为导向，项目化推进。2018年，张家港又在全省率先启动"民生微实事"项目，通过"群众点菜、政府买单"的方式，短平快地解决如社区步道整修、健身广场地面修缮等居民身边的"小急难"事，以实事映初心、用服务暖民心。

2021年，开展党史学习教育和"两在两同"建新功行动以来，张家港制定《"我为群众办实事"实践活动指导意见》，明确"开展一批专题调研、整改一批突出问题、领办一批实事项目、破解一批发展难题"的任务要求，聚焦高质量发展、乡村振兴、民生保障、政务服务、基层治理等五大类重点热点问题，针对群众"急难愁盼"和企业难点堵点，推动各单位各部门立足本职掀起办实事热潮。全市13个区镇（街道）、78个部门单位认真搜集群众和企业的意见建议，分类梳理出比较集中的问题641项，并以热点解答形式发布在"今日张家港"App的"市民诉求中心"平台。

同时，张家港把人民满意不满意作为评判标准，把解决信访突出问题作为"我为群众办实事"实践活动的重要内容，在"今日张家港"App上开通"市民诉求中心"平台，加强诉求中心和"12345便民服务中心"市民群众来信来访的综合分析研判，以"一网通办"助力实践活动纵深开展、高效推进。正是这样，张家港将党史学习教育成果转化为为民服务的信心和动力。

二　为政之要，莫先于用人

一流的事业，需要一流的人才。张家港一直不断优化各级领导班子功能结构，建立和充实干部队伍人才库，提升干部素质，致力于形成"结构合理、素质优良、后备充足、人尽其才"的老中青干部梯队。

（一）有担当的宽肩膀，有成事的真本领

毛泽东同志有个著名的论断，"政治路线确定之后，干部就是决定的因素。"一个地方想真正搞上去，优秀的干部队伍是少不了的。在张家港，优化干部队伍结构，重视干部教育，一直是组织建设的重要任务。

早在20世纪80年代，按照中共十二大提出的干部四化标准"革命化、年轻化、知识化、专业化"，张家港市（沙洲县）把挑选、培养县级领导班子的后备干部、建设好第三梯队，作为干部工作中的一项重要任务。90年代，在翻天覆地的建设热潮中，时任市委书记秦振华经常讲，领导班子要无私无畏，要带头实干苦干，"当干部没有什么级不级，工作干不上去就真急了"。很多年来，"以德为先，能者上，庸者下，平者让，优胜劣汰"的干部选拔标准都是张家港人的共识。有政绩的人绝不埋没，平庸无能的人绝不重用，投机钻营的人绝没有市场，才打造了张家港坚强的领导核心。

干部是要磨练的，也是需要培育的。1962年3月，刚刚建县的张家港（沙州县）就依据中组部《关于加强对党员的教育管理工作的报告》精神，在全县各级党组织中开展了对党员、干部的教育工作。为了适应改革开放的新形势，自 20 世纪 70 年代末，张家港有组织、有计划地开展多项教育、轮训、冬训活动，还曾摄制《榜样》等电教片对党员进行教育。党的十八大以来，党员干部的培训形式更为多元，也更为专业化，如 2016 年，张家港首次举办全市村（社区）书记讲坛、年轻干部训练营；2018 年，张家港创新实施"新时代新接力"基层带头人培养计划，建成江苏首家全国贫困村创业致富带头人培训基地。2020 年，张家港积极推进青年党政人才储备培养"三年行动计划"，开展"优培优选"集训，创办"专业研习社"，系统推进全市紧缺型专业化领导干部培养。

习近平总书记多次强调，年轻干部是党和国家事业发展的生力军，应努力成为可堪大用、能担重任的栋梁之才。张家港一直有一股"自加压力、敢于争先"的闯劲儿，重视新鲜血液，对青年干部的重视和培养自然从未忽视。自 1992 年起，张家港选拔市级优秀中青年干部到基层挂职，建立后备干部队伍。2002 年被张家港确定为"后备干部工作年"，实施以"拓宽渠道挖掘一批、强化实践锻炼一批、突出重点培训一批、创造条件提拔一批、跟踪管理培养一批"为主要内容的后备干部"五个一工程"，强化干部队伍建设。党的十八大以来，张家港持续加强年轻干部储备和配备，以能力强化班、挂职实训班为载体，突出"两班联动、多元赋能"，加速推动年轻干部成长。近两年，张家港从知名高校引进一百余名选调生，进一步充实优秀年轻干部储备。

（二）"美美乡村·扎根计划"

在乡村振兴战略下，新时代乡村带头人的培育是张家港干部队伍建设的一大着力点。乡村有不同于城市的社会生态，对其干部队伍的建设也有更为具体的诉求。2021 年，张家港创新实施"'美美乡村·扎根计划'赋能乡村振兴"党建书记项目，抓党建促乡村振兴，有媒体称其为"激活乡村振兴动力源"。

张家港的乡村建设是有扎实家底的。2021 年，张家港村级可支配收入总额达 24.29 亿元，是江苏省最大的县域强村群体。在此基础上，

"美美乡村·扎根计划"的实施，为"强村群体"配优"先锋梯队"，着力构建具有新时代张家港精神特质的农村党组织带头人队伍，确保农村基层干部队伍"底盘"更稳、干劲更足，打造振翅起飞的"头雁阵营"。

计划不是空谈，张家港一出手，就是一套漂亮的组合拳。

优选"专职梯队"——破解选人难题。针对村干部"常备军"告急、"后备军"不足的选人困境，张家港以村书记专职化管理为契机，系统锻造基层"头雁梯队"：标杆书记立起来，骨干书记强起来，年轻书记顶上来。一方面，实施农村带头人典型选树影响力工程，涌现出全国人大代表、全国优秀共产党员吴惠芳，党的十九大代表郁霞秋，全国劳模赵建军、葛剑锋等全省"百名示范"村书记为代表的村书记典型；另一方面，落实92项专职化管理举措，激发基层骨干干事热情，64人获评苏州、张家港两级"乡村振兴带头人"。截至2021年末，张家港连续六年举办3届"村级中青班"，70%学员成长为村（社区）"两委"正职，选拔40名"兴村特岗书记"，选派16名驻村第一书记，持续做大乡村振兴人才"蓄水池"。

定制"专业培育"——破解能力难题。针对农村干部普遍存在的"有经验、少理念，有想法、缺办法"现象，张家港建立多层次培育体系。既有"书记讲给书记听"特色平台，市、镇、村三级书记共话振兴良策，解决基层难题，也有"先锋擂台"，村书记走进直播间、走到田埂上碰撞思维、交锋观点，还有"一亩三分地·分组式讲坛"，"六问"组织力体检，系统检验基层书记抓党建、促发展的能力。有培育就有考核，张家港创建村书记"党建工作、村级发展、依法治理"履职能力"三项认证"机制。2021年，新一届144名村书记全部通过认证考核。

强化"专属激励"——破解担当难题。针对"村官难当、人心难留"等基层痛点，张家港全面推进村书记"市镇共管"。张家港设立村干部"提级保障、扎根基层、激励先进"三个专属"激励池"，树立"以实绩论英雄、干多干少不一样"的鲜明导向,以"年功分、绩效分、奖惩分"为"标尺",构建村干部四级退休待遇保障机制,90%以上的村(社区)书记退休待遇明显提升。为了给担当者撑腰鼓劲,张家港还在全省率先出台农村版"三项机制",量身定制 8 种容错免责情形。

三 打通"最后一千米"

基层党组织是党联系群众的桥梁和纽带,是贯彻落实党中央决策部署的"最后一千米"。张家港一直坚持条块结合、有机融入,把党的组织根系延伸到最基层、最前沿。截至 2021 年年底,全市有各级党组织 4459 个(其中党委 155 个、党总支 250 个、党支部 4054 个),党员 71450 名,村 144 个,社区 120 个(党委建制村、社区 82 个)。近些年的发展历程中,张家港"小区域·大党建"的城市党建格局,服务型党组织建设,"沿江党建带"模式都已成为知名的党建品牌。

(一)党建在身边

张家港的基层党建在矛盾一线加强,党员在民生一线集聚,让群众感受到党组织就在身边。它可以是村民边喝茶边和干部反映问题的"民生茶馆",也可以是建筑工地的工友们放松的"虹筑之家",还可以是家门口的"党群睦邻坊"。

以"红堡"品牌为统领,张家港开发标准化视觉识别系统,通过"标准+示范"的形式建成市、镇、区域、村(社区)、网格五级先锋阵地 500 余个。按照"一室多用、集中服务、共建共享"原则,张家港利用村(社区)公共用房、闲置农房、农业产业基地、村(居)民活动室等现有阵地,打造党群睦邻坊、民生茶馆、老娘舅工作室等特色鲜明的网格党群服务驿站,把"红堡"阵地建到基层群众家门口,设在服务发展第一线。打开《张家港红堡地图》,跟着配有"海棠花红"图案的"红堡"指示牌,就能精准锁定遍布城乡的红色"坐标",各党建示范基地、党性教育基地、区镇内部、区镇之间的"红堡"串点成线、连线成面，织起了一张基层党建网，建成基层10分钟党建圈。

早在1992年，张家港就在全市开展创建"加强村级组织建设，加快集体经济发展示范村"活动，推动农村现代化建设。1995年起，张家港开始推行村级区域合并调整，并及时调整基层党组织设置，在全市开展"加强农村基层组织建设、加快农村现代化建设示范村"创建活动。至2000年，全市创建成苏州市级"示范村"89个。之后，张家港不断创新载体加强村党组织建设，建设"先锋镇""先锋村""文明村镇"。

党的十八大以来，张家港总结提炼产村联合、能人带动、资本撬动等党建引领乡村振兴的八大路径，至2021年末，全市村均可支配收入达到1518万元，进一步形成全省县域强村集群示范效应。此外，张家港系统梳理党群议事会、身边红堡群、党员志愿团、小巷微自治等党建引领基层治理的8种形态，推动全面完成村民自治国家级试点，以党建力量提升治理温度。张家港以村（居）民议事会为主要模式的党建引领村（居）自治工作，被列为全国农村改革试验区试验任务。

党建做实了就是生产力。在这些年的发展中，张家港聚焦营商环境，持续放大党建惠企这个优势，推动非公党建与民营经济发展深度融合。自改革开放初期，从乡镇企业到"三资"企业，再到各类非公企业，张家港不断强化新经济领域党组织的建设。2012年，全市非公企业党组织覆盖就已达98.1%。2018年，张家港首创党建"合伙人"制度，把骨干民企、知名外企的优秀党组织负责人聚拢起来，定期互动交流，一起培训提升。近些年来，张家港陆续搭建了"红堡超市""初心百分百·惠企面对面"等服务平台，为企业发展打造"红色引擎"。同时，张家港推动建立"联盟型+功能型"组织网络，在建筑、汽修、仓储等领域建立15个行业党组织和行业性党建联盟，覆盖全市631家行业单位。

多年的实践表明，让党旗在非公企业高高飘扬，强化政治引领是关键。2021 年，张家港启动了全市"美美薪传"新生代企业家挂职培养计划。以这次挂职为契机，张家港致力以点带面抓好港城新生代企业家的政治引领，着力培养一支政治上有方向、经营上有本事、责任上有担当的年轻民营企业家队伍，推进新老企业家政治、事业"双传承"。

（二）汇聚小资源，整合大力量

人们常说："基础不牢，地动山摇"。基层社会治理是国家治理体系的重要组成部分，是推进国家治理体系和治理能力现代化的重要内容。然而，基层治理本身资源相对有限，需要整合各方力量协同共治，张家港用"组织的力量"集聚"各方的力量"，奏响基层治理的"大合唱"。以党建引领基层治理，才能走好新时代党的群众路线。

2009 年，张家港率先开始"小区域·大党建"工作模式的探索，次年，将全市划分 128 个区域，覆盖 927 个党组织，探索"1 + X"（即优秀党组织带动）模式、组建区域联合党委、直接建立区域党组织 3 种区域党建组织形式，建立 31 个区域联合党委、29 个区域党总支和区域党建联席会议制度，依托区域内优势党组织，在各区域统筹建立党员服务中心，由各类党组织轮流牵头组织区域党建活动。2010 年，该模式就荣获了苏州市组织工作创新成果奖。2011 年，中央党校在张家港专门召开会议，全面推广相关实践经验。

经过十几年的精耕深化、迭代发展，张家港建立了街道大工委、区域联合党委、社区大党委、网格大支委、楼栋党小组五级区域共建架构，以"街道搭台、部门出力"的形式，把各方组织力量有机嵌入区域，形成了具有张家港特色的基层党建模式之一。这一模式有效促进了城乡各领域组织有机融合、互联互通、共建共享，引领基层社会治理体系和治理能力现代化，夯实党在基层的执政基础。

新时代有新的诉求，基层党建，也要有面对挑战敢于争先的精神。2016 年，以建强基层堡垒为目标，依托区域党建工作站，张家港探索实践"两新"党建"区域化 + 互联网"新模式，采用"众筹"理念将党建"十大项目"根植于基层党组织，探索实践"党建引领基层治理法治化"工作模式。张家港持续深入推进党建引领社会治理网格化工作，建立1400多个网格支部，构建"1+N+8"集成指挥体系，推动资源共享、数据互通，实现定格、定员、定责、定点精细化管理，让党组织植根村社肌理、党员走到群众身边。目前，仅社会组织一类，张家港就有980余家活跃在基层一线，每年实施养老照料、公益慈善、文体娱乐等志愿服务超350件。2021年，张家港积极适应基层治理现代化的新形势、新要求，深入实施党建引领基层治理"根须工程"，推动形成"组织扎根、资源下沉、服务进门、幸福提升"的党建引领基层治理新格局。

基层服务型党组织建设是张家港的又一特色。2012年，张家港搭建区域化、网格化工作平台，在江苏省率先出台《张家港市创建服务型基层党组织和党员队伍指标体系（试行）》，创设互动服务体系。要求市领导干部"天天听民声"、镇领导干部"驻区镇"、党员专家志愿者"在线服务"等党员干部直接联系服务群众制度，开展在职党员社区周末服务日、党员专家志愿者网上服务等活动。党的十八大以来，张家港常态化开展"在职党员进社区"活动，市镇两级机关事业单位与全市264个村（社区）逐一包挂结对，将所属党员服务的现实表现纳入"先锋指数"积分考核，并推出先锋治理"码上办"，创新打造"云上红堡"线上平台，实现基层"云上"发布服务需求、党员"云上"认领服务任务，每年"成交"纠纷调处、环境整治、垃圾分类等治理服务订单超1万件。

项目化运作是张家港推进服务下沉的创新。从2013年起，张家港连续实施党建"项目化"管理机制，将群众的所需所盼转化为一个个具体党建服务项目精准推进解决。在市委常委领衔示范下，各级基层党组织书记包挂联系"书记项目"1.5万余个，创新实行党建重点项目"揭榜挂帅"机制，通过年初领、年中督、年底述，推动党建服务创新发展更聚焦、更精准、更有力。目前，累计有2.3万多个党建服务项目落地开花，为群众办实事3.6万余件，催生出"民生茶馆"

"银发餐桌"等一批有影响力的治理品牌项目。

张家港的基层党建强调开放思维，推动党建要素之间相互促进，推动党建与中心工作全面融合，一改基层党组织圈内循环、封闭运行的传统模式，以全领域开放式基层党建助力高质量发展提质增效。2010 年，针对沿江涉外码头企业普遍存在的"党的组织难覆盖、党建工作难开展、党员作用难发挥"情况，张家港再次创新，推进"沿江党建带"工作，构建"市委组织部领导、边防检查站牵头、沿江 31 家涉外码头企业参与"的带状联创共建体系，建立协调小组联席会制度、区域共建制度和党建指导员制度，帮助沿江区域企业招收职工党员。这是全国首个"沿江党建带"，获评 2011 年苏州县级市、区组织部门创新工作奖。

四　风正一帆悬

为政清廉才能取信于民，秉公用权才能赢得人心。2012 年 12 月 4 日，习近平总书记主持中央政治局会议，通过中央政治局关于改进工作作风、密切联系群众的八项规定。在这次会议上，习近平总书记带头作出承诺、发起号召："党风廉政建设，要从领导干部做起，领导干部首先要从中央领导做起。正所谓己不正，焉能正人。"正风肃纪反腐，是"廉洁张家港"建设的题中之义。

（一）心底无私天地宽

"为官一任，造福一方"是老百姓对干部最朴素的期望。坚持"立党为公、执政为民"，以党风促政风带民风，是张家港对干部的基本要求。六十年来，张家港一直重视作风建设，很多干部被称为"身边的焦裕禄"。过硬的作风，过硬的队伍，是张家港城市形象的一张靓丽名片。

"当初为什么入党？现在为党干什么？今后给党留什么？"是张家港党员干部经常开展的讨论话题，以增强干部的责任感，树立廉洁自律的一身正气。2019年，张家港牵头制作21集系列专题片《提振精气神　奋进正当时》，弘扬担当作为、干事创业精神，以过硬作风推动高质量发展。新冠疫情之下，党员干部的带头作用更为重要。2020年，张家港举办"520"（我爱廉）助燃火红年代系列活动，锚定"经济高质量标杆、城乡一体化标杆、新时代文明标杆，在全省率先基本实现现代化"的奋进目标，引导全市上下与时俱进弘扬张家港精神，克服疫情期间的种种困难，助推发展高质量。

空谈容易做事难，"关键少数"的带动很重要。在张家港，优秀的党员干部比比皆是，很多名字，张家港人提起来都是要竖起大拇指的。张家港精神的塑造者、原市委书记秦振华，敢闯敢拼，雷厉风行，为回应质疑，在施工现场一人一桌现场办公的情景至今传为美谈；参加过抗美援朝战争的吴栋材，带领张家港曾经最穷、最小的永联村走上致富奔小康的道路；在部队学习、服役25年的吴惠芳，45岁脱下军装，放弃部队的发展机遇，投身永联村的新时代建设；带病造福善港村，又致力脱贫攻坚的葛剑峰，力图让大家都过上好日子……他们身上，顶着"全国道德模范""全国劳动模范""改革先锋""最美奋斗者""全国最美基层干部""全国五一劳动奖章"，等等国家级荣耀，但在他们心里，成为人民的公仆，成为社会主义现代化建设事业的螺丝钉，是一种荣耀。也正是这些模范，激励着张家港的党员干部。

优良作风要提倡，不良作风要整治。20世纪80年代，张家港就着力制止和纠正干部分房中的不正之风。1996年起，张家港实行党风廉政建设责任制，同年，市纪委、监察局先后被中纪委、监察部评为全国纪检监察系统先进集体和全国纪检监察基层信访工作先进单位。2018年，以"四风"整治为切口，张家港持之以恒净化党风政风。中央八项规定及其实施细则精神为作风建设提供了指引，张家港尤为突出重要时间节点，紧盯享乐主义奢靡之风老问题、新表现，依托大数据平台开展分析研判，以"清风行动"专项督查为抓手，深入整治作风顽疾，项目化督查津补贴及奖金福利发放、公款消费、私车公养、礼金礼券登记收缴等情况。

做好党的工作，形式主义、官僚主义要不得，也是张家港市委巡察、监督检查、审查调查工作的重点。张家港市委巡察机构坚持察实情、问实效、下实功，不断推动巡察工作高质量发展。2020 年，张家港制定出台《集中整治形式主义、官僚主义三年行动计划》，明确 6 个方面 18 项重点任务，切实减轻基层负担，确保全市上下以优良的作风惠民生谋发展。同时，张家港深化失实举报澄清正名机制，对受处分党员干部开展回访考察，了解掌握受处分党员干部的思想动态和工作表现，帮助他们放下思想包袱，重新树立干事创业的信心。

（二）勇于自我革命

党的十八大以来，全面从严治党持续深化。张家港有着多年反腐倡廉的经验，纪律建设从不放松。即使在抢抓机遇、加快发展的 20 世纪 90 年代，"腐败不除，经济难上"也是全市上下的共识，就算是发展经济的能人，也不能违反这一原则。新时代的张家港，继续以从严治党引领高质量发展。2021 年，张家港制定实施《关于落实全面从严治党"第一责任人"责任的实施办法》，明确"一把手"履责正负清单，打造上下贯通、各方联动、层层落实的责任链条。

张家港很早就重视源头治腐工作，探索标本兼治、综合治理的方法，逐步减少和铲除滋生腐败的条件和土壤，如加强预算外资金管理、加强对政府采购工作的管理，全面推行五公开（村务公开、镇务公开、厂务公开、局务公开、组务公开），加强信访机制建设等。"十三五"以来，张家港始终保持惩治腐败高压态势，加大案件查办力度，优化案件结构，探索"书记谈话""亮灯督办""多方联审"等举措，不断推动审查调查工作高质量发展。为持续强化不能腐的约束力，以帮教治本"六步工作法"为抓手，张家港将查案与治本结合起来，深入分析案件背后的原因、数字背后的规律、问题背后的责任，精准查找各单位制度建设、监督制约方面的薄弱环节，从制度上不断挤压腐败滋生空间。

2021 年，张家港上线"'暨阳明镜'暨'不敢腐、不能腐、不想腐'一体推进平台"，依托一套易落实、好操作、可量化的"三不指数"监测评价体系，通过指标量化的方式，动态监测一体推进"三不"建设过程中的问题。"三不指数"监测评价体系将张家港市各镇（区、街道），各机关部门统一纳入监测评价范围，以全面从严治党、一体推进"三不"、党的建设考核、纪检监察统计分析指标为基础，为所有指标逐一"量身定制"评分细则。这也就构成了一套指标体系、一个信息化载体、四大评价部门为核心的"1+1+4"工作格局，建立健全完善线上监测、线下推进两大工作机制，形成了全面从严治党、党风廉政建设和反腐败工作的强大合力。

"加强纪律性，革命无不胜"，是毛泽东同志的重要论断。在新时代，张家港不断强化纪律建设，让纪律始终成为"带电的高压线"。通过近些年的摸索，张家港一体推进纪检监察体制"三项改革"，推动纪检监察内设机构、人员、职能深度融合，不断将制度优势转化为治理效能。同时，张家港深化"一核心四协同"监督工作机制，印发《深化完善"四项监督"统筹衔接机制工作方案》，进一步解决监督工作组织领导、职责分工、体系建设等关键问题，围绕监督数据信息的综合运用、互联互通，探索推行"两库三单"工作法（典型案件库、数据信息库、问题清单、精准分办单、问责建议单），集中整理汇总、分析研判各类数据信息，为开展精准监督提供支撑、奠定基础。

政治监督要落在行动上。张家港不断强化派驻监督，加强对派驻机构的领导指导，把日常监督与专项监督有机结合，推动主体责任与监督责任贯通衔接，着力提升派驻监督实效。在基层工作中，张家港搭建基层廉勤监督平台，实现对农村基层廉政风险环节的全程监督，发挥监察员办公室牵头协调作用，盘活用好区镇纪检力量，常态化开展交叉监督、专项监督，督促指导线索处置、案件办理，推动监察职能从"有形覆盖"向"有效覆盖"提升。同时，市属企事业单位纪检监察机构改革也不断推进，以助力清廉建设。

数据赋能提升监督质效，是张家港的新实践。借助信息化载体，2021 年，张家港创新建设"一码一链一中心"（小微权力"码上监督"平台，日常监督"链上监督"模式，县级纪检监察大数据中心）智慧纪检综合平台，推动监督下沉、监督落地，让干部感受到监督、习惯被监督，让群众知道有监督、参与监督。通过汇集"12345"服务热线、张家港市融媒体中心、张家港市联动指挥中心等部门，张家港拓宽企业群众反映问题渠道，创新监督形式，向企业发放收集"营商环境监督联系卡"，以办事人员身份前往窗口单位开展"体验式"监督，靶向解决企业诉求，建设清而有为的新型政商关系。其中，2020 年启动的农村"三资"智慧监管成果在全苏州推广。

自我革命，只有进行时，没有终结点。在长期自我革命中，制度保障是贯穿始终的。作为一个古老而年轻的港口城市，张家港对制度化建设、科学化管理尤为重视。从 1995 年起，全市就建立和健全了市委对基层党委、基层党委对党支部、党支部对党员的三级管理和考核体系。在稳定发展经济的同时，张家港制定《抓基层党组织建设工作责任制》，持续抓好基层党员活动日制度、民主生活会制度、民主评议党员制度、党员干部廉政建设和民主集中制等 5 项制度的落实。一切工作，有规可循。

五　团结就是力量

统一战线是党的事业取得胜利的重要法宝。张家港在 60 年的发展历程中，一直重视团结一切可以团结的力量，共为地方经济社会发展做贡献。特别是党的十八大以来，张家港坚持以习近平新时代中国特色社会主义思想为指导，全面贯彻习近平总书记关于加强和改进统一战线工作的重要思想，认真落实《中国共产党统一战线工作条例》，在参与国家政治生活、发展地方经济、维护安定团结、促进祖国统一等方面发挥了重要作用。

自建县以来，张家港市（沙洲县）统战部历次进行机构改革，2019 年，原市委台办（市政府台办）、市民宗局、市侨办并入市委统战部，并领导工商联党组，指导工商联、侨联工作。为了壮大统战工作队伍，各区镇及有关系统或部门配备统战干部，形成科学、严谨、高效的统战组织网络，为全市统战工作的强化、深化、优化提供坚实保证。

在党建引领下，张家港秉承"同心聚力，助推发展"的党建工作主题，推进"党建＋业务"深度融合，广泛团结联系各界人士，以行动支部项目化助力统战业务工作开展。面对统战工作日益复杂的形势和繁重的任务，统战部健全有力有效的工作机制，结合机构改革，建立新的社会阶层人士统战工作联席会议制度、民营经济统战工作协调机制等各领域协作机制，形成领导小组议大事、各领域工作机制抓日常的工作格局。通过加强党对统一战线工作的集中统一领导，张家港积极构建党委统一领导、统战部门牵头协调、有关方面各负其责、全市党组织共同来做的大统战工作格局。

多年来，张家港市委统战部协助民主党派加强组织建设，建立多党合作情况通报会、联系交友、对口联系和特约参政等制度，引导各民主党派充分发挥参政议政、民主监督、社会服务作用，多党合作事业取得了长足发展。至 2021 年末，全市有民盟张家港市委、农工党张家港市委、九三学社张家港市基层委员会、民革张家港市基层委员会、民建张家港市基层委员会、民进张家港市基层委员会、致公党张家港支部 7 个民主党派基层组织，以及 1 个无党派人士联谊会，共有成员1111 人。

依托党外力量，张家港把培养选拔党外干部工作纳入干部队伍建设总体规划，由统战部协同有关部门，积极培养选拔党外干部，切实做好党外人士的政治安排和实职安排，使大批党外干部直接参与人大、政协工作或走上了领导岗位。自 1989 年开始，张家港在充分调研基础上，对全市机关、企事业单位副股级以上的党外中层干部建立动态名单，并确定 40 人左右作为党外后备干部，并不断开展党外干部培训班。至 2021 年末，全市共有副科级以上党外领导干部 44 人，必配党外领导干部的政府工作部门和司法机关党外干部全部配备到位，建立了一支素质优良、结构合理、梯队接续、数量充足的党外后备干部队伍。

民族宗教工作同样不容忽视。张家港市（沙洲县）属于少数民族散杂居地区，也是江苏省宗教工作重点地区之一，以民族工作"五平台一团体"建设、宗教工作"保护合法、制止非法、遏制极端、抵御渗透、打击犯罪"为重点，张家港做出了一系列努力。全市着力提升民族宗教事务法治化水平，深化民族团结进步创建，着力抓好宗教领域安全生产整治，防范化解民宗领域重大风险隐患，推进民族宗教工作制度化、规范化，高标准夯实民族宗教工作基础。张家港市民族团结进步主题教育馆被评为"全国民族团结进步主题教育馆"，市民族团结进步促进会被国家民委命名为"全国民族团结进步示范单位"，"多彩中华"民族特色项目经省民宗委核定，纳入"全省民族团结进步创建'510 工程'重点扶持项目"。香山寺、永庆寺等 8 个宗教活动场所被评为"省四星级宗教活动场所"。

党的十一届三中全会以后，随着张家港市（沙洲县）全面改革开放和经济社会快速发展的历史进程，张家港贯彻中央对台工作方针政策，不断壮大港澳台侨海外"朋友圈"。为深化拓展港澳台海外统战和侨务工作，张家港积极稳妥做好台情、侨情调查，政策宣传，接待服务，引资捐赠，联谊交往，海外招才引智等一系列统战延伸工作。张家港的侨务工作以服务侨界人士、服务中心工作为主线，先后举办"海外华侨华人高层次人才江苏行张家港专场""海外侨界高层次人才'相聚长三角'"等经贸活动。同时，张家港大力推进侨务进三区（社区、园区、校区）工作，建设运行"华侨华人创新创业服务中心""港城高校侨务联盟侨之家""城西街道侨之家"等 7 家为侨服务载体，其中 2 家被国侨办评为优秀单位，5 家被省侨办评为优秀单位。

以打造"两岸同行 筑梦未来"品牌为抓手,张家港不断发挥品牌效应,着力构建对台工作新格局,深化张台两地经贸交流,推动两岸在经贸合作、社区治理、两岸青年等各层次各领域的交流交往。秉承"两岸一家亲"的工作理念,全市健全和完善对台服务工作机制,不断优化涉台营商环境。截至2021底,张家港实有台资企业145家,全市台资企业实现销售85.14亿元,入库税收3.65亿元。

随着经济社会不断发展,新的社会阶层人士、归国留学人员日益成为新的重要的社会力量。2018年、2019年张家港分别成立新的社会阶层人士联谊会和欧美同学会,重点打造"新时代、新张力"和"智在港城"两个主品牌,分别成立"新联先锋"和"智汇领航"行动党支部,先后实施"璀璨暨阳夜、有我新力量""寻美港城""青智汇、享未来""海归学长进校园"等项目活动。目前,全市共有12个实践创新阵地,市新联会、市欧美同学会均被评为省级先进集体。2021年5月,全国人大常委会副委员长、欧美同学会会长丁仲礼调研江浙两省欧美同学会工作,张家港作为唯一县级市代表交流。

六十年的发展成绩历程中,张家港一直全面落实不同阶段党的建设要求,营造风清气正的政治生态,团结一切可以团结的力量。任时代变幻,坚持不懈地改革、发展、富民,是张家港党员干部不变的初心和使命。今天的张家港,在"强富美高"新江苏建设的背景下,始终坚持以习近平新时代中国特色社会主义思想为指导,大力弘扬伟大建党精神,不断提高政治判断力、政治领悟力、政治执行力,保障现代化建设行稳致远。

第十章　百舸争流奋楫者先

城市之间的竞争，如同百舸争流、千帆竞发，如何乘风破浪、披荆斩棘？唯勇者为胜，奋楫者为先。

六十年来，张家港连年在江苏省和苏州获评推进高质量发展先进县（市、区）第一等次，经济综合实力常年位列中国百强县市"前三甲"。但是张家港的发展也面临不少亟待解决的问题。比如创新质效不够明显，产业转型依然任重道远，资源空间压力加剧，城市治理仍需强化，公共服务还需优化。

一方面，纵向的比较是必要的，从六十年发展历程中总结经验与教训，以史为鉴，更好地面向未来；另一方面，在横向的比较视野下透析张家港的城市竞争力，更有助于张家港培植新的竞争优势、在经济社会可持续发展上取得长足进步，实现张家港接续书写高质量发展时代新篇章的目标追求。

一　城市竞争，大势所趋

城市是社会经济发展到一定阶段的产物，伴随经济和科技的持续快速发展，城市的建设步伐不断加速，城市功能不断拓展与完善，由此，人类也迎来了前所未有的城市化浪潮，预计到 2050 年全世界城市人口比例将达到创纪录的 66%，全球最大的 750 个城市也将创造世界

57% 的 GDP。

城市是一个国家增长的引擎、发展的平台和创新的源泉，是全球化的重要载体与强有力推动者，其在全球经济中的地位和作用与日俱增，由此，提升城市竞争力也逐渐成为各个城市关注的焦点所在。作为一个动态、相对的概念，城市竞争力的高低只有通过与其他城市的比较才能得以体现，相关机构阶段性发布的"城市竞争力报告"及"城市竞争力百强榜单"等，均是在依托相应指标体系的基础上借助比较分析方法对城市发展水平及其质量所作的衡量，不仅能体现一个城市发展的综合实力，而且还反映了城市的发展后劲与潜力。在比较视野下对城市竞争力展开研究，帮助城市准确把握自身发展角色和竞争优势，采取有效措施推进差异化发展，并在与全球其他城市的竞争合作中实现高质量赶超发展，是有效提升城市竞争力的重要举措。

（一）城市竞争力的内涵与特征

城市竞争力是城市综合实力的具体体现，城市竞争力不仅全面客观地反映了一个城市目前在竞争和发展过程中与其他城市相比较所具有的吸引、争夺、拥有、控制、转化资源和争夺、占领、控制市场，持续有效地创造价值和为居民提供福利的能力。作为经济增长、社会发展、民生文化、资源环境、基础设施、科技创新等各个方面较其他城市所具备的优势与先进性，还反映了该城市在未来发展中创造更多价值和福利的潜在能力。

在全球化、城市化深入发展和国际分工不断深化的时代背景下，城市在国际分工的竞争中正在扮演着越来越重要的角色，全球城市之间的竞争也越来越激烈。

作为一个庞大而复杂的系统，城市包含社会、政治、经济、文化等多个子系统，因此，城市竞争力是由多种因素共同构成和综合作用的有机整体，具备系统性、相对性、动态性和差异性等特征。

其中，系统性表现为城市竞争力的打造与提升是一项系统工程，需要站在全局的高度综合考虑经济、社会、政治、文化、生态等各项要素的特性、功能及相互之间的优化整合，进而从整体上提升城市竞争力。

相对性表现为城市竞争力是一个相对概念，衡量一个城市竞争力的高低需要借助与国内外其他城市的对比才能体现，而且城市竞争力一般是以当下为参照，在不同发展阶段城市竞争力或将呈现出一定的差异。

动态性是指作为一项长期维持的系统性任务，城市竞争力的内涵及其提升的着力点均会根据各个子系统及其相关的各项因素的发展变化而不断变化调整以实现动态平衡。

差异性表现为由于不同城市的定位及其所具备的资源禀赋等均有所不同，不同城市的竞争优势也各有差异，因此，提升城市竞争力并没有统一的路径，需要从挖掘城市独特的优势出发，在与国内外其他城市的竞争与合作中取长补短并实现超越发展。

（二）城市竞争力的影响因素

城市竞争力是受多种因素和力量影响的综合性多维复杂系统，在这些因素和力量的共同作用之下保持一定区域内相对动态的和谐状态，因此，城市竞争力的衡量必然要涉及多个方面。对城市竞争力的影响因素进行梳理与分析，是帮助城市找准自身定位并制定相应的发展战略的重要举措。

虽然从整体上来看，影响城市竞争力的因素具有较强的共性，但是由于不同城市的定位、任务使命及其发展阶段均存在较强的差异性，具体到不同的城市，对其竞争力产生影响的因素也有所不同，且相关因素对于不同城市作用的大小也不一致。

一般而言，城市竞争力的影响因素可以概括为硬实力和软实力，优质的硬实力和软实力是提升城市竞争力的驱动力。在城市发展进程中，硬实力和软实力表现为相辅相成、互促共进的关系，基础设施、人力资本等硬实力的提升，能够激活各类软实力因素，进而强化城市的软实力优势；而软实力的增强与凸显又会反过来赋能城市的经济社会发展，进而推动城市取得更大的突破性发展。

1. 影响城市竞争力的硬实力因素

影响城市竞争力的硬实力因素主要包括基础设施、人力资本、产业结构、科技创新等。其中，基础设施是保障城市正常社会生产和居民生活的物质性工程设施，是城市赖以生存发展的一般物质条件和公共服务系统，主要包括交通、邮电、文化卫生、科技服务等市政公用工程设施和公共生活服务设施。作为城市各项经济社会活动开展的必要基础，完善的基础设施有助于城市吸引更多较高素质和较强竞争力的人才与企业，进而对提升城市竞争力发挥重要作用。

人力资本是推动城市经济持续健康发展的动力源泉和重要战略资源，人力资本的存量情况在很大程度上决定了一个城市的综合实力及其竞争力。与其他物质性资本相比，人力资本具备较强的创造性和应变能力，能够根据市场变动及时有效配置资源和调整企业发展战略，因此，人力资本的建设与完善已经从根本上成为提升城市竞争力的关键。

产业结构是社会经济体系的重要组成部分，城市内部的产业结构是否合理，对于提升城市当前的竞争力和激发未来的发展潜力至关重要，产业结构优化升级已经成为当前各个城市致力于提升自身竞争力的一项系统工程。

科技创新是指创造和应用新知识、新技术和新工艺，采用新的生产方式和经营管理模式，开发新产品，提高产品质量，提供新服务的过程，对驱动城市经济社会发展和核心竞争力提升具有决定性作用。实施科技创新驱动发展战略，可以为促进城市经济发展方式转变和提高经济增长的质量效益提供不竭动力。目前，科技创新已经发展成为增强城市竞争力的决定性因素。

2. 影响城市竞争力的软实力因素

影响城市竞争力的软实力因素主要包括生态环境、法律政策环境、社会民生环境等。其中，生态环境是城市经济赖以发展的基础和城市文明发达的标志，其不仅映射着一个城市的软实力，而且还是衡量城市竞争力的核心硬性指标，主要受自然资源、区域产业结构、城市建设规划和居民生活方式等多重因素影响。一个城市能否实现健康可持续发展并不断提升自身竞争力，和生态环境是否得到良好保护有密切关系，生态环境建设也已经逐渐成为各个城市在发展进程中所关注的首要因素。

法律政策环境是影响城市或区域内部企业发展的重要宏观环境因素，对企业的生产经营和市场营销活动发挥着引导和规制作用，尤其是城市的招商引资政策和税收政策等，直接关系到能否为企业生存发展提供公平合理的市场环境和有效保障。从狭义上来看，这里的法律政策环境也可理解为营商环境，即企业等市场主体在市场经济活动中所涉及的体制机制性因素和条件。目前，我国在优化营商环境方面已有相应的法规和政策文件，从制度层面为城市优化营商环境提供了有力保障和支撑，这是城市发展过程中所需重点关注的体制机制方面的软实力因素。

社会民生环境是指作为人们工作和生活的主要栖息地，城市基于以人民为中心的发展理念在科教、文化、医疗卫生、就业、养老等方面为居民提供的福利情况，改善城市的社会民生环境不仅有助于解决民生问题与促进城市和谐健康发展，而且对于吸引更多的资金、技术、人才和企业，以及加快城市经济发展方式转变都具有重要帮助，是城市提升竞争力普遍关注的焦点。

当然，影响城市竞争力最重要的软实力，还在于是否存在城市精神。如果一座城市发展，能够由一种具有普遍共识、并贯穿始终的精神价值来引领，那将会创造一个个"不敢想""不可能"的发展奇迹。

3. 城市竞争力影响因素的特征

鉴于城市竞争力是一个具备系统性、相对性、动态性和差异性特征的综合性概念，其影响因素也并非一成不变，而是随着社会发展进步而逐渐发生变化。

首先，具体到不同城市，影响其竞争力的因素各不相同，而且对于同一城市而言，在不同阶段影响其竞争力的关键性因素也有所不同。城市会根据自身的自然资源禀赋、内部需求结构及周边合作与竞争环境等要素及其实时变动情况，确定和调整最大化自身价值的战略目标、使命任务和实施路径，以找准自身发展角色并充分发挥自身竞争优势，进而提高城市竞争力。

其次，从以往过于单一的重视经济发展情况演变为综合关注影响城市全面高质量可持续发展的经济、社会、文化等多重因素。不可否认，经济竞争力是城市竞争力评估中最基础和最主要的方面，但是一个城市的经济能否实现持续高质量发展，与社会民生、文化科技等方面的因素密不可分，这些影响因素之间是相辅相成、互相促进的关系，忽视任何一方面的发展均会降低城市的综合竞争力。与之相应，对城市竞争力的评估也由过去以经济发展数字为标准逐渐转向以城市发展质量为主要参照。

最后，除了对城市当前竞争实力的评估，在对城市竞争力影响因素的考察中强化了对未来发展潜力的关注。一个城市的竞争力远远不能停留于当下短期处于领先地位，而是要从更为长远和持续的角度衡量其发展后劲和潜在能力，例如在人力资本和产业结构等硬实力因素上暂时不具备绝对优势，但是在法律政策和社会民生环境等软实力因素具有较强竞争力的城市，未来也可能会凭借其一流的软实力因素吸引更多人才和企业到当地发展并帮助提升该城市的竞争力。

（三）城市竞争力的评估体系

城市竞争力受到由硬实力和软实力构成的多重因素的影响，对其评估是一项复杂的工程，一般需要建立相应的指标体系，并在此基础上依据数据可得性的原则，借助数学方法对该指标体系进行量化，以得到可以对不同城市竞争力进行比较的统一标准，进而构建起城市竞争力的解释性指标体系。

与以往过于单一的经济竞争力比较有所不同的是，当前城市竞争力评估已经伴随经济社会发展拓展为多重维度的更加关注高质量可持续竞争力评估，主要包括城市综合实力竞争力、城市经济基本竞争力、城市当地要素竞争力、城市生活环境竞争力（城市宜居竞争力）、城市营商环境竞争力、城市全球联系竞争力、城市可持续竞争力、城市数字化转型竞争力等。

由于城市竞争力是一个复杂的综合概念，目前对城市综合竞争力及其内含不同维度竞争力的评估尚未形成统一的指标体系，虽然不同机构或学者制定的城市竞争力指标体系均有所不同，但是对二级或三级指标的设定中所涉及的城市竞争力影响因素大致相同，只是在一级指标命名和分类上存在一定的差异。

需要明确的是，任何用于城市竞争力评估的指标体系都或多或少存在一定的缺陷，这是因为，一方面，评估体系的建立及其实证运用要视数据可得性而定，一些看似对城市竞争力某个方面产生较大影响的因素，极有可能由于无法获得数据而不能纳入评估体系；另一方面，指标体系是由相关机构或学者人为制定的，因此不可能做到完全客观，而且对不同指标的权重赋值也都视人为因素不同。

以城市综合经济竞争力为例，《中国城市竞争力报告 NO.19》对这项竞争力评估制定了较为详细的指标体系，其解释性指标体系包含 5 个一级指标、32 个二级指标。

表 10-1　　　　　　　　　城市综合经济竞争力指标体系

一级指标		二级指标	
名称	含义	名称	具体内容
当地要素竞争力	代表城市的直接供给，是城市竞争与发展的主体力量，是决定城市竞争力的推动力量	间接市场融资便利度指数	营商环境报告之金融可得性指标
		直接市场融资便利度指数	交易所交易额数据及全球上市公司数据计算
		学术论文指数	发表论文数量
		专利申请指数	专利申请数量
		青年人才比例指数	青年（16—45 岁）人口占比
		劳动力指数	劳动人口（15—59 岁）总数

续表

一级指标		二级指标	
生活环境竞争力	代表当地的需求,反映了当地市场的需求大小和消费能力,是城市竞争力的拉动力量	历史文化力量	博物馆数量
		医疗健康机构指数	人均医疗机构数量
		气候舒适度指数	气温、降水、灾害天气、能见度四项指标打分合成计算
		环境优良度指数	PM2.5,人均 CO_2 排放量、人均 SO_2 排放量三项指标合成计算
		市民消费水平指数	人均可支配收入
		居住指数	房价收入比逆向处理
		健体休闲设施指数	高尔夫球场数量
		文化设施指数	图书馆数量除以城市面积
营商环境竞争力	软环境 影响城市的生产和交易成本	社会安全指数	犯罪率数据
		市场化指数	经济自由度指数
		开放度指数	星巴克、麦当劳、沃尔玛数量计算
		产权保护指数	国际产权保护报告
		大学指数	各城市最好大学排名分类打分
		经商便利度指数	世界银行营商环境指数
	硬环境 代表营商的基本条件,决定营商的便利性	交通便捷度指数	Numbeo 交通数据
		电力充沛度指数	夜间灯光数据提取计算
		信息传输速度指数	网速提取计算
		航运便利度指数	与100大港的距离
		机场设施指数	机场基础设施综合评分
		自然灾害指数	根据6种自然灾害历史数据计算
全球联系竞争力	代表城市与外部各方面的联系,决定着城市利用外部要素的能力	航空联系度指数	机场航班数量
		网络热度指数	谷歌趋势和百度趋势
		科研人员联系度指数	合作论文发表数量
		金融企业联系度指数	75家金融类跨国公司分布
		科技企业联系度指数	25家科技类跨国公司分布
		航运联系度指数	港口航运联通指数

备注:根据《中国城市竞争力报告 NO.19》① 附录"城市综合经济竞争力的解释性指标体系"整理。

---

① 倪鹏飞、徐海东:《中国城市竞争力报告 NO.19 超大、特大城市:健康基准与理想标杆》,中国社会科学出版社 2021 年版。

二 他山之石，可以攻玉

改革开放 40 多年特别是党的十八大以来，张家港始终高举中国特色社会主义伟大旗帜，以张家港精神为引领，在解放思想中汲取动力，在改革开放中厚植优势，一个时期一个主题，一个阶段一个目标，以全新的姿态和过硬的担当书写着新时代高质量发展的"张家港答卷"。

本节主要从经济发展、社会治理、文化建设、社会发展和生态文明五个方面对张家港与国内城市昆山、江阴和晋江进行比较，并对标国外先进城市新加坡、马尔默和北九州的发展状况进行比较分析，以找准制约张家港高质量发展的短板和不足之处，并对其发展经验和竞争优势进行总结。

（一）经济发展比较

从经济综合实力来看，昆山、江阴、张家港和晋江在全国县（市）对比中表现较好，据"2021 年全国综合竞争力百强县（市）报告"显示，前 10 强中昆山、江阴、张家港分别占据第 1、第 2、第 3 名，晋江位列第 7 名。

其中，昆山和江阴 2021 年的 GDP 规模均在 4500 亿元之上，张家港的 GDP 规模刚刚突破 3000 亿级，晋江的 GDP 规模则仍处于 2000 亿级，两者较昆山和江阴存在较大差距；从人均 GDP 来看，张家港 2021 年人均 GDP 为 21.10 万元，与江阴的 25.72 万元和昆山的 22.58 万元也存在较大差距。与其他县（市）相比，昆山综合竞争力连续 7 年排名第一，且 GDP 规模、地方一般公共财政预算收入、规模以上工业总产值等多个单项指标均排在全国县（市）榜首，经济综合实力在国内县（市）竞争中呈现了显著优势，是张家港和其他县（市）追赶的标杆。

但是，张家港自 1994 年以来经济综合实力连续位列全国百强县市"前三甲"，经济发展基础好，具有非常强劲的增长势头和发展潜力，继续保持这样的增长态势将有力提升张家港的经济综合实力。

表 10 – 2　　　　　　　2021 年全国百强县（市）四市情况表

县（市）	昆山市	江阴市	张家港市	晋江市
排名	1	2	3	7
GDP（亿元）	4748	4580	3030	2986
GDP 增速（%）	7.8	8.1	8.0	10.5
人均 GDP（万元）	22.58	25.72	21.10	14.46
一般公共财政预算收入（亿元）	467	274	264	146
规模以上工业总产值（亿元）	10284	6059	5842	6926
固定资产投资（亿元）	748	923	555	—
社会消费品零售总额（亿元）	1626	705	784	1641
居民人均可支配收入（元）	67871	67555	66101	48849

数据来源：2021 年各县（市）国民经济和社会发展统计公报、2022 年各县（市）政府工作报告。

从规模以上工业总产值来看，2021 年昆山规模以上工业总产值以较大幅度高于江阴、张家港和晋江，比上年增长 12.8%，迈上了 1 万亿元新台阶，创历史新高。以制造业立市的昆山，规模以上工业产值取得突破的重要支撑是其完善的产业配套链，其中，电子信息和装备制造两大主导产业工业产值占全市规模以上工业产值的 80%，13 家龙头企业产值占比 45% 左右，凸显了电子信息和装备制造在昆山产业结构中的重要地位，而且昆山在产业链龙头企业的培育发展方面也为张家港和全国其他县（市）提供了典范。

结合 2021 年 12 月中郡研究所发布《2021 年县域经济与县域发展监测评价报告》来看，昆山、江阴和张家港同样位居全国县域经济基本竞争力最前列。其中，昆山和江阴并列第一，张家港位列第二，晋江位列第四，昆山表现最佳的是财政收入增长率，江阴和张家港表现最佳的均为投资增长率。2021 年昆山的一般公共财政预算收入为 467亿元，同比增长 9.1%，高于江阴和张家港超过 190 亿元，这得益于昆山坚持一手抓疫情防控，一手抓企业生产，持续做好科学防控和精准服务，以两手抓两手硬实现两战赢，超前谋划推动企业复工复产、达产满产，为全国其他县（市）树立了标杆。江阴的固定资产投资额高于昆山和张家港，但是2021年张家港的投资增长率为5.4%，远远领先于江阴的4.8%和昆山的0.6%，这表明虽然江阴和昆山的固定资产投资额分别高于张家港约370亿元和200亿元，但是在投资额增长势头方面张家港的表现最好，增长后劲较大。

表10-3　　　　　2021年全国县域经济基本竞争力十强县情况表

排序	县市经济单位	县域经济发展等级					县域发展等级	
		经济增长率	财政收入增长率	居民收入增长率	投资增长率	消费增长率	县域相对民富指数	县域相对天蓝指数
1	昆山市	A +	A + +	A	A	A	A +	A
1	江阴市	A	A	A -	A + +	B	A +	A
2	张家港市	A +	A	A	A + +	C	A +	A -
3	常熟市	A +	A + +	A	A + +	A	A +	A -
4	晋江市	A +	A	A -	C	A	A +	A +
5	长沙县	A +	A	A	A + +	A +	A +	A
6	慈溪市	A + +	A -	A	A + +	B	A +	A -
7	太仓市	A +	A + +	A	A + +	A	A +	A
8	宜兴市	A	A +	A	A + +	A	A +	A -
9	余姚市	A + +	A + +	A	A + +	B	A +	A -
10	浏阳市	A + +	A + +	A	A + +	B	A +	A -

备注：根据中郡研究所第21届全国县域经济基本竞争力百强县整理。

从社会消费品零售总额来看，晋江经济总量低于昆山、江阴和张家港，常住人口规模较大幅度高于江阴和张家港、略低于昆山，社会消费品零售总额却高于昆山、江阴和张家港，说明晋江的城市功能、市场繁荣程度和市民富裕程度较昆山、江阴和张家港具备一定的优势。从居民人均可支配收入来看，昆山、江阴和张家港2021年的居民人均可支配收入均超过6.5万元，其中昆山达到67871元，略高于江阴和张家港，较大幅度高于晋江，城镇居民人均可支配收入77699元，农村居民人均可支配收入42420元，城乡居民收入由上年的1.87∶1进一步缩小至1.83∶1。较江阴、张家港和晋江而言，昆山的城乡收入差距最小。

（二）社会治理比较

党的十八大以来，我国的社会治理社会化、法治化、智能化、专业化水平大幅度提升，发展了人民安居乐业、社会安定有序的良好局面，续写了社会长期稳定奇迹。① 作为社会治理的深厚基础和重要支撑，基层社会治理的加强对于推进国家治理体系和治理能力现代化具有重要意义。张家港和昆山、江阴、晋江高度重视提升社会治理水平，并采取了一系列旨在推动实现国家治理体系和治理能力现代化的提升策略。

2021 年 11 月 17 日，中共中央机关刊物《求是》主管主办的《小康》杂志社发布的"2021 中国最具安全感百佳县市"榜单，根据网络大数据、县域专题调研、社会公众态度和专家评审进行加权和综合测评对全国 2757 个县域行政单位打分，张家港、晋江、江阴和昆山均位列百佳名单，这四个县域基本上都形成了共建共治共享的社会治理格局，在结合当地具体情况打造以民为本的县（市）平安建设工程上积累了丰富经验。

强化平安建设对推进基层社会治理现代化具有重要意义，在这方面，张家港坚持自治、法治、德治"三治融合"，构建和完善了有效的基层矛盾纠纷多元化解机制；为了主动排查化解各类涉企矛盾纠纷，张家港还探索打造了涉企矛盾纠纷"一站式"调处模式；探索实施的"红堡"工程和大力推进的镇（区、街道）、村、网格三级"海棠花红"阵地标准化建设，进一步凸显了基层党组织在平安建设中的战斗堡垒作用；全面实现扫黑除恶专项斗争"三年治本"目标。晋江近年来积极探索以"守诚无失信、守德无纷争、守约无陋俗、守规无事故、守法无案件、守廉无贪腐"为主要内容的"六守六无"平安创建活动，2020 年 180 个村（社区）获评星级平安村（社区），86 家企业（社会组织）首次获评星级平安企业（社会组织），该市人民群众安全

---

① 《中国共产党第十九届中央委员会第六次全体会议公报》，人民出版社 2021 年版。

感率整体上达到了99.53%。构建"共建共治共享"社会治理体系成为县域地方政府共识，各地均在积极探索和创新适合本地的高效能治理与高质量发展同频共振的社会治理方式。

江阴和昆山的基层社会治理创新实践在全省和全国层面形成了示范效应。江阴率先探索制定的旨在通过规范对基层治理网格化运行的考核，进一步向社会展现透明、阳光、公开化、信息化的基层治理形象的《基层治理网格化管理考核规范》，以及通过优化各部门在提供社会救助时的衔接和保障问题，以最便捷最省心的方式为老百姓解决问题的《社会救助联动工作规范》，于2021年被列为江苏省地方标准，成为全省各个县域在推动治理体系和治理能力现代化进程中学习复制的典范。昆山以"1+3+N"（"1"即网格长，"3"即网格警务员、专职网格员和督导员，"N"即党员、物业、楼道长、志愿者等网格辅助人员）工作体系为抓手，以"四红四强"（组织红，引领强；物业红，服务强；党员红，攻坚强；居民红，自治强）为目标，凝聚治理资源、建立长效机制、聚力党群服务、推动共治共享的"打造'红管先锋'引领基层治理"项目入选2021年全国社会治理最佳案例，在全国范围形成了一定的示范效应。

（三）文化建设比较

文化是一个城市的灵魂，对推进城市高质量可持续发展和提升城市综合竞争力发挥着不可替代的作用。党的十八大以来，在文化建设上，我国意识形态领域形势发生全局性、根本性转变，全党全国各族人民文化自信明显增强，全社会凝聚力和向心力极大提升，为新时代开创党和国家事业新局面提供了坚强思想保证和强大精神力量。张家港、昆山、江阴和晋江均对文化建设给予了高度重视，致力于提升当地文化软实力。

在2020年全国文明城市评选中，张家港和江阴顺利入选，其中张家港以打造"新时代文明标杆"为目标，成为了高标准荣膺全国文明城市"六连冠"和文明奖项"大满贯"的县级市，被列为全国首批新时代文明实践中心建设试点城市。这得益于张家港近年来不断突出文明引领，深入开展群众性精神文明创建活动，围绕提高市民文明素质和城市文明程度、构建思想文化和道德风尚建设高地所采取的旨在激发城市文化文明活力和增强文化软实力的一系列举措。

例如，张家港连续 18 年举办长江文化节及长江流域系列艺术活动，形成了品牌效应，被誉为"县级市扛起弘扬长江文化的大旗"；先后建成市文化中心、锡剧艺术中心等一批城市文化地标，建成全国首个 24 小时公共文化驿站，并创建了 12 个国家、省、苏州市版权示范单位、示范园区（基地）。张家港坚持打造文明标杆、全力提升文化品质。此外，张家港市将网络文明建设纳入精神文明建设总体规划，持续推动网络生态治理和网络文化建设。张家港在文化建设方面采取的一系列重要举措对全国其他县（市）形成了一定的示范效应。

以创建全国文明城市为契机，江阴不断繁荣文化事业，持续加大精神文明建设力度并不断推动文化高质量发展，通过加快公共文化服务体系建设、开展文化惠民活动、壮大文艺工作队伍等形式丰富市民文化生活供给、加大文化输出力度，为城市发展注入了新的活力，切实提升了城市文化软实力。昆山则抢抓数字化发展机遇，通过启动涉及 330 亿元资金的 53 个智能化改造和数字化转型项目，来推动数字经济和实体经济的深度融合，进而实施文化产业倍增计划，以进一步提升文化产业竞争力和建设"文化名城"。晋江近年来也加快了新时代文明实践中心全国试点建设步伐，通过建设公共文化服务体系示范区，积极推动公共文化服务高质量发展。

由上可见，张家港、昆山、江阴和晋江均在围绕全国文明城市和公共文化服务体系两大主题，全面稳步开展文化事业建设工作。张家港深化网络文明建设和昆山顺应数字转型以提升文化产业竞争力的实践举措对全国其他县（市）具有较强的参照意义。

（四）社会发展比较

社会发展与经济发展是统一协调的关系，城市的可持续发展与竞争力提升，不仅要注重经济高质量发展，而且还要坚持以人民为中心的发展思想，将满足人民群众对美好生活向往作为工作的出发点和落脚点，着力改善社会民生环境和提高百姓生活质量，切实建立起幼有所育、学有所教、劳有所得、病有所医、老有所养、住有所居、弱有所扶的全生命周期和健康全过程的社会服务保障体系。

"2020 中国综合生活质量百佳县市"评选结果反映了全国县域百姓的综合生活质量水平，晋江、昆山、江阴和张家港均入选百强县（市）之列，表现最为突出的是晋江和昆山，晋江以 94.70 的高分摘得桂冠，昆山以较小的分值差距位列第 3，江阴和张家港分列第 19、第 40 位。晋江在推进城市化的进程中注重改善百姓生活质量，不仅围绕"生态立市"发展战略精心打造百姓宜居的绿色生态城市，而且秉持"以人为本、为民建城"理念推进城市更新改造，显著提升了百姓的生活质量和城镇化水平。昆山历来把增强群众获得感幸福感安全感作为当地高质量发展的重要指标，从维护百姓切身利益和提高民生福祉出发谋划发展，不仅通过"富民""惠民"工程制度设计消除绝对贫困，还在人居环境建设、医疗卫生、教育、养老等公共服务领域采取了一系列重要保障性举措。

张家港也在增进民生福祉、提升百姓生活品质上积极采取了多项举措，不仅提升社会保障水平、多渠道促进居民增收致富，还积极做好民生实事，均等化提高基本公共服务质量水平，较大程度上提高了百姓的幸福感和获得感。但是，从"2020 中国综合生活质量百佳县市"榜单来看，与晋江和昆山相比，张家港得分相对较低，在切实提升百姓生活质量方面尚需进一步全面强化公共服务保障的制度设计。

表 10-4　　2020 年中国综合生活质量百佳主要县市情况表

排序	县市单位	总评分（100 分制）
1	福建晋江市	94.70
2	浙江余杭区	94.51
3	江苏昆山市	94.21

排序	县市单位	总评分（100 分制）
4	广东顺德区	94.20
5	山东荣成市	94.04
19	江苏江阴市	91.44
40	江苏张家港市	90.89

备注：根据《小康》杂志社公布的"2020 年度中国综合生活质量百佳县市"整理。

在"2021 年中国康养百佳县市"榜单中，张家港和昆山分列第15、第 19 位。在养老宜居建设方面，张家港近年来不断推进全市养老服务体系从"老有所养"向"品质养老"迈进，通过搭建居家养老服务网络、拓展社区养老服务功能、优化机构养老服务供给等多方面构建了多层次养老服务体系，全市居家养老服务用房总面积突破 1 万平方米，居家和社区养老服务设施社会化运营比例超 90%，并在低龄助高龄养老服务模式和智慧养老服务方面积累了丰富经验。

昆山也对本地养老服务均等化和社会化改革创新作了积极探索，出台多项养老敬老措施，并率先推出了惠民项目"家庭养老夜间照护床位新模式"，为本市老年人提供起居照料、精神陪护、应急处理的基础服务和个人卫生、饮食照料、家庭保洁、代买代购、临床护理的个性服务。此外，张家港和昆山先后荣膺"联合国人居奖"，两市在养老宜居建设方面的经验可供国内其他县（市）借鉴。

表 10 - 5　　　　　2021 年中国康养百佳主要县市情况表

排序	县市单位	总评分（100 分制）
1	江苏太仓市	95.88
2	福建武夷山市	95.76
3	广西巴马瑶族自治县	95.55
4	广东蕉岭县	95.51
5	海南澄迈县	95.46
15	江苏张家港市	94.93
19	江苏昆山市	94.52

备注：根据《小康》杂志社公布的"2021 年度中国康养百佳县市"整理。

在"2021年中国社会保障百佳县市"榜单中，昆山市以96.41分的成绩荣登"2020中国社会保障百佳县市"榜首，晋江和江阴以95分以上的成绩分列榜单第3和第4位。昆山近年来在简政放权、放管结合、优化服务改革等方面不断探索，持续加大力度推进"放管服"改革全面深化，推出的社保便民服务业务"就近办""自助办"等社会保障举措不仅提高了行政服务效率和质量，还在很大程度上提升了百姓和企业的满意度。而且，昆山在疫情期间运用大数据保障疫期企业用工平稳，通过划分企业类型和为企业量身定制、精准推送适用政策等方面的举措也对缓解企业在疫情期间的压力提供了坚实保障。晋江和江阴在统筹疫情防控和稳定就业、促进发展等方面也积极探索适合本地的惠民举措，在提升为企业和百姓提供便捷高效社会保障服务能力方面取得了优异成绩。

张家港的社会保障体系也日趋完善，推出的一系列旨在稳定就业和改善民生的惠民举措取得了较好的实效，但是在创新惠民举措方面仍需结合本地实际情况和其他县（市）有益经验来进一步加以提升。

（五）生态文明比较

生态环境是人类赖以生存的基础条件，良好的生态环境是提升城市竞争力、实现国家可持续发展的重要基础和不竭动力。

张家港历来重视生态环境保护，将生态文明建设全面融入政治、经济、文化、社会建设各方面和全过程，在《张家港市生态文明建设规划（2017—2025年）》指引下，先后制定了张家港实施生态环境提升三年行动计划（2018—2020年）和打好污染防治攻坚战暨打造"港城生态升级版"三年行动计划（2019—2021年）等一系列行动计划，并在生态环境保护方面取得了切实实效，获得了全国首家"环境保护模范城市"、首批"国家生态市"、首届"中国生态文明奖"先进集体等多项荣誉。

昆山和江阴紧扣生态文明建设的目标任务，在打好污染防治攻坚战等方面综合施策、严格监管，也采取了一系列卓有成效的举措。2020

年，昆山还获评第四批国家生态文明建设示范市。值得张家港借鉴的是，昆山应用大数据、云计算、物联网等新兴信息技术构建天地一体的环境监测网络的生态文明建设举措，有助于实时掌握环境数据并及时发现问题和迅速整治污染行为。此外，昆山主动对接融入长三角生态绿色一体化发展示范区的举措，对于促进昆山与上海在生态共建共享方面开展深度合作并进而提升其生态文明建设实效也有较大助益。

（六）对标新加坡、马尔默和北九州

1. 和谐宜居的花园城市新加坡

新加坡是亚洲重要的金融、服务和航运中心之一，根据全球金融中心指数 2019 年排名，新加坡是第四大国际金融中心。在瑞士洛桑管理学院（IMD）公布的《2021 世界竞争力报告》中，新加坡的综合竞争力在全世界排名第 5 位，是唯一跻身榜单前五位亚太经济体，其在国际贸易和科技基础设施建设方面的排名均位居第 1 位，在国际投资和商业立法方面均排在第 3 位。

作为一个国际化程度非常高的外向型经济强国，自 2000 年以来，新加坡依托自动化和智能化大力推进先进制造业发展。为了加强和稳固领先全球的工业枢纽国际地位，新加坡致力于将其工业基础提升至价值链层面，积极促进产业链的连接与融合，以及产学研合作和水电土地的配套供应。

此外，由于充分意识到西方工业化发展对自然生态环境的破坏，新加坡政府很早就表现出了对生态系统的尊重和重视，20 世纪 60 年代就提出了建设"花园城市"的设想，始终坚持在"生态优先、以人为本"的理念指导下推进当地建设与发展，并兴建了大批绿地和公园。新加坡还不断加大文化投资以提升城市创新能力，通过建设博物馆等方式提升城市的文化和艺术气息，借助文化建设营造了浓厚的文化氛围，最终将自身打造成具备优美环境和富有文化内涵的宜居城市。同时，新加坡在以人为本理念的引领下不断完善社会保障设施，在实现"老有所养、病有所医、居者有其屋"的基础上，注重营建和谐社区环境，真正建成了和谐宜居的花园城市，在国际社会树立了良好的城市形象。

新加坡建设和谐宜居花园城市的经验强调了高科技、生态优先、以人为本等先进理念的作用，对张家港树立优秀的城市形象和提升城市竞争力具有较强的启示意义。第一，在经济发展方面，要注重高新技术的引领作用，在促进当地企业发展方面要建立完善的产业链和配套设施，以增强城市投资的吸引力。第二，要自始至终将生态保护摆在非常重要的位置，尤其是对城市发展规划的编制要突出经济与环境的整体协调，从长远角度促进城市的可持续协调发展。第三，和谐宜居的城市环境有助于吸引企业与人才的涌入，从社区建设和社会保障体系入手有助于和谐宜居之地的打造。

2. 保持开放和可持续发展的马尔默

马尔默是瑞典第三大城市，作为欧洲地区的重要港口，造船工业曾是其主要经济支柱。20 世纪 90 年代初伴随冷战结束，大量造船企业迁移至劳动力和原材料较为廉价的东欧地区，导致马尔默陷入经济严重衰退、政府濒临破产的窘境，这座严重依赖造船业等传统重工业的城市开始走向没落。由此，马尔默不得不调整城镇化模式并启动"二次城镇化"进程，彻底摆脱对传统重工业的依赖，并朝着建设环保生态城市的方向转型，到今天已经实现了以高科技、绿色低能耗产业为龙头的可持续发展。

作为北欧地区实现工业化与城镇化最早的城市之一，马尔默新型城镇化建设进程最终取得成功的关键在于：以"经济、社会、环境可持续协调发展"的宏观目标为导向，综合考虑资源、人口等客观条件，全面统筹经济、社会、环境等发展要求，科学制定与之相匹配的具有大局观的城市发展规划和长期实施战略，而且，无论执政者如何更迭，马尔默这座城市可持续发展的宏观目标都始终保持长期、清晰、稳定。马尔默的城市规划不仅关注自身的资源特征，而且还充分考虑与周边城市的联动性。

　　因此，在制定发展规划时，在城市内部规划上，基于面积小、土地资源稀缺、人口密度大的自然资源禀赋特征，马尔默通过修建高层建筑、建设地下隧道和轨道运输等方式提高城市土地利用率，进而化解城市发展空间不足的矛盾。2001年开始，马尔默政府依据"建设含住宅、商业、教育功能的可持续发展绿色示范区"的规划目标着手对其造船基地西港区进行改造，使其城镇功能、城市形象、土地利用模式和利用率发生巨大转变。目前，该区已经基本改造成由高科技产业带动、依靠可再生能源的可持续发展复合经济区。

　　在与周边城市联动上，2000年马尔默通过总长16千米的厄勒海峡大桥与海底隧道与丹麦首都哥本哈根通过陆路方式相连接，交通的便捷促进了两地人员流动和经济发展，由此也吸引了大量年轻人移民到此，极大改变了当地的人口结构。与之相应，马尔默对外来人口也保持相对开放的心态，采取积极措施帮助外来人口融入当地社会，目前外来人口已经超过该市总人口的三分之一，在很大程度上确保了该市青壮年劳动力充足，老龄化问题得到了缓解。而且，该市企业有了更多雇佣来自世界各地劳动力的机会，推动了当地企业的国际化进程。

　　马尔默的新型城镇化转型经验强调了"经济、社会、环境可持续协调发展"目标导向，突出了高科技产业带动、可持续能源使用，以及与周边城市联动对城市高质量可持续发展的重要性，对张家港具有一定的借鉴意义。

　　第一，在加大力度确保经济稳定增长的同时，还要倾注更多精力在社会治理、社会发展和生态环境保护上，注重经济、社会、环境三重维度的高质量可持续协调发展。第二，要抢抓数字时代机遇，注重大数据、云计算、物联网、人工智能等新兴信息技术的运用与转化，提升高科技产业在产业结构中所占的比例。第三，要学习借鉴和复制推广周边城市的先进经验，改善交通等基础设施建设，主动对接上海，积极融入和协同推进长三角一体化发展。第四，要持续优化居住和就业环境保障，提升张家港对周边和国际年轻人才的吸引力度，使张家港持续保持先进性并不断增强创造力。

　　3. 崇尚环保与清洁理念的北九州

　　北九州是日本的重要工业城市，煤炭资源丰富，坐落于北九州地区的八幡制铁所是日本第一座钢铁厂。作为日本四大工业基地之一，北九州曾汇聚了钢铁和重化工业等高污染产业，虽然极大推动了日本经济的高速发展和繁荣，但是工业的繁荣发展也造成了严重的大气和水资源污染问题。20世纪60年代，北九州成为了日本环境污染最严重的城市之一，降尘量曾连续多年高居日本首位，自此，北九州地区也开启了污染治理和环境保护的历程，成为世界上先污染、再治理的典型。

　　20世纪90年代开始，北九州以减少废弃物、实现循环型社会为主要内容的生态城市建设，不仅对环境污染问题进行严厉整治，还在企业中间营造了污染环境为耻的氛围，通过引进环保技术和改良生产设备，北九州地区的乱排放和超标排放等环境污染行为逐渐消失，并发展成为节能减排和环境友好的新型城市。

　　一方面，北九州通过建立环保产业体系和推进绿色生产技术，推动了当地企业的技术创新和竞争能力，该市经济创新取得重要进步；另一方面，北九州勇于突破固有产业结构的桎梏，利用区位优势培育新兴替代产业，降低第一产业比重，迅速布局第三产业，促进产业结构的多元化和高度化发展。目前，北九州已经成为日本高科技产业和新兴工业的主要基地，是日本和世界上重要的半导体生产基地之一，被联合国表彰为环境治理典型城市。

　　北九州经历了先污染、再治理的发展历程，其从污染严重的重工业城市转型为节能减排和环境友好城市的经验强调了突破固有产业结构和推行新兴产业技术的重要性，对张家港的发展具有较强的借鉴意义。

　　第一，张家港在加快产业转型和新兴产业布局的同时，要建立完善的环保产业体系，并以此为参照，结合自身的区位优势实现产业结构和经济创新的持续优化。第二，引导和鼓励企业增强社会责任感和区域共同体意识，帮助企业认识到环保的重要性并树立崇尚环保和清洁的发展理念，积极拓展新的环境产业。第三，要增强高科技发展的支持力度，鼓励企业探索技术创新，积极布局和推进绿色低碳与循环经济的发展。

三 榜样的力量是无穷的

榜样的力量是无穷的，精神的力量是伟大的。一方面，六十年来张家港始终对标对表国内外城市建设的先进榜样，将各类示范区、引领区作为学习的对象；另一方面，六十年来张家港始终发挥精神的力量，20 世纪 90 年代以来，张家港精神成为了城市之魂、力量之源。

国家"十四五"规划纲要在深入实施区域协调发展战略方面提出，要发挥创新要素集聚优势，加快在创新引领上实现突破，推动东部地区率先实现高质量发展，提出"支持深圳建设中国特色社会主义先行示范区、浦东打造社会主义现代化建设引领区、浙江高质量发展建设共同富裕示范区"。

继《中共中央国务院关于支持深圳建设中国特色社会主义先行示范区的意见》出台后，《中共中央国务院关于支持浙江高质量发展建设共同富裕示范区的意见》和《中共中央国务院关于支持浦东新区高水平改革开放打造社会主义现代化建设引领区的意见》也正式发布，前两份意见分别赋予深圳和浙江建设社会主义现代化强国和促进全体人民共同富裕的城市范例的重要改革任务，第三份意见赋予了浦东新区高水平改革开放打造社会主义现代化建设引领区的重要使命任务。三份《意见》及深圳、浙江和浦东的示范与引领改革实践对张家港奋力谱写现代化建设华章具有重要指导意义。

（一）深圳建设中国特色社会主义先行示范区的启示

1. 中共中央国务院关于支持深圳建设中国特色社会主义先行示范区的意见

2019 年 8 月 9 日，《中共中央国务院关于支持深圳建设中国特色社会主义先行示范区的意见》从目标定位、实施路径、重点任务和保障措施等方面，出台了支持深圳建设先行示范区的总体要求和方案。

在目标定位上，深圳将战略目标定位于"创新、法治、文明、民生幸福、可持续"的宏伟目标，即：实施创新驱动发展战略，建设高质量发展高地，全面提升法治建设水平，构建高水平的公共文化服务体系，成为民生幸福标杆和可持续发展先锋。

在实施路径上，深圳通过加快实施创新驱动发展战略、加快构建现代产业体系、加快形成全面深化改革开放新格局、助推粤港澳大湾区建设等，率先建设体现高质量发展要求的现代化经济体系。

在保障措施方面，深圳通过全面加强党的领导和党的建设，强化法治政策保障，完善实施机制等措施营造公平正义的民主法治环境，促进社会治理现代化，全面推进城市精神文明建设，形成共建共治共享共同富裕的民生发展格局，打造人与自然和谐共生的美丽中国典范。

2. 深圳市建设中国特色社会主义先行示范区的行动方案（2019—2025 年）

对照先行示范区的总体方案，2019 年 12 月初，深圳正式印发《深圳市建设中国特色社会主义先行示范区的行动方案（2019—2025年)》，分三个部分明确了 2019—2025 年深圳建设先行示范区的 127 项具体工作举措。

《行动方案》提出要全力以赴推进一批事关全局和长远发展的重大政策、重大改革、重大任务落地实施，尽快制定相关专项实施方案，包括深化前海改革开放、创建综合性国家科学中心、建设深港科技创新合作区、实施综合授权改革试点、用足用好经济特区立法权、开展国际人才管理改革、推动注册制改革等七项重大牵引性任务。

强调要"聚焦富强、民主、文明、和谐、美丽，主动担当，做到全方位、全过程先行示范"，主要是对照中央《意见》"五个率先"的任务部署，进一步细化安排了八个方面共 100 多项具体工作任务，包括率先实施新一轮创新驱动发展战略、率先构建具有世界级竞争力的现代产业体系、率先突破重点领域和关键环节改革、率先形成全面开放新格局、率先营造彰显公平正义的民主法治环境、率先塑造展现社会主义文化繁荣兴盛的现代城市文明等。

3. 深圳建设中国特色社会主义先行示范区综合改革试点实施方案（2020—2025 年）

2020 年 10 月 11 日，中共中央办公厅、国务院办公厅印发《深圳建设中国特色社会主义先行示范区综合改革试点实施方案（2020—2025 年）》，方案在明确深圳建设中国特色社会主义先行示范区综合改革试点阶段性目标的基础上，从要素市场化配置体制机制、市场化法治化国际化营商环境、科技创新环境制度、高水平开放型经济体制、民生服务供给体制、生态环境和城市空间治理体制等方面提出了深圳建设先行示范区综合改革试点的主要任务和要求。

表 10 - 6　深圳建设中国特色社会主义先行示范区综合改革试点的阶段性目标

时间	主要目标	完成的具体工作
2020 年	开好局、起好步	在要素市场化配置、营商环境优化、城市空间统筹利用等重要领域推出一批重大改革措施，制定实施首批综合授权事项清单
2022 年	取得阶段性成效	各方面制度建设取得重要进展，形成一批可复制可推广的重大制度成果
2025 年	改革任务基本完成，为全国制度建设作出重要示范	重要领域和关键环节改革取得标志性成果

表 10 - 7　深圳建设中国特色社会主义先行示范区综合改革试点的主要任务和要求

主要任务	具体要求
完善要素市场化配置体制机制	深化探索土地管理制度
	完善劳动力流动制度
	支持在资本市场建设上先行先试
	加快完善技术成果转化相关制度
	加快培育数据要素市场
	健全要素市场评价贡献机制

续表

主要任务	具体要求
打造市场化法治化国际化营商环境	完善公平开放的市场环境
	打造保护知识产权标杆城市
	完善行政管理体制和经济特区立法
完善科技创新环境制度	优化创新资源配置方式和管理机制
	建立具有国际竞争力的引才用才制度
完善高水平开放型经济体制	加大制度型开放力度
	扩大金融业、航运业等对外开放
完善民生服务供给体制	创新医疗服务体系
	探索扩大办学自主权
	优化社会保障机制
	完善文化体育运营管理体制
完善生态环境和城市空间治理体制	健全生态建设和环境保护制度
	提升城市空间统筹管理水平

4. 深圳建设中国特色社会主义先行示范区对张家港的启示

《中共中央国务院关于支持深圳建设中国特色社会主义先行示范区的意见》及其与之对应的《行动方案》和《实施方案》是我国创新探索社会主义发展模式的重要阶段性战略举措，其中提出的具体思想和阶段性任务要求，对促进张家港社会主义发展实践有重要的启示作用。

第一，面对资源环境约束趋紧的现状，可借鉴深圳的做法，进一步完善资源要素的市场化配置体制机制，加速培育数据要素市场并健全要素市场的评价贡献机制，增强新旧动能的转化力度，优化产业结构调整，确保要素资源配置、创新能力提升适应经济高质量发展的需求。

第二，继续优化制度环境和创新体系，树牢问题意识，创建市场化和法治化的营商环境，在制定具有竞争力的引才用才制度和知识产权保护制度等方面实现有效改革和突破，不断提升政府服务水平和行政效能，加快推进高水平、创新型、开放型、服务型的政府建设。

第三，持续提升社会民生保障水平，均衡优质的公共服务体系，促进发展成果普惠共享，在教育、医疗、卫生和就业等民生实事项目上不断探索创新，推动公共服务质量与经济发展水平、公共服务资源布局与人口分布、公共服务供给结构与市民实际需求的协调统一，最大程度上提升百姓的获得感和幸福感。

第四，或可参照深圳在完善生态环境和城市空间治理体制方面的具体要求，提升张家港城市空间的统筹管理水平和完善生态建设和环境保护制度。张家港近年来在践行绿色发展理念上积累了一定经验，并荣膺全国首届"中国生态文明奖"，在全国县域范围内形成了一定的示范效应，接下来有必要参照深圳示范区的要求致力于建设全国县域层面的可持续发展议程创新示范区。此外，张家港空间布局可进一步优化，促进有限城市空间的最大化合理开发利用。

（二）浙江建设共同富裕示范区的启示

1. 中共中央国务院关于支持浙江高质量发展建设共同富裕示范区的意见

2021 年 6 月 10 日，《中共中央国务院关于支持浙江高质量发展建设共同富裕示范区的意见》从目标定位、实施路径、具体任务和保障措施等方面，出台了支持浙江高质量发展建设共同富裕示范区的总体要求和方案。

在目标定位上，中共中央国务院赋予浙江的战略定位是"高质量发展高品质生活先行区、城乡区域协调发展引领区、收入分配制度改革试验区、文明和谐美丽家园展示区"，其阶段性发展目标是：2025年经济发展质量效益显著提高，示范区建设取得明显实质性进展；2035年人均地区生产总值和城乡居民收入争取达到发达经济体水平，共同富裕的制度体系更加完善，示范区高质量发展取得重大成就并基本实现共同富裕。

在实施路径上，浙江通过在完善收入分配制度、统筹城乡区域发展、发展社会主义先进文化、促进人与自然和谐共生、创新社会治理等方面先行示范，率先在高质量发展中扎实推动共同富裕。

在保障措施方面，浙江通过坚持和加强党的全面领导，强化政策保障和改革授权，加快构建推动共同富裕的综合评价体系和评估机制，归纳提炼体制机制创新成果，完善实施机制等措施全面提升物质文明、政治文明、精神文明、社会文明、生态文明，显著提高治理体系和治理能力现代化水平，最终建立完善的共同富裕制度体系，为实现共同富裕提供浙江示范。

表 10-8 浙江高质量发展建设共同富裕示范区的任务要求

战略任务	具体要求
提高发展质量效益，夯实共同富裕的物质基础	大力提升资助创新能力
	塑造产业竞争新优势
	提升经济循环效率
	激发各类市场主体活力
深化收入分配制度改革，多渠道增加城乡居民收入	推动实现更加充分更高质量就业
	不断提高人民收入水平
	扩大中等收入群体
	完善再分配制度
	建立健全回报社会的激励机制
缩小城乡区域发展差距，实现公共服务优质共享	率先实现基本公共服务均等化
	率先实现城乡一体化发展
	持续改善城乡居民居住条件
	织密扎牢社会保障网
	完善先富带后富的帮扶机制
打造新时代文化高地，丰富人民精神文化生活	提高社会文明程度
	传承弘扬中华优秀传统文化、革命文化、社会主义先进文化
践行绿水青山就是金山银山理念，打造美丽宜居的生活环境	优化空间布局、加强生态环境保护
	推进生产生活方式绿色转型
坚持和发展新时代"枫桥经验"，构建舒心安心放心的社会环境	以数字化改革提升治理效能
	健全覆盖城乡的公共法律服务体系、加强社会治安防控体系建设

2. 浙江高质量发展建设共同富裕示范区实施方案（2021—2025 年）

对照高质量发展建设共同富裕示范区的任务要求，2021 年 7 月 19 日，浙江正式印发《浙江高质量发展建设共同富裕示范区实施方案（2021—2025 年)》，提出紧紧围绕高质量发展高品质生活先行区、城乡区域协调发展引领区、收入分配制度改革试验区、文明和谐美丽家园展示区"四大战略定位"，按照到 2025 年、2035 年"两阶段发展目标"，创造性系统性落实示范区建设各项目标任务，率先探索建设共同富裕美好社会，为实现共同富裕提供浙江示范。

《实施方案》对照中央《意见》部署的战略任务，明确了"十四五"时期浙江高质量发展建设共同富裕示范区的具体工作举措，包括推进经济高质量发展先行示范、推动收入分配制度改革先行示范、推进公共服务优质共享先行示范、推进城乡区域协调发展先行示范、推进社会主义先进文化发展先行示范、推进生态文明建设先行示范和推进社会治理先行示范。

表 10 – 9　　　　浙江高质量发展建设共同富裕示范区的实施方案

工作目标	具体方案
打好服务构建新发展格局组合拳，推进经济高质量发展先行示范	基本形成科技创新新型举国体制浙江路径
	大力建设全球数字变革高地
	加快建设具有国际竞争力的现代产业体系
	打造全球高端要素引力场
	扩大居民消费和有效投资
	加快建设"一带一路"重要枢纽
	培育更加活跃更有创造力的市场主体
	打造创业创新创造升级版
实施居民收入和中等收入群体双倍增计划，推进收入分配制度改革先行示范	实施中等收入群体规模倍增计划
	推动实现更加充分更高质量就业
	实施居民收入十年倍增计划
	完善创新要素参与分配机制
	创新完善财政政策制度
	全面打造"善行浙江"

续表

工作目标	具体方案
健全为民办实事长效机制，推进公共服务优质共享先行示范	率先构建育儿友好型社会
	争创新时代教育综合改革试验区
	健全面向全体劳动者的终身职业技能培训制度
	推进社保制度精准化结构性改革
	构建幸福养老服务体系
	打造"浙里安居"品牌
	全面建立新时代社会救助体系
	推进公共服务社会化改革
拓宽先富带后富先帮后富有效路径，推进城乡区域协调发展先行示范	率先形成省域一体化发展格局
	开展新型城镇化"十百千"行动
	大力建设共同富裕现代化基本单元
	大力推进农业转移人口市民化集成改革
	率先探索以土地为重点的乡村集成改革
	大力实施强村惠民行动
	创新实施先富带后富"三同步"行动
	打造山海协作工程升级版
	打造对口工作升级版
打造新时代文化高地，推进社会主义先进文化发展先行示范	打造学习宣传实践习近平新时代中国特色社会主义思想的重要阵地
	高水平推进全域文明建设
	构建高品质公共文化服务体系
	传承弘扬中华优秀传统文化
	加快文化产业高质量发展
建设国家生态文明试验区，推进生态文明建设先行示范	全力打好生态环境巩固提升持久战
	实施生态修复和生物多样性保护
	高标准制定实施碳排放达峰行动方案
	全面推行生态产品价值实现机制
坚持和发展新时代"枫桥经验"，推进社会治理先行示范	健全党组织领导的"四治融合"城乡基层治理体系
	加快建设法治中国示范区
	高水平建设平安中国示范区

3. 浙江高质量发展建设共同富裕示范区对张家港的启示

《中共中央国务院关于支持浙江高质量发展建设共同富裕示范区的意见》及浙江对照高质量发展建设共同富裕示范区的任务要求制定的《实施方案》对我国其他地区提升高质量发展水平和促进共同富裕具有重要的启示意义。张家港在"十三五"期间圆满完成高水平全面建成小康社会目标任务，谱写了"强富美高"新江苏建设的张家港篇章，为进一步推进高质量发展和实现共同富裕奠定了坚实基础，未来需要进一步借鉴浙江示范区的建设举措，结合本地实际进行相应的改革探索。

第一，持续保持强劲的经济发展动力，以经济高质量发展为先导，提升创新资助力度，加快传统产业智能化改造、数字化转型步伐，进而推动产业结构优化升级和提质增效，形成具备一定国际竞争力的产业体系，为最终实现共同富裕创造扎实的物质基础。

第二，通过推进收入分配制度改革和更高质量更加充分就业来确保城乡居民收入稳定增加，并就此制定详细的目标规划，例如在《实施方案》中浙江提出了非常具体的居民收入增加计划，即"中等收入群体规模倍增计划"和"居民收入十年倍增计划"。

第三，持续推进城乡统一协调发展，缩小城乡区域差距，紧扣民生福祉，实现养老、教育、医疗、就业等基本社会公共服务和社会保障的优质普惠共享，并通过建立先富带动后富的帮扶机制缩小本地居民贫富差距。此外，在养老、教育、医疗、就业等社会民生领域可以打造相应的服务体系并推出一定的品牌项目，进而提升和谐宜居的城市形象，为本地长远发展吸引更多人才与投资。

第四，继续发挥本地在精神文明建设方面长期积累的经验和优势，尤其是对长江文化的弘扬与传承，并对精神文明建设成果经验进行广泛的宣传推广，不断提升城市的文明和谐美丽知名度。同时，持续加大生态文明建设推进力度，使"美丽中国"县域样板建设真正落到实处。

（三）浦东打造社会主义现代化建设引领区的启示

1. 中共中央国务院关于支持浦东新区高水平改革开放打造社会主义现代化建设引领区的意见

2021 年 7 月 15 日，《中共中央国务院关于支持浦东新区高水平改革开放打造社会主义现代化建设引领区的意见》从目标定位、实施路径、具体任务和组织保障等方面，出台了关于支持浦东新区高水平改革开放打造社会主义现代化建设引领区的意见。

在目标定位上，中共中央国务院赋予浦东新区的战略定位是"更高水平改革开放的开路先锋、自主创新发展的时代标杆、全球资源配置的功能高地、扩大国内需求的典范引领和现代城市治理的示范样板"，其阶段性发展目标是：2035 年浦东现代化经济体系全面构建，现代化城区全面建成，现代化治理全面实现，城市发展能级和国际竞争力跃居世界前列；2050 年，浦东建设成为在全球具有强大吸引力、创造力、竞争力、影响力的城市重要承载区，城市治理能力和治理成效的全球典范，社会主义现代化强国的璀璨明珠。

在实施路径上，浦东新区通过采取打造自主创新新高地、加强改革系统集成、争创国际合作和竞争新优势、增强全球资源配置能力、提高城市治理现代化水平等举措打造高水平改革开放社会主义现代化建设引领区。在组织保障方面，浦东新区通过树牢风险防范意识、坚持和加强党的领导、强化法治保障、完善实施机制，努力成为更高水平改革开放的开路先锋、全面建设社会主义现代化国家的排头兵、彰显"四个自信"的实践范例。

表 10 – 10　浦东新区高水平改革开放打造社会主义现代化建设引领区的任务要求

战略任务	具体要求
全力做强创新引擎，打造自主创新新高地	加快关键技术研发
	打造世界级创新产业集群
	深化科技创新体制改革

战略任务	具体要求
加强改革系统集成，激活高质量发展新动力	创新政府服务管理方式
	强化竞争政策基础地位
	健全要素市场一体化运行机制
深入推进高水平制度型开放，争创国际合作和竞争新优势	推动中国（上海）自由贸易试验区及临港新片区先行先试
	加快构建辐射全球的航运枢纽
	建立全球高端人才引进"直通车"制度
增强全球资源配置能力，服务构建新发展格局	进一步加大金融开放力度
	建设海内外重要投融资平台
	完善金融基础设施和制度
提高城市治理现代化水平，开创人民城市建设新局面	创新完善城市治理体系
	打造时代特色城市风貌
	构建和谐优美生态环境
	提升居民生活品质
提高供给质量，依托强大国内市场优势促进内需提质扩容	增加高品质商品和服务供给
	培育绿色健康消费新模式

2. 浦东新区推进高水平改革开放打造社会主义现代化建设引领区实施方案

对照社会主义现代化建设引领区的任务要求，2021年7月20日，中共上海市浦东新区第四届委员会第十次全体会议审议通过《浦东新区推进高水平改革开放打造社会主义现代化建设引领区实施方案》。

《实施方案》提出了未来浦东新区的六大行动计划，即：全球营运商计划，助推跨国公司在浦东的机构将运作范围从中国区向亚太区和全球拓展，培育一批真正意义上的全球营运"头部"企业；大企业开放创新中心计划，发挥大企业的内部创新资源和全球创新网络优势，集聚、培育、孵化创新链上的中小科技企业，开展协同创新；全球机构投资者集聚计划，抓住金融市场开放、产品创新的机遇，吸引全球知名机构投资者的资金和项目落地，支持已有机构投资者进一步提升能级；产业数字化跃升计划，利用现代信息技术对制造业和服务业进行全方位、全角度、全链条的改造，推动企业加快数字化、智能化转型；全球消费品牌集聚计划，吸引国际国内知名商业主体和消费品牌集聚浦东，实现在浦东买全球、卖全球；国际经济组织集聚计划，吸引培育与浦东功能优势和产业特色相关的国际商会、行业协会、同业公会等高能级国际经济组织，积极参与全球经济治理，扩大国际经济合作。

3. 浦东新区建设社会主义现代化引领区对张家港的启示

《中共中央国务院关于支持浦东新区高水平改革开放打造社会主义现代化建设引领区的意见》及上海浦东新区对照高水平改革开放打造社会主义现代化建设引领区的任务要求制定的《实施方案》，对促进张家港社会主义现代化建设具有一定的启示意义。张家港建设成为长江经济带和长三角地区更具向心力、更具竞争力、更具辨识度的"临港转型示范区、综合枢纽辐射区、美丽幸福引领区、文明城市策源地"，在全面建设社会主义现代化新征程中争当排头兵，需要密切关注浦东引领区的改革实践步伐，结合本地实际进行相应的创新探索。

第一，作为处于全国领先水平的县域和改革开放以来中国县域发展的杰出代表，建设社会主义现代化县域示范区，争做社会主义现代化建设的引领者，是时代赋予张家港的历史使命。张家港未来在制度设计和实施路径方面要增强先行先试的自主性，构筑普适度高、示范性强、经得起时代和历史检验的现代化建设体系，率先建成走在前列、全面协调、独具个性、群众认可的现代化。

第二，在社会主义现代化县域示范区建设的进程中提高任务工作的明确性，分阶段制定相应的目标任务，并细化阶段内需要完成的具体工作和任务清单，确保社会主义现代化县域示范区建设最终能够取得可供全国其他县域复制推广的制度性成果，并力争在重点领域和关键环节取得具有示范效应的标志性成果。

第三，持续提升自主创新和产业数字化意识，充分利用现代信息技术对已有产业进行提质升级，强化关键信息技术的研发和转化应用。

同时，鼓励企业加快数字化、智能化转型步伐，增强相关企业之间的协同创新实践，并致力于打造具有较强辐射能力和国内外影响力的创新产业集群。

第四，进一步提高本市企业的国际合作意识，通过完善基础设施建设和制度设计，不断吸引国内外企业投资和各类人才，并增强各类生产资源的综合配置能力，进而提升本市在全球范围内的合作水平和竞争优势。

四 为竞争力找方向

对城市竞争力的内涵和特征、影响因素、评估体系，张家港与国内外先进城市的比较，以及深圳、浙江示范区建设和浦东引领区建设所作的基础分析，有助于对张家港当前的城市竞争力情况得出更为科学、全面的基本评价。

第一，经济发展和城市竞争力的关系最为密切，经济发展是城市全面发展的基础，经济发展能力为城市综合实力的提升奠定了物质基础。从经济发展来看，张家港的 GDP 规模和规模以上工业总产值等经济发展指标尚存在较大的提升空间，但是从 GDP 和固定资产投资增速来看，张家港经济发展呈现了较强的赶超势头和发展后劲。从客观数据来看，多年来张家港的 GDP 规模处于两千亿级，虽然 2021 年超过了三千亿级，但与昆山和江阴的四千五百亿级相比差距较大；规模以上工业总产值 2021 年刚刚超过 5000 亿元，这与昆山 2021 年迈上的 1 万亿元新台阶差距不小；但是，2021 年，张家港 GDP 增速为 8%，表明张家港在促进经济增长上在不断发力，且表现出了较强的发展潜能。张家港如能在经济发展的各项指标上均继续保持当前的增长势头，其经济综合实力不仅将蝉联全国百强县（市）前三甲，而且各项指标的单项排名将会继续前移。未来张家港应结合本市实际发展状况，就具体的经济发展指标与国内外先进城市进行对比，并在创新转型和产业升级上有针对性地制订学习与追赶计划，这将有助于张家港进一步提升其经济实力和综合竞争力。

第二，社会治理与城市的和谐稳定密切相关，关乎当地百姓最关心最直接最现实的利益问题，是提升城市竞争力的重要前提保障。从社会治理来看，张家港目前已经采取的社会治理创新举措取得了一定实效，但是与其他先进县（市）相比，其社会治理水平还有待进一步提高。具体来看，张家港以领先昆山、江阴和晋江的较高分值获评全国平安建设先进县（市），但是在构建"共建共治共享"社会治理体系方面，对于一些关乎城市和谐稳定的管理难题和伴随城市发展衍生的累积性矛盾，尚需进一步探索有效的应对举措，以不断提升该市的社会治理水平。未来张家港应跳出县（市）思维，有效借鉴昆山、江阴和晋江以及新加坡等国内外先进城市的有益经验，在强化基层社会治理创新上下功夫，积极探索在全国层面形成示范效应的有效举措，这对提升张家港的城市形象和城市竞争力至关重要。

第三，文化是精神文明的体现和城市发展的软实力，文化建设在促进城市发展转型和软实力提升进程中的作用不容忽视。从文化建设来看，张家港以张家港精神为旗帜，在全面推进城市精神文明建设方面走在全国县域前列，这在很大程度上助益了张家港城市形象和城市竞争力的提升。一方面，张家港的区位特征决定了其是长江文明的守护者，多年来以长江文化为抓手持续优化城乡公共文化服务建设，不断推动优秀传统文化创造性转化、创新性发展。与国内外其他城市相比，这是张家港增强核心竞争力的长效源泉之一。另一方面，"社会文明程度高"的亮丽名片有力提升了文明张家港的品牌内涵和城市形象，城市文化地标建设等一系列举措显著推动了张家港文化事业产业发展和文化软实力提升。未来张家港在继续以高质量文明成果提升城市形象的同时，还应借鉴昆山等先进城市的经验，以数字化为契机实施文化产业倍增计划等举措，在塑造城市文化名片的同时进一步提升本市的文化产业竞争力。

第四，社会发展水平与人民群众的生活质量和获得感幸福感满足感直接相关，是衡量城市竞争力的重要维度。从社会发展层面来看，张家港致力于从扩大城镇就业、缩小城乡收入差距、发展均衡教育、实施困难群众救助等方面创新民生实事，采取的一系列举措在省级和全国层面获得了肯定和推广，在很大程度上提升了城市形象。但是，与晋江、昆山、江阴和新加坡等国内外先进城市相比，张家港在社会发展水平方面的竞争力还存在一定的提升空间。未来，张家港应借鉴国内外先进城市的有益经验逐项提升教育、医疗、就业和养老等公共产品的供给数量和质量，提升公共服务供给的普惠性和均衡性。需要注意的是，这些公共产品需求的增加主要与人口老龄化趋势显著相关，在这方面张家港可借鉴马尔默的经验，通过改善基础设施建设强化与周边城市联动，增强与周边城市的人员流动和外来优秀人才的吸引力，并以此反哺当地社会发展，实现经济与社会的可持续协调发展，满足人民群众日益增长的美好生活需要并最终帮助提升本市的综合竞争力。

第五，生态环境关乎城市可持续发展，不断加大力度推进生态文明建设已经成为提升城市竞争力的重要基石。在生态文明建设方面，张家港已将其全面融入社会经济发展的各个方面并采取了一系列卓有成效的行动计划，在该领域获得多项国家级荣誉，但是与昆山、江阴等国内其他县（市）相比，由于环境容量和资源空间持续收窄，张家港仍面临较大的节能减排降碳压力，在生态文明竞争力提升方面还存在较大空间。未来张家港加强生态文明建设需借鉴昆山、江阴、晋江和北九州等国内外城市的先进经验，例如加大使用网络新兴技术辅助环境监测与治理的力度，鼓励企业实施技术创新和设备改良等，并根据自身特征深入打造多元化产业结构、优化布局新型替代产业等。同时，张家港还需强化与周边先进城市的生态共建共享合作，并着力打造一批在省级或国家层面具有推广示范效应的生态环保项目，这会在很大程度上助力张家港打造生态宜居城市，并产生人才聚集、企业争相投资等关联效应，进而提升张家港的综合竞争力。

　　从经济发展、社会治理、文化建设、社会发展和生态文明建设五个方面逐项对张家港的竞争力进行全面细化评价，可以发现，张家港在经济增长上具备较强的发展后劲，在精神文明建设方面也处于全国领先水平，继续保持并创新拓展这两方面的改革举措将使张家港在保持现有竞争力水平的基础上迈向新的台阶。在社会治理、社会发展和生态文明建设方面张家港虽然结合本市实际探索了一系列创新改革举措，但是还存在较大的提升空间和潜力，通过与国内外其他先进城市逐项对比并学习借鉴相关的有益经验，将有助于张家港综合竞争力的大幅提升。

第十一章 探索中国式现代化县域样本

凡是过往，皆为序章。

六十年来，张家港风雨兼程。作为改革开放的见证者和实践者，张家港崛起本身就是中国共产党领导和中国特色社会主义制度显著优势的集中体现。可以说，今天的张家港就是中国特色社会主义迈向现代化为什么行的一个印证和缩影，不仅生动演绎了"伟大理论的成功实践"，而且正以全新的姿态、勇毅的担当，奋力书写着新时代高质量发展的"张家港答卷"。

六十年来，张家港创造性地进行了很多先行先试的探索，积累了丰富的、可借鉴、可复制、可推广的经验。如将不尽，与古为新。站在"两个一百年"奋斗目标的时间交汇点，全面总结张家港的历史经验，可以为今后探索中国式现代化县域发展模式，实现共同富裕的奋斗目标，提供实践性智慧和前瞻性样本。

一 中国式现代化，前无古人的事业

2017 年，习近平总书记在党的十九大报告中对新时代中国特色社会主义发展作出战略安排，提出 2035 年基本实现社会主义现代化，到 21 世纪中叶全面建成社会主义现代化强国。2021 年，习近平总书记在庆祝中国共产党成立 100 周年大会上的讲话中提出，中国共产党通过百年伟大奋斗，"创造了中国式现代化新道路，创造了人类文明新形态"。① 现代化一直是中华民族渴望而又难及的奋斗目标，一代又一代中国人民为之付出了艰辛的努力。从不知现代化为何物，到学习欧洲现代化、学习苏联现代化、学习美国现代化，再到如今提出中国式现代化道路，中国特色社会主义的道路自信、理论自信、制度自信和文化自信才真正彰显。

（一）欧美现代化道路不适合中国

现代化是一个历史性、世界性的概念。原中国社会科学院院长王伟光认为，实现现代化是近代以来世界各国，尤其是发展中国家孜孜以求的目标，直到今天，依然是世界历史发展的核心问题。

尽管现代化迄今尚无统一的定义，但这并不影响世界各国对现代化的基本内涵和主要特征达成共识。现代化是与时俱进的动态过程，是一个阶段性、相对性、动态性的概念，具有鲜明的时代特征；现代化是全面发展的系统变革，是一个多层面、全方位的转变过程，不单纯是经济的变革过程，而是在此基础上发生的包括社会变革、文化变革、政治变革以及人的成长等一系列的历史变迁；现代化是以人为本的价值取向，对任何一个国家和地区而言，现代化并不是奋斗的终极目标，而只是一个过程和手段，其最终目的在于，通过现代化实现人的全面解放，促进人的全面发展。同时，现代化是彰显特色的个性追求，需要立足本国国情，着眼本地实际，创出自身特色。

讨论中国特色社会主义现代化事业，需要对全球现代化的轨迹、规律、条件等有基本认知。一般认为，18 世纪的英国工业革命和法国政治革命是现代化进程的起点。此后，世界上主要出现过三次现代化浪潮，关联到几乎全球所有的民族和国家。

第一次现代化浪潮，以英国为代表，它与英国资产阶级革命、工业革命和建立"日不落"全球殖民政权紧密相关。18 世纪中后期，英

---

① 习近平：《在庆祝中国共产党成立 100 周年大会上的讲话》，人民出版社 2021 年版，第 14 页。

国爆发工业革命，彻底改变了人类历史进程，出现了以大机器生产为标志的工业文明，英国国力显著增强，成为世界上第一个现代化强国，由此也开启了第一次现代化浪潮。但它并不是和平崛起的，英国学者哈里森说："对非西方国家的剥削，就曾对西方资本主义的产生起过关键性的作用，的确，如果没有这种剥削，西方能否实现工业化都是值得怀疑的。"显然，英国式现代化发展路径并不适合中国，不具有可复制性。

第二次现代化浪潮，以西欧、德国和美国为代表，它主要依托资本主义制度在欧美普遍确立，以及以电气为主要标志的第二次工业革命带来了史上最大规模的城市化进程。19 世纪末 20 世纪初，欧美大规模人口向城市聚集，城市基础设施建设基本完成，物质产品极大丰富，这些都是现代化必备的前提条件，也由此拉开了第二次现代化的大幕。虽然第二次现代化浪潮是由来自国家内部的体制改革和科学技术推动的，但是实现现代化之后的欧美国家无一例外，都复制了英国模式开始了殖民扩张，两次世界大战由此爆发，给人类社会带来了深重的苦难。因此，这一现代化发展路径也不适合中国，不具有可复制性。

第三次现代化浪潮，以拉美、南非、亚洲的部分国家和地区为代表，主要出现在 20 世纪下半叶，涉及国家之多、地域之广、文化差异之大前所未有。这主要与三个原因有关，其一，"二战"之后亚非拉大多数国家从殖民地、半殖民地状态中解放出来，建立了独立的民族国家；其二，以计算机、互联网为代表的第三次科技革命极大地解放了各国的生产力；其三，与欧美等老牌现代化国家的产业转移有关。虽然不少亚非拉国家实现了经济高速增长，居民生活得到很大改善，但是这一轮的现代化浪潮表现出极强的依附性、脆弱性和不彻底性，很容易陷入经济危机。因此，这一现代化发展路径同样不适合中国，不具有可复制性。

（二）中国式现代化的伟大意义

回望中国社会主义现代化建设的伟大征程，1954 年，毛泽东同志在全国人大一届一次会议的开幕词中，明确提出党和国家的奋斗目标是"将我们现在这样一个经济上文化上落后的国家，建设成为一个工业化的具有高度现代化程度的伟大的国家"。周恩来在《政府工作报告》中，第一次提出中国社会主义"四个现代化"建设的构想，即"如果我们不建设起强大的现代化的工业、现代化的农业、现代化的交通运输业和现代化的国防，我们就不能摆脱落后和贫困"。以毛泽东为核心的第一代中共领导集体，为中国社会主义现代化建设勾勒出基本图景。之所以称为社会主义现代化，是因为 1956 年中国已经完成社会主义改造，社会主义制度在中国确立，这意味着中国的现代化建设只能沿着社会主义的路径展开。这一阶段，张家港市（沙洲县）积极响应国家工业现代化建设的号召，工业生产总值占比从 1962 年建县之初的 16.5%，一路突进，到 1977 年改革开放前夕，工业生产总值占比已经超过 50%。

党的十一届三中全会以后，邓小平同志在 1979 年讲话中首次提出了"中国式的现代化道路"的概念。以邓小平同志为核心的第二代中央领导集体确立了具有中国特色的社会主义现代化建设道路，制定了现代化建设"三步走"战略，极大地解放和发展了生产力，明确提出到 20 世纪中叶"基本上实现现代化，建成富强、民主、文明的社会主义国家"。之后，一张蓝图绘到底，中国特色社会主义现代化成为中国共产党和中国人民矢志不渝的奋斗目标。2000 年全国实现从温饱到小康的历史性跨越，为中国特色社会主义现代化建设打下了坚实的基础，从此中国进入全面建设小康社会新阶段。

20 世纪 90 年代，张家港人敢为时代之先，解放思想，抓住机遇，发扬敢试、敢闯的张家港精神，实现了张家港的大跨越、大发展。21世纪初，张家港又紧紧围绕江苏省委省政府提出的"两个率先"（率先建成全面小康、率先基本实现现代化）的奋斗目标，一往直前，奋勇拼搏。2005 年，全市实现地区生产总值 705 亿元，率先达到省定全面小康社会的指标要求，荣膺首届全国文明城市称号。

2007 年，党的十七大报告提出"建设社会主义市场经济、社会主义民主政治、社会主义先进文化、社会主义和谐社会，建设富强民主文明和谐的社会主义现代化国家"。[①] 2012 年，党的十八大报告进一步提出"建设社会主义市场经济、社会主义民主政治、社会主义先进文化、社会主义和谐社会、社会主义生态文明，促进人的全面发展，逐步实现全体人民共同富裕，建设富强民主文明和谐的社会主义现代化国家"。中国特色社会主义战略布局逐渐从"三位一体"到"四位一体"，再到"五位一体"，标志着中国特色社会主义现代化理论体系日益完善。

党的十八大以来，习近平总书记清晰擘画了中国特色社会主义现代化国家的宏伟蓝图，为推进社会主义现代化指明了基本方向。这不仅回答了我们要建设什么样的现代化，怎样建设社会主义现代化；而且通过脱贫攻坚、全面建成小康社会、高质量发展、共同富裕等行动目标，让社会主义现代化不再是一个遥远的想象，而是变得可操作、有步骤、能落地；更重要的是，党的十九届五中全会明确提出了"中国式现代化"的五个基本特征，即我国现代化是人口规模巨大的现代化，是全体人民共同富裕的现代化，是物质文明和精神文明相协调的现代化，是人与自然和谐共生的现代化，是走和平发展道路的现代化。这不仅赋予了社会主义现代化建设丰富而全面的内涵，而且明确了中国式现代化的指导原则和奋斗方向，更加体现了对现代化建设经验的深刻把握，对未来现代化道路的深邃思考，开辟了现代化理论的新境界。

党的十九届六中全会审议通过的《中共中央关于党的百年奋斗重大成就和历史经验的决议》指出，中国式现代化，作为人类文明的新形态，"拓展了发展中国家走向现代化的途径，给世界上那些既希望加快发展又希望保持自身独立性的国家和民族提供了全新选择"[②]。中国共产党"为解决人类重大问题，建设持久和平、普遍安全、共同繁荣、开放

---

① 胡锦涛：《坚定不移沿着中国特色社会主义道路前进为全面建成小康社会而奋斗——在中国共产党第十八次全国代表大会上的报告》，人民出版社 2012 年版，第 12 页。
② 《中共中央关于党的百年奋斗重大成就和历史经验的决议》，人民出版社 2021 年版，第 64 页。

包容、清洁美丽的世界贡献了中国智慧、中国方案、中国力量，成为推动人类发展进步的重要力量"。① 中国式现代化道路具有世界意义。

建设中国特色社会主义现代化是一项前无古人的伟大事业。站在"两个一百年"的历史交汇期，全面建成小康社会已经完美收官，实现第一个百年奋斗目标之后，我们要乘势而上开启全面建设社会主义现代化国家新征程、向第二个百年奋斗目标进军。从县域层面开展中国特色社会主义现代化实践探索，是张家港立足新的时代方位、基于现阶段发展基础提出的全新而重大的命题。

二　走在前列，当好现代化排头兵

党的十八大以来，按照习近平总书记重要指示要求，江苏省充分发挥发展的创新性、探索性、引领性，力争在率先实现社会主义现代化上走在前列。张家港坚持以习近平新时代中国特色社会主义思想为指导，认真践行新发展理念，坚持稳中求进、争先率先，扎实推进高质量发展走在前列，高水平全面建成小康社会取得决定性成就，各项事业蓬勃发展，生动展现了"强富美高"新江苏建设的张家港模样，为率先开启中国特色社会主义现代化建设新征程奠定了坚实基础。

（一）从可以勾画、积极探索到走在前列

在建设社会主义现代化的征程上，中央对江苏寄予了厚望。早在2009年4月，习近平同志在江苏调研时就指出，"像昆山这样的地方，包括苏州，现代化应该是一个可以去勾画的目标。"②

2014年12月，习近平总书记在视察江苏时强调，江苏要"在扎实做好全面建成小康社会各项工作的基础上，积极探索开启基本实现现代化建设新征程这篇大文章"。习近平指出，希望江苏的同志认真

---

① 《中共中央关于党的百年奋斗重大成就和历史经验的决议》，人民出版社2021年版，第64页。

② 《改革开放与中国城市发展》编写组：《改革开放与中国城市发展》，人民出版社2018年版，第417页。

落实中央各项决策部署，紧紧围绕率先全面建成小康社会、率先基本实现现代化的光荣使命，努力建设经济强、百姓富、环境美、社会文明程度高的新江苏。同时提出"五个迈上新台阶"，即协调推进全面建成小康社会、全面深化改革、全面推进依法治国、全面从严治党，推动改革开放和社会主义现代化建设迈上新台阶。从此，习近平总书记"强富美高"的殷切期望成为了江苏发展的新蓝图和新坐标，鼓舞人心，催人奋进，也是引领江苏"十三五"发展的总纲领。

同样是在这次视察期间，习近平总书记提出江苏"可在全面建成小康社会阶段做一些基本现代化建设需要做的事情"。从2009年的"可以勾画"到2014年的"积极探索"，这是中央对江苏社会主义现代化建设提出的新要求。

"为全国发展探路"，是党中央对江苏的一贯要求。2013年，国家发改委经国务院同意印发《苏南现代化建设示范区规划》，决定在苏南地区选择有条件的县（市、区）先行先试，并构建试点地区基本实现现代化评价体系，充分发挥基层积极性、主动性和创造性，支持开展探索性、系统性、先行性的创新实践。

2018年，江苏省委、省政府提出"建立基本实现现代化评价体系，并在苏南选择若干县（市、区）进行开启全面建设社会主义现代化新征程试点"。2019年2月，苏南部分县（市、区）开展社会主义现代化建设试点工作的《实施方案》正式印发，以苏南现代化建设示范区为引领，在全省6个地方开展社会主义现代化试点，通过局部探索实践带动全区域现代化。

该方案具体提出：以到2035年基本实现社会主义现代化的要求为引领，兼顾与2050年建成富强民主文明和谐美丽的社会主义现代化强国目标相衔接，结合地方实际开展先行先试，通过两年左右的努力，在探索社会主义现代化建设的主要内涵和指标设置上取得重要成果，在体制机制改革的重要领域和关键环节取得决定性成果，在探索高质量发展的基本路径和引领性发展的特色创造上取得突破，形成可复制可推广的实践经验，并建立与之相适应的现代化监测评价指标体系，为指导全省全面开启现代化建设新征程提供样板示范。

2020年11月，党的十九届五中全会闭幕不久，习近平总书记首次到地方视察就来到江苏，要求江苏"在率先实现社会主义现代化上走在前列"，同时要求江苏"着力在改革创新、推动高质量发展上争当表率，在服务全国构建新发展格局上争做示范"。不仅要求江苏攻坚克难，解决社会主义现代化建设过程中可能出现的种种困难，实现凤凰涅槃的发展；而且要求江苏放眼全国，为全国建构现代化的新发展格局做好服务，积累经验。从"积极探索"到"走在前列"，中央在"十四五"期间对江苏提出了新要求，江苏定当不负重托，扛起光荣新使命。从此，"两争一前"的指示要求成为引领江苏"十四五"发展的总纲领。

目标引领脚步，定位决定方向。2020年11月15日，江苏省委常委会召开扩大会议，对率先实现社会主义现代化作出部署："要把总书记视察中作出的重要指示、强调的重点问题，作为江苏推进现代化建设的重大任务，加强谋划、抓好落实，更好地牵引带动全局发展，以过硬的实践成果向党中央交卷。"12月，江苏省委十三届九次全会明确提出，江苏要"以区域性实践为全国现代化建设先行探路、积累经验"。2021年8月，江苏省委十三届十次全会提出："全省经济运行总体呈现稳定恢复、稳中加固、稳中向好态势，使我省高水平全面小康的建设成果更加丰硕、更加过硬，为现代化建设提供了更为坚实的物质基础、更为主动的精神力量。"也是在这次全会上，江苏对"在率先实现社会主义现代化上走在前列"这一新的光荣使命作出了全面部署，明确要求要深刻把握中国特色社会主义现代化建设的特征内涵，以现代化的理念、标准、思路系统谋划推进所有工作。

（二）争当建设社会主义现代化的排头兵

1962年，张家港市（沙洲县）建县，这是中国现代化建设最为艰难的时候，国际上社会主义阵营和资本主义阵营的对抗正在加剧。诞生之初的张家港就与伟大的祖国在建设社会主义现代化的道路上同呼吸、共命运。六十年来，张家港在中国共产党的领导下，进行了广泛而深刻的社会变革，从一穷二白迈向了现代化，在半个多世纪的时间里，张家港从苏南的"边角料"蝶变成为"全国明星城市"。道路虽然艰难，方向尤其坚定，成就更是巨大。

自 20 世纪 90 年代起，国家多个部委已开始对小康社会建设进程进行指标监测。2013 年，国家统计局研究制定了《全面建成小康社会统计监测指标体系》。各级测评显示，张家港县域发展综合实力已连续多年位列全国前列。2018 年，江苏启动高质量发展监测评价，张家港以全省县级市第一名的成绩走在了全省高质量发展的前列。与此同时，第三方机构围绕县域经济和县域发展从不同的侧重点推出了名目繁多的监测评价，起到了较为积极的引领导向作用。而张家港，在各种监测评价中，一直名列第一方阵。

2020 年底，竞争力智库、中国经济导报社、中国信息协会信息化发展研究院和北京中新城市规划设计研究院在北京联合发布《中国城市全面建成小康社会监测报告 2020》，该报告以"中国县级市全面小康指数"反映城市全面建成小康社会整体水平。监测报告显示，2020 年，张家港以全面小康指数得分 152.19，排在了全国县级市的第二位。同期，中国社会科学院财经战略研究院在北京发布了《中国县域经济发展报告（2020）》暨全国百强县（区）报告，该报告在全国近 2000 个县域经济单元中遴选出 400 强样本县（市），张家港继续位列全国第三位。2021 年，中国中小城市高质量发展指数研究课题组国信中小城市指数研究院发布了《2021 年中国中小城市高质量发展指数研究成果发布》，张家港继续位列"2021 年度全国综合实力百强县市"第三位。

由此可见，党的十八大以来，张家港综合实力显著提升。在各类第三方机构监测评价中，张家港的县域发展总体处于全国领先水平，其显著特点在于全面综合、均衡协调的整体水平较高。张家港市连续获评省推进高质量发展先进县（市、区）第一等次，在《中国城市全面建成小康社会监测报告 2019》中被评为率先全面建成小康社会范例城市，堪称高质量全面综合协调发展的县域样本，成为全国唯一连续六届蝉联全国文明城市的县域城市，荣获文明奖项"大满贯"的县级市。张家港圆满完成高水平全面建成小康社会目标任务，谱写了"强富美高"新江苏建设的张家港篇章，为率先开启社会主义现代化建设新征程奠定了坚实基础。

张家港以习近平新时代中国特色社会主义思想为指导，紧扣"强富美高"总目标，对标对表"争当表率、争做示范、走在前列"的奋斗指向，立足新发展阶段、贯彻新发展理念、服务构建新发展格局，全力勾勒具有张家港特色和内涵的现代化形态，推动张家港在全面建设社会主义现代化新征程中取得新的成绩。

2019 年，张家港市人民政府与中国社会科学院课题组联合制定了《张家港市建设社会主义现代化县域示范区规划》，通过选取在经济发展、社会治理、文化建设、社会发展、生态文明和人民生活等领域中的代表性指标，对"建设社会主义现代化县域示范区指标体系"作了难能可贵的探索，率先展开社会主义现代化县域探索，尝试着建立建设社会主义现代化县域示范区指标体系，并于 2020 年 1 月 12 日在北京举行了题为"探索中国特色社会主义现代化建设县域样本"的研讨会，人民网、光明网等媒体均有报道，反响热烈。

2020 年，中共张家港市委十一届十二次全会提出"与时俱进大力弘扬张家港精神，解放思想、创新实干，奋力夺取'十四五'发展良好开局，在开启全面建设社会主义现代化新征程中争当排头兵"的奋斗目标。

2021 年，苏州市"十四五"规划出炉，对张家港提出了新的城市定位，支持张家港建设中国特色社会主义现代化县域示范区，打造长江经济带和长三角地区的"临港转型示范区、综合枢纽辐射区、美丽幸福引领区、文明城市策源地"。

2021 年，中共张家港市第十二次代表大会报告提出：努力为苏州打造向世界展示社会主义现代化的"最美窗口"，扛起张家港担当。为"苏南地区打造可以代表国家水平、引领未来方向的现代化建设先行示范区"，奉献张家港力量。

2021 年，中共苏州市第十三次党代会明确要求，"张家港市要轻装上阵，加快产业转型，推动两个文明持续领跑，打造全面综合、优质均衡的现代化文明典范城市，让'张家港精神'焕发新的时代华彩。"

2021 年，张家港获评"2021 中国高质量推进基本现代化典型城市"。

三　张家港的发展经验

六十年来，国内外形势风云激荡，放眼世界，我们面对的是百年未有之大变局。张家港市（沙洲县）建县（市）以来，从"农转工"到"内转外"，从"散转聚"到"量转质"，一个时期一个主题、一个阶段一个目标，平均经济增速为 18.7%，高于同期全国平均数 9 个百分点；地区生产总值由 1978 年的 3.2 亿元增至 2021 年超 3000 亿元；自 1994 年以来稳居全国县域经济百强榜前三甲。同时，张家港也在政治、文化、社会、生态文明领域全面发展，"两个文明一起抓"，先后荣获 200 余项国家级荣誉称号。

六十年来，张家港对党中央国务院、江苏省委省政府、苏州市委市政府的各项政策要求坚决贯彻，不仅不打折扣，而且以更高的标准要求自己，自加压力，敢于争先。自 20 世纪 90 年代以来，张家港始终坚持以经济建设为中心，坚持生态优先绿色发展理念，统筹城乡协调发展，同时大力建设精神文明，擦亮文明这个城市底色，将人民群众对美好生活的向往作为自己的奋斗目标。

回首六十年的发展历程，张家港发展的经验可以用"六个坚持"来总结概括，即坚持和加强党的全面领导，坚持以人民为中心，坚持塑造和弘扬城市精神，坚持物质文明和精神文明两手抓、两手硬，坚持城乡统筹协调发展，坚持人与自然和谐共生。

（一）坚持和加强党的全面领导

六十年来，张家港始终坚持党的全面领导，听党话，跟党走，坚决贯彻执行中央的各项战略部署和政策要求，遵循党的战略方针，不仅仅是努力完成党的各项任务，更是不断巩固基层组织，加强思想建设、组织建设和作风建设，自加压力，争先创优，高标准高质量完成目标任务。

张家港在全面建成小康社会的征程中，始终高举中国特色社会主义伟大旗帜，在解放思想中汲取动力、在改革开放中厚植优势，争做江苏"两个率先"的先行军、探路者。为了实现这个目标，张家港始终把强化党的领导和党的建设放在首位。

六十年来，张家港结合自身实际，以提升组织力为重点，以服务型党组织建设为抓手，探索实践了"小区域、大党建"党建引领基层治理、区域化＋互联网、"红堡"品牌工程等一批创新做法，积极构建更加开放融合的城市基层党建工作新格局。张家港市的创新发展实践，就是一代又一代共产党人用行动诠释价值追求，以担当引领社会风气，把党领导人民艰苦创业的伟大实践与基层实际结合起来，永葆对党忠诚的政治本色，时刻牢记自己的第一身份是共产党员、第一职责是为党工作，自觉把讲政治贯穿于党性修炼全过程。张家港时刻不忘正本清源，不断增强党的创造力凝聚力战斗力，夯实党的执政之基。始终坚持解放思想、实事求是、与时俱进，充分发挥党的领导作用和共产党员的先锋模范作用，团结带领人民努力开创中国特色社会主义事业新局面。

习近平总书记强调，干部就要有担当，有多大担当才能干多大事业，尽多大责任才会有多大成就。张家港党员干部在六十年发展历程中，始终以不辱使命、自加压力的担当意识，以民为本、共建共享的民本情怀，走在前列、干在实处的务实作风，创新激励约束机制，真正能让"能者上、庸者下、劣者汰"，树立正确的选人用人导向，以无功即过的意识抢抓发展机遇，以超越自我的追求提升发展定位，在自加压力的奉献担当中促进了张家港的大发展、大进步。创优争先成为张家港人尤其是党员领导干部的特殊气质形态，镇村、部门、企业、个人竞相争先创优，自找差距，以"跳一跳够得着"的目标定位来自我要求，先后涌现出优秀县（市）委书记秦振华、最美村官吴栋材等一批勇挑重任、敢破敢立的优秀党员干部。

党的十八大以来，张家港以习近平新时代中国特色社会主义思想为指引，积极贯彻落实中央要求，统筹推进"五位一体"总体布局和协调推进"四个全面"战略布局，积极践行新发展理念，走上高质量发展之路。张家港严格对标习近平总书记对江苏"在率先实现社会主义现代化上走在前列"的要求，自我加压，提出"争当建设社会主义现代化的排头兵"和"率先探索中国式现代化县域样本"的要求，团结带领全市百万群众接力奋斗、聚力创新，不断强化党员干部奋发图强的内在动力，切实拿出推动高质量发展的硬招新招，撸起袖子加油干，为推动张家港市创新性、探索性、引领性发展不懈奋斗。

今日的张家港，争做中国特色社会主义现代化县域发展的引领者，在县域层面建成走在前列、全面协调、独具个性、群众认可的现代化，既符合客观规律，又具有县域特色，体现张家港特点。

（二）坚持以人民为中心

现代化的宏伟目标终究是要落在人的发展上的。以人民为中心，是唯物史观的本质体现，贯穿于习近平新时代中国特色社会主义思想的各个方面。

六十年来，张家港始终坚持人民主体地位，坚持共享共建发展理念，着力解决发展不平衡不充分问题和人民群众急难愁盼问题，努力打造群众认可的民生强市，致力于让百万港城人民共享高品质生活。2021年张家港居民人均可支配收入66101元，远高于同期全国居民人均可支配收入35128元；全体居民人均消费支出38644元，远高于同期全国居民人均消费支出24100元。

六十年来，张家港持之以恒把人民对美好生活的向往作为奋斗目标，努力让更多的群众共享发展成果。大力推进年度民生实事工程，创新实施民生微实事，精准聚焦"关键小事"，认真办好"民生大事"，着力构建多元长效的富民增收体系、均衡优质的公共服务体系、普惠托底的社会保障体系。注重经济发展与改善民生的协调性，注重民生指标与群众感受的一致性，坚定不移壮大中等收入群体，满足多样性的民生需求、解决结构性民生问题，积极引导社会各阶层各展所长、各尽所能；健全幼有所育、学有所教、劳有所得、病有所医、老有所养、住有所居、弱有所扶的全生命周期和健康全过程的服务保障体系；全力打造县域民生幸福标杆，让全体人民体会到"有一种幸福叫做生活在张家港"。

张家港上榜"2020 最具幸福感城市（县级市）"，建成全省首批"现代社区治理创新实验区"，"社区协商"荣获第四届"中国法治政府奖"第一名。2021 年，张家港全域推进海绵城市建设，入选省"美丽宜居城市建设试点"。

六十年矢志不渝，六十年初心未改。张家港始终将人民利益作为全部工作的出发点和落脚点。中国特色社会主义发展，检验我们一切工作的成效，最终都要看人民群众是否真正得到了实惠，人民生活是否真正得到了改善。正如习近平总书记所指出，时代是出卷人，我们是答卷人，人民是阅卷人。

（三）坚持塑造和弘扬城市精神

伟大的事业需要并将产生崇高的精神，崇高的精神支撑和推动着伟大的事业。"团结拼搏、负重奋进、自加压力、敢于争先"的张家港精神，是张家港城市之魂、力量之源。归结起来看，张家港精神是"一种抓住机遇、加快发展、勇创大业的精神，一种敢于竞争、敢创一流、永不满足的精神，一种雷厉风行、脚踏实地、真抓实干的精神"，也是"一种共产党人实践全心全意为人民服务宗旨、对人民高度负责、严于律己、自觉奉献的精神"。张家港始终大力弘扬张家港精神，砥砺奋进、拼搏争先，创造了一个个"不敢想""不可能"的发展奇迹。

植根于改革开放和中国特色社会主义建设实践中的张家港精神，经过历届张家港领导班子的薪火相传和全市人民的接续践行，不断传承光大，获得新的发展和升华。敢于争第一、勇于创唯一的张家港精神已经内化成了张家港人自觉的气质。敢于率先突破计划经济的束缚，敢于将改革进行到底，敢于自我超越建立创新型城市。无论是在哪段岁月中，张家港永远以第一名作为自己对标、对表的对象。也正是因为此，张家港才会在六十年的岁月中争得了那么多的第一！张家港效应再度表明：任何区域实现跨越发展，都离不开一种具有时代特质的超凡精神。新时代的发展更要与时俱进大力弘扬张家港精神，激发张家港人固有的争先作为的张家港精神特质，不断推进张家港发展。

进入中国特色社会主义新时代，张家港必须坚持以习近平新时代中国特色社会主义思想为指导，在中国精神和时代精神的启示下，继续大力弘扬张家港精神，牢牢把握以人民为中心的发展思想，牢牢把握新发展理念推动发展，牢牢把握高质量导向聚力发展，让张家港精神始终成为推动张家港发展的城市之魂、力量之源。

（四）坚持物质文明和精神文明两手抓、两手硬

1995年，人民日报总结张家港经验，提出"从社会全面发展的战略高度，把物质文明建设和精神文明建设统一于建设有中国特色社会主义的伟大实践之中，始终不渝地以经济建设为中心，坚持'两手抓''两手硬'"。一方面牢牢抓住经济发展这个"牛鼻子"，另一方面持续擦亮"文明"这个金字招牌，最终做到物质文明和精神文明相互促进、协调发展。

正是因为有了精神文明的引领，张家港取得阶段性成绩，在多年稳居全国百强县前三甲之后，自我突破，克服阵痛，主动调整产业结构，推动传统产业转型升级，迈向中高端发展。正是因为张家港是一座有精神的城市，才能做到以"军令状"的方式，自我加压，不断完

成这些硬碰硬的工作，创造了一个又一个"激情燃烧、干事创业的火红年代"。

反过来，如果没有物质文明的支撑，张家港在取得文明创建的成绩后，特别是多次荣膺全国文明城市，成为文明创建的先行者之后，是很难多年保持文明记录，成为文明实践的引领者。无论是"生态张家港""书香张家港"，还是"温润张家港""精致张家港"，从社会心理服务指导中心落成，到精神文明建设张家港研究与交流中心挂牌，再到一系列网络文明建设的行为和举措，都离不开物质文明。

物质文明和精神文明是相辅相成的。坚持"一把手抓两手，两手抓两手硬"，牢牢锁定"文明标准制定者"的角色定位，是张家港精神文明建设不变的原则。新时代的张家港，一方面，坚持创新驱动战略，进行传统产业的改造提升和新兴产业的培育导入；另一方面，不断提高精神文明水平，争创文明典范城市。在致敬历史中高扬旗帜，在继往开来中立牢标杆。从而引导经济更高质量发展，"文明张家港"城市品牌更加靓丽，物质文明和精神文明协调发展的道路更加宽广。

（五）坚持城乡统筹协调发展

工农关系、城乡关系，始终是现代化建设进程中必须处理好而又容易出偏差的一个具有全局意义的问题。城乡差距、区域发展不均衡以及贫富差距是当前县域发展的主要瓶颈。然而，从破解城乡二元结构，到全面建设"协调张家港"，再到形成城乡统筹的良好质态，城乡一体化协调发展成为了张家港最显著的特色。

社会进步是通过协调发展来实现的。六十年来，张家港市按照统筹发展、协调并进的思路，加快城乡资源整合，使城市功能布局更趋合理，农村资源更趋集中，片区中心镇功能提升，区域带动力日益加强。基于早期乡镇企业发展的成果，张家港从 20 世纪 80 年代就开始了城乡一体化的总体布局，1995 年，张家港被国家建设部确定为"城市现代化、乡村城市化"试点城市，至 2005 年城市化率达到 60%，2006 年，农村自来水和卫生厕所普及率达到 100%，昔日以农村集镇为主的农业县已具有现代中等城市的框架。2007 年，张家港农村恩格尔系数为 33.6%，城镇居民为 31.24%。按照联合国粮农组织的标准，彼时张家港城乡居民生活已经进入到较为富裕的阶段。至"十三五"期间，张家港城镇新增就业 7.97 万人，居民人均可支配收入年均增长 7.9%；2021 年，城乡收入比缩小至 1.86：1。

张家港形成协调发展的区域特色，不是一蹴而就的。从因贫困而产生的原始发展冲动，到追赶先进、加快发展；从"两手抓两手硬"，到城乡统筹、协调发展，张家港的发展脉络十分清晰。正是有着以人民为中心的发展理念，才使得张家港人始终能够不停顿地自加压力，推动经济社会发展从不够全面到比较全面，从不够协调到比较协调。张家港的成功奥秘在于：以人民为中心的发展目标不断顺时提升，引领协调发展境界的应势升华。

张家港近年来，一方面以协调推进乡村振兴战略和新型城镇化战略为抓手，努力缩小城乡差距和居民生活水平差距，促进城乡生产要素双向自由流动和公共资源合理配置，率先建立起城乡融合发展体制机制和政策体系，打造城乡融合发展示范区；另一方面突出民生，推动公共服务向农村延伸、社会事业向农村覆盖，健全全民覆盖、普惠共享、城乡一体的公共服务体系。

在张家港行走，最真切的感受就是张家港城乡之间的"无缝对接"。"城乡一体"正勾勒港城幸福样本。张家港城乡一体化协调发展的探索打破了社会上关于三农问题的悲观论调，为今天城乡融合与乡村振兴树立了信心，这正是张家港六十年发展的重要经验之一。

（六）坚持人与自然和谐共生

在现代化发展中，很多发达国家走了一条"先污染后治理"的道路，中国式现代化一定要避免走这条老路。但是如何避免？至少在县域层面，张家港的发展提供了一个很好的借鉴，六十年来，张家港工业发展壮大的同时，没有以牺牲生态环境为代价，而是注重人与自然协调发展，积累了宝贵的经验。

　　从20世纪90年代就提出"既要金山银山，更要绿水青山"，到党的十八大以来自觉践行"绿水青山就是金山银山"，这既是一种理念的升华，也是张家港坚持走"生态优先、绿色发展"的现代化道路的体现。人与自然和谐共生，这座港口工业城市以特有的"绿色情商"在生态文明建设方面一直走在前列。

　　张家港把生态文明融入经济社会发展的全过程和各方面，努力探索富有生态文明内涵的"绿色化"发展路径。一方面，以生态倒逼作为企业转型的动力，将人与自然的协调发展，与传统工业转型升级、破除资源环境束缚的经济增长方式以及实现高质量发展联系起来，把资源消耗、环境损害、生态效益纳入经济社会发展评价体系；另一方面，强调制度建设，提升"绿色行政能力"，不辞难、堵源头、治沉疴、建制度、调结构，把生态文明建设工作纳入党政干部绩效综合考核体系。全面推行城乡统一的环保标准，实施城乡兼顾的环境投入，努力构筑全市一体、相互协调的生态环境系统。

　　作为县域生态文明建设的领跑者，张家港从未停止前进的步伐：从全国首家"环境保护模范城市"到"全国首批国家生态市"，再到全国首批"生态文明建设试点地区"；从制定实施全国第一个生态文明建设规划大纲，从荣获江苏省首届唯一的"生态文明建设特别贡献奖，"到荣膺全国首届、江苏唯一的"中国生态文明奖"；从"省级园林城市"到"国家园林城市"，再到"国家生态园林城市""联合国人居奖"……数不清的荣誉，是对这座年轻城市人与自然协调发展的充分肯定。

　　生态优先，正渐渐浸润港城人的新生活；绿色发展，重塑着城市发展的新格局。一个城市的发展，不仅仅表现为鳞次栉比的高楼大厦和高速的经济增长，还应是生态文明建设带来的天蓝水清、惠泽民生。坚持人与自然协调发展，关乎民生福祉，六十年来，张家港矢志不渝，积累了丰富的经验。

四　可复制可推广的意义

郡县治，天下安。县域发展事关全国发展大局，从全面建成小康社会到开启社会主义现代化新征程，可复制、可推广的县域发展经验都具有重要的理论意义和实践价值。张家港发展是在改革开放和社会主义现代化建设的实践中产生和形成的，又在新时代高质量发展的伟大实践中得到发展和升华。它在率先实现社会主义现代化道路上走在前列，是中国县域现代化的成功模式，是中国特色社会主义成功的县域样本。张家港经验，对于探索未来中国式县域现代化发展道路具有十分重要的意义。

（一）张家港经验是中国特色社会主义建设成功的县域样本

1962 年建县之时，张家港市（沙洲县）和全国大多数县域一样，刚刚从三年自然灾害中走出，正在努力地解决温饱问题；1986 年撤县建市，张家港还是和全国大多数县域一样，正在改革开放的春风中"摸着石头过河"，探索改革与开放的种种可能性。从这个意义上来说，张家港并不是一个特殊的存在。张家港的成功具有可复制可推广意义。

其中最为重要是，张家港六十年来始终坚定不移地走在社会主义的康庄大道上。张家港的发展和成功，是中国社会主义制度优越性的集中体现，可以说，张家港是中国特色社会主义道路自信和制度自信的一个证明和缩影。张家港用自己的实践回答了什么是社会主义，怎样建设社会主义，如何走向社会主义现代化，并且用成功实践证明中国特色社会主义现代化道路是中国发展的必由之路。

在中国式现代化事业的伟大征程中，张家港进行了全面而有益的探索，具有为全国县域发展"打样"的价值。中国特色社会主义发展进程中遇到的种种问题，张家港都遇到过，张家港迎难而上、持续创新、深化改革，探索出一条具有鲜明张家港印记的社会主义现代化县域发展道路。

（二）张家港经验对中国县域现代化发展具有借鉴推广价值

中国式现代化是一个综合价值取向，实现社会主义现代化，不仅要建设高度的物质文明，还要建设精神文明，实现经济建设、政治建设、文化建设、社会建设和生态文明建设"五位一体"文明协调发展。县域现代化是中国式现代化的关键与核心，推进县域现代化建设，事关中国式现代化的全局。

张家港六十年探索，实际上是中国县域现代化道路的探索，体现了现代化的整体特征和综合价值取向。从六十年发展的历程看，张家港始终抓住发展机遇，从发展乡镇企业、民营经济到发展集群经济、园区经济、开放型经济；从企业产权制度改革，基本建立社会主义市场经济体制到创新驱动传统制造业转型升级，大力发展智能化、数字化新兴产业。张家港始终走在前列，引导全国县域发展。

尤其可贵的是，在经济发展的同时，张家港高度注重社会主义精神文明建设，早在1995年《人民日报》就刊文《伟大理论的成功实践——学习张家港市坚持两手抓的经验》，讲述张家港"一把手抓两手，两手抓两手硬"的故事，可谓是张家港经验的准确表达。一方面，借助改革开放的东风，大力发展经济；另一方面，借助经济发展的红利反哺社会民生方方面面，城乡、社会、生态建设再上新台阶，并培育塑造了张家港精神作为城市之魂、力量之源，因此，张家港是一座有精神的城市，"文明张家港"是其金字招牌。物质和精神协调发展，是张家港干部群众的先知先觉，也是先行先试，不仅促使张家港率先全面建成小康社会，而且指引张家港争当建设社会主义现代化的排头兵。

张家港在1986年建市之初，就定下了城乡"一盘棋"的总体思路，20世纪90年代就提出"既要金山银山，更要绿水青山"的可持续发展战略，2007年提出"协调张家港"，并作为今后很长一段时期的奋斗目标。可见张家港人的远见卓识。张家港始终以习近平新时代中国特色社会主义思想为引领，围绕经济、政治、文化、社会、生态"五位一体"的发展目标，大力推进创新驱动、绿色发展、文化强国、乡村振兴、共同富裕等国家重大战略部署的落地，将建设中国特色社会主义现代化县域示范区作为时代赋予张家港的历史使命。张家港现代化的实践路径和经验为全国县域现代化提供了范例。

五 属于未来的张家港

张家港是一片孕育希望、创造奇迹的发展热土，在一个甲子的如歌岁月里，各级党组织和广大党员干部团结带领百万港城人民，在张家港精神的激励下，书写了一部战天斗地、突围崛起、波澜壮阔的奋斗史诗！如今踏上了谱写现代化建设新篇章的历史征程，率先建设中国特色社会主义现代化县域示范区，是时代赋予张家港的历史使命。

（一）蓝图已经绘就

"两个一百年"历史交汇期，是推动"强富美高"新江苏建设再出发的关键期，也是张家港市践行新发展理念，推动高质量发展的关键期。在新的历史阶段，张家港正积极抢抓国家战略叠加交汇、"高铁时代"红利释放等重大机遇，与时俱进弘扬张家港精神，树立目标、比学赶超，一体构筑普适度高、示范性强、经得起时代和历史检验的现代化建设体系。未来，张家港力争在江苏"争当表率、争做示范、走在前列"中展现更大作为，奋力走在全面建设社会主义现代化新征程前列，争做中国特色社会主义现代化县域建设的引领者，率先建成全面协调、独具个性、群众认可的现代化。

2021年3月3日，张家港市十四届人大五次会议审议批准了《张家港市国民经济和社会发展第十四个五年规划和二〇三五年远景目标纲要》，这份纲要在对张家港市未来五年经济社会发展进行规划的同时，还以更长远的目光展望了2035年张家港基本实现社会主义现代化的远景目标，指出：

通过 15 年的努力奋斗，人均地区生产总值和城乡居民收入均在 2020 年基础上翻一番以上，综合竞争力和经济创新力大幅跃升，始终位居全省高质量发展第一方阵，基本建成"创新动能强劲、现代产业发达、城市治理精细、文明品牌彰显、美丽绿色宜居、开放优势显著、科产城港融合、社会平安和谐、生活幸福美好"的社会主义现代化新港城。创新的核心地位充分彰显，现代化经济体系基本形成，先进制造业基础更加稳固，现代服务业支撑更加有力，高水平实现农业农村现代化；全面融入以国内大循环为主体、国内国际双循环相互促进的新发展格局，长三角地区新型枢纽城市建设基本成型，城市位次稳步攀升、影响力持续放大；乡村振兴率先高水平全面实现，城市文明建设水平达到新高度，城市治理体系和治理能力现代化基本实现；生态环境质量实现本质改善，美丽张家港建设目标基本实现；民生供给优质均衡，人民生活更加美好，中等收入群体显著扩大，人的全面发展、全体人民共同富裕取得更加明显的实质性进展，努力为全面建设社会主义现代化国家提供县域示范。

坚持"发展是第一要务""人才是第一资源""创新是第一动力"的统一，是推动未来经济社会高质量发展的根本要求和需要把握的工作重点。进入新时代，发展的重要性没有变，发展是第一要务没有变，改变了的是发展的内涵和重点。走中国式现代化道路，是实现中华民族伟大复兴中国梦的必然要求，是满足人民日益增长的美好生活需要的必然要求，是为了实现更高质量、更好效益、更加公平和更可持续的发展。党的十九大明确提出要加快建设创新型国家、实施乡村振兴战略、实施区域协调发展战略，推动形成全面开放新格局，这些重大战略举措为未来发展提供了巨大的空间。

蓝图已绘就，奋斗正当时。

（二）目标已经锁定

为了实现这一美好的远景目标，张家港市确立了六个具体的目标和定位，从现代化经济发展体系、现代化社会治理体系、现代化先进文化体系、现代化社会发展体系、现代化生态文明体系和现代化民生福祉体系。这六个方面大体上与"五位一体"的总体布局相对应，并强调人的现代化和民生福祉的重要性。与此同时，每一个目标体系都有自己独特的定位，并结合张家港实际情况展开论述。

第一，构筑长三角极富活跃度的现代化经济发展体系。

创新在现代化建设全局中处于核心地位，未来张家港市将对标新时代创新驱动高质量发展的县域典范，以国家创新型县（市）为引领，聚焦创新要素的整合和创新资源的协同，系统推进"创新张家港"系列工程，努力建成国家高新区、国家创新型乡镇、国家重点实验室等一批高水平创新载体梯队，建成全国县域创新改革先行区、创新生态引领区、创新合作样板区和高质量发展示范区，打造长三角具有较强影响力的"创新策源地"。

未来张家港将坚持把着力点放在实体经济上，旗帜鲜明推动"制造强市"建设，推进产业基础高端化、产业链现代化，提高经济质效和核心竞争力。按照高端化、数字化、绿色化、服务化原则，打造"大产业链"和"全产业链"，推动形成高端产业集群，拓展先进制造扩大圈、新兴产业培育圈、现代服务业融合圈组成的现代产业体系。

未来张家港将深入实施人才强市战略，坚持高端人才招引与基础人才培育并举，激发人才创新活力、加强人才梯队建设、优化人才服务环境、努力打造长三角人才创新创业、工作生活的首选地。

未来张家港将主动融入"一带一路"建设、长江经济带发展和长三角一体化发展等国家重大战略，以产业开放合作为重点，加强系统谋划和一体推进，以开放的主动赢得经济发展和竞争力提升的主动，加快形成更高水平的开放型经济新体制，着力打通融入国内国际双循环发展新通道。

未来张家港将按照"贯彻上级部署和自主探索创新相结合、重点突破和系统推进相结合、统筹协调和狠抓落实相结合、先行先试和全面提升相结合"的原则，加强改革的顶层设计、集成推进，以全方位、多领域、深层次改革，塑树集成超越的改革样板。

第二，构筑公平正义充分彰显的现代化社会治理体系。

未来张家港将聚焦形成于国际接轨的创业和投资环境，坚持主动服务、延伸服务和个性化服务，全面深化"放管服"改革，强化信用体系建设，加强和完善事中事后监管体系，打造"风景这边独好"的最优营商环境。

未来张家港将以创建社会治理现代化示范城市为目标，建构立体丰富的社会治理现代化体系，搭建多层次社会治理联动平台，健全自治、法治、德治融合的基层治理体系，完善基层民主协商制度，实现政府治理和社会调节、居民自治良性互动，建设人人有责、人人尽责、人人享有的社会治理共同体。

未来张家港将坚持把安全发展贯穿全市发展各领域和全过程，统筹推进"平安张家港"建设，构建平战结合、反应灵敏、上下联动、高效协同的市域治理体制机制，完善共建共治共享的社会综合治理格局，推动问题和情况发现在基层、控制在源头、化解在前端。

第三，构筑具有独特精神内核的现代化先进文化体系。

未来张家港将坚持马克思主义在意识形态领域的指导地位，在守正创新中唱响主旋律、汇聚正能量，更好地强信心、聚民心、暖人心、筑同心，巩固团结奋进的共同思想基础，促进全市人民在理想信念、价值理念、道德观念上紧紧团结在一起，为推动高质量发展走在前列提供坚强思想保证和强大精神动力。

未来张家港将继续牢牢锁定"文明标准制定者"的角色定位，探索建立一套既富有张家港特色、又可供借鉴的文明典范城市标准体系，科学编制文明典范城市创建规划，形成高点站位、目标清晰的"路线图"和"任务书"。高标准、高水平建设全国文明城市创建展览馆、精神文明建设张家港研究与交流中心、文明实践·益空间，打造一批新一轮文明城市创建标志性工程，努力将"张家港实践"转化为"张家港样板"。

　　未来张家港将坚持社会主义先进文化前进方向，从张家港实际出发，推动中华优秀传统文化与马克思主义普遍真理相结合，推动文化事业和文化产业繁荣发展，促进满足人民文化需求与增强人民精神力量相统一，全面提升城市文化品位。

　　第四，构筑城乡协调一体发展的现代化社会发展体系。

　　未来张家港将继续突出"一盘棋谋划"导向，发挥区位优势、协调优势和人文优势，推进空间布局重塑、发展格局再造，更好地促进城市资源要素科学配置、合理流动，持续提升城市能级和城乡一体化发展水平，以国际化视野构筑科产城港融合的现代化大城市，增强整体融入长三角的影响力和竞争力。

　　未来张家港将立足建设具备国际品质的现代化城市，着力打造交通设施体系、数字智能网络、能源供给网络、水利基础设施，努力为现代化建设和美好生活提供坚实支撑。

　　未来张家港将坚持走中国特色社会主义乡村振兴道路，实施乡村建设行动，协同推进新型城镇化和乡村振兴战略，创新城乡融合一体化机制，进一步打造"五彩乡村，魅力沙洲"品牌，进一步落实"五级书记抓乡村振兴"政治责任，引导广大农民积极参与新时代"强富美高"新张家港建设，在苏州率先基本实现农业农村现代化。

　　第五，构筑堪当沿江绿色典范的现代化生态文明体系。

　　未来张家港将继续深入贯彻习近平生态文明思想，牢固树立"绿水青山就是金山银山"理念，统筹山水林田湖草一体化保护和修复，深入探索"生态优先、绿色发展"新途径，建立健全绿色低碳循环发展经济体系，促进绿色产业结构、增长方式和消费模式形成，为推进美丽张家港建设、实现人与自然和谐共生的现代化提供有力支撑。

　　未来张家港将继续全面实施长江大保护行动，继续打好污染防治攻坚战，全面推进生态修复和环境保护，持续改善张家港环境质量，提高全市生态系统稳定性，为张家港高质量发展构筑绿色生态屏障。

未来张家港将完善城镇四级聚落功能配套，高水平推进"美丽镇村"建设，全力提升村容村貌。对标国际化城市先进标准，建设"类海外"发展环境，着力打造绿色低碳、宜业宜居、国际氛围的精致城市，创建"美丽中国"县域城市样板。

第六，构筑获得感幸福感最强的现代化民生福祉体系。

未来张家港将顺应人民群众对美好生活的新期待，加快形成更加科学合理的收入分配体系，持续提升人民群众收入水平，不断壮大中等收入群体；完善多层次社会保障体系，进一步夯实底线民生、保障基本民生、提升质量民生，筑牢社会保障底线，全面构筑获得感幸福感最强的现代化民生保障体系，全力打造民生幸福标杆。

未来张家港将以人民群众需求为导向，创新公共服务提供方式，更新服务理念、优化服务过程、完善服务体系，增强公共服务供给的针对性和有效性，使公共服务供给与人民群众个性化、差异化、多样化的需求更加匹配，让公共服务给人民群众带来更多获得感、幸福感、安全感。

未来张家港将优先发展教育事业，教育总体实力和省内外影响力显著增强，教育公平和教育品质持续改善，教育治理体系和治理能力现代化水平不断提高，人民群众的获得感与满意度切实增强，"学在港城"的社会共识全面形成，初步建成全国一流的"现代化教育名市"。

未来张家港将树立大健康理念，以融入长三角一体化为契机，大力推进医共体建设，探索智慧医疗，优化全民健康服务体系，为人民群众提供全方位、全周期、高质量的公共卫生服务，加快推进健康张家港建设。

未来张家港将基于人口老龄化的结构和需求特征，多措并举提高人口总量素质，探索建构多元化养老服务业态，加快城乡"微基建""适老化"改造，丰富老年人精神文化生活，打造老年友好型社会。

走过千山万水，仍需跋山涉水；踏上崭新征程，更需风雨兼程。"争先"既是中央对江苏的要求，也是张家港精神的内在特质，是厚植于每一个张家港人血脉中的奋斗基因。在改革开放和全面建成小康社会的历史进程中，张家港走在了前列，展现了水平和担当。踏上现代化建设的新征程，张家港将继续敢为天下先，争当排头兵。始终用好张家港精神"制胜法宝"，与时俱进赋予张家港精神新的时代内涵，勇于攻坚突破，善于担当实干，努力推动新实践，推进新发展，以新成效彰显新气象。坚持"争先进位、率先发展"不动摇，始终保持先行者探路者的锐气和勇气，解放思想，拼搏进取，敢于争第一，勇于创唯一，以勇立潮头的追求，只争朝夕的拼劲，比学赶超的姿态，坚决扛起新时代现代化建设的历史使命和时代重托，在新一轮区域竞争中抢占先机，立牢标杆，率先实践，探索创建中国式现代化建设的新典范。

参考文献

一 著作

保罗·哈里森：《第三世界：苦难　曲折　希望》，钟菲译，新华出版社1984年版。

陈世海主编：《张家港精神与张家港经验》，大众文艺出版社2007年版。

邓小平：《邓小平文选》（第2卷），人民出版社1994年版。

郭蔷、聂靖主编：《风物中国志：张家港》，湖南科学技术出版社2020年版。

何建明：《我的天堂·苏州改革开放30年全记录》，凤凰传媒集团江苏教育出版社2009年版。

刘学侠、张瑞红、魏静茹：《张家港崛起之路》，中央文献出版社2009年版。

毛泽东：《毛泽东文集》（第6卷），人民出版社1999年版。

倪鹏飞、徐海东：《中国城市竞争力报告NO.19超大、特大城市：健康基准与理想标杆》，中国社会科学出版社2021年版。

庞瑞垠：《一个人和一座城市——记全国优秀市委书记秦振华》，江苏文艺出版社2012年版。

秦振华：《张家港精神：伟大理论的成功实践》，新华出版社2000年版。

沈石声：《雨润九球：我与沙洲共成长》，人民日报出版社 2018 年版。

王荣主编：《苏州精神："三大法宝"的价值与升华》，苏州大学出版
　　社 2008 年版。

徐康宁主编：《风正帆悬两岸阔——苏州全面建成小康社会实践与高
　　质量发展探索》，江苏人民出版社 2021 年版。

张家港课题组：《当代中国城市发展丛书·张家港》，当代中国出版社
　　2010 年版。

张家港市地方志编纂委员会编：《张家港市志（1986—2005）》，方志
　　出版社 2013 年版。

张家港市精神文明建设指导委员会办公室编：《擎画现代文明之城：
　　新时代张家港精神文明建设巡礼》，华龄出版社 2021 年版。

中共苏州市委党校、中共苏州市委组织部：《再燃激情——苏州"三
　　大法宝"读本》，古吴轩出版社 2020 年版。

中共张家港市委党史地方志办公室：《张家港年鉴（2021）》，方志出
　　版社 2021 年版。

中共张家港市委党史地方志办公室编：《潮涌港城——改革开放新时
　　期张家港党史专题集》（一、二、三、四），中共党史出版社 2018
　　年版。

中共张家港市委党史地方志办公室编：《辉煌二十年（1986—2005）》，
　　中共党史出版社 2006 年版。

中共张家港市委党史地方志办公室编：《历史的回声——张家港党史
　　专题集（1962—2000）》，中央文献出版社 2001 年版。

中共张家港市委党史地方志办公室编：《张家港市（沙洲县）改革开
　　放执政纪事（1979—2012）》，中共党史出版社 2015 年版。

中共张家港市委党史地方志办公室编：《中国共产党张家港市历史大
　　事记（1949.4—1998.12）》，中共党史出版社 1999 年版。

中共中央文献研究室主编：《建国以来重要文献选编》（第 5 册），中
　　央文献出版社 1993 年版。

中共中央文献研究室主编：《十七大以来重要文献选编》（上），中央
　　文献出版社 2009 年版。

二　杂志文章

本刊编辑部：《县域生态文明建设的领跑者——记江苏省张家港市生
　　态文明建设工作领导小组》，《中国生态文明》2016 年第 3 期。
本刊编辑部：《张家港：生态文明建设的榜样》，《生态经济》2012 年
　　第 1 期。
江苏省委宣传部调研组：《把着力点放在人的全面发展上——张家港市
　　精神文明建设调查报告》，《求是》2005 年第 13 期。
李忠华、汪兴堂：《试论张家港精神的时代特征与价值》，《沙洲职业
　　工学院学报》2012 年第 2 期。
秦振华：《改革，为了百姓更好的生活》，《群众》2018 年第 3 期。
《求是》杂志文化编辑部、张家港市委宣传部联合调研组：《一座城市
　　的精神成长史》，《求是》2019 年第 18 期。
万资平、余凤楼：《关于加快培育发展张家港市新兴产业的思考和建
　　议》，《江苏科技信息》2013 年第 18 期。
王伟光：《马克思主义中国化的当代理论成果——学习习近平总书记
　　系列重要讲话精神》，《中国社会科学》2015 年第 10 期。
魏欣、王兴亮、秦锁英：《从"边角料"县到"协调发展"市的巨
　　变——改革开放 40 年张家港实践的成功经验》，《江南论坛》2018
　　年第 7 期。

三　报刊文章

《"2020 中国最具幸福感城市"结果发布》，《瞭望东方周刊》2020 年
　　11 月 20 日。

《"9064"构筑港城养老新模式》,《张家港日报》2014年4月16日。

《"长江"牵手"乌江"共奔小康》,《苏州日报》2020年8月4日。

《"城乡一体"勾勒港城幸福样本》,《张家港日报》2014年3月18日。

《"腾笼换鸟"盘活用地近3000亩》,《新华日报》2022年4月3日。

《"张家港板块"成港城经济新名片》,《常州日报》2008年4月23日。

《"智改数转"赋能"创新张家港"》,《苏州日报》2021年12月5日。

《打造县域社会治理现代化"张家港样板"》,《新华日报》2020年6月19日。

《发挥骨干作用 整合党建资源》,《人民日报》2018年4月17日。

《弘扬张家港精神,再造一个干事创业的火红年代》,《新华日报》2019年9月29日。

《汇聚小资源,整合大力量》,《人民日报》2013年10月29日。

《江苏张家港推行电子证照共享应用》,《人民日报》2018年12月21日。

《江苏张家港:传承红色基因 建设文明典范城市》,《光明日报》2021年6月10日。

《教育现代化的"张家港样本"》,《光明日报》2015年11月22日。

《千年"凤凰"古韵今风总相宜》,《苏州日报》2015年8月2日。

《科技激发张家港产业转型动能》,《经济日报》2019年9月5日。

《穷沙洲上长出"张家港精神"》,《中国青年报》2018年12月5日。

《让更多骨干顶上来》,《人民日报》2020年11月3日。

《沙洲县扎扎实实为农民办好事》,《人民日报》1981年7月13日。

《沙洲县生产队办起了小加工业》,《人民日报》1982年1月19日。

《释放县域科技体制改革红利 张家港厚植开放基因构筑创新之城》,《苏州日报》2020年7月9日。

《苏州张家港叫响长三角"再制造"》,《人民日报》2013年11月13日。

《天蓝 水清 土净 污染防治攻坚"张家港解法"》,《苏州日报》2020年10月20日。

《伟大理论的成功实践——学习张家港市坚持两手抓的经验》,《人民日报》1995年10月18日。

《有投入才能有产出——张家港市两个文明建设一起抓纪实（中）》，
《人民日报》1995年10月21日。

《张家港以转型升级确保"走在前列"》，《新华日报》2013年11月
2日。

《张家港经开区加快发展工业机器人打造产业优势》，《科技日报》2014
年3月31日。

《张家港：从"边角料"到十强县》，《工人日报》2018年10月28日。

《张家港精神：小城蝶变的力量》，《瞭望》2018年12月15日。

《张家港："边角料"有了新对标》，《南方周末》2018年12月13日。

《张家港：高质量协调发展的县域样本》，《苏州日报》2018年12月
26日。

《张家港：创新驱动轰出高质量发展"推背感"》，《苏州日报》2020
年5月28日。

《张家港倾力打造"江海第一湾"》，《新华日报》2020年6月7日。

《张家港：高企培育激活县域创新一池春水》，《江苏经济报》2020年
6月15日。

《张家港向"高质量发展最前沿"奋进》，《解放日报》2020年7月1日。

《张家港围绕八大产业链建设高水平科创载体》，《科技日报》2021年
7月7日。

《张家港：积蓄高质量发展强劲势能》，《新华日报》2020年7月26日。

《张家港建设"六座城"踏上新征程》，《新华日报》2021年8月19日。

《张家港：争当现代化建设先锋闯将》，《新华日报》2021年10月28日。

《张家港：文明基因嵌入城市肌理》，《光明日报》2021年11月1日。

《张家港续写"两个文明"建设新篇章》，《经济参考报》2021年11
月23日。

《张家港：产业创新集群建设铿锵起步》，《新华日报》2022年1月
21日。

《张家港保税区："轻装上阵"打造创新发展新高地》,《苏州日报》
　　2022年1月25日。

《找准难点打通堵点,县域科技体制改革张家港这样做》,《科技日报》
　　2021年7月12日。

《最是芬芳"生态绿"》,《张家港日报》2018年4月26日。

《做强主业壮"筋骨"科技创新促转型》,《张家港日报》2016年7月
　　15日。

四　网络文章

《"2020中国综合生活质量百佳县市"出炉》,中国小康网,2020年9
　　月21日。

《2021年中国康养百佳县市TOP100榜单》,中商情报网,2021年11
　　月15日。

《第二十一届全国县域经济基本竞争力百强县榜单》,腾讯网,2021年
　　12月6日。

《第一个全国文明城市的"勋章"》,中国文明网,2021年6月25日。

《上海高院发布〈关于支持和保障浦东新区高水平改革开放打造社会主
　　义现代化建设引领区的实施方案〉》,腾讯网,2022年3月9日。

《以绿为笔,绘就生态港城美丽新画卷》,新华网,2020年3月12日。

《一座城市的文明勋章》,党建网,2021年8月24日。

《张家港永联村:书写一个村庄的"中国梦"》,中新江苏网,2013年
　　7月7日,

《张家港描绘"绿水青山"生态文明新画卷》,中国文明网,2015年
　　12月8日。

《张家港致力绿色发展,走向生态文明新时代》,中国文明网,2016年
　　12月28日。

《张家港:知礼节而仓廪实的"苏南边角料"》,中国新闻网,2018年

12 月 8 日。

《张家港：从"苏南北大荒"到县域百强前三甲》，央广网，2018 年
　　10 月 19 日。

《张家港"美美乡村·扎根计划"激活乡村振兴动力源》，国际在线江
　　苏报道，2021 年 9 月 26 日。

《张家港宿豫情牵 20 年，新一轮南北挂钩合作工作定框架绘蓝图》，
　　凤凰网江苏，2021 年 12 月 28 日。

《浙江高质量发展建设共同富裕示范区实施方案（2021—2025 年)》，
　　新华网，2021 年 7 月 20 日。

《中共中央办公厅　国务院办公厅印发〈深圳建设中国特色社会主义
　　先行示范区综合改革试点实施方案（2020 – 2025 年)〉》，中国政
　　府网，2020 年 10 月 11 日。

《中共中央国务院关于支持深圳建设中国特色社会主义先行示范区的
　　意见》，深圳市人民政府门户网站，2021 年 2 月 22 日。

《中共中央国务院关于支持浙江高质量发展建设共同富裕示范区的意
　　见》，中国政府网，2021 年 6 月 10 日。

《中共中央国务院关于支持浦东新区高水平改革开放打造社会主义现
　　代化建设引领区的意见》，中国政府网，2021 年 7 月 15 日。

《中国县域经济发展报告（2020)》，中国社会科学院财经战略研究院，
　　2020 年 12 月 23 日。

五　其他

江阴市人民政府：《江阴市国民经济和社会发展第十四个五年规划和
　　二〇三五远景目标纲要》，2021 年 3 月。

昆山市人民政府：《昆山市国民经济和社会发展第十四个五年规划和
　　二〇三五远景目标纲要》，2021 年 3 月。

苏州市人民政府：《苏州市国民经济和社会发展第十四个五年规划和

二〇三五远景目标纲要》，2021 年 3 月。

张家港 2012—2021 年政府工作报告及党代会报告。

张家港市人民政府：《张家港市国民经济和社会发展第十四个五年规
　　划和二〇三五远景目标纲要》，2021 年 3 月。

后　记

60 年风雨兼程，60 年奋斗拼搏，60 年凤凰涅槃，60 年成就辉煌。

张家港市（沙洲县）建县市 60 年来的奋斗史、发展史令人鼓舞，催人奋进。从苏南"边角料"到全国百强县前三，张家港的发展成绩是几代人努力拼搏的结果，为习近平总书记"幸福都是奋斗出来"的话语做出了完美的诠释，也为探索创建中国式现代化建设的县域典范提供了宝贵的经验。

2022 年，是党的二十大召开之年，是全面实施"十四五"规划、开启全面建设社会主义现代化国家新征程的关键一年。在张家港市委市政府的支持下，张家港市委宣传部与中国社会科学院新闻与传播研究所合作，成立联合课题组，总结张家港市（沙洲县）六十年来的发展历程和宝贵经验，探讨中国县域现代化的理论与实践，最终完成了这部《中国式现代化的县域探索——张家港建县（市）六十年》的专著，用历史映照现实，远观未来。县域现代化的"张家港经验"，必将对新时期我国县域发展全面转型起到很好的借鉴和指导作用。

中国社会科学院新闻与传播研究所与张家港的合作早有渊源。作为党中央国务院在文化宣传和新闻传播领域首选的"智囊团"和"思想库"，2018 年，受中共中央宣传部委托，新闻所承担"全国百县百城百企大调研"的张家港调研，获得中宣部好评。2019 年，新闻所与张家港进一步深化合作，挂牌成立了中国社会科学院新闻与传播研究所国情调研张家港基地，此后，新闻所团队多次赴张家港调研。

2021 年 10 月，经张家港市委宣传部与社科院新闻所商讨，该书的编写工作正式启动，至 2022 年 5 月付梓。在编写过程中，市委市政府的 30 余家职能部门先后为本书提供了大量宝贵的资料，市委党史办、市图书馆、市档案馆搜集了大量既有的相关出版物，供课题组参考。在完成初稿之后，来自党委和政府的各部门对书稿进行反复审阅，提出详尽的修改意见。历经五轮修改之后，课题组将书稿呈送市四套班子和部分退休的领导同志，征求意见。在此基础上，书稿进行再次修改，并形成最终稿，送中国社会科学出版社出版。

本书的编写得到了张家港市委宣传部及相关部门同志的大力支持：市委宣传部陈卫兵部长和钱晓东常务副部长持续关注本书的编辑出版工作，并就书稿提出了具体的修改意见；社科联陈刚主席、俞鞠敏副主席、丁洪斌副主席一直参与协助本书的编写工作，提供了重要的帮助，对图书的编写提出了宝贵的意见；市委宣传部的其他同志也多次就书稿进行补充、修改。

张家港市委、市政府各职能部门都对本书的编写提供了巨大的支持，在繁忙的日常工作之余，协助课题组反复核对相关信息，书中的数据更新更是得到了市统计局的大力支持；市四套班子领导对书稿给予了重要关注和支持，为书稿的完善提供了诸多建设性的意见。

秦振华、陈永丰、顾秉钧、吉瑞庆等十几位离退休老同志对书稿进行了审阅和修改，这些亲历张家港几十年发展的老同志，对张家港的关切令人感动，在此一并表示衷心感谢。

参与本书相关资料收集整理、编写及修改的有：中国社会科学院新闻与传播研究所方勇、沙垚、曾昕、陈雪丽、左灿、刘嘉琪、张逸，中国社会科学院当代中国研究所吴超、陈龙尊、胡小冬，中国社会科学院工业经济研究所崔志新，《苏州日报》资深记者王乐飞、杨溢。中国社会科学出版社陈肖静女士也为本书的编辑出版作出重要贡献。

　　由于本书历史跨度较大，涉及面广，加之时间仓促，不足之处在所难免，恳请广大读者批评指正。

本书编写组
2022 年 5 月